Waltraud Anna Mitgutsch
Ausgrenzung

Waltraud Anna Mitgutsch
Ausgrenzung
Roman

Luchterhand
Literaturverlag

PT
2673
.I77
A9
1989
148616
May 1990

3. Auflage September 1989
Luchterhand Literaturverlag GmbH, Frankfurt am Main
Copyright © 1989 by Waltraud Anna Mitgutsch.
Alle Rechte vorbehalten. Umschlagentwurf: Max Bartholl. Satz: Uhl +
Massopust, Aalen. Druck und Bindung: Clausen & Bosse, Leck.
Printed in Germany
ISBN 3-630-86690-5

Ausgrenzung

Alle Gestalten dieses Romans und alle darin erwähnten
Institutionen sind frei erfunden.

Und jetzt überlegen wir einmal, wo es begonnen haben könnte, sagte die Ärztin. Marta saß zusammengekauert in einem ledernen Armstuhl vor einem sauber ausgeräumten Kamin, und es fror sie, obwohl die Aprilsonne durchs hohe Fenster schien. Vielleicht war es gar nicht die Kälte des Raums mit den grob verputzten Wänden, die dieses Zittern hervorrief. Sie zitterte schon seit Tagen, seit dem Augenblick, als die Psychiatrin ihr Testmaterial, ihre Würfel, Kugeln und Steckbretter wegräumte und Martas angstvoll gespanntem Blick nur kurz standhielt. Haben Sie nicht vorhin selbst Autismus gesagt? fragte sie jetzt, nickte, seufzte. Nein, ich habe nicht Autismus gesagt, rief Marta flehend, ich habe gesagt, Autismus kann es nicht sein, ich habe Jakob nie abgelehnt, nicht so, nicht, wie es in den Büchern steht, ich habe ihm nie meine Zuwendung verweigert! Sie schämte sich, Liebe zu sagen. Feilschen wollte sie mit dieser Ärztin um eine Diagnose, die nicht sein konnte, weil sie sich nicht schuldig fühlte, nicht so ausweglos und ohne Milderungsgründe, wie das Gesicht der Expertin es von ihr verlangte.

Aber die Ärztin war unerbittlich. Sehen Sie, sagte sie und zeigte auf ein Regal voller Bücher, lauter Literatur zu diesem Thema. Marta verstummte angesichts der Beweise.

Immer von neuem, in nicht mehr gezählten Therapiezimmern, Spitälern und Kliniken, in die sie ihr Kind zunächst mit noch frischer Verzweiflung und unverbrauchter Hoffnung gebracht hatte, bemächtigte man sich zuerst ihrer eigenen Kindheit, nötigte sie, Schuld zu bekennen, bis sie bereit war, alles, was sie nie verschuldet hatte, auf sich zu nehmen.

Gehen wir also zurück an den Anfang dieser ganzen Kette von Schuld, beginnen wir mit Ihrer Kindheit, sagte die

Ärztin mit sanfter Stimme, Marta redete tapfer gegen ihr Zittern und ihre Atemnot an, alles mußte sie tun, um ihrem Kind zu helfen, auch das, was ihr sinnlos erschien, Zusammenhänge finden, wo es keine gab.

Ihrem Vater sahen Sie ähnlich, rief die Frau erfreut, Ihrem toten Vater? Ersatz also für den Toten?

Wie ihre Augen blitzten vor Freude über all die Zusammenhänge, Tod und Geburt und Leben und Ersatz für das Leben, Ersatz für den Tod, Todeswunsch also, um den Tausch rückgängig zu machen, die Lebende für den Toten. Todeswunsch weitergereicht, von Mutter zu Mutter, von Generation zu Generation, eine Lawine des für das Geliebte, scheinbar Geliebte wohlgemerkt, ersehnten Todes, schließlich sichtbar geworden im toten lebendigen Kind, der »leeren Festung«.

Lesen Sie Bettelheim, empfahl sie zum Abschied.

Was ich noch wollte, sagte Marta eingeschüchtert, wenn Sie mir erklären könnten, helfen könnten zu verstehen, was in meinem Kind vorgeht.

Nein, das könne sie nicht, das werde die Therapeutin können, mit der Jakob nun, reichlich spät, lernen werde, eine erste Beziehung aufzubauen, einen Ersatz für die fehlende Beziehung zur Mutter.

Ob sie nicht gesehen habe, wollte Marta fragen, wie das Kind sich an sie geklammert, wie Jakob die Mutter angestrahlt hatte, stolz und begierig nach ihrem Lob, als die Klötzchen sauber nebeneinandergereiht auf dem Tisch lagen?

Sie trug das Kind hinaus in die blendende Helle des Frühlingsnachmittags, und nichts drang zu ihr, kein Straßenlärm, keine Stimmen, nur die Straße erschien ihr sehr fremd. Später rief ihre Freundin Luise an und fragte, wie es gewesen sei in der Klinik, und ob sie schon etwas wüßte. Sie hörte sich Martas Schluchzen und Stammeln eine Weile an, dann riet sie ihr Selbstbeherrschung und schlug vor, das Gute in allem zu suchen: Vielleicht macht dieser Schicksalsschlag dich zu einem besseren Menschen.

Zu Hause erinnerte sich Marta an die Zeit, als sie so klein gewesen war wie Jakob: An die Geborgenheit der ebenerdigen Hausmeisterwohnung in einer schmalen Seitenstraße der Altstadt. An die langen Fußmärsche aufs Land zu Verwandten des gefallenen Vaters, damit ihr, dem Kind, der Luftschutzkeller erspart blieb, das überstürzte Aus-dem-Schlaf-Gerissenwerden, der Anblick von Ruinen und Leichen nachher. Statt dessen nur die Erinnerung an den Rücken der Mutter, der sie zwanzig Kilometer durch Felder und Dörfer trug. Marta war alles gewesen, was diese Frau besaß. Der Mann war gefallen, damals war das Kind noch zu klein, um sich später an ihn zu erinnern, es kannte ihn nur von Photos und Anekdoten.

Die Mutter war allein geblieben, sie sagte, wegen des Kindes und aus Treue über den Tod hinaus, aber sie hatte keine großen Anfechtungen mehr abzuwehren. Sie war bereits über vierzig, als der Krieg zu Ende war, eine unscheinbare altjüngferliche Frau, dabei umsichtig und zäh, sie hinkte ein wenig und zog den rechten Fuß nach von einer Kinderlähmung in ihrer Jugend, die zugleich das Ende dieser Jugend bedeutet hatte.

So ein entzückendes Mädchen, hatten die Leute gesagt, als Marta klein war, sie hatte dicke dunkelbraune Zöpfe und fast schwarze Augen. Ihnen sieht sie aber gar nicht ähnlich! Nein, sie ist ganz der Vater. Die Mutter war stolz auf ihre Tochter. Frühzeitig war sie geschlechtslos geworden und hatte ihre ganze Weiblichkeit neidlos der Tochter überlassen. Rivalität zwischen ihnen ließ sie nie aufkommen.

Aber irgendeinen Grund muß es doch geben, beharrte die Therapeutin, in deren Sprechzimmer Marta und Jakob im

Lauf der nächsten Monate viele Stunden zubrachten. Den versprochenen Zugang zu Jakob fand sie mit ihren Barbiepuppen und Stempelkissen nicht, sie hatte Mühe, ihn am Davonlaufen zu hindern. Marta dagegen saß da wie gebannt, so angespannt, so voll guten Willens, als müsse die eine Stunde an jedem Dienstag die Rettung bringen.

Und wieder hieß es: Denken Sie nach. Während das Kind an der Türklinke riß.

Die Einsamkeit der letzten vier Jahre, war es das?

Mein Mann ist selten zu Hause, er bleibt ganze Tage und Nächte weg; und wenn er weg ist, sperrt er uns oft in der Wohnung ein. Marta sah die Frau fragend an.

Nie in den vielen Wochen, in denen sie das Kind zu immer neuen Ärzten brachte, hatte jemand nach ihrer Ehe gefragt. Auch nicht, als sie in der ersten Sprechstunde von der Geburt erzählte: Er war nur kurz da und besuchte mich nachher ein- oder zweimal, auch sonst kam niemand, und als ich heimkam...

Felix stand neben ihr. Sie würde zu weinen beginnen, wenn sie davon erzählte. Sie sah die Ärztin an.

Mein Mann, sagte sie dann beherrscht, konnte zur Zeit der Geburt nur kurz anwesend sein, er konnte nicht in der Stadt sein damals. Ich fühlte mich sehr schwach, entschuldigte sie sich, bevor man ihr noch irgendeine Schuld zugewiesen hatte, vielleicht konnte ich dem Kind nicht geben, was es gebraucht hätte. Felix atmete auf.

Ist es nicht schrecklich, eine schizophrenogene Mutter zu sein, fragte die Ärztin eindringlich, Sie müssen ja furchtbar leiden unter Ihrer Schuld!

Marta wandte sich schnell ab, damit niemand ihre Tränen sah. Ja, sagte sie dann gefaßt.

Sie hielt ihren Kopf gerade und bewegungslos, als könne er jeden Augenblick knicken, abbrechen, zerbrechen. Vor

Felix und dieser fremden Frau wollte sie nicht die Beherrschung verlieren!

Du hast dich benommen wie eine Dame, lobte Felix sie auf dem Weg zum Parkplatz.

Die Mutter ist gefühlsarm und intellektuell, schrieb die Ärztin in ihren Bericht.

Nein, niemand wollte etwas von ihrer Ehe hören, auch Dr. Riesing, die Analytikerin nicht, mit der sie so viele Stunden verbrachte, daß sie ihr Monat für Monat ihr gesamtes Gehalt als Honorar überwies. Aber noch immer gruben sie Beweise von Martas Schuld aus.

Die Schwangerschaft. Doch, ich wollte das Kind, beharrte Marta.

Das war nicht möglich, das stand so nicht in der Fachliteratur.

Erinnern Sie sich doch! Die Übelkeit und die Müdigkeit? Körperliche Zeichen der Ablehnung!

Nein, sagte Marta stur. Wie sie damals Musik hören konnte, wie sie eintauchen konnte und ausruhen! Und die Spaziergänge im Herbst am See entlang, das Wasser so frisch und das Gras, so kühl nach dem langen trockenen Sommer; das Rascheln und Leuchten der Blätter auf dem Weg.

Nie Ablehnung?

Nein, aber Ungeduld. Ungeduld mit dem eigenen Körper, der plötzlich so wichtig geworden war, der sich so schwerfällig bewegte. Und die schmerzenden Beine. Trotzdem noch immer die Lust an der Arbeit, die sie aufgeben würde. Das Gefühl, sich gegen Felix behaupten zu können, solange sie ihren Beruf behielt.

Es fiel mir schwer, den Beruf aufzugeben, sagte sie zur Therapeutin.

Dr. Riesing schüttelte mißbilligend den Kopf, nickte dann

wissend, als sei sie der Lösung schon näher. Eine glückliche Zeit, Ihre Schwangerschaft?

Martas letzte Vortragsreise, im siebten Monat, und weil sie nicht fliegen durfte, fuhr Felix sie im Auto. Die letzte glückliche Erinnerung an die fünf Jahre mit ihm, vielleicht sogar der Höhepunkt ihrer Ehe. Die Fahrt über leicht hügeliges Land im Vorfrühling, die Bäume noch kahl und die Erde braun, aber über allem der starke Geruch des kommenden Frühlings. Wie rücksichtsvoll Felix war, seit die Schwangerschaft sichtbar wurde, wie liebevoll und zärtlich. Er saß im Saal, während sie ihren Vortrag hielt, er gab sich bescheiden und sagte, es stört mich nicht, eine erfolgreiche Frau zu haben.

Gibt es ein Leben nach der Geburt, fragte Marta andere Frauen bang.

Bei einem Mann wie dem Ihren, sicher!

Felix stand sanft im Hintergrund. Seine Augen soll das Kind haben, dachte sie. Auf der Rückreise verbrachten sie einen Tag bei Freunden.

Du bist schöner als je zuvor, und bald wirst du Mutter sein, sagten sie beim Abschied.

Das war der letzte unbeschwerte Tag meines Lebens, erinnerte sich Marta.

Gab es da, überlegen Sie, nichts Unbewußtes, nichts Verdrängtes?

Einen Traum gab es, den sie nicht verstand. Von einem dreijährigen Jungen mit dunklem Haar und blauen Augen, er war ihr Sohn, daran gab es keinen Zweifel, obwohl sie sich eine Tochter wünschte, nur Mädchennamen dachte sie sich aus, ausgeschlossen, daß sie einen Sohn bekommen konnte. Und da war dieses Kind ganz deutlich in ihrem Traum, mit den Augen seines Vaters, ein schönes Kind, aber es sprach nicht, etwas, spürte sie, stimmte nicht, und sie erwachte

12

schweißgebadet und voller Angst. Ein Alptraum, warum ein Alptraum?

Und ganz am Anfang der Schwangerschaft, erinnerte sie sich im Lauf der vielen Therapiestunden wieder, hatten sie einen Freund von Felix besucht, der einen Bauernhof in der Einschicht bewohnte. Ein Aussteiger, ein Einzelgänger, der hauptsächlich Gitarre spielte und für seinen Eigenbedarf Gemüse und Kartoffeln anbaute, sich ein paar Schafe und Schweine hielt. Er lebe praktisch von nichts, sagte er, und sei restlos zufrieden und glücklich. Sie fanden die dunkle Bauernstube mit den selbstgezimmerten Sesseln und der schiefrigen Eßbank gemütlich, die roten Blätter des wilden Weins glühten vor den winzigen Fenstern in der Sonne, und auf der Fensterbank trocknete der Hanf. Er bestand darauf, daß sie in seinem Auto zum Aussichtspunkt fuhren, von dem aus man weit nach Böhmen hinein sehen konnte, besonders an klaren Herbsttagen. Sie fuhren durch die Spätsommerlandschaft, die Dörfer, Hopfenfelder zu beiden Seiten, Krautrüben auf den Äckern, und auf den Wiesen die letzte Heumahd. Es war ein sonniger Tag mit einem leichten grüngelben Schleier über den Niederungen, nur konnte sich Marta immer weniger auf die Landschaft konzentrieren, sie war so abgrundtief müde, besonders auf der Rückfahrt, als es schon kühl wurde. Sie saß auf dem Rücksitz und kämpfte gegen die Müdigkeit und die Übelkeit an, und dann schlief sie ein. Oder wurde sie ohnmächtig? Aber da hatten sie schon alle Fenster heruntergekurbelt, und der Freund erinnerte sich wieder, daß er vor ein paar Tagen bei einer Nachtfahrt so müde geworden war und daß der Mechaniker ihn gewarnt habe, es ströme Kohlenmonoxid in den Wagen. Aber der Wagen fährt, sagte er leichthin, und ihr wißt ja, ich muß sparen.

Könnte es das gewesen sein, fragte Marta die Therapeutin. Die ganze Schwangerschaft habe sie an diesen Vorfall gedacht, habe zu schwitzen begonnen vor Angst, jedesmal, wenn sie daran gedacht habe, und dann, als man ihr das Kind zeigte, den kleinen Kopf mit den ungewöhnlich klaren Zügen, die Ohren so zart, als seien sie ziseliert, diesen winzigen, perfekten Körper, habe sie ihre Angst und die Erinnerung an die Ohnmacht im Auto vergessen. Könnte es das gewesen sein, fragte sie Dr. Riesing, Kohlenmonoxid im dritten Monat?

Nein, sagte Dr. Riesing streng, es war fraglos etwas, das Sie getan haben, oder unterlassen! Denken Sie weiter nach, bis zum nächsten Mal, überlegen Sie, wo Sie die Beziehung zu Ihrem Kind zerstört haben. So stand es in den Büchern.

Aber ich habe sie doch nicht zerstört, rief Marta.

Die Mutter ist therapieresistent, las sie später in einem Befund.

Weil Marta nicht wagte, das einzige Angebot auszuschlagen, wo es doch darum ging, ihr Kind zu retten, wo es doch niemanden gab, der sich für zuständig hielt angesichts Jakobs unerklärlichem Verhalten, außer der Psychiatrie, dachte sie gehorsam nach und las Bettelheims Fallstudien und fand schließlich doch etwas. Denn nur, wenn sie sich durchringen konnte zum Eingeständnis ihrer Schuld, konnte man Jakob helfen. Zurückgehen also bis zu dem Augenblick ihres ersten Versagens, den Knoten entwirren und behutsam, Schritt für Schritt das Kind herausführen aus dem Labyrinth, in das sie es mutwillig gestoßen hatte. Nicht mutwillig, wollte sie aufschreien. Doch je mehr Schuld sie auf sich nahm, desto schneller und besser konnte man ihrem Kind helfen. Je mehr Schmerz sie sich zufügen ließ und trug, ohne sich zu wehren und ohne Selbstmitleid, desto näher war die Erlösung.

Ja, doch, mitunter, gab sie zu, habe sie dann beim Stillen

gelesen. Nicht immer, verteidigte sie sich schnell, nur manchmal. Es war so langweilig, wissen Sie, erklärte sie der jungen kinderlosen Therapeutin, alle zwei Stunden stillen, rund um die Uhr, und niemand sonst in der Wohnung. Ich war sehr allein, sagte sie, das Lesen hat mir dann immer geholfen.

Da sah Dr. Riesing von ihrem Notizblock auf, und Marta spürte, jetzt war das beschämende Geheimnis enthüllt, wie das Notizblatt auf den Knien der Frau vor ihr lag, friedlich, die Arbeit getan, die Verbrecherin entlarvt und geständig.

Mit anderen Worten, erklärte Dr. Riesing, Sie haben Ihrem Kind den Blickkontakt verweigert, während es trank, diesen langen, innigen Blick zwischen Mutter und Kind. Die erste, wichtigste Beziehung im Leben eines Menschen zerstört.

Marta schwieg, denn es nützte nichts, das spürte sie, sich zu wehren, richtigzustellen, nicht immer, nur manchmal, das Kind hielt ja meistens die Augen geschlossen, es trank so langsam, die Zeit war endlos.

Sie schwieg, weil die andere es sich ja doch nicht vorstellen konnte, es nie erlebt, immer nur in der Fachliteratur darüber gelesen hatte. Sie schwieg, weil sie gegen das Entsetzen, das eigene und das der andern, und gegen den unerbittlichen Schuldspruch nicht anzurennen wagte.

Und jetzt, wo der Punkt des Versagens gefunden war? Was jetzt?

Sehen Sie, bat Marta, ich könnte damit leben, daß ich es verschuldet habe und auch wieder gutmachen kann, und ich könnte auch damit leben, daß es etwas Organisches ist, unverschuldet, ein Unglücksfall.

Nein, sagte Dr. Riesing kühl, es ist irreversibel, und Sie allein haben es verschuldet.

Als Marta keine eigenen Ersparnisse mehr besaß, um das

Honorar zu bezahlen, blieb sie den wöchentlichen Therapiestunden fern. Sie blieb ihnen fern ohne Erklärung. Sie haßte
die Frau, die sie quälte und sich weigerte anzuhören, was
Marta unmittelbar und unausweichlich bedrückte. Die
Angst um das Kind.

Er schreit? fragte Dr. Riesing und hob erstaunt ihre
Brauen. Na und, was stört Sie daran?

Er schreit fünf Stunden, oft sechs ununterbrochen, so,
sagte Marta, als ob er nicht wirklich bei sich wäre, während
er schreit.

Das erstemal, als Jakob so geschrien hatte, diese entsetzliche, gar nicht kindliche Panik in der Stimme, diese Todesangst, war in der Nacht gewesen, als er noch sehr klein war.
Sie hatte ihn aus dem Bett gehoben, mit ihm gesprochen und
ihn getragen, aber es war ihr nicht gelungen, ihn aufzuwek-
ken.

Nun schrie er täglich viele Stunden, als sei er in einem
schrecklichen Alptraum gefangen, aus dem es kein Erwachen mehr gab.

Ich habe Angst um das Kind, gestand sie mit zugeschnür-
ter Kehle.

Aber dazu fiel Dr. Riesing nichts ein.

Und meine Ehe, begann Marta, ich möchte mit Ihnen
über meine Ehe reden.

Dr. Riesing hatte Felix nur einmal zu Gesicht bekommen,
als er Frau und Kind von der Therapiestunde abholte, eilig
und liebenswürdig, wie er Fremden gegenüber immer war.
Er hatte die vollendeten Manieren von wohlerzogenen Söhnen aus gutem Haus. Warum war niemand auf die Idee
gekommen, auch dem Vater Therapiestunden anzuraten?

Ihre Ehe, sagte Dr. Riesing ungeduldig, soweit sind wir
noch nicht. Wir nähern uns erst den Wurzeln, wir dringen ja
erst zu den Anfängen vor!

Aber war nicht Felix Wurzel und Grund von allem, was schiefgegangen war? Auch das sagte Marta nicht laut.

Schließlich blieb sie einfach weg. Dr. Riesing rief an, und später auch die Psychiatrin, die die Diagnose gestellt hatte.

Feig sei sie, warfen beide ihr vor, sie könne die Seelenarbeit nicht ertragen, weigere sich zu bewältigen. Verantwortungslos sei es, das langsame Aufblühen von Jakobs Vertrauen zu seiner ersten Bezugsperson im Keim zu zerstören, noch mehr Zerstörung an dem armen Kind.

Angst und Feigheit, schon möglich, gab Marta zu, aber vor allem eine von Tag zu Tag wachsende Niedergeschlagenheit und Verzweiflung.

Dann war sie mit ihren Ängsten allein.

Nur Jakob schien die bezahlte Ersatzmutter nicht zu vermissen. Einen Satz noch hatte ihr die Ärztin mitgegeben: Diese Heimsuchung sei wichtig gewesen für Marta. So müsse sie endlich lernen, daß Menschen mehr bedeuteten als Bücher. Hatte nicht schon Luise etwas ähnliches gesagt? Gut für dich, recht geschieht dir.

Durch Felix hatte sie die Angst vor dem Ehrgeiz gelernt.

Mit vierzig hatte Felix seinen Job in einem Architekturbüro aufgegeben und begonnen, Jus zu studieren. Sie hatte ihn am Anfang auch gar nicht entmutigen wollen, wo er in seinem Beruf so offensichtlich unglücklich und erfolglos war. Wo er ständig viel lieber mit allen möglichen Leuten Prozesse führte und es so gut verstand, Menschen unter Druck zu setzen.

Vielleicht solltest du Geschäftsmann werden, vielleicht hättest du besser Jus studiert, hatte sie früher einmal gesagt.

Zu einer Zeit, als es ihr gleichgültig war, was er tat, als sie nur mehr darauf wartete, daß Jakob groß genug war in den Kindergarten zu gehen und sie beginnen konnte, sich Schritt für Schritt aus der Ehe hinauszustehlen.

Diese Hoffnung war in dem Augenblick gestorben, als die Ärztin ihre Diagnose aussprach; sie hatte sich in der einsetzenden Betäubung so restlos aufgelöst, daß Marta es nicht einmal merkte. Als Marta wieder auf dem Boden einer veränderten Wirklichkeit aufschlug, hatte eine sture Entschlossenheit von ihr Besitz ergriffen: Das Kind zu retten um jeden Preis. Auch um den Preis der Freiheit, auch um den Preis des Traums, allein mit dem Kind in ihren früheren Beruf und ihr früheres Leben zurückzukehren.

Täglich wachte sie jetzt um vier Uhr früh auf, und eine Sekunde lang zwischen Schlaf und Erwachen, bevor sie die Augen öffnete, war diese Hoffnung jeden Morgen noch da, daß alles nur ein Alptraum gewesen sei, daß Jakob nichts fehle und das Ende der Ehe absehbar sei. Und jeden Morgen folgte darauf der lange Augenblick, in dem sie sich in der Wirklichkeit wieder zurechtfand, die Konturen der Schlafzimmermöbel, die sich in der Dämmerung zu erhärten begannen, der schlafende Mann mit der Decke bis über die Ohren, und das Wissen, daß auch heute niemand den magischen Satz aussprechen würde: Es war alles ein Irrtum, dem Kind fehlt nichts.

Dann mußte sie schnell aus dem Bett und die Verzweiflung, das Entsetzen aus sich herauswürgen, ihren in Aufruhr geratenen Körper beruhigen, der sich wie eine Angstzentrifuge von innen nach außen stülpte. Und wenn sie dann, geschwächt von der Übelkeit, aber von den Schmerzen in ihren Eingeweiden befreit, am Küchentisch saß, kehrte die neue Anspannung in sie zurück: Das Kind muß gesund werden, ich muß es schaffen.

Wenn der Radiowecker Felix mit der Swingmusik weckte, die Marta so haßte, schrie Jakob bereits und wollte nicht aus dem Bett, er mußte gewickelt werden, und Felix rief in das Kinderzimmer, ich hab dir doch gesagt, du solltest mich früher wecken. Er verlangte das Frühstück, Kaffee, ein frisches Hemd, die Socken, für das Kind und den Haushalt hast du den ganzen Tag.

Warum bist du in letzter Zeit so gereizt, fragte Marta, ist es die Sorge um Jakob?

Aber nein, es war das neue Studium.

Jakob fehlt nichts, behauptete er, das bildest du dir nur ein; du solltest lieber alles tun, um mir diesen Schritt zu erleichtern, forderte er. Mit Vierzig ein Studium zu beginnen, wer macht mir das nach, jede Prüfung auf Sehr gut und möglichst viele Kurse in einem Semester, damit die neue Karriere mit jedem Tag greifbarer würde.

Er hatte ihr nie viel geholfen mit Jakob, ihn nicht ein einziges Mal gewickelt oder gefüttert, aber am Anfang hatte es Nachmittage, sogar Abende gegeben, an denen er Marta für einige Stunden freigab und bei Jakob zu Hause blieb. Es hatte ihm auch mehr Spaß gemacht als Marta, mit dem Kind auf den Spielplatz zu gehen, oder an den Fluß, wo im Winter die Schwäne ans Ufer schwammen. Da konnte er sich in aller Öffentlichkeit als Vater fühlen, da lächelten ihm Frauen anerkennend zu, was für ein guter, rührend bemühter Vater, wie er vor der Schaukel stand und Jakob mit jedem Schubs anfeuerte, hurra für Jakob!

Fiel es ihm nicht ein einziges Mal auf, daß das Kind nicht reagierte, daß es blicklos durch ihn hindurchsah mit undurchdringlichem Gesicht und bewegungslosem Körper? Nur wenn er die Schaukel anhielt und ihn herunterheben wollte, begann Jakob zu schreien. Es gab bald ein festes Ritual am Spielplatz, dem sich Felix freundlich und gedankenlos unterwarf. Zuerst die Schaukel, endlos, eine Stunde und mehr, dann zweimal um den Sandkasten balancieren, dann Steine in die Regenrinne des Lusthäuschens werfen, dazu mußte Jakob hochgehoben werden, immer wieder, oft dreißigmal. Da war es dann an der Zeit, daß irgendein Erwachsener in der Nähe sagte, schau, was für einen lieben geduldigen Papa du hast! Dann trug er das Kind zum Fluß hinunter und fütterte die Gänse, und auf dem Weg zum Parkplatz gab es ein Eis. Wenn sie heimkamen, war Marta entspannt, sie hatte gebadet, Musik gehört oder gelesen, und auch Felix hatte die väterliche Pflichterfüllung in gute Laune gebracht.

Diese Ausflüge fielen nun weg, und auch seine Nachmittage und Abende mit Jakob allein. Wenn sie auf Besuch waren bei anderen Familien, oder im Sommer auf dem Bauernhof, spielte Felix ausgelassen und phantasievoll mit anderen Kindern, aber von Jakob und seinen großen blicklosen Augen zog er seine Aufmerksamkeit ab.

Ich habe auch meine Sorgen und Probleme, schrie er Marta an, wenn sie rief, Felix, spiel doch bitte mit dem Kind!

Und wenn sie ihn bei Tisch festhielt mit ihrem Drängen, wir müssen darüber reden, warf er das Besteck auf den Teller, daß es klirrte, und schrie, siehst du denn nicht, daß es um meine Karriere geht, wir müssen jetzt alle beide zuerst an meinen Erfolg denken.

Dann beschuldigte er sie, sein Scheitern zu wünschen, ihm alles Erdenkliche in den Weg zu legen, vor allem das ewige Jammern über das Kind, keiner seiner Mitstudenten hätte dieses Problem, keiner müsse sich um irgend etwas anderes kümmern als um sich selber und sein Studium. Alles, was er verlange, sei Rücksicht und Unterstützung.

Dann begann auch Marta zu schreien, ihre sich wie Litaneien wiederholenden Sätze, mit dem Kind stimme etwas nicht, sie sei am Ende, er müsse helfen oder verschwinden. Manchmal erzählte Felix vor anderen die Geschichte von einem Freund, von dem Marta noch nie gehört hatte, den sie ihm auch nicht glaubte. Dieser Freund habe studiert, daneben die ungeheure Belastung von Frau und Kleinkind. Und plötzlich habe die Frau sich eingebildet, Feministin werden zu müssen, jeden Abend sei sie zu ihren Versammlungen gelaufen, und er mit dem Kind daheim die ganze Nacht, die Frau immer öfter unterwegs zu ihren Emanzengeschäften, bis er durch die Prüfungen fiel, das Studium aufgeben mußte. Die Freunde, denen er diese Parabel vortrug, waren entsetzt. Über das Urteil gab es keinen Zweifel, es mußte nicht ausgesprochen werden.

Siehst du denn nicht, daß mit Jakob etwas ganz falsch läuft?

Nein, Felix sah es noch nicht. Als Marta ihre ersten Befürchtungen aussprach, weil Jakob mit fünfzehn Monaten noch nicht gehen konnte, weil er mit zwei Jahren noch kaum sprach und nur Brei schlucken wollte, sagte er, ich bin der Vater, er ist mein Fleisch und Blut, wenn ihm etwas fehlte, würde ich es spüren.

Als Marta das Kind trotzdem in der Klinik anmeldete, sagte er nachsichtig, ja, wenn du glaubst zum Psychiater zu müssen, bloß weil's modern ist, von mir aus.

Beim ersten Gespräch mit der Ärztin war er dabei, er trug Jakob von Fenster zu Fenster, während Marta der Diagnostikerin gegenübersaß und mit der ganzen Selbstbeherrschung, die sie aufbringen konnte, die Symptome aufzählte, statt ihre Angst hinauszuschreien; präzise, geordnet und wissenschaftlich, wie sie es auf der Universität gelernt hatte, um der Expertin zu helfen, rasch zu einem Urteil zu kommen, rasch eingreifen zu können in einen Ablauf, der sonst vielleicht nicht mehr aufzuhalten war. Felix, der zu Hause Martas zunehmende Panik beobachtet hatte, wie sie immer öfter mit entsetzt aufgerissenen Augen das Kind ansah, war von ihrer Kühle beeindruckt. Und vor allem kein Wort des Vorwurfs gegen ihn. Nur am Schluß, als er bereits mit Jakob beim Lift war, hatte sie schnell die Ärztin gebeten, könnten Sie vielleicht Felix sagen, er solle sich mehr um das Kind kümmern, ich meine, auch mit ihm reden und öfter mit ihm spielen. Das sei ungerecht, hatte die Frau sie unterbrochen, dem Vater die Verantwortung zuzuschieben.

Die Diagnose erfuhr er von Marta und glaubte sie nicht. Ein Vorwand, um sein Studium zu hintertreiben, sei das, ein Angriff auf seine Karriere.

Immerhin war er genug verunsichert, um den Sohn zu seiner Mutter in die Hauptstadt zu bringen, zum ersten Mal. Sie bewohnte eines der vier Stadthäuser, deren Besitzerin sie schon zu Lebzeiten ihres Mannes gewesen war. Sie finanzierte auch Felix' spätes Jusstudium, es hieß, sie sei Millionärin. So hielt sie die Söhne in ihrer Abhängigkeit. Zur Hochzeit hatte sie ihrer Schwiegertochter ein neues Auto geschenkt, das sich Felix ein halbes Jahr später aneignete. Sie war unberechenbar in ihrer Großzügigkeit wie in ihrem Geiz.

Einmal werdet ihr und eure Kinder das alles erben, versprach sie ihren zwei Söhnen und den Schwiegertöchtern, wenn sie deren Unterwerfung forderte.

Seit ihr der jüngere Sohn Reinhard im Streit vorgeworfen hatte, der ganze Besitz sei zusammengestohlen, hoffte Felix Alleinerbe zu werden. Er hatte Reinhard in Gegenwart der aufgebrachten Mutter erklärt, der Besitz sei rechtmäßig erworben, jedes einzelne Haus, auch das Gericht habe ihnen das bestätigt, als ein früherer Besitzer wieder auftauchte und sein Haus zurückhaben wollte. Gekauft seien die Häuser, abgelöst, zugestanden worden. »Arisiert«, sagte Reinhard. Nach dem Krieg hatte der Vater seiner Frau den ganzen Besitz überschreiben lassen, aber nur einer der Besitzer kam zurück. Er wurde aus dem Haus gejagt. Felix' Vater setzte seine Karriere fort, seine Mutter behielt den Besitz, sie gehörten zu den besten Familien. Was einmal Recht war, kann nicht plötzlich Unrecht werden, hieß es.

Das alles hatte Marta bei ihrer Hochzeit erfahren, sie hätte es früher erfahren können, wenn sie hellhöriger gewesen wäre.

Jakob war schon ein Jahr alt gewesen, ein schönes zartes Kind mit braunen Locken und großen blauen Augen, als die Großmutter zum erstenmal auf Besuch kam. Mein Gott, rief sie, dieser kleine Kopf, das Kind schlägt nicht in unsere Art! Meine zwei Buben haben große Köpfe gehabt, ich hatte eine entsetzliche Geburt beim ersten.

Marta hatte immer Angst gehabt vor dem kalten, herrischen Gesicht der alten Frau. Meist schwieg sie in ihrer Gegenwart, um sich der unvermuteten lauernden Fragen nach ihrer Herkunft zu erwehren, sie wich aus und log, so wie sie Felix belogen hatte und die Verehrer in ihrer Mittelschulzeit. Nie hatte sie erzählt, daß ihr Vater in einer Strafkompanie gefallen war, daß ihre Mutter Dienstmädchen und später Hausmeisterin gewesen war, zehn Jahre älter als der einzige Mann ihres Lebens und ohne Schulbildung. Sie schämte sich ihrer Herkunft.

Sie war ein behütetes Kind gewesen, ein wohlerzogenes Mädchen, das noch mit siebzehn Arm in Arm mit seiner Mutter Auslagen anschauen ging. Kämpfe um kleine Freiheiten hatte es nie gegeben, sie war die erste in ihrer Klasse, die einen modischen Haarschnitt hatte, und ihre Mutter unterstützte auch Martas Hang zur Extravaganz, soweit es ihre Witwenrente zuließ. Daß sie mit fünfzehn ihren ersten Freund gehabt hatte, erfuhr die Mutter allerdings erst viel später. Während sie vor den Schaufenstern standen, steckten ihr Burschen unauffällig Zettel mit durchbohrten Herzen in die freie Hand, hinter dem Rücken der ahnungslosen Mutter.

Später, zur Therapeutin, sagte sie, eine schöne Kindheit, nie Zwang, nur die Umstände zwangen zur Armut.

Dafür wuchs der verschwiegene Traum vom Luxus. Schauspielerin hatte sie werden wollen, zumindest Fotomodell, irgend etwas, das ihr ein Leben im Rampenlicht sicherte. Zu oft hatte man ihr gesagt, ein Gesicht wie das ihre sei ein Kapital, eine Eintrittskarte zu allem, was ihr die Herkunft verschloß. Dieses Versprechen wurde ihr zur Gewißheit, als ein Talentjäger sie entdeckte. An einem regnerischen Oktobermorgen war sie mit einem verwegenen Hut auf dem Kopf und einer enganliegenden Samtjacke in die Schule gegangen, als ein Mann ihr entgegenkam und sie dringlich bat, mit ihm ins nächste Kaffeehaus zu kommen. Fachmännisch kühl zählte er ihre Vorzüge auf, die Figur, die Zähne, das gewellte Haar, ein Glück für sie, daß sie einander begegnet seien. Er hielt ihr Gesicht fest und drehte es nach allen Seiten. Bedenken hatte er nur beim Profil. Sie nahm seine Geschäftskarte in Empfang. Talent scout stand unter dem Namen, er versprach, sich bald wieder zu melden. Sie wartete jahrelang auf ihn, kleidete sich noch auffälliger als zuvor, die weitesten Petticoats, die wildesten Stoffmuster, aber sie hörte nie mehr von ihm.

Die Schule ging nebenher, und weil sie mit achtzehn noch nicht für den Film entdeckt war und für das Theater keine Begabung hatte, studierte sie Naturwissenschaften. Die

Mutter, nun schon fast sechzig, erzählte stolz, daß die Tochter studiere, mit wichtiger Miene nannte sie die Fächer, so schwierig für ein Mädchen, sie beschwerte jede Silbe mit Ehrfurcht, Biologie, ein außergewöhnliches Studium sei das.

In den Ferien erschien Marta für einige Wochen mit neuen Kleidern, von denen man in der Kleinstadt noch nicht einmal wußte, daß sie in Mode waren, so fiel sie überall auf, in tiefausgeschnittenen Perlonkleidern, später in enganliegenden schwarzen Pullovern, sie trug auch als erste Hosen. Ein wenig hochnäsig sei sie geworden, hieß es, nicht mehr so natürlich wie früher. Meine Tochter studiert nämlich, wie Sie wissen, sagte die Mutter, ja, sie studiert noch immer, ein schweres Studium, wissen Sie.

Zur Promotion der Tochter ließ sie eine Anzeige in die Zeitung geben, und gedruckte Karten verschickte sie, damit alle von ihrem großen Glück erfuhren. Sie war schon längere Zeit nicht mehr gesund, und in der Hausmeisterwohnung ließ man sie nur mehr aus Rücksicht wohnen, aus Gutmütigkeit, und weil sie es ohnehin nicht mehr lange machen würde. Jetzt wird Ihre Tochter wohl wieder nach Hause kommen, sagten die Leute, damit sie Ihnen eine Stütze sein kann. Aber die Mutter wehrte ab, sie soll tun, was das Beste ist für sie. Die Tochter kam nicht nach Hause, sie blieb in der Stadt, in der sie studiert hatte.

Erst zum Begräbnis der Mutter erschien sie wieder, schön und gefaßt mit Hut und Schleier. Am Eingang zum Friedhof wartete ein Mann in einem Cabriolet auf sie, und sie verabschiedete sich schnell von den Verwandten. Zum erstenmal erregte sie einstimmige Mißbilligung. Sie hatte nicht geweint am Grab der Mutter; bei dem schwarzen Schleier über ihrem Gesicht, wie konnte man wissen, ob sie nicht sogar gelächelt hatte. Plötzlich sah man sie in einem ganz neuen Licht. Extravagant gekleidet, diese aufdringlich engen Hosen, die engen Pullover, die schwarzgeschminkten Augen, flittchenhaft, das viele Geld, das sie gedankenlos ausgab, während zu Hause die Mutter gedarbt habe, für sie, damit sie studieren durfte, diese Verschwendung an eine Undankbare, die kaum mehr grüßte. Hochmütig sei sie, hieß es nun, dabei geschmacklos und ohne Anstand. Nicht einmal um die Hausmeisterwohnung kümmerte sie sich nach dem Tod der Mutter, ein Cousin holte die Möbel, die jüngere Schwester der alten Frau putzte Böden und Fenster.

Marta hatte ihre Heimatstadt ohne Tränen und Reue verlassen, es schien ihr nicht der Mühe wert, Kontakte zu pflegen, spurlos verschwand sie.

Niemand hatte sie entdeckt, um sie berühmt zu machen, aber Felix brachte ihr den Luxus, von dem sie immer geträumt hatte, in greifbare Nähe. Der Wohlstand, den er ihr bieten konnte, hatte den Ausschlag gegeben bei ihrem Entschluß, ihn zu heiraten, und als sie bereits wußte, woher dieser Wohlstand kam, konnte sie doch den Respekt und auch die Furcht, die er ihr einflößte, nicht ablegen.

Achtzig Prozent aller Probleme lassen sich mit einem Scheck lösen, hatte Felix eine Woche, nachdem sie sich kennenlernten, gesagt und ihrer Hausfrau die Miete bis zum Ende der Kündigungsfrist bezahlt. Am nächsten Tag war Marta zu ihm gezogen. Sie hatte sich wie im Märchen gefühlt: das riesige Bett, der viele Samt, alte Möbel und Stereoanlage, Geschirrspüler, und jeden Abend ein teures Lokal, auf dessen Teppiche sie kaum ihre Füße zu setzen wagte. Aber sie gab sich überlegen und kühl. Nie hatte sie sich wohl gefühlt in teuren Restaurants bei Kerzenlicht, Speisekarten ohne Preise und soviel Silberbesteck, daß sie fürchtete, sich zu blamieren, weil sie sich in der Reihenfolge der Löffel und Gabeln nicht auskannte. Nie hatte Felix erfahren, daß es in ihrer Kindheit Zeiten gegeben hatte, in denen die Mutter ihr beim Essen zugeschaut und sich hungrig über die Reste hergemacht hatte.

Acht Jahre später, als sie ihn verließ, konnte sie sich nicht mehr erinnern, ob sie ihn einmal geliebt hatte, zumindest am Anfang, ganz am Anfang, als sie doch eigentlich so glücklich gewesen war. Ihre Bekannten von damals behaupteten es, so haben wir dich gar nicht gekannt, wie verliebt du warst. Sie hatte in seiner Abwesenheit eine Tonbandkassette besprochen, auf der sie viel seufzte und von ihrer großen Liebe, ihrer unerträglichen Sehnsucht sprach. Aber ihr Gefühlsgedächtnis tilgte diese Spuren im Lauf der Jahre. Und auch Felix hatte seinen Kollegen und Freunden mit belegter Stimme erklärt, sie sei ihm geschehen, die einmalige, unglaubliche Liebe, aber für eine Ehe reichte sie nicht aus.

Als Felix sie zwei Monate, nachdem Marta bei ihm eingezogen war, zur Weihnachtsbescherung nach Hause mitnahm, kam ihr schon der Verdacht, daß sie in dieser Familie keine Aufnahme finden würde. An der Tür die beiden Gesichter der Eltern, kalte mißtrauische Augen, der Tod stand bereits in den hageren Zügen des Vaters und machte sie starr vor Härte, der fast brutale Händedruck der Mutter und ihre gebieterisch hingehaltene Wange, eine schlaffe gelbliche Altweiberwange, Marta spürte Ekel und Mitleid mit Felix. Das also waren die Eltern, daher kamen die Ängste, seine manchmal unerwartete Härte und Unzugänglichkeit, unter denen sie litt.

Von den Onkeln und Cousins mit ihren Frauen und Töchtern glaubte sie Feindseligkeit zu spüren. Sie fühlte sich beobachtet und gab sich fröhlich, mädchenhaft, unkompliziert, sie erriet, daß man Schlichtheit von ihr erwartete. Das Wort *natürlich* wäre ein Kompliment gewesen, das nicht auf sie zutraf. Daß sie studiert hatte, schien ein Makel, den man streng ignorierte, trotzdem drang man in sie, mehr von sich zu erzählen.

Der Vater, die Eltern, die Herkunft?

Marta wich aus und bekam einen unsteten Blick. Jedes Wort, das man an sie richtete, klang ihr wie ein Vorwurf oder ein geschickt getarntes Verhör. Eine Cousine, die ihr an der Tafel schräg gegenübersaß, kam von ihrem Lieblingsthema, den Intellektuellen, nicht los, jede Anekdote, die sie erzählte, endete skandalös, und schuld war jedesmal ein Studierter.

Es stimmt einfach, schrie sie, als Felix einlenken wollte, sie hassen uns, die Studierten, hör mir auf mit den Studierten!

Marta duckte sich und wünschte, sie hätte nicht selber mit der Eitelkeit, die sie auf ihre Bildung empfand, ihren akademischen Titel erwähnt. Jetzt rächten sie sich, Frau Doktor, mit einer höhnischen Verbeugung, jedesmal, wenn man sie ansprach. Der Abend schien endlos.

Marta schämte sich auch ihrer Geschenke, bei denen sie nicht gespart hatte. Einen Seidenschal für den Vater, eine Granatbrosche für die Mutter, einen Bildband über Frank Lloyd Wright für Felix.

Felix sagte, danke Liebling, und legte das Buch auf den Fernsehapparat. Beim Wegfahren am nächsten Tag vergaß er es dort. Später nahm Marta es wieder in Besitz, riß die Widmung heraus und stellte es in ihr Bücherregal; als sie Felix verließ, nahm sie es mit, es war das teuerste Buch, das sie jemals gekauft hatte.

Die alte Frau erklärte ihr die Unterschiede von böhmischem Granat, dieser hier sei sehr hell, je dunkler der Granat desto besser und wertvoller. Das tue ihr leid, sagte Marta, das habe sie nicht gewußt.

Schau, wie sie sich anzieht, hörte sie, als sie vom Bad kam.

Am nächsten Tag sagte die Schwiegermutter liebevoll zu ihr, mein liebes Kind, du mußt noch lernen, zu Festtagen trägt man keine Bluejeans, das wird von weniger toleranten Menschen als uns als Affront empfunden. Marta verstand nicht. Sie hatte eine dunkelblaue Samthose angehabt, nach der neuesten Mode, hauteng bis zum Knie, und um die Waden fiel der Stoff in weiten samtigen Wellen; eine Streichelhose, hatte sie zu Felix gesagt, sie liebte Samt.

Das schlimmste an deinem Elternhaus, sagte sie später zu ihm, ist die eisige Atmosphäre, und daß man glaubt, mehr Augenpaaren ausgesetzt zu sein, als Menschen da sind. Als ob die Gesichter auf den Photos und Porträts an den Wänden sie kritisch und mißgünstig angestarrt hätten. Und wenn sie hinsah, ein kaltes Lächeln.

Lange Zeit am Abend nach der Bescherung, zog sie sich ins Gästebad zurück, betrachtete ihre unzähligen Gesichter, die sich in den Kristallspiegeln auf allen Seiten schwindelerregend ins Unendliche fortsetzten. Aber sie fühlte sich wohl in der Gesellschaft ihrer Spiegelbilder hinter der versperrten Tür. Sie gefiel sich bei der Vorstellung, von nun an immer in solchem Luxus zu leben, teures Parfüm auf dem Waschbecken und eine Orchidee in der Vase, mitten im Winter.

In jener Nacht hatte sie das erstemal Streit mit Felix gehabt.

Ich fürchte mich vor diesen Leuten, sagte sie, und sprach von der Kälte und den versteckten Nörgeleien den ganzen Abend lang.

Wenn sie dich kritisieren, erklärte er, ist das ein Zeichen, daß sie dich akzeptiert haben, so drücken sie ihre Zuneigung aus.

Marta blieb skeptisch. Überall sonst wird Zuneigung durch Freundlichkeit und Verständnis ausgedrückt.

Man beißt nicht die Hand, die einen füttert, merk dir das, sagte Felix. Wir könnten ohne die Großzügigkeit meiner Eltern nicht so leben, wie wir es tun, das paßt dir doch, oder?

Das Zimmer, in dem man sie untergebracht hatte, war dunkel getäfelt bis zum Plafond. Marta starrte auf die Rosetten der wuchtigen Holzdecke, während sie stritten.

Nicht, bat sie, als Felix, um den Streit zu beenden, zu ihr hinübergriff.

Da stand er auf, und sie lag die ganze Nacht wach in dem fremden Haus in einem Zimmer, in das sie sich eingesperrt fühlte wie in einen schweren Holzsarg. Sie wagte nicht, es zu verlassen, aus Angst vor den Bewohnern der anderen Räume.

Ich heirate ja nicht die Familie, sagte sie sich, als sie am nächsten Tag wegfuhren, und glaubte, die Leichtigkeit und das Glück, das sie auf der Fahrt durch den rauhreifverhangenen Wintertag verspürte, habe mit Felix zu tun.

Sie war froh, daß Felix sie nach der Hochzeit nur selten mitnahm, wenn er nach Hause fuhr. Grundsätzlich habe die Familie nichts gegen sie, beruhigte er sie. Was Erbmasse anbelangt, erfuhr sie bei einem Streit zu Beginn ihrer Schwangerschaft, sei sie keine so schlechte Wahl: ein Mädchen aus dem Volk, bodenständig, intelligent und hübsch. Zu kritisieren sei ihre Extravaganz, die sich in ihrem neuen Wohlstand erst zu entfalten begann, auch daß sie sich so aufdringlich schminkte und mit Schmuck behängte, daß sie rauchte und offenbar kein bißchen häuslich war.

Als Marta schwanger wurde, rief die Schwiegermutter häufig an und hämmerte ihr mit ihrer rechthaberischen Stimme Ratschläge ein: Sofort den Beruf aufgeben und mit dem Rauchen aufhören, viel Ruhe und gute Gedanken, wenig Anstrengung, vor allem keine geistige, viel besinnliche Freude.

Ja, sagte Marta, ja, und hielt den Hörer in einer Entfernung, die die scharfe Stimme dämpfte.

Und wenn es soweit ist, sagte die Schwiegermutter, nie barfuß auf Steinboden treten, auch nicht für den Bruchteil einer Sekunde, und gleich mit dem Fläschchen zufüttern, denn mit deiner Jungmädchenbrust stillst du niemals den Appetit eines Sprößlings aus unserer Sippe. Glaub mir, rief sie, ich erinnere mich noch an den Appetit meiner Buben, wie die zugeschnappt haben, unersättlich.

Ja, sagte Marta zu allem und hoffte, die alte Frau würde zur Geburt nicht angereist kommen.

Ich habe mich für einen Fortbildungskurs in der Hauptstadt angemeldet, sagte Felix unternehmungslustig, so eine Art Architektenkongreß, eine Tagung mit einem vierzehntägigen Workshop.

Wann, fragte Marta.

Im Mai, Anfang Mai.

Aber da kommt doch das Kind, rief sie, am neunten Mai, bist du wahnsinnig geworden?

Ungläubig starrten sie einander an.

Aber es geht doch um meine Karriere. Felix war fassungslos, daß sie ihn hindern wollte, an seiner Karriere zu arbeiten. Du hast ja keine Ahnung, wie wichtig diese Veranstaltung für mich ist!

Ich kann es nicht glauben, daß du mir so was antust, sagte Marta leise, bevor sie zu weinen begann und mit den Fäusten auf ihn losschlug.

Er hielt ihre Hand fest und schlug ihr ins Gesicht. Nur damit du weißt, wer hier schlägt!

Am Tag zuvor hatte der Arzt ihre Vermutung bestätigt, daß das Kind quer lag. Sie spürte seinen Kopf gegen ihre Rippen.

Verstehst du denn nicht, daß ich Angst habe? Und wenn

die Querlage nicht das einzige war, was mit dem Kind nicht stimmte? Das Kohlenmonoxid im dritten Monat, erinnerst du dich? Und kürzlich war sie gestolpert und hatte sich genau an der Stelle ihres Bauchs gestoßen, wo sie den Kopf des Kindes vermutete.

Nein, das verstand Felix nicht, denn er war mit der Leidenschaft, mit der er sich in Ideen verbeißen konnte, von dem Kurs besessen, als bedeute er eine Wende in seinem Leben. Internationale Beziehungen könne er dort knüpfen, den Anschluß finden an die große Welt.

Du tust so, als ob ich das Kind für dich kriegen solle, spottete er, aber er lenkte ein, ich muß sowieso demnächst heimfahren, ich werde mit Mutter darüber reden, sie ist auch eine Frau und hat Kinder geboren.

Von seiner Reise kam Felix trotzig und unerbittlich zurück. Seine Mutter habe gesagt, du mußt tun, was für dich richtig ist, deine Karriere geht vor, sie kommt auch dem Kind zugute, Marta kann auf sich selber aufpassen, sie ist eine erwachsene Frau. Er erzählte Marta, um sie aufzumuntern, von der Geburt seines jüngeren Bruders, denn auch seine Mutter habe, hochschwanger, seinen Vater zu einer Dienstreise überredet. Sie habe eben nicht, wie andere Frauen, an sich selber gedacht, sondern an den Aufstieg ihres Mannes, der ja schließlich auch der ihre war, und das mitten im Krieg. Man habe dem Vater sofort ein Telegramm geschickt, ein Sohn sei geboren, und der Vater habe sonst nichts zurücktelegraphiert als den Namen, Reinhard, dabei sei es geblieben.

Marta rief die Schwiegermutter an, versuchte sie umzustimmen, glaubte, sie allein könne Felix abbringen von seinem Seminar, vertraute ihr ihre Ängste an. Es geht ja nicht nur um mich, es geht ja auch um das Kind, bitte, Mutter, es fiel ihr nicht leicht, die alte Frau Mutter zu nennen.

Ich habe auf meinen Sohn keinen Einfluß, sagte die Schwiegermutter, er muß tun, was er für richtig hält.

Und wenn Sie für eine Woche kämen, fragte Marta, die plötzliche Angst allein gelassen zu werden überwog die Abneigung; es fiel ihr nicht auf, daß sie die Frau siezte, die sie eben noch Mutter genannt hatte.

Nein.

Der Ton dieses Nein verbot jeden weiteren Einspruch.

Marta legte den Hörer auf, ohne sich zu verabschieden.

Einmal noch vor der Geburt rief die Schwiegermutter an, um ihr zu raten, sich eine Kinderfrau zu nehmen. Keine Intellektuelle wie du, sagte sie, eine Frau aus dem Volk mit einem sicheren Mutterinstinkt.

Warum tat Marta nichts, da sie doch wußte, was unausweichlich auf sie zukam? Als ob in letzter Minute ein Wunder geschehen müßte, wartete sie tatenlos und mit wachsender Angst auf die Geburt. Doch nicht ganz tatenlos, sie rief Freundinnen an, sie schrieb alle Namen aus ihrem Adreßbuch auf einen Zettel, von denen sie Hilfe erhoffte. Aber sie wagte dann doch zu keiner zu sagen, nimm dir frei diese Woche und bleib bei mir, komm mit mir ins Spital und warte, bis das Kind da ist. Von wem konnte sie das verlangen? Wenn sie es nicht einmal von ihrem Mann verlangen konnte und nicht von der Großmutter des Kindes? Ihre Freundin Luise versprach schließlich, sie so oft als möglich zu besuchen, so oft als ihr Beruf und ihre anderen Verpflichtungen es eben zuließen.

Zur Zeit der Geburt war Felix dann doch noch zu Hause. Er fuhr Marta um zehn Uhr abends ins Spital, als plötzlich eine Woche zu früh das Fruchtwasser abging. Einen Tag lang wartete sie auf die Wehen, die sie nur als leicht erträgliche Bauchschmerzen spürte. Erst am nächsten Morgen wurde sie für die Operation vorbereitet. Im weißen Kittel, die Füße eiskalt, bis sie vom Kreuzstich fühllos wurden, und dazu die entsetzliche Angst, daß das Kind nicht mehr lebte.

Man rollte sie in den Operationssaal, vorbei an Felix' lächelndem unbeteiligten Gesicht. Das Ziehen und Zerren in ihrem Bauch hinter dem grünen Vorhang, die Arme ausgestreckt und angeschnallt, wie gekreuzigt. Ein hübscher Bub, sagte der Arzt, und sie begann erleichtert zu weinen, als sie das langsam kräftiger werdende Wimmern hörte. Das Zerren in ihrem Bauch dauerte an, manchmal ein leichter Schmerz. Man zeigte ihr das Kind, ein weißes Bündel mit einer Mütze auf dem Kopf, und offenbar hatte es alles, was ein Kind haben sollte.

Draußen, in einem anderen Raum, legte man ihr das Kind zwischen den Arm und den noch fühllosen Körper, bis die Schmerzen begannen, und das Zittern ihren Körper erfaßte und mitsamt dem Bett gegen die Wand stieß. Ihre ganze Konzentration war beansprucht von den unerträglichen Schmerzen. Sie erinnerte sich nicht, wann sie das Kind wieder weggetragen hatten.

Ja, haben Sie denn geglaubt, Sie kommen ohne Wehen davon, fragte die Schwester.

Irgendwo im Raum, wahrscheinlich am Fenster hinter dem Bett, stand Felix. Er mußte dabeigewesen sein an diesem Nachmittag nach der Geburt, denn er tadelte sie später, sie hätte geflucht und die Schwester angeschrien, es sei ihm peinlich gewesen, so unbeherrscht, so gewöhnlich.

Als man sie am Abend aufs Zimmer brachte, stand auf dem Nachttisch ein Blumenstrauß mit einer Glückwunschkarte von Felix. Und bevor er wegging, fragte er, willst du noch immer eine Karriere, jetzt, wo du Mutter bist?

34

Zweimal kam Felix in den nächsten Tagen vorbei, einmal vor einer Abendeinladung und einmal, um ihr erbost mitzuteilen, daß das Auto kaputt sei. Vorwurfsvoll sagte er, wir können darüber streiten, wer Schuld hat, Tatsache ist, ich muß übermorgen zu meinem Workshop und das ohne Auto. Er verbrachte viel Zeit am Telefon, um alle Bekannten davon zu benachrichtigen, daß er Vater geworden sei. Marta geht's gut, erzählte er, nur ein klein wenig wund ist sie noch. Er mußte dann auch schnell auf die Post, um Telegramme aufzugeben.

Bleib noch ein wenig, bat Marta und bereute es gleich darauf schon, denn er saß angespannt mit gereiztem Blick auf dem Stuhlrand und sah auf die Uhr.

Eine Schwester brachte das Kind, er schaute es flüchtig an, berührte es nicht, kam auch seiner Frau nicht zu nah, wich ihrem Blick aus. Sie sollten mehr herumgehen, damit die Wunde schneller heilt, hatte die Schwester gesagt, aber Marta gelang es nicht, sich allein aufzusetzen, im rechten Arm die lange Nadel der Infusion und die frische Wunde vom Nabel senkrecht über den ganzen Bauch.

Steht doch nicht da und schaut blöd, schrie Marta, helft mir doch, daß ich hochkomme!

Schäm dich, sagte Felix, und ging zwei Schritte hinter ihr, als kenne er sie nicht, den Korridor hinauf und hinunter.

Halt mir die Klotür auf, bat sie, es tut alles so weh, das Niedersetzen und Aufstehen, das Öffnen von Türen, und überallhin die lange Stange mit dem Infusionsbehälter.

Aber Felix grauste es, ihr zuzusehen, wie sie das Nachthemd hochschob, er schlug schnell die Tür zu.

Meist war sie allein in den ersten Tagen. Man brachte ihr das Kind zum Stillen, aber das Kind hielt die Augen geschlossen und trank nicht. Das ist mir noch nie vorgekommen, sagte die Schwester ungeduldig, eine Mutter, die nicht fähig ist, ihr Kind allein zu stillen. Marta war verzweifelt, sie versuchte es immer wieder und gab schließlich weinend auf. Ihre Brust sei zu groß, hieß es, das Kind könne nicht atmen, und man brachte ihr eine Pumpe, mit der sie sich stundenlang abmühte, um ein halbes Fläschchen Milch abzupumpen.

Als Kuh bist du eine Versagerin, sagte Felix.

Sie weinte viel. Die Tränen kamen ganz von selber, fast friedlich. Draußen vor dem Spitalsfenster die Alleebäume am Fluß und sie so alleingelassen, ihre Haare naß und verklebt vom Weinen und den nächtlichen Schweißausbrüchen. Einer jungen Schwester tat sie leid in ihrer trostlosen Einsamkeit. Wenn sie sah, daß Marta schon wieder weinte, brachte sie ihr das Kind und legte es auf ihren Körper. Dann wurde Marta ruhig und schaute das kleine Gesicht an, die winzigen klaren Züge, die Ohren, die langen Wimpern und die hilflosen Fäuste, stundenlang konnte sie das Kind anschauen, und jedesmal schlief sie beruhigt und glücklich ein. Wenn sie aufwachte, war das Kind weg.

Am Tag vor Felix' Abreise, am dritten Tag nach der Geburt kam die Schwiegermutter kurz auf Besuch. Sie brachte eine hellblaue Daunendecke, der Überzug reine Seide, mein Kind, nicht zu heiß waschen, am besten überhaupt nur putzen lassen, und auf der Decke stand kunstvoll gestickt: Unser Kind. Die Brüste, stellte sie fest, seien groß genug zum Stillen, und sie habe sich nach einer Kinderfrau umgesehen, die würde für die ersten zwei Wochen sie und den Säugling umsorgen. Wer hat es denn schon so gut, seufzte sie, mein Gott, was so eine Haushaltshilfe heutzutage kostet.

Auch Luise kam sie besuchen, und Marta beklagte sich bitter über Felix, er kommt so selten und bleibt nur kurz da, und immer ist er so aggressiv und gereizt. So sind alle Männer, erklärte Luise, sie habe das schon oft gehört, daß sich die Männer beim Wochenbett so anstellten, als hätten sie gar nichts damit zu tun. Diese qualvollen Spaziergänge den Gang hinauf und hinunter, erzählte Marta, gekrümmt vor Schmerzen und seit Tagen unfrisiert, die Nadel im Arm und die Stange als Stützstock, und er geht hinter mir und geniert sich, zu mir zu gehören. Komm, ich frisier dich, sagte Luise, und dann gehen wir gemeinsam spazieren.

Am Abend kam Felix noch einmal vorbei, nur auf einen Sprung, wie er sagte. So sah er auch aus, eilig und schon ganz woanders. Aber da hatte Marta schon hohes Fieber und keine Kraft mehr, sich über ihn aufzuregen. Als die Nachtschwester kam, war das Fieber weiter gestiegen, und Marta weinte hilflos und verzagt in den Polster und bat Felix, bleib da, fahr nicht fort, ich habe Angst. Nur, wenn du stirbst, sagte er, und um neun Uhr stand er auf, unerbittlich, ich brauche auch meinen Schlaf. Er, der sich lauthals über sie lustig gemacht hatte, wenn sie bei Parties um Mitternacht angedeutet hatte, sie sei müde und möchte heim.

Eine Woche später kam er und holte sie ab. Das Auto war repariert, und er war in Eile. Marta stillte gerade, das Kind hatte gelernt zu trinken. Sie war fieberfrei und etwas kräftiger.

Tu schon weiter, sagte er, bist du endlich fertig, wir gehen jetzt.

Die Tür stand offen und Marta ließ ihr Nachthemd über die Schultern fallen, langte über den Bettrand nach Büstenhalter und Bluse. Sag, bist du von Sinnen, schrie Felix und warf sich schützend vor die offene Tür, splitternackt und jeder kann dich sehen! Mein Fleisch und Blut, mein Kind, sprach er feierlich den zum Fortgehen zusammengebündelten Säugling an und hob ihn vorsichtig hoch. Er erinnert mich an mich, wie ich klein war, sagte er, wir wollen ihn nach meinem Vater nennen, Karl. Nicht nach dem alten

Nazi, schrie Marta, und Felix schlug wütend die noch immer offene Tür zu.

Zu Hause legte Felix als erstes die Platte auf den Plattenspieler, die sie ganz am Anfang, als sie sich kennenlernten, immer gehört hatten, wenn sie sich liebten. Erschöpft lag sie neben ihm auf dem Bett. Als das Kind zu schreien begann, war er eingeschlafen. Später kam die Kinderfrau, und Felix fuhr mit dem Auto zu seinem Seminar.

Marta hatte Angst vor dieser Frau, mit der sie nun allein in der Wohnung war. Sogar die Schwiegermutter wäre ihr lieber gewesen. So viele Bücher, sagte sie tadelnd, was das gekostet haben muß, wer braucht so viele Bücher! Hier könnte ich nicht auf die Dauer leben, beklagte sie sich, und zog sich in einen Polstersessel an der Balkontür zurück, holte ihr Handarbeitszeug hervor und begann zu sticken. Eine Tischdecke, erklärte sie wichtig, Sie können sich gar nicht vorstellen, wieviel Arbeit das ist, nicht wahr, Sie handarbeiten nicht, das habe ich Ihnen gleich angesehen. Wenn das Kind schrie, brachte sie es Marta ins Schlafzimmer: Ihr Kind ist hungrig. Marta fuhr aus dem Schlaf, es war elf, um zehn Uhr hatte sie erst gestillt. Ich kann jetzt noch nicht stillen, und schon fing sie wieder an zu weinen. Was kann ich dafür, wenn Sie nicht genug Milch haben, sagte die Frau.

Tag und Nacht, mit schmerzendem Bauch und zum Umfallen müde, saß Marta im Schaukelstuhl, den sie eigens zum Stillen gekauft hatte, das Kind an der Brust, alle zwei Stunden, manchmal auch öfter. Und das Kind schrie vor dem Stillen und nachher, es schrie beim Wickeln und wenn es gebadet wurde. Halt endlich das Maul, du Schreihals, schrie die Kinderfrau in den Korb hinein und ging zu ihrer Handarbeit in die Ecke. Ich kann mit dem Zeug nichts anfangen, sagte sie, und knallte die Kühlschranktür zu. Steak, Schinken, Lachs, Spargel. Kräftige Kost ist, was eine

Wöchnerin braucht, Hausmannskost, Knödel und Einbrennsuppen, damit sie wieder zu Kraft kommt. Mit einem kräftigen Ruck zog sie das Sofabett aus, das Felix und Marta zu zweit nie hatten aufklappen können. Stoffwindeln müssen her, befahl sie und fegte die Pampersschachtel vom Wickeltisch, lauter so neumodisches Zeug, wir haben unseren Kindern einen Stoffetzen mit Honig in den Mund gesteckt, wenn sie geschrien haben.

Beim Zuschlagen der Kühlschranktür hatte sich ein Regal an der Innenseite gelöst, Scherben, Saft und Milch hatten sich auf die Küchenfliesen ergossen. Dafür werde ich nicht bezahlt, sagte sie, und Marta wusch kniend den Boden auf.

Am Abend hatte sie Fieber und Schmerzen, aber es war Samstag, und Felix kam heim. So erschöpft, seufzte er an der Tür, und die Kinderfrau nahm ihm den Koffer ab, hängte seine Jacke in den Garderobenschrank und fragte, was er denn essen möchte. Nicht über dem Kind den Mann vernachlässigen, hatte sie Marta eingeschärft, der Mann muß immer die Nummer eins bleiben.

Ich habe Bauchweh, sagte Marta, als Felix neben ihr auf dem Bett lag. Sag's ihr, dafür wird sie doch bezahlt! Eine Wärmeflasche, bitte, sagte Marta mit zusammengebissenen Zähnen. In den zwei Tagen und Nächten, die sie in der Wohnung zusammen gewesen waren, hatte sich ein wortloser Haß zwischen den beiden Frauen entwickelt. Marta, die wußte, daß sie die schwächere war, fühlte sich unter der brutalen Robustheit zermalmt, deshalb schlug sich zu ihrem Haß noch die Angst, die mit jeder Stunde zunahm, bis sie kaum mehr zu atmen wagte in ihrer eigenen Wohnung, bis sie im Bett kauerte und zusammenzuckte, wenn die andere mit schweren Tritten in der Wohnung herumging und Türen zuwarf.

In dieser Nacht weckte niemand sie auf. Sie wachte von selber auf, von den Schmerzen in der zum Zerreißen gespannten Brust. Sie sah auf die Uhr, sie hatte sechs Stunden lang nicht gestillt. Das Kind im Korb glühte, der Kopf, der Körper waren fiebrig und rot. Es gelang ihr nicht, es zu wecken, Marta wurde die Milch in der schmerzenden Brust nicht los. Sie weckte die Kinderfrau, die zornig auffuhr, was ist denn schon wieder! Das Kind hat Fieber, es trinkt nicht, schrie Marta außer sich vor Angst.

Das Kind hat überhaupt nichts, schimpfte die Frau, das ist alles bloß, weil Sie am Abend den Senf gegessen haben, den schmeckt es jetzt in der Milch. Aber es hat ja gar nicht getrunken! Dann weiß ich es auch nicht. Die Frau zuckte die Achseln und legte sich nieder.

Marta war allein mit ihrer unerträglichen Angst um das Kind, dessen Kopf unter ihren Händen glühte, und das die Augen nicht öffnen wollte. So sehr sie in den letzten zwei Tagen gewünscht hatte, das Kind möge ein einziges Mal lang genug schlafen, daß sie ihrer Erschöpfung wieder Herr werden konnte, so sehr sehnte sie sich jetzt nach einem Lebenszeichen. Gegen Morgen begann der Durchfall, ohne daß das Kind die Augen geöffnet hätte. Sie gab es auf, die Windeln zu wechseln, sie legte das Kind auf eine Plastikunterlage, zog sie weg, legte eine neue unter, eine Ewigkeit lang, wie ihr schien, während die Kinderfrau und Felix leise in ihren Betten schnarchten.

Am Vormittag brachten sie das Kind ins Spital und die Kinderfrau mit ihrem Handarbeitskörbchen heim in das Vorstadthäuschen mit den großen blühenden Fensterbuschen und den gerafften Gardinen. Sie hatten sich auf der Fahrt schnell auf den Namen geeinigt. Falls eine Nottaufe erforderlich wird, sagte Felix vorsichtig.

Marta erschien, wie immer, wenn Panik und Angst sie

lähmten, ruhig und sehr beherrscht. Noch im Spital versuchte sie das Kind zu stillen, aber es atmete nur flach und hatte die Augen nicht ein einziges Mal geöffnet, es rührte sich auch nicht mehr, als der Arzt den winzigen Rücken krumm bog und mit einer langen Nadel den Wirbel punktierte.

Dann saß sie vor dem Brutkasten. Es wurde dunkel, die Zeit hatte aufgehört. Sie spürte weder Müdigkeit noch Hunger noch Schmerzen, es gab nichts mehr auf der Welt als dieses Glasgehäuse, aus dem Schläuche liefen, und einen unglaublich kleinen, vollkommen geformten Körper, reglos und zusammengerollt, genau so wie vor zehn Tagen noch im Schutz ihres Bauchs, aber jetzt ausgeliefert und unerreichbar. Sinnlos an die Scheibe zu klopfen und das Glas zu behauchen. Soviel Einsamkeit auf beiden Seiten.

Marta wollte nicht heim. Sie könne nicht die ganze Nacht bleiben, sagte die Schwester. Du hilfst weder dir noch dem Kind, wenn du keinen Schlaf kriegst und dasitzt, bis du umfällst, sagte der Mann. Das leuchtete ihr ein. Sie pumpte noch Milch ab, bevor sie mit Felix heimfuhr. Zu Hause warf sie sich über Felix und schrie und weinte und hörte nicht auf. Er hielt sie eine Zeitlang fest in den Armen, dann schob er sie weg und sagte, von dem Theater hat keiner was.

Als sie am Morgen aufwachte, war sie allein. Der Mann weg, das Kind, die Kinderfrau. Nur die Wunde, die ihren Bauch in zwei Hälften teilte, bewies ihr, daß sie nicht verrückt geworden war und sich die letzten Wochen nur einbildete. Sie begann wie am Vortag zu schreien. Ich glaube, ich werde doch verrückt, dachte sie bei dem Tumult ganz ruhig. Danach fühlte sie sich erleichtert und fähig weiterzudenken. Das Spital, in dem Jakob lag, war zu weit weg, als daß sie in ihrem geschwächten Zustand mit dem Autobus hätte hinfahren können. Sie fuhr mit dem Taxi und saß vor dem

Brutkasten, bis sich alles um sie zu drehen begann. Dann fuhr sie mit dem Taxi heim und legte sich nieder. Wenn sie wieder auf den Beinen stehen konnte, rief sie ein Taxi. Jakob war fünf Tage lang im Brutkasten. Als er entlassen wurde, holte sie ihn mit dem Taxi ab. Am Sonntagmorgen kam Felix zurück, er hob mit Tränen in den Augen sein Kind hoch: Mein Sohn, mein Wiedergeborener, mein Fleisch und Blut.

Mein Sohn, schrie sie ihn an, *du* hast keinen Anteil, du hast deinen Anteil an ihm verloren, und *das* verzeihe ich dir nie. Sie hatte ihm nie verziehen. Noch fünfzehn Jahre später war der Haß, wenn sie von dieser Zeit sprach, so frisch, so wild, als sei er eben erst in ihr aufgewühlt worden.

Jakob erholte sich langsam. Felix war zwar wieder zu Hause, aber er nahm keinen Anteil am täglichen Leben mit dem Kind. Marta wurde oft schwindlig, hatte jeden Abend Fieber und fiel einmal in Ohnmacht, so daß Felix den Arzt holen mußte. Erschöpfung, sagte der Hausarzt, vermutlich Anämie, bekommt sie nicht genug Schlaf, nicht genug zu essen? Lächerlich, rief Felix, der Kühlschrank ist voll! Er selber ging in den letzten Tagen meist aus zum Essen, sein Bruder war zu Besuch in der Stadt, aber aus Rücksicht auf Marta hatte er sich ein Hotelzimmer genommen. Felix ging zweimal am Tag mit ihm ins Restaurant, weil Marta gesagt hatte, du kannst nicht verlangen, daß ich, gerade aus dem Spital entlassen, auch noch für deine Gäste koche.

Ja, die Gefriertruhe war voll, auch aus dem Kühlschrank hätten sich ein paar Mahlzeiten zusammenstellen lassen, aber Marta hatte nicht die Kraft, mehr für sich selber zu tun als ein paar Scheiben Wurst auf ein Brot zu legen. Und wenn sie erst saß und kaute, war die Müdigkeit größer als das Bedürfnis zu essen. Auch Jakob hatte noch ab und zu Fieber, dann packte sie ihn ein und fuhr mit dem Taxi ins Spital, saß halbe Tage, das Kind im Arm, bis ein Arzt die Achseln zuckte, das Kind sei wieder gesund, es sei alles in Ordnung. Jakob schlief wenig, und wenn er wach war, schrie er, da half weder das Schaukeln im Schaukelstuhl, das Kind an den Körper gedrückt, links, herzseitig, damit es vom Herzschlag der Mutter ruhig werde, noch half das Herumtragen, und auch nicht das Füttern. Nur das Singen Martas beruhigte ihn manchmal, und klassische Klaviermusik.

Am Abend, wenn Felix zu Hause war und Marta das Kind stillte, nahm er einen Stuhl und setzte sich ihr gegenüber. Wir müssen über unsere Beziehung reden, forderte er, und drohte mit Trennung, mit Scheidung, denn sie habe ihn in einer schweren Zeit alleingelassen. Als er alle seine Kräfte gebraucht hätte für das Workshop, das Seminar, habe sie nicht nur kein Verständnis für ihn gezeigt, sie habe versucht, ihn an der Arbeit zu hindern, vorsätzlich, hinterhältig und grundlos. Ständig habe das Telefon geklingelt, bei ihm im Hotel und sogar bei seiner Mutter. Er habe sich auf seine Arbeit nicht konzentrieren können, alle paar Tage sei er heimgehastet, aber nein, das sei ihr nicht genug gewesen, denn sie habe gewollt, daß der ganze Kurs eine riesige Pleite für ihn werde. Und du hast es geschafft, schrie er, die erste richtige Chance meines Lebens, du hast sie mir vertan! Dann begann sie zu weinen, rannte, das Kind an der Brust, aus dem Zimmer, er holte sie ein, er sei noch nicht fertig mit ihr. Sie sperrte sich mit dem Kind im Schlafzimmer ein; er trat ein Loch in die Tür. Das Loch erinnerte sie dann jahrelang an die erste Zeit nach Jakobs Geburt, jeden Tag, schon beim Aufstehen.

Der Schwager kam auf Besuch und konnte nicht glauben, was er da an männlicher Aufopferung sah. Felix kochte das Abendessen. Ja, bestätigte Reinhard, Marta wirkt sehr verstört, was sie bloß hat? Die Geburt eines Kindes sei doch das schönste Ereignis in einer Familie. Marta war am Abend noch unfrisiert und im Nachthemd und hatte schon wieder Fieber. Ich verstehe auch nicht, was du von Felix erwartest, sagte der Schwager zu ihr, warum soll er leiden, bloß weil's dir dreckig geht?

Das Kind ist nicht deines, du hast keinen Anteil an meinem Kind, habe Marta geschrien? Das erzählen wir erst einmal Mutter, schlug Reinhard vor, aber wahrscheinlich sagt sie es bloß, um dich zu ärgern, das Kind sieht dir nämlich sehr ähnlich.

So kam das Gerücht auf, daß Jakobs Vater Jan sei, ein Freund von Felix, der einzige, mit dem Marta sich gut verstand, mit dem sie auch früher manchmal allein ins Theater oder ins Kino gegangen war. Hast du mir gar nichts zu beichten, fragte Felix, und Marta sah in seinem lauernden Blick, in dem auch Angst war, Angst vielleicht vor einer Wahrheit, die er nicht hören wollte, daß es ihm nicht um Nebensächliches ging. Was soll ich denn beichten, wollte sie wissen und dachte, er spürt es also, daß ich mit ihm fertig bin. Ist das Kind wirklich meines? Marta lachte erleichtert: Schau es doch genau an!

Später, als Jakob schon vier war und beim Anblick jedes weißen Kittels in Todesangst schrie, nahm die Großmutter ihn heimlich mit ins Labor zur Blutabnahme. Aber die Bestätigung, daß Jakob tatsächlich ihr Enkel war, änderte nichts an ihrer Überzeugung, er sei aus der Art geschlagen, der kleine Kopf, das lockige Haar, die zarten Knochen, und dann das Verhalten, die Entwicklungsverzögerung, und daß er nicht sprach. Sie ließ ein neues Testament aufsetzen, in dem Jakob ausdrücklich ausgeschlossen wurde.

Wo kommst du her, fragte Felix geheimnisvoll den gebadeten und frisch gewickelten Säugling, den er manchmal kurz in den Arm nahm, wenn er friedlich war und gut roch.

Wessen Seele hat sich in deinem kleinen Körper niedergelassen? Felix glaubte an Seelenwanderung und war überzeugt, zur Seele seines toten Vaters zu sprechen. Aus meinem Bauch kommt er, rief Marta wütend, aus meinem Körper, sonst von nirgends. Mein Fleisch und Blut, sagte Felix unbeirrt.

Die Ärzte, denen Marta später andeutungsweise von diesen Demütigungen erzählte, sprachen von zerrütteter Ehe und daß in einer Atmosphäre des Hasses und der Lieblosigkeit kein Kind gedeihen könne, und immer, wie sie es auch darzustellen versuchte, trug sie den Hauptteil der Schuld an der Zerstörung des Kindes.

Und was glaubte sie? Hatte sie gar keinen Anteil? Mühsam zerrte sie vor der Therapeutin Jakobs die Geständnisse aus sich heraus: Die permanente Erschöpfung. Daß sie das Kind manchmal hatte schreien lassen, weil sie sich zu müde und elend fühlte um aufzustehen. Weil ihr Kopf von den schlaflosen Nächten schmerzte und hämmerte, als müsse er bersten. Zweimal habe sie sich die Ohren zugehalten, weil sie dachte, was ich jetzt anrühre, das schmeiße ich gegen die Wand. Und einmal habe sie selber zu schreien und um sich zu schlagen begonnen, im Nebenzimmer, und über ihrem eigenen Schreien das Kind nicht mehr gehört. Sonst habe sie Jakob aus dem Korb gehoben und ihn getragen, oft zu Tode erschöpft.

Und das Lesen beim Stillen? Bücher, Musik seien ihre Droge gewesen, ihre Schwäche, Beruhigung, ein Ausweg aus der Einsamkeit und dem Eingesperrtsein. Als Jakob begonnen habe zu lächeln, habe sie angefangen mit ihm zu sprechen, während er trank. Und wenn er die Augen offen hielt, habe sie immer beobachtet, ob sie nicht allmählich dunkler würden. Sie hatte sich damals so sehr gewünscht, er bekäme ihre Augenfarbe, sehr dunkel, fast schwarz. Statt dessen blieben sie blau wie am ersten Tag.

Aber das Zittern vor Wut und Schmerz über die Verletzungen, die Felix ihr zufügte, während sie das Kind hielt, es stillte? Wem sonst hätte sie es in den Arm legen können, da war niemand. Und wenn sie weinte vor Erschöpfung, das Kind an sich gedrückt? So hilflos wie damals, erinnerte sie sich später, habe ich mich nie wieder gefühlt. So voll Bitterkeit und voll Haß auf den Mann, mit dem ich lebte. Und wenn er am Abend heimkam und sie ihn bat, nimm du das Kind ein wenig, ich kann nicht mehr, sagte er, ich bin auch müde und mit Windeln habe ich lieber nichts zu tun, ich habe eine feine Nase. Da habe ich manchmal das Kind grob angefaßt beim Wickeln, gestand sie, aus Zorn über Felix, der mit ihnen nichts zu tun haben wollte. Oh ja, sie hatte die zugewiesene Schuld auf sich genommen. Und wie sollte sie wissen, wie andere Mütter waren, woher die Vergleiche nehmen?

Denn natürlich, wem soviel zustößt, der ist wohl selber dran schuld. Wie könnten die andern sonst ihre Straffreiheit ertragen? Wie könnten sie leben ohne täglich zu fürchten, daß es auch ihnen zustoßen könnte? Weil alles gut enden muß und nur der Böse bestraft wird, wie wäre das Entsetzen denn sonst auszuhalten, muß der Schuldige gefunden werden, das Böse, das den Fortschritt zu immer Besserem, Tüchtigerem aufhält, die Mutter natürlich, wer sonst, die Hexe, aus derem Schoß alles kam, was uns nun behelligt. Trotz des Wissens, daß jeden das Unglück treffen kann, wer glaubt schon, er könnte der eine sein, den das Schicksal aus der Masse herausholt und an den Pranger stellt, über Nacht, von einem Augenblick auf den andern? Von zehntausend Neugeborenen eines. Wie hätte Marta ahnen sollen, daß ihr Kind es war, das es traf? Und wie es verstehen? Wie es annehmen lernen nach und nach?

Mit vier Jahren brachten sie Jakob zum erstenmal in eines der Stadthäuser, die er geerbt hätte, wenn er in die Art geschlagen wäre und den Vorstellungen der Großmutter von einem Stammhalter entsprochen hätte. Das Wort normal nahmen sie jetzt oft in den Mund.

Normal, schrie Marta gequält auf, was ist normal? Hatte sie denn jemals den Wunsch gehabt, normal zu sein, irgendwelchen Normen zu entsprechen? Marta mit den exzentrischen Kleidern und den verrückten Ideen. Ich bin auch nicht normal, rief sie, ich will es gar nicht sein!

Felix und seine Mutter sahen einander bedeutungsvoll an: Eben!

Ich will euren Konformismus nicht, sagte sie zu Felix, ich will eure Dickfelligkeit nicht, Jakob und ich sind anders, uns fehlt eine Isolierschicht. Trotzdem ertappte sie sich dabei, daß auch sie sich manchmal besorgt fragte, ob das Kind normal sei.

Seit Jakob in panischer Angst schrie, wenn irgendwo in der Nachbarschaft ein Preßluftbohrer zu rattern begann, wenn ein Staubsauger brummte, ein Mixgerät surrte, begann Marta zu ahnen, daß Jakob die Welt anders wahrnahm als sie. Der Staubsauger, das Mixgerät, welches Entsetzen mußten sie ihm einflößen, daß er so schrie, Todesangst in der Simme? Er saß auf ihrem Schoß, sie fütterte ihn, da ließ Felix eine Papiertüte mit einem Knall zerplatzen. Nicht, bat Marta, das hält er nicht aus! Aber da schrie das Kind schon in tödlicher Panik und war nicht mehr zu beruhigen. Das muß er vertragen, erklärte Felix, das gehört zur Sozialisierung.

Und nun, im Haus der Großmutter das Kinderzimmer voller Perchtenmasken und ausgestopften bunten Vögeln, und das Kind außer sich vor Schreien und Angst, bis sein Kopf, sein ganzer Körper vor nervöser Spannung zu zucken begann. Daran muß er sich doch gewöhnen. Meine Kinder haben in seinem Alter diese Masken schon aufgesetzt und mit ihnen gespielt!

Immer hieß es, in seinem Alter. Mit fünfzehn Monaten: In seinem Alter ist *mein* Kind schon gelaufen. Als *meines* zwölf Monate alt war, hatte es schon mit der Gabel gegessen. Und *meins* war mit sechzehn Monaten rein. Marta begann diese tüchtigen Mütter mit ihren frühreifen Kindern zu meiden, war froh, wenn Felix mit Jakob zum Spielplatz ging. Er wird es schon noch lernen, sagte sie gereizt, er hat sein ganzes Leben zum Lernen Zeit. Den Vater behelligten diese Mütter nicht. Sie bemitleideten ihn höchstens, er wa ja ebenso wie das Kind nur das Opfer einer unfähigen Frau.

Wie lange sie auf das erste Wort warten mußte! Und dann endlich kam es, ein klarer Aufschrei, Mond, sagte Jakob und starrte in den riesigen vollen Mond über den Dächern. Mond, sagte er von nun an jeden Abend und weinte und schrie, als der Mond abnahm und verschwand. Danach sagte er nie wieder Mond. Andere Wörter kamen, Auto, Flugzeug, Hund. Sie kamen zögernd, setzten sich fest, wurden zu Obsessionen, zu rhythmisch wiederholten Ritualen. Nur das Wort Mama blieb. Alle anderen kamen und gingen, sie formten sich nicht zu Sätzen, sie wurden nicht Sprache, sondern erschienen wie Zeichen für etwas Unbekanntes aus einem geheimnisvollen Land. Sie kamen aus seinem Mund als monotoner Singsang, befrachtet mit unsicheren Bedeutungen, auch mit unergründlichen Freuden.

Marta versuchte hilflos, dieses Kind, das ihr so nahe und zugleich so fremd war, zu verstehen, immer dem Rätsel auf der Spur, aber zuletzt fehlte immer der Schlüssel. Warum? fragte sie sich immer öfter.

Warum ist er vergangene Woche allein über die Stiege geklettert, und heute schreit er und rührt sich nicht über die kleine Stufe zur Küche? Warum setzt er immer wieder in der gleichen Reihenfolge Puppen auf eine wacklige Bank und schreit jedesmal, weil die letzte von der abgerundeten Lehne fällt? Das ist rund, Jakob, da steht nichts, aber Jakob tobte, rüttelte am Puppenhaus, war nicht zu beruhigen und begann eine halbe Stunde später erneut mit dem vergeblichen Spiel.

Und einmal spielte er überhaupt nicht mehr, lief nur mehr im Kreis, mit einem wilden Gebrumm, lief um seine verzweifelte Mutter herum wie um ein Hindernis, entwand sich ihren Armen, um weiterzujagen, immer im Kreis. Möchtest du Saft? fragte Marta. Möchtest du Saft, fragte Jakob zurück. Das bedeutete, ja. Jakob hatte aufgehört, Worte als Code zu verwenden, er war jetzt nur noch Martas Echo. Nie wußte sie, ob er verstand, was sie sagte.

Sie müssen eben mit dem Kind reden, wenn Sie wollen, daß es Sprache erlernt, sagte ein Kinderarzt.

Aber das tue ich doch, wandte sie ein.

Wahrscheinlich doch nicht genug.

Wieviel war genug! Wie machten es andere Mütter? Nie reagierte Jakob auf seinen Namen. Das kommt davon, erklärte ihr Felix streng, weil du ihn immer mit deiner Babysprache belästigst, Schatzherz und Herzblatt und Mäuschen. Wie soll er da lernen, daß er Jakob heißt? Felix machte ihr vor, wie man mit Kindern sprach. Jakob, fragte er mit lauter Stimme, möchtest du, daß dein Vater Rechtsanwalt wird? Antworte, Jakob, ja oder nein! Ja oder nein, sagte Jakob. Übrigens, Mutter sagt, dem Kind fehlt nichts, was eine andere Bezugsperson nicht in Kürze beheben könnte, fügte Felix hinzu.

Das hörte Marta in dieser Zeit oft. Wenn sie voll Angst und verzweifelter Hoffnung andere Mütter, ältere Frauen, auch Lehrer oder Psychologen fragte, was sagen Sie, ist seine

Entwicklung ungefähr altersgemäß? Dann hieß es, wenn ich dieses Kind nur vier Wochen lang hätte, wäre es normal. Ja, wenn es so leicht ist, dachte Marta, und schöpfte Mut. Die magischen Sätze, an die sie sich zu klammern versuchte, auch später noch, als sie mit Jakob schon von Klinik zu Klinik, von Facharzt zu Facharzt zog: Sie werden sehen, er wird schon, nur etwas verzögert. Jahrelang brachte sie den Glauben auf an diese magischen Sätze, denen sie eine unergründliche Kraft beimaß, die Wirklichkeit zu verändern. Sie wiederholte sie sich zu Hause wie Beschwörungsformeln, als Bollwerk gegen die Verzweiflung. Aber niemand wußte Rat, niemand half, und schließlich erkannte sie all diese guten Wünsche und Vertröstungen als das, was sie zumeist waren, ungeduldige Versuche, Gleichgültigkeit zu tarnen auf freundliche Weise.

Die Schwiegermutter begutachtete das Kind. Felix hatte es in ihr Wohnzimmer getragen, als brächte er es einer Göttin zum Opfer dar. Da ist er, und Marta sagt, die Ärztin behauptet, er sei nicht normal. Was sagst du? Er sieht normals aus, sagte die alte Frau, obwohl er nicht in die Art schlägt, viel zu zart für sein Alter, aber doch im Großen und Ganzen recht hübsch. Recht hübsch, rief Marta empört, bildschön ist er, das schönste Kind, das ich jemals gesehen habe. Ja, das war er. So ein hübsches Mädchen, sagten die Leute im Autobus. Jakob schaute mit großen blauen Augen durch sie hindurch. Es fiel Marta auf, daß seine Pupillen viel größer waren, als die Helligkeit draußen es eigentlich zuließ. Er hat immer so große Pupillen, sagte sie, wenn sie, im Aufzählen bereits geübt, den Fachärzten seine Symptome erklärte. Aber keiner ging darauf ein. Vielleicht, dachte sie, irre ich mich, vielleicht ist es ganz normal. Sie hatte so wenig Vergleichsmöglichkeiten. Ebenso bemerkte niemand außer ihr sein Schielen.

Meine Kinder, trumpfte die Schwiegermutter auf, waren wie goldene Putten, so pausbäckig und rund und die hellblonden Haare, und Felix mit seinen nach oben geschwungenen Augenbrauen, ganz verliebt bin ich an ihren Betten gesessen, wenn sie geschlafen haben.

Auch Marta saß an Jakobs Gitterbett und schaute in sein schlafendes Gesicht, immer zerrissen zwischen Hoffnung und Angst, dieser schöne Kopf – und was ging hinter dieser Stirn vor? Lief irgend etwas da drinnen falsch, daß Jakob so anders war? Welche Signale wurden da drinnen nicht weitergegeben, und was geschah, wenn er vor Angst außer sich geriet?

Einmal, erinnerte sich Marta, als sie noch in die Schule ging, wurde sie mit der ganzen Klasse in die Stahlwerke geführt, Lehrausgang hieß das. Und plötzlich stand sie allein in einem riesigen Raum vor einer glühenden Feuerwand, die Hitze versengte ihr die Haut, aber das Schlimmste war der höllische Lärm, das Stampfen und Knattern, wie eine ununterbrochene Detonation. Sinnlos, in diesem Tumult nach den andern zu rufen, viel zu gefährlich, die glühende Wand aus den Augen zu lassen. Weiß wie ein Leintuch sei sie heimgekommen, hatte die Mutter später erzählt, habe nicht geredet und nicht gegessen und in der Nacht im Schlaf geschrien, noch tagelang habe sie bei jedem Geräusch zu zittern begonnen und wieder die Farbe verloren. Ein Schock, hatte der Hausarzt gesagt. Den anderen hatte der Ausflug in die Hölle Spaß gemacht, und schließlich arbeiteten ja auch Menschen dort, Tag für Tag, bis zur Pensionierung. War es möglich, daß die Welt mit ihren vielen Geräuschen, der Wind, die Sonne, die Menschen mit ihren Gerüchen, auf Jakob einstürzten und ihn fortwährend zu zermalmen drohten, so wie damals sie das Walzwerk des Stahlbetriebs? Nein, sagten die Fachleute, die sie um Rat fragte, es ist eine seelische Verletzung, es ist die gestörte Beziehung zur Mutter.

Auch die Schwiegermutter vermutete das zunächst. Jetzt schick einmal die Marta zum Psychiater, alles andere ergibt sich von selber. Ein hochintelligentes Kind, vermutete sie, wenn es in anderen Händen wäre. Nach zwei Wochen mit Jakob im Haus, bei Tisch und beim gemeinsamen Spaziergang im Park, nach einem mißglückten Besuch im Prater, war die Großmutter nicht mehr so sicher. Ein Vierjähriger, der sich weigert, mit dem Karussell zu fahren, der möchte und doch nicht möchte, der endlich in einer Grottenbahn wie ein Verrückter brüllt und um sich schlägt und sich unvermutet aus dem Wagen wirft, sobald er in den Tunnel hineinfährt? Das mach ich nie wieder mit, sagte sie, so ein verpatzter Tag! Vorwurfsvoll sagte sie es zur Schwiegertochter. Schämen muß man sich mit so einem Kind! Da hast du was auf dem Hals, bedauerte sie ihren Sohn.

Bald danach kamen ihnen neue, widersprüchliche Gerüchte von allen Seiten zu Ohren. Die ganze Verwandtschaft schien alarmiert, obwohl Marta nicht einmal alle Familienmitglieder kannte, manchen nur flüchtig die Hände geschüttelt hatte, vor fünf Jahren bei der Hochzeit. Da gab es das Gerücht von der Strafe Gottes. Weil Felix ein Mädchen hatte sitzen lassen, das von ihm schwanger war, bevor er sich Hals über Kopf in Marta verliebte. Die reizende blonde Marlene, Beamtentochter, wenn sie auch selber nur Kosmetika verkaufte. Man hatte stillschweigend angenommen, daß es bald zur Verlobung käme, er hatte sie mit nach Hause gebracht, sie war lieb, sehr natürlich und offenbar häuslich, und dann war Marta dazwischengekommen. Die sei ja gar nicht zurückhaltend gewesen, hieß es, sie zog gleich zu ihm, und er war plötzlich wie verwandelt gewesen, weiß Gott, was die mit ihm angestellt hatte. Marlene führte er noch einmal zum Essen aus, um ihr am Ende der Mahlzeit zu sagen, daß es unwiderruflich aus sei. Auch als dann das Kind auf der Welt war, wollte er nichts damit zu tun haben. Alimente, Zahlungen, Abfindungen? Das könne er sich nun wirklich nicht leisten. Er hatte ihr angeboten, für die Abtreibung zu bezahlen. Ein gesundes entzückendes Kind. Das sei nun die Strafe, dafür daß er sein eigen Fleisch und Blut nicht anerkannt hatte. Aber gleichzeitig gab es ein anderes Gerücht, Jakob sei gar nicht wirklich sein Sohn, Marta habe es selber gesagt. Und dann der ausgefallene Name. Marta habe auf ihm bestanden? Als heimliches Erkennungszeichen, zur Erinnerung an den wirklichen Vater des Kindes dieselben Anfangsbuchstaben: Jan und Jakob?

So wenig, wie seine Familie sich festlegen konnte, welches Gerücht nun der Wahrheit am nächsten kam, so wenig konnte Felix sich entscheiden, war das Kind nun normal und bloß falsch erzogen, oder war Jakob krank, vielleicht unheilbar. In den Wochen nach der Diagnose sprach Felix mit Marta nur in knappen Befehlen, als koste ihn jedes an sie gerichtete Wort Überwindung. Im Bett stieß er nach ihr, vertrieb sie oft in der Nacht. Das letzte Tier kann seinen Jungen das Nötigste mitgeben zum Überleben, nur du nicht, schrie er sie an. Blöd sei sie, dumm, grenzenlos dumm. So dumm, daß es ihm wehtue, ihr zuzusehen, sagte er angeekelt, wenn sie bei Jakob auf dem Boden saß und ihn dazu bringen wollte, mit ihr zu spielen, sie wenigstens zu beachten. Jakob ließ vergnügt einen Geschirrdeckel tanzen, das machte er sehr geschickt. Auch Puzzles konnte er legen, mit präzisen Griffen, stundenlang, besser als Marta und ohne sie dabei anzusehen. Oder er lief brummend im Kreis. Felix trug von dem Augenblick an, in dem er die Wohnung betrat, Abscheu und Ekel im Gesicht, mit kaltem Blick, die Mundwinkel nach unten gezogen, Fotze nannte er sie und rem-

pelte sie im Vorbeigehen an, nicht ein einziges Mal nannte er
sie mehr beim Namen, nur mehr Fotze, wenn ich dich schon
sehe.

Einmal luden sie Gäste ein, hauptsächlich, weil eine der
geladenen Frauen Kinderpsychologin war und sie nicht genug Meinungen einholen konnten, immer von neuem, damit
wieder einer die Hoffnung erfüllte und sagte, keine Sorge,
das wird schon noch werden, er ist ganz normal, nur verhal-
tensgestört. Felix empfing die Gäste unten vor der Garage
des Reihenhauses. Er beschwor sie schnell, bevor Marta es
hören konnte, sich ihr gegenüber nichts anmerken zu lassen,
wenn sie Jakob sähen. Marta nimmt das furchtbar mit, es ist
ganz schrecklich für sie, also bitte Rücksicht, viel Rücksicht,
sie kann ja im Grund nichts dafür, eine Erbkrankheit in ihrer
Familie, wissen Sie! Glaubte er es wirklich oder wollte er sich
distanzieren von seinem Kind? Die Gäste betraten den Flur
leise und sprachen mit gedämpften Stimmen, als träten sie
in ein Krankenzimmer, und Marta versuchte aus ihren ern-
sten, mitfühlenden Gesichtern zu lesen, was los war. Als
seien sie zu einem Beileidsbesuch gekommen. Aber das
Kind schaut ja eh ganz normal aus, rief die Psychologin
erleichtert, als Jakob vorgeführt wurde. Sie verstand trotzdem alles zu deuten: daß Jakob die Hand seiner Mutter zu
den Dingen führte, die er haben wollte, daß er schrie, als sein
Stuhl wegen der zusätzlichen Sessel um einen Meter ver-
schoben wurde, daß er nicht sprach und keinen ansah, so als
gäbe es niemanden um den Tisch, nur die Mutter als seinen
verlängerten Arm. Und auch diese Expertengruppe verabschiedete sich zuversichtlich, augenzwinkernd: Zuerst the-
rapieren wir die Mutter, und schon geht alles wie von allein.
Begonnen wird bei der Gutenachtgeschichte, bestimmte die
Psychologin.

Aber Jakob wollte keine Gutenachtgeschichte, er hüpfte

lieber im Bett auf und ab, bis er vor Erschöpfung umfiel. Sein Bedarf an Bewegung war unerschöpflich, bis spät in die Nacht. Sein Bewegungsdrang war unheimlich, jedes Hindernis wurde umgangen, und alle Dinge und Menschen waren nur Hindernisse auf den Kreisbahnen, die er tagelang zog.

Marta ging in dieser Zeit viel mit ihm spazieren, aber die Spaziergänge wurden immer schwieriger, weil die Abläufe des zweiten und dritten Mals dem des ersten Mals genau gleichen mußten, sonst wollte Jakob schreiend vor Panik keinen Schritt weiter. Die ständige Angst, würde das Auto, das gestern vor dem gelben Haus gestanden hatte, auch heute wieder dort stehen, damit Jakob einen Zweig zwischen die Radspeichen stecken konnte? Und würde der Hund vom Fleischhauer lautlos, ohne zu bellen oder zu knurren, aber doch sichtbar an der Kette liegen? Ein Hürdenlauf, an dem bei jedem Schritt etwas schiefgehen konnte. Wenn Jakob ins Schreien verfiel, mußte sie ihn aufheben und schnell ohne Umweg nach Hause tragen. Aber auf Regen und Sonne, auf das Aufkommen von Windböen und die wechselnden Jahreszeiten hatte sie keinen Einfluß, und auch das war oft schon zuviel.

Je größer das Kind wurde, desto öfter blieben die Leute stehen, kopfschüttelnd, empört, und trugen dem schreienden Kind über die betretene Mutter hinweg Prügel an oder wandten sich direkt an Marta, was hat er denn, dem gehören doch ein paar auf den Hintern. So groß schon und führt sich so auf! Können Sie denn das Kind nicht besser erziehen? Marta suchte nach immer neuen menschenleeren Wegen und Gassen. Warum schlagen Sie das Kind nicht, fragten die Nachbarn, die Jakob schreien hörten, ein ungezogenes Kind! Er hat doch bloß so viele irrationale Ängste, verteidigte Marta sich und Jakob. Irrational? Waren der Lärm auf der Straße, der Gestank und das ständige Vorbeiflitzen der Autos nicht Grund genug für ein Kind, sich zu ängstigen?

In den Zimmern der Diagnostiker und Therapeuten ging es nicht um Schlagen und Disziplin, sondern um Liebe. Immer wieder die Frage nach ihrer Liebe, mit soviel Mißtrauen gestellt, mit soviel bereits in der Frage versteckter Anklage. Marta selber mißtraute den Müttern, die immer beteuerten, daß sie ihre Kinder liebten. Ist es denn ein Verdienst, seine Kinder zu lieben, fragte sie. Sie konnte nichts anfangen mit der Frage.

Sie war Tag und Nacht mit Jakob zusammen. Felix kam erst spät am Abend nach Hause, und am Morgen ging er um acht Uhr ohne Frühstück weg. Die Stunden zwischen acht Uhr morgens und acht Uhr abends war sie mit Jakob allein.

Als er sehr klein gewesen war, war sie ein paar Stunden am Vormittag mit ihm spazieren gegangen, meist um einen Teich in der Nähe. Nach fünf Monaten befand Felix, daß diese Spaziergänge zu gefährlich waren, das Kind konnte ertrinken, die Mutter samt Kinderwagen überfahren werden. Er nahm Martas Haustürschlüssel und den Sportwagen mit, wenn er am Morgen wegfuhr, sie konnten zwar hinaus, aber nicht wieder hinein; war die Tür erst einmal zu, standen sie ausgesperrt auf der Straße. Also blieb Marta im Haus, es wurde ohnehin schon Herbst, bald würde es Winter sein, sagte sie sich, und bei schlechtem Wetter, wer weiß, war es besser, nicht fortzugehen. Wenn Felix jetzt heimkam und es draußen noch hell war, warteten sie schon beide an der Tür. Manchmal fuhr er sie noch hinaus an den Stadtrand, und sie gingen eine halbe Stunde spazieren, nicht länger, denn Felix war müde. Marta nahm das Eingesperrtwerden nicht kampflos hin, aber Felix ließ nicht mit sich reden und fing einen Streit an, wenn er merkte, daß sie sich gegen das Ausgehverbot auflehnen wollte. Er ließ sich auf keine Diskussion ein. Wenn sie den Schlüssel auch nur erwähnte, traten Panik und Wut in sein Gesicht, dann gab sie auf, weil sie den weiteren Verlauf bereits kannte, sein Toben und Schreien, seine maßlosen Anschuldigungen. Nach über einem Jahr erst gab Felix nach und händigte Marta ihren Schlüssel wieder aus. Jakob war achtzehn Monate alt.

Liebte sie das Kind nun mit gleichbleibender Intensität von acht Uhr morgens bis acht Uhr abends? Zweifellos liebte sie es. Aber träumte sie nicht auch von Freiheit, davon, sich wieder einmal schön anzuziehen und auszugehen wie früher, so leicht, so selbstbewußt? Die Blusen waren steif von aufgestoßener Milch und mit Nahrungsresten bekleckert, die Röcke, an denen Jakob sich mit klebrigen Händen hochzog, fleckig. Sie liebte diese klebrigen Hände, das kleine Gesicht, sauber oder verschmiert, das machte keinen Unterschied, sie war entzückt beim Anblick seines nackten Körpers in der Badewanne. Aber konnte sie wünschen, daß es so weiterginge, eingesperrt in einer Wohnung, die sie schon lange nicht mehr als die ihre betrachtete, unfrisiert, manchmal den ganzen Tag, kaum Zeit zum Baden, immer nur Windeln, Fläschchen, schnell mit dem Handmixer in den Keller, während das Kind schlief, und im Stehen ein paar Bissen für sich? Und die Langeweile. Nein, unterhaltsam war Jakob nicht. Sie machte sich lange Zeit keine Sorgen um ihn, er war immer in Bewegung, kriechend, vorwärtsschnellend wie ein Fischchen, es schien ihn nicht nach ihrer Gesellschaft zu verlangen, und sie drängte sich ihm meistens nicht auf, denn er schien glücklich und vergnügt, solange ihn nichts ängstigte. Stofftiere und Spielzeug interessierten ihn nicht, für kurze Zeit das Glöckchen am Hals eines Stoffelefanten. Papierkörbe dagegen faszinierten ihn. Martas Versuche, mit ihm zu spielen, beachtete er nicht, weder Bälle noch Kasperlfiguren.

Immer wieder saß später einer mit dem Anspruch der Unbestechlichkeit zu Gericht über sie. Das erste Jahr, denken Sie nach! War da genug Liebe, Zuwendung, Sprache? Was ist genug, fragte sie verzweifelt. Sie las Jakob aus Bilderbüchern vor und merkte nicht, daß er kein Wort verstand, so aufmerksam saß er da. Er mochte nur Gereimtes, er liebte den Rhythmus, der beruhigte ihn. Sie kitzelte ihn und warf ihn in die Luft, er lachte, das hatte er gern, sie tanzte mit ihm im Arm und spielte mit ihm Karussell. Sie spielten Nachlaufen. Und weil sie eingesperrt war und nicht wußte, wohin mit ihrem eigenen Bewegungsdrang, turnte sie vor seinem Laufstall, Kniebeuge, Liegestütze, Purzelbaum, Hüpfen, und Jakob lachte. Wie war das erste Jahr, wurde sie später gefragt. Sie wußte nicht viel zu berichten. Normal, mühsam eben und auch oft glücklich, ein Jahr allein mit einem Kleinkind, was ist da schon zu erzählen?

Aber je mehr Experten sie mit mißtrauischen Blicken maßen, je mehr sich die Anklage verdichtete, was hast du mit ihm getan, was hast du ihm verweigert, desto unsicherer wurde sie. Was hatte sie versäumt? Was taten andere Frauen, die sie zu meiden begann, als sie sich den Leistungsdruck der Mustermütter nicht mehr zumuten wollte. Das rechthaberische Besserwissen der Tüchtigen. Es langweilte sie, sich über die saugfähigste Windel und das weichste Waschmittel zu ereifern und darüber, wann das Kind frühestens auf den Topf zu setzen sei.

Ja, gab sie zu, ich habe versagt, von Anfang an. Nicht einmal am Anfang sei sie restlos glücklich und bei der Sache gewesen. Sie habe herausgewollt aus der Ehe, aus der Wohnung, sie habe mehr Zeit für sich selber gewollt, sich die Zeit auch manchmal genommen und Jakob für Stunden allein gelassen, um aufzuräumen, auch um zu lesen. Ja, jede freie Minute habe sie gelesen, den Haushalt vernachlässigt. Dahinvegetiert ein Jahr lang, so recht und schlecht, und wenn der Mann am Abend heimkam und Befehle ausgab statt zu helfen, sei sie manchmal mit dem Kopf gegen die Wand gerannt, buchstäblich. Im Lauf dieses langen Jahres habe sie immer häufiger hemmungslos geschrien. Sie habe sogar in Gegenwart des Kindes geschrien. Wenn Felix sie packte und drohte, sie zu verprügeln, begann sie wie eine Verrückte zu kreischen und um sich zu schlagen. Und Jakob saß im Laufstall und sah zu. Im zweiten Jahr, als sie wieder einen Haustürschlüssel hatte und mit Jakob fortgehen konnte, habe es diese Wahnsinnsszenen nicht mehr gegeben. Im zweiten Jahr habe sie wieder mehr Kraft und Selbstbeherrschung gehabt, und wenn sie spürte, sie sei am Ende und würde schreien, sobald Felix heimkam, habe sie ein Valium genommen, zum Schlafengehen dann noch eins.

Es ist das erste Jahr, das zählt, sagten die Ärzte.

Ja, ich habe versagt, gestand Marta. Ich war eine unzufriedene, depressive Mutter, ich war nicht fähig, von meinen Bedürfnissen abzusehen und dabei glücklich zu sein.

Gab es denn damals keine Freunde, Verwandten, frühere Arbeitskollegen? Marta hatte nie leicht Freunde gefunden. Dazu war sie zu offen, zu direkt, sie hatte kein Interesse an unverbindlicher Konversation und wenig Geduld für die kleinen, alltäglichen Sorgen anderer, und wenn sie sich langweilte, wechselte sie mitten in einem Gespräch das Thema oder wandte sich zerstreut ab. Auch das wurde ihr später zur Last gelegt. Mütter autistischer Kinder, hieß es in der Fachsprache, seien häufig hochintelligente Soziopathen.

Bevor sie Felix geheiratet hatte, hatte sie allerdings so viele Bekannte gehabt, daß sie von ihrem Kreis sprechen konnte. Mit ihnen fuhr sie im Auto für einen Nachmittag oder einen Abend über die Grenze in den Süden, im Herbst wanderten sie in den Bergen. Marta machte sich nicht zu viele Gedanken über sie. Sie waren einfach da, wenn sie unter Menschen sein wollte, zwanglos, problemlos, und ohne Verpflichtungen, reines Vergnügen. Was hatte man denn damals schon für Probleme, sagte sie später. Nein, Freunde waren das eigentlich nicht, eher Spielgefährten. Allmählich, im Lauf der Zeit, verschwanden sie einer nach dem andern, es war schwierig, sich genau zu erinnern, wann und wieso. Sie heirateten, sie siedelten in andere Städte über, oder sie zogen sich ohne Erklärung zurück, sie waren auf einmal nicht mehr dabei. Nichts für ungut, sagten sie beim Abschied, wenn sie sich überhaupt verabschiedeten, und, mach's gut. Man traf sich später zufällig auf der Straße und ging schnell auf einen Kaffee. Aber zuviel hatte sich im Lauf der Jahre, seit dem Studium, verändert, es gab Termine, Besprechungen, da ging der Mann vor, das Kind, das geregelte Leben. Man sagte, bis später, bis bald, und verlor sich ohne Bedauern wieder aus den Augen. Sie blieben lange noch in Martas Adreßbuch wie Erinnerungsspuren aus vergangenen Zeiten, aber wenn sie nach Freunden suchte, zählten sie nicht. Man hatte sich im Grund nicht so gut gekannt.

Zur Hochzeit luden sie Freunde in, die ein Jahr später genausogut hätten tot sein können, so kurzlebig war die Freundschaft. Eine Studentin von Marta, die es dann zu verhindern wußte, daß Marta ihren früheren Arbeitsplatz wieder bekam. Eine Studienkollegin, die ins Ausland ging und nie wieder schrieb. Zehn Jahre später, wenn sie die Hochzeitsfotos ansah, erinnerte sie sich schon nicht mehr an die Namen. Eine saß groß und blond in der Mitte, die war zwei Jahre später tot. Und dann die, mit denen sie im Streit auseinandergegangen waren.

Als Marta zum erstenmal dringend Freunde brauchte, weil sie verheiratet, einsam und ratlos war, gab es immerhin noch drei. Helene, Luise und Jan, den Freund von Felix. Wenn Marta sich erinnern wollte, wie sie selber einmal ausgesehen hatte, in der glücklichen Zeit vor der Ehe, brauchte sie nur Helene anzuschauen. Modebewußt, unternehmungslustig und selbstsicher. Aber Helene war nicht glücklich, sie heiratete nicht und hätte doch gern, zumindest ein Kind hätte sie gern gehabt. Sie blieb lange ein junges Mädchen, bis weit über dreißig, und auf einmal war sie eine alte Jungfer, und alles an ihr, ihr Lachen, ihr Blick, ihre Bewegungen, vor allem ihre schrumpfenden Interessen, schrie nach einer Erfüllung, die immer ferner rückte. So zerstörte sich die Freundschaft schon lange vor dem endgültigen Bruch am Neid, dem Vorwurf, du hast alles, was ich mir so sehnlich wünsche, und weißt es gar nicht zu schätzen.

Kurz vor Jakobs Geburt nahm Helene einen Job in einer anderen Stadt an in der Hoffnung, dort den Mann fürs Leben zu finden, und dann war sie eine Zeitlang so beschäftigt, daß sie erst auf Besuch kam, als Jakob schon ein Jahr alt war. Ich muß mit dir über meine Ehe reden, hatte Marta am Telefon gesagt. Aber als Helene es sich bequem gemacht hatte, die Beine hochgelegt, das Weinglas in Reichweite, und jetzt erzähl mal, stammelte Marta nur Unzusammenhängendes, weil soviel zu sagen gewesen wäre und Worte nicht mehr ausreichten, die ungeheure Erniedrigung auszudrücken, die sie in den letzten Monaten sprachlos gemacht hatte. Felix kümmerte sich um das Kind, wusch das Geschirr, überzog sogar das Bett für den Gast und strafte so Martas verzweifelte Versuche, sich der Freundin doch noch verständlich zu machen, Lügen. Erst, als Helene von Riesling und Beerenauslese betrunken war und Felix allein vor dem Fernseher saß, wurde sie gesprächig. Auch in der neuen

Stadt nichts, klagte sie, schon über ein Jahr lebe sie dort, ein paar kurze Affären, aber fürs Herz, fürs Gemüt nichts, und sie begann zu weinen, erbittert, ich weiß, daß ich eine schöne Frau bin, aber wenn eine wie du den Raum betritt, sieht jeder hin, du fällst eben auf, und am neuen Arbeitsplatz gäbe es auch so eine, rabenschwarze Haare und nicht einmal hübsch, aber jeder dreht sich nach ihr um und nur nach ihr. Helene weinte um so hemmungsloser um sich selber, je betrunkener sie wurde. Beim Abschied am nächsten Tag versprach sie, bald anzurufen, damit sie über alles sprechen könnten, wozu diesmal keine Zeit geblieben war.

Dennoch hielt diese Freundschaft noch einige Jahre, denn jedes Mal war Marta glücklich, Helenes Stimme am Telefon zu hören. Sie berichtete aus der aufregenden Welt, aus der Marta ausgeschieden war. Für kurze Dauer, hatte sie anfangs gedacht, bis das Kind in den Kindergarten geht, spätestens in die Schule. Aber nach zwei Jahren schon wollte sie niemand mehr, sie habe den Anschluß verpaßt, sagten die, die ihr hätten helfen können, eine Karriere gibt man nicht leichtfertig auf.

Nach jedem Anruf ihrer Freundin Helene fühlte sich Marta entmutigt und machtlos. Wie geht's dir, rief Helene aufgekratzt, was treibst du die ganze Zeit? Und Marta antwortete mit ihrer neuen schleppenden Hausfrauenstimme, nichts, gar nichts, jedenfalls nichts besonderes. Dann erzählte sie, daß Felix ihr mit Jakob nicht helfe, kein gutes Wort mehr für sie habe, keine Zärtlichkeit, nur Vorwürfe und Kälte, und sie habe oft das Gefühl, es ginge keinen Tag mehr so weiter, sie hielte es keine Woche mehr aus.

Ein Jahr später redete sie nur mehr über das Kind, die bange Frage, ob es normal sei, ob es sei wie andere Kinder. So schlimm kann's doch nicht sein, wehrte Helene ab, du mußt positiv denken, du weißt schon, es wird von Tag zu

Tag besser! Wegen Jakob mach dir keine Gedanken, rief sie munter, du weißt doch, Einstein hat auch erst mit fünf zu reden begonnen! Und am Ende, weil es ein Ferngespräch war und ihr Helenes Munterkeit ohnehin nicht half, sagte Marta, es wird schon gehen, oder, es geht schon wieder. Siehst du, rief dann Helene, das freut mich, daß ich dich aufheitern konnte. Und Marta bedankte sich vielmals. Helenes Besuche waren selten und immer hektisch, denn schließlich war Marta nicht ihre einzige Bekannte in dieser Stadt.

Aber Marta war es, die schließlich ohne Erklärung die Freundschaft abbrach und schwieg, wenn Helene, jahrelang noch, schöne Grüße ausrichten ließ. Jakob war gerade zwei Jahre alt, und Marta setzte heimlich zum Sprung in die Freiheit an, hinaus aus der gemeinsamen Wohnung, die nur mehr ein Kerker war, weg von Felix, in dessen Bett sie seit drei Monaten nicht mehr schlief. Sie hatte sich im Kinderzimmer ein Notbett aufgestellt und rechnete Felix kalt ihre Dienstleistungen vor: Wenn ich schon nichts als deine Haushälterin bin, für diese Bezahlung, da ist Beischlaf nicht inbegriffen. Ruhe befahl sie sich, Geduld, du hast ein Dach über dem Kopf und genug zu essen, du hast ein schönes und glückliches Kind, wenn es sich auch Zeit läßt mit seiner Entwicklung, das macht nichts, und hier kommst du auch noch heraus. Sie verbot sich den Vergleich mit dem Kerker, du hast jetzt einen Schlüssel und einen Kinderwagen, du hast keine Eisenstäbe vor deinen Augen, wenn du zum Fenster hinausschaust! Sie klammerte sich an ihre Träume. Sei vorsichtig mit deinen Wünschen, hatte ihre Mutter immer gesagt, denn sie gehen bestimmt in Erfüllung.

Von einem eigenen Haus träumte sie, allein mit Jakob, der mit all dem aufwachsen sollte, was sie liebte, was ihr unentbehrlich war: Natur, viel Bewegung und Luft, Musik und Bücher und Harmonie ohne Zwang. Felix zu vergessen, schien ihr nicht schwer, und nichts leichter, als ohne ihn zu leben. Nur Geld würde sie brauchen und, weil sie von Felix nichts zu erwarten hatte, wenn sie ihn verließ, einen Beruf, der sie und das Kind ernährte, ohne daß sie Jakob vernachlässigen mußte. Und später würde sie reisen mit Jakob, und sie würden dieselben Dinge lieben, sie würde erfolgreich sein und Jakob, ein fröhliches, begabtes Kind, würde sein eigenes erfülltes Leben führen. Aber vor allem, eine Tür aufsperren können, zu der nur sie einen Schlüssel hatte, und sagen, jetzt sind wir zu Hause, jetzt kann uns nichts mehr an. Dann hielt sie das sich sträubende Kind fest in den Armen, es gehörte ganz ihr, das einzige, was sie besaß. Und wenn Felix sagte, was willst du denn, du kannst gar nicht von mir weg, du bist angehängt mit dem Kind, dachte sie, du irrst, das Kind hat mich nicht an dich gefesselt, es hat mich von dir befreit. Jakob ist alles, was ich vom Leben brauche, und Freiheit von dir.

Dennoch, trotz ihrer Zuversicht, blieb immer auch die Angst vor der Zukunft, die Angst vor der Armut, die sie so gut kannte. An dunklen Winternachmittagen saß sie im Wohnzimmer und hörte Musik, und plötzlich fuhr ihr der Gedanke wie ein Stich durch den Körper: Wenn wir Felix verlassen, werden die Platten, unsere Lieblingsplatten, die Stereoanlage, alles, woran wir uns gewöhnt haben, in seiner Wohnung bleiben. Werde ich leben können in der Bedürfnislosigkeit meiner Kindheit, und habe ich das Recht, meinem Kind diesen Wohlstand zu rauben? Heimlich rief sie Scheidungsanwälte an, Bekannte von früher, aber kaum war sie am Telefon, begann Jakob zu schreien, und sie war nur noch halb bei der Sache und legte den Hörer bald entmutigt auf. Aber am Abend sagte sie wieder vieldeutig bei Tisch, ich glaube an Wunder, ich habe noch viel Kraft und Energie, und was ich mir vornehme, das kann ich. Du bist ein Vampir, schrie sie Felix an, der mit meiner Substanz seine Karriere aufbauen will, aber ich habe dir schon genug geopfert. Wenn er gut gelaunt war, lachte er sie aus, wo willst du denn hin, dein Platz ist bei mir.

Ich muß weg von Felix, sagte sie zu Luise und Helene, er macht mich krank. Und wie willst du das anstellen, fragte Helene. Das weiß ich noch nicht. Sie fühlte sich oft krank, Migräne, Atemnot, und immer der Kampf gegen die Müdigkeit. Seit Jakobs Geburt war sie anämisch, aber auch die Tabletten und Eisentonika machten sie nicht lebenslustig. Sie stand vor dem Spiegel und stellte fest, daß sie zu altern begann, und sie war doch erst zweiunddreißig. Ungeschminkt, erloschen, die Haare zu einem Pferdeschwanz zusammengebunden.

Seit Felix aus ihren Andeutungen, die sie sich doch nicht verkneifen konnte, wußte, daß sie ihn verlassen wollte, drohte er schon am Morgen, das Kind bekommst du nicht, wenn du gehst, aber du geh nur, heute lieber als morgen.

Das letzte, was du mir noch nicht genommen hast, schrie sie.

Es gelang ihm jedesmal, sie mit dieser Drohung in Panik zu versetzen. Ich bin bereit, alles zu tun, um ihn loszuwerden, sagte sie zu Helene mit der verzweifelten Intensität, mit der sie damals über ihre Zukunft sprach, nur das eine nicht, das Kind lasse ich ihm nicht! Ich bin doch erst zweiunddreißig, das ist noch nicht alt genug um aufzugeben! Beruhige dich, sagte Helene, ich weiß einen Job für dich.

Am selben Abend, als Marta das Kind zu Bett brachte, hörte sie durch die angelehnte Tür Felix mit einem Scheidungsanwalt sprechen. Beweisen, daß sie nicht richtig im Kopf ist, hörte sie ihn sagen, Kleinigkeit! Dann wurde seine Stimme leiser, sie konnte nur einzelne Wörter verstehen: entmündigen, Sorgerecht, natürlich, solange er klein ist.

Von diesem Abend an war sie von der Idee besessen, sie müsse ihm zuvorkommen, sonst würde er sie ins Irrenhaus sperren lassen. Er will mich umbringen, versicherte sie jedem. Sie hatte jetzt Angst vor ihm, und langsam bekam sie Angst vor der Wirklichkeit, vor der Welt, in die sie nur selten hinauskam. Wenn das Telefon läutete, ergriff sie oft eine unerklärliche Panik, sie hatte Angst, und wenn Felix zu Hause war, gab sie ihm stumm den Hörer in die Hand.

Und mitten drin in der sich zuspitzenden Krise das Kind. Aber die Psychologen wollten später nichts über den Vater des Kindes hören, nur über sie und ihre Gefühle für Jakob. Ja, ich habe das Kind geliebt, schmerzlich und verzweifelt habe ich es geliebt, beteuerte sie, und ich war fast immer unglücklich. Wie sich das denn vereinen lasse, fragten die Experten sie argwöhnisch, das Kind lieben und unglücklich sein? Eine Mutter ist unglücklich, meinte einer, weil sie das Kind ablehnt und trotzdem bei ihm ausharren muß. Eine Mutter, die mit ihrem Dasein als Hausfrau und Mutter hadert, kann gar nicht anders als dem Kind die Liebe verweigern. Unglück und Liebe schlössen einander aus.

In dem Herbst, als Jakob zwei war, erschien die Freiheit zum Greifen nah. Helene rief zweimal wöchentlich an, der Posten an ihrer Uni, ein Traumjob, und du bist so geeignet wie irgendwer. Dreimal tippte Marta das Bewerbungsschreiben, sie zitterte so sehr vor Aufregung, daß sie sich immer wieder vertippte. Helene machte sie später dennoch auf einen Fehler aufmerksam, wir haben so gelacht, sagte sie, aber das macht nichts, jetzt mußt du dich noch für das Einstellungsgespräch vorbereiten und einen kurzen Vortrag halten. Aber es ist nicht mein Fachgebiet, wandte Marta ein, das sehen die doch! Das sei alles nur Formsache, beschwichtigte sie Helene, das schaffst du schon!

Zwei Monate lang saß Marta nun jede Nacht bei der

Arbeit, jeden Morgen um vier Uhr früh stand sie auf, es war kein Opfer, sie glaubte schon fast, wieder dazuzugehören. Jakob nahm sie mit in die Bibliothek, schnell zu den Karteikästen, mit einer Hand den Sportwagen in Bewegung halten, während sie mit der andern flink in den Zetteln wühlte, immer mit Herzklopfen, schnell die Bücher zusammensuchen, denn Jakob konnte jede Minute zu schreien beginnen, dann mußte sie weg, sonst trafen sie böse Blicke. Was sucht eine mit einem Kleinkind in der Universitätsbibliothek? Die Notizen türmten sich auf dem Tisch, sie hatte es geschafft. Trotz des Kindes und des unausgesprochenen Verbots von Felix, der vielen Hindernisse, die er ihr in den Weg legte, hatte sie einen Vortrag erarbeitet über ein neues Projekt. Ich kann es noch immer! Der Gedanke beflügelte sie.

Helene rief an, wie geht's dir. So kleinlaut klang sie, wie Marta sie gar nicht kannte.

Stell dir vor, ich bin fast fertig, rief Marta.

Wir haben gestern die Stelle vergeben, sagte Helene, verzeih, es ging nicht anders, es hat von Anfang an keinen Zweifel über den Kandidaten gegeben. Es ist auch besser so für dich, behauptete sie. Du hättest es nicht geschafft, allein, mit dem kleinen Kind.

Warum hast du dann gesagt, ich sei in der engeren Wahl?

Ich habe es nicht übers Herz gebracht, dir die Hoffnung zu nehmen. Kopf hoch, sagte Helene melancholisch vor Mitleid.

Marta hängte den Hörer ein, sie hängte seitdem jedesmal ein, wenn sie Helenes Stimme hörte, bis Helene nicht mehr anrief.

Sie verbrachte den Abend damit, die Zettel, die Notizen, alles, was sie in zwei Monaten geschrieben hatte, vom Schreibtisch zu räumen. Sie ging extra zur Mülltonne mit dem Packen, der Papierkorb war ihr nicht unwiderruflich genug. Dann stand sie vor dem leeren Tisch. Die ganze vertane Zeit, die sie für Jakob hätte verwenden sollen, die ganze Energie und Freude umsonst! Ein neuer Baustein in ihrem späteren Schuldkomplex, zwei Monate, in denen das Projekt so sehr von ihr Besitz ergriffen hatte, daß Jakob aus dem Zentrum gerückt war. Vielleicht ist es besser so, versuchte sie zu denken. Aber wie sollte sich nun ihre Sehnsucht nach Freiheit erfüllen?

Drei Wünsche schrieb sie in der Silvesternacht auf drei verschiedene Zettel. Sie wußte nicht, wer sie erhören sollte, aber aller Skepsis zum Trotz glaubte sie an die Kraft des Wünschens.

Ein gesundes glückliches Kind. Erfolg im Beruf. Freiheit. Eines hatte sie schon, dachte sie, die andern zwei krieg ich auch noch.

Zwei Erinnerungsgleise gab es, wenn Marta an die Jahre vor der Diagnose zurückdachte. Eines führte in eine Zukunft, von der sie damals geglaubt hatte, sie sei nur eine Frage der Zeit. Ein gerader Weg, so schien es, wenn sie in den Fotoalben blätterte: Jakob, ein freundliches Kind, das auf jedem Bild vergnügt lachte, auf dem Bett, auf dem Boden, im Laufstall, auf dem Wickeltisch. Manchmal nachdenklich mit Zehen und Fingern beschäftigt, die er stundenlang zufrieden betrachten konnte. Jakob, auf den Schultern seines Vaters. Nichts war auf diesen Fotos zu entdecken, das auf anderes als auf eine glückliche normale Kindheit hingedeutet hätte. Oder doch? Die großen Augen, die manchmal in eine uneinholbare Ferne blickten. Jetzt schaut er ins Narrenkastl, sagten die andern. Jakob, rief Marta und wedelte mit der Hand vor seinem Gesicht. Dieses zarte Gesicht von fast unheimlicher Vollkommenheit. Fast unheimlich? Als sei es weniger irdisch, weniger reine Gegenwart als andere, gröbere Kindergesichter. Dieses geliebte Gesicht, das sich mit einem Leuchten füllte beim Klang von Musik. Sein Sinn für Rhythmus und Klänge war unfehlbar. Marta war beflügelt von Zukunftsphantasien, als sie diese Neigung bei Jakob erkannte. Die sichtbare Erschütterung, die ihn mitriß beim ersten Ton einer Geige. Mit eineinhalb Jahren torkelte er breitbeinig und noch unsicher, aber ohne ein einziges Mal zu Marta zurückzublicken, über eine weite Rasenfläche zu einer Gruppe von Jugendlichen hin, die mitten im Park musizierten und sangen. Und dort stand er wie in Trance vor dem Gitarristen und trat in exaktem Rhythmus von Bein zu Bein, wiegte sich hingerissen, als hätte er endlich sein Element entdeckt. Vielleicht, sagte einer, als Marta herbeikam, befinden wir uns in der Gegenwart eines großen Musikgenies. Marta war stolz und voll Hoffnung. Warum nicht, fragte sie.

Aber neben diesem Erinnerungsstrang lief immer ein zweiter, verschlang sich mit dem glückversprechenden, verdunkelte ihn. Der Blick von der Wohnzimmerloggia auf andere Loggien der Reihenhäuser rundum und vor den Häusern das Rasenstück, davor der Parkplatz. Und immer lärmende Kinder auf den Rasenstücken und Wegen. Schau, Jakob, ein anderes Kind, bald bist du auch so groß, und schau, ein Baby, das ist noch kleiner als du. Aber Jakob wendete nicht den Kopf, er sah durch Gleichaltrige hindurch, als wären sie gar nicht vorhanden, kein Erkennen in seinem Gesicht, keine Erregung. Wozu das Kind aus dem Wagen heben, damit es mit anderen Kindern krabbeln und spielen konnte? An den langen Tagen beobachtete sie vom Wohnzimmerfenster aus die anderen Mütter und Kinder. Die waren doch noch kleiner als Jakob und spielten schon

Ball! Spielten mit anderen Kindern fangen! Ungläubig, voll Erstaunen, erkannte sie das Kind, das im selben Monat wie Jakob geboren war, es fuhr schon mit dem Dreirad. Jakob beachtete keinen Ball und wenn, dann begann er ihn zu drehen wie er alles drehte, was er in die Hände bekam, ob es nun rund war oder eckig; die Spielzeugautos legte er auf das Dach und drehte die Räder und war nicht mehr abzulenken.

Zweckentfremdung, sagte Felix, wie phantasievoll! Als sie ihn auf das Dreirad setzten, das sie in aller Eile gekauft hatten, zog er die Beine an und wollte geschoben werden.

Aber für alles hatten sie eine Erklärung. Er ist blasiert, er bekommt zuviel Zuwendung, weil er so hübsch ist. Und daß er jede Nahrung verweigerte, die nicht fein püriert war? Mit drei Jahren aß er noch immer Kleinkindernahrung, und Marta schwor, daß er Schwierigkeiten mit dem Kauen habe. Aber Hühnerknochen nagte er gierig ab. Der starke Speichelfluß, fragte sie den Hausarzt, wann hört der auf? Sie wechselte alle zwei Stunden seine durchnäßten Hemden, und keiner der Bewunderer wollte ihn mehr auf den Arm nehmen, sie spreizten die Finger. Das ist ja unappetitlich, wisch ihn doch öfter ab!

Jakobs Leidenschaft für die unaufhörliche Wiederholung des Gleichen, und daß er es vermied, sich Dinge selber zu holen, daß er Martas Arm zu den Gegenständen führte, die er haben wollte; auch seine unverständlichen Panikausbrüche, seine Begeisterung für Autos, Flugzeuge, Eisenbahnen: Das alles nahm Marta als seine Eigenart hin, so ist er eben. Warum soll er Stofftiere lieben, warum soll er mit Dingen so spielen, wie es unserer Vorstellung entspricht?

So tapfer, lobte sie ihn, wenn er fiel und nicht weinte, nicht einmal bei blutenden Knien und tiefen Schnittwunden. Dafür schrie er um so lauter, wenn sie im Kaufhaus die gewohnte Reihenfolge der Schneisen vergaß. Aber warum kratzt er sich den Daumen blutig, kratzte den immer dicker werdenden Schorf ab, kratzte mit einer Konzentration, die ihn für alles andere unzugänglich machte? War das Kind unglücklich? Hallo, Jakob, riefen Bekannte, und er schaute unbeweglich durch sie hindurch. Schau, ein Hund, da, schau hin, rief Marta und zeigte unermüdlich auf alles und rief um so lauter, je regloser Jakob saß. Jakob rührte sich nicht. Er bewegte weder den Kopf noch die Augen. Doch wenn sie vom Spaziergang nach Hause kamen, schrie er oft mehrere Stunden, und nichts konnte ihn beruhigen. Schließlich ließ er seine Decke nicht mehr aus der Hand, zog sie sich über den Kopf, wenn Marta mit ihm auf die Straße hinausfuhr.

Was hat das Kind, fragten die Leute, schon fast drei Jahre, und man sieht ihn nie zu Fuß, immer im Wagen und mit der Decke über dem Kopf! Er will nicht zu Fuß gehen, sagte sie abweisend. Irgendwo im Park hob sie ihn dann heraus, und Jakob lief lange Zeit unermüdlich im Kreis, wollte in Astgabelungen alter Bäume gehoben werden, schaukelte ganze Nachmittage auf immer derselben Schaukel am Spielplatz, so still, so reglos, als schliefe er mit offenen Augen.

Ist das Kind krank? fragten die Leute.

Marta zuckte die Achseln. Sie hatte eine Psychologin, die ihr jemand empfohlen hatte, angerufen und ihr von Jakob erzählt. Deprimiert, sagte die, ein depressives Kind. Kein Wunder, dachte Marta, was wir schon mitgemacht haben. Noch fühlte sie keine Schuld. Jakob hatte aufgehört zu sprechen. Nur ein Wort behielt er: Mama.

Jakob begann, immer mehr an sich selber zu experimentieren. Ticks nannten die anderen das. Er hielt sich Bilder ganz nah an die Augen, rieb sich die Augen und blinzelte. Er drehte sich im Kreis, bis er mit dem Kopf in ein Möbelstück rannte, und lachte. Er roch stundenlang an seinen Händen und Füßen, er schaukelte hin und her und ging nur auf Zehenspitzen. Kaum hatte er zu gehen begonnen, ließ er seine Fersen nur mehr selten den Boden berühren. Besucher bewunderten ihn dafür: Wie schön er auf den Zehen balancieren kann, wie sicher! Manchmal zitierte er ganze Zeilen aus Kinderversen, aber es wurde immer deutlicher, daß er nicht wußte, was er sagte. Dann flüsterte er wieder vor sich hin und verstummte geheimnisvoll, wenn jemand ihn fragend ansah.

Dreieinhalb und noch keine funktionierende Sprache, nur ein paar Wörter ohne Zusammenhang und mit fragwürdiger Bedeutung. Aber das alles war es nicht, was Marta so sehr beunruhigte. Sie konnte es nicht benennen. Wie eine Wand, wollte sie sagen, aber dann kitzelte sie ihn, warf ihn hoch, schupfte ihn von Arm zu Arm wie einen Sack, und sie lachten. Nein, der Ausdruck war falsch, da war keine Wand. Sie kam mit dem Fläschchen ans Gitterbett, Jakob hüpfte und strahlte. Vielleicht war ihr Unbehagen ein Irrtum. Nie ahmte er etwas nach, weder Laute noch Gesten. Eine integre Persönlichkeit, lachte Marta, läßt sich zu nichts zwingen! Was war es, das sie so ängstigte? Es war etwas Unsichtbares zwischen Jakob und allem, was ihn umgab. Oder war es das: Da war nichts Unsichtbares zwischen Jakob und seiner Umwelt, es war, als umgäbe ihn ein leerer Graben. Die »leere Festung«, dachte sie plötzlich, und glaubte, ihr Herzschlag, der ausgesetzt haben mußte, würde nie wieder einsetzen, ein völliger Stillstand, über den Hohlraum gespannt zwischen ihr und dem aufsteigenden Verdacht.

Sie sprach den Verdacht nicht aus. Statt dessen kaufte sie Bücher mit einer Hast, die in diesen Wochen ihre lähmende Angst vor einer nahen, noch unbenennbaren Katastrophe bisweilen ablöste. Schnell etwas tun, um es abzuwenden, schnell Dämme bauen gegen das, was da unerbittlich auf sie zukam. Von der schizophrenogenen Mutter las sie, die ihr Kind heimlich wegstößt und totwünscht, während sie ihm Liebe vorgaukelt. Die Mutter des autistischen Kindes vermag nicht einmal das, stand da zu lesen, sie verweigert dem Kind die erste Bindung, die Symbiose, die der Trennung vorausgeht. Die totale Verweigerung einer Frau ihrem Kind gegenüber. Nein, dachte sie erleichtert, das ist es nicht, das kann es nicht sein.

Mama sei still, ich will Papa was sagen, hörte sie ein kleines Mädchen aus der Nachbarschaft rufen. Wie alt ist das Kind, fragte Marta. Zweiundzwanzig Monate, sagte die Mutter. Das Dialogische, fiel es Marta blitzartig ein, das war es, was Jakob fehlte, daß er Sprache nicht zur Verständigung benutzte. Daß er sie nie ansprach, sie auch nie rief, daß sie kein Du für ihn war. Vielleicht überhaupt keine Person, sondern bloß das, was ihm Vergnügen bereitete, Nahrung beschaffte, noch ganz Teil von ihm selber. Jakob war doppelt so alt wie das kleine Mädchen.

Da sagte Marta zu Felix, jetzt kannst du sagen, was du willst, ich lasse ihn untersuchen und testen.

Mit drei Jahren hatten sie Jakob in den Kindergarten einschreiben lassen. Weil das Beste gerade gut genug war und Felix sagte, je früher man lernt, desto weiter vorn liegt man später im Rennen, kam er in den teuersten Privatkindergarten. Marta bekam eine halbe Lehrverpflichtung an einer Handelsschule. Es war nicht das, was sie gewollt hatte, sie brachte die Stunden ohne Begeisterung hinter sich. Ein Sprungbrett hinaus, dachte sie, ein Fuß in der Tür. Von ihrem ersten Gehalt kaufte sie neue Kleider. Danach begann sie stur und heimlich zu sparen. Für später, für den Ausbruch, den großen Sprung.

Aufstehen um sechs Uhr früh, das Kind in den Kindergarten bringen und schnell zur Schule. Die Stunden zogen sich hin, oft war sie unvorbereitet, die Schüler gelangweilt. Dann schnell zurück in den Kindergarten, mit Jakob nach Hause. Das Kind war hungrig und schrie oft mehrere Stunden. Jakob im Arm schlang sie schnell etwas aus dem Kühlschrank hinunter gegen den ärgsten Hunger, inzwischen war es Nachmittag. Die Unordnung in den Zimmern schon unüberschaubar. Sie mußte kochen, aber wichtiger als alles, mit Jakob spielen, zu spielen versuchen zumindest. Am Ende des Tages die Erschöpfung, für die keine Nacht lang genug war. So lagerte sich die Müdigkeit eines jeden Tages auf der Müdigkeit aus dem Vortag ab. Die Wäsche türmte sich, das Geschirr, und wenn Marta am Nachmittag auf dem Teppich lag mit der Absicht, Jakobs Aufmerksamkeit auf sich zu lenken, schlief sie oft ein. Die Gereiztheit zwischen ihr und Felix wuchs mit ihrer Erschöpfung. Er stand vom Tisch auf und legte sich hin, selten betrat er die Küche, sie wateten durch seine verstreute Wäsche im Schlafzimmer.

Felix war weit weg und schwer zu erreichen. Er sprach von Stagnation, bezichtigte sich selber der midlife-Krise und beschwor eine radikale Änderung seines Lebens. Tu, was du willst, sagte Marta gleichgültig. Er schlug vor, sie solle die Verdienerrolle übernehmen für den Rest seines Studiums.

Das Kind und den Haushalt würdest du übernehmen? fragte sie ungläubig.

Da schrie er sie an, es gäbe Frauen, die zwei und drei Kinder hätten und ganztägig berufstätig seien, im Vergleich zu denen hätte sie doch das schönste Leben.

Wolltest du nicht einen Beruf, die ganze Zeit, als Jakob noch klein war? – Nein, sagte sie, eine Karriere wollte ich, genauso wie du, nicht bloß einen Job!

Das konnte er nicht verstehen. Diesen Hochmut wirst du auch noch ablegen müssen, behauptete er und hatte recht, ohne es zu ahnen.

Wie ist denn Jakob untertags, fragte Marta die Kindergärtnerin bang und zugleich voll Hoffnung. Noch hörte sie gläubig zu, wenn jemand ihre Zweifel zu zerstreuen versuchte. Wie sie sich wünschte, daß ihre Ahnung sie trog! Er ist anders, hieß es, ganz anders als andere Kinder. Und dann erzählte man ihr, was sie ohnehin wußte, daß er am liebsten allein spielte, daß er nicht sprach und andere Kinder ignorierte, daß er Kinderreime liebte und nur in den Kreis der anderen kam, wenn sie sangen. Aber für alles gab es eine Erklärung, denn Kinder, hieß es, seien durch und durch logisch, man brauche sie nur anzusehen und wisse, was im Elternhaus vorginge. Man müsse viel mit ihm sprechen, schlug die Tante vor, und ihn mehr unter Kinder bringen, und zum Sauberwerden sei es auch höchste Zeit. Zum Vater sagte die Pädagogin, das Kind ist hochgradig psychisch gestört, es hat keinen Blickkontakt und läßt sich nicht gerne halten.

Wenn Marta in den freundlich und modern ausgestatteten Raum kam, fand sie Jakob nicht immer gleich. Jedenfalls nicht an den Tischen, an denen die anderen Kinder zeichneten und bastelten, und nicht in der Nähe der Kindergärtnerinnen, sondern irgendwo hinter einem Schrank oder einem Tisch, in einer geschützten Ecke, da hatte er Puzzles vor sich liegen, die er mit schnellen sicheren Handbewegungen zusammenstellte, auch wenn das fertige Bild dann vor ihm auf dem Kopf stand. Es waren die Formen, die Zacken und wie sie ineinandergriffen, an denen Jakob Zusammenhänge erkannte. Das fertige Bild bedeutete ihm nichts, er schüttelte es sofort wieder durcheinander. Ebensooft saß er auf der Fensterbank und starrte hinaus, so lautlos und so bewegungslos, als habe er stundenlang dort gesessen. Er reagierte nicht, wenn sie ihn riefen: Jakob, die Mutti ist da. Aber beim Klang ihrer Stimme drehte er sich herum, und sein Gesicht begann in ihre Richtung zu strahlen. Er glitt vom Fenster, aber anstatt in ihre Arme zu laufen, warf er sich aufgeregt auf den Boden und verbarg sein Gesicht. So wehrte er immer häufiger alles ab, was ihm Vergnügen bereitete. Manches war eben zu schön, zu gut, zu großartig, um es zu ertragen. Auch bei den Symphonien, von denen er anfangs nicht genug bekommen hatte, Mozarts Requiem, Beethovens neunte, Mahlers erste, hielt er sich plötzlich die Ohren zu, und bei Schubertliedern weinte er, der nie weinte, immer nur tränenlos schrie, seine ersten Tränen, traurig und doch zugleich unerträglich glücklich. Marta bekam Angst vor der Macht, die diese Musik über ihn hatte, und mied alles, was ihn derart erschütterte.

Mit der Zeit schwand der gute Wille der Kindergärtnerinnen. Begabtenförderung war ihr Stolz, die Kinder können im zweiten Jahr schon ein Instrument spielen, hatte man ihnen versprochen, sie schreiben mit vier ihre Namen und singen englische Lieder nach Noten. Aber an Jakob fanden sie nichts, was ihnen förderungswürdig erschien. Also saß er auf dem Fensterbrett bei den Zimmerpflanzen, das Gesicht dem Licht zugewandt. Wofür zahlen wir, fragte Marta erbittert, wenn Sie sich nicht um ihn kümmern? Jeden Tag bat sie, beziehen Sie ihn doch ein, bemühen Sie sich um ihn! Später drohte sie, das geht so nicht weiter, wenn Sie sich nicht mit ihm beschäftigen wollen, melden wir ihn eben ab. Wenn sie in den Raum kam, saß Jakob von nun an zwar bei den anderen, aber sie konnte den Verdacht nicht verdrängen, daß sie ihn erst kurz davor zu sich geholt hatten. Sie hatten auch jetzt immer neue, eifrig vorgetragene Meldungen ihrer Erfolge. Er habe *nein* gesagt, als sie ihn etwas fragten, eine sinngemäße Antwort. Er habe neben anderen Kindern auf der Rutschbahn gespielt. Nichts, was Marta Mut gemacht hätte. *Nein*, sagte er schon lange, und *Ja* war noch Jahre entfernt. Obwohl sich Jakob am Morgen nicht wehrte, in den Kindergarten zu gehen, wußte sie, es bedeutete ihm nichts, und lieber wäre er wohl zu Hause geblieben. Sie stellte sich vor, einen halben Tag reglos an einem Fenster sitzen zu müssen, allein und verstoßen, während die andern im Raum hinter ihm lachten und miteinander spielten. So klein und schon so allein.

Marta begann, sich in der Schule öfter krank zu melden, um Jakob die schreckliche Einsamkeit unter Fremden zu ersparen. Sie hielt keine Sprechstunden mehr, schwänzte die Konferenzen, lief von der letzten Stunde, die sie hielt, geradewegs in den Kindergarten, um das Kind so schnell wie möglich aus dem Unglück dieser Gemeinschaft zu bergen, von seinem Fensterplatz wegzuholen. Es gab Klagen in der Schule, auch von den Schülern und Eltern. Sie war ja nicht einmal halb bei der Sache. Sie hörte sich den Direktor an, der sie zu sich hatte kommen lassen, aber sie saß sprungbereit auf dem Stuhlrand und hoffte, er würde sich kurz fassen. Sie konnte sich auf nichts mehr konzentrieren, immer sah sie ihr Kind vor sich, wie es lautlos aus dem Fenster starrte. Bis Jahresende, sagte der Direktor, auf Bewährung. Sie dankte zerstreut, rannte davon. Ihr ganzes Leben nur mehr ein immer verzweifelter werdendes Hasten zum Kindergarten, nach Hause, als ginge es immer schon um Minuten, als sei Jakob unentwegt in Lebensgefahr.

Warum hatte sie so lange gewartet?

Aber sie hatte ja gar nicht gewartet. Als Jakob zweiein-halb war, hatte sie ihn zum Kinderarzt gebracht. Das Kind schrie von dem Augenblick, in dem sie es in die Ordination trug, bis sie es wieder anzog. Da ist mit Ihnen was nicht in Ordnung, sagte der Arzt, Eheschwierigkeiten vielleicht, das Kind ist ja hochgradig verstört. Kein Wunder, sagte sie zornig: Eine Krankenschwester hatte den Kopf durch die Tür gesteckt und befohlen, das Kind nackt auszuziehen, auch die Windel, der Doktor kommt gleich. Eine dreiviertel Stunde später erschien dann der Arzt, und Marta stand da mit dem schreienden, verängstigten Kind, durchnäßt von seinem Urin.

Sie gab nicht auf, sie fand einen anderen Kinderarzt. Freundlich und ratlos sah er Jakob an, der schrie und auf die Hampelmänner und Mobiles im Zimmer nicht reagierte. Er hört nicht auf seinen Namen, fragte er, er benützt Sprache nicht kommunikativ? Und schon hatte er eine Einweisung zum Ohrenarzt geschrieben. Aber er ist doch akustisch übersensibel, wandte Marta ein, wie sollte er taub sein, wenn er Geräusche so intensiv wahrnimmt? Doch der Arzt hatte sich bereits eine Meinung gebildet und unterbrach sie, davon verstünde sie nichts als Laie.

Warum nicht gleich in die Abteilung für Entwicklungsstö-rungen in der Klinik, fragte man später, warum mußte sie soviel wertvolle Zeit verlieren, bevor sie das Naheliegende tat? Marta verstand es inzwischen selber nicht mehr und machte sich Vorwürfe. Aus Hoffnung vielleicht? Und weil niemand sah, was sie ahnte, oder weil niemand wagte, es ihr zu sagen? Immer wieder machte Marta Felix aufmerksam: Schau, wie er im Kreis läuft, wie er seine Hände hin und her dreht! Hör doch schon auf, sagte Felix, und sein Gesicht wurde feindselig und verschlossen. Eine Kollegin von ihm kam hie und da auf Besuch, die brachte Marta die alten Spielsachen und Kleider ihrer heranwachsenden Kinder und hörte freundlich zu, blieb sitzen und beobachtete das unzugängliche Kind. Zu ihr sagte Felix, ich würde spüren, wenn etwas nicht stimmte, ich bin doch der Vater. Die Kollegin schwieg. Und später, nach der Diagnose, sagte sie, ich habe es schon lange gewußt, für mich gab es keinen Zweifel, aber ich wollte mich nicht einmischen, es war nicht meine Aufgabe euch zu sagen, was zu tun sei.

Und auch Luise, ihre beste Freundin, bekam einen gequälten Gesichtsausdruck, wenn Marta schon wieder mit Jakob anfing. Luise hatte keine Kinder, nur einen Neffen, so alt wie Jakob, von dem sie oft begeistert erzählte. Das kann aber Jakob noch nicht, warf Marta bang ein. Luise winkte ab. Bei dem ist auch der Vater mehr zu Hause und die Großmutter jederzeit zur Verfügung, die haben viel mehr Hilfe als du. Luise kam verläßlich einmal in der Woche auf Besuch. Sie brachte oft kleine Geschenke, für Jakob und auch für die Freundin. Du bist mir näher als eine Schwester mir hätte sein können, sagte Marta dankbar, du tust so viel für mich und ich kann nichts für dich tun. Aber Luise behauptete, es mache ihr Spaß, einmal in der Woche zu Marta in die Stadtrandsiedlung zu fahren, ein wenig mit Jakob zu spielen, mit Marta Wein oder Likör zu trinken und mit ihr über Männer zu reden. Sie lachten viel, erzählten einander Intimitäten, die sie niemandem sonst erzählten, und sprachen endlos über ihre Gefühle. Du bist die einzige, die nichts schockiert, sagte Luise, sie hatte oft zwei und drei Liebhaber auf einmal, und jeden beschrieb sie bis ins Detail in seiner einzigartigen Lächerlichkeit. Sie hielten sich die Hand vor den Mund, um mit ihrem Gelächter Jakob nicht aufzuwecken. Felix wußte schon, heute ist ein Luise-Tag und kam später nach Hause. Für Felix hatte Luise nicht viel übrig, sie hielt ihn für überheblich, grob und ein bißchen dumm; und Felix fand eine Sekretärin, die sich ein Urteil über ihn anmaßte, keiner Begrüßung wert. Luise gehörte Marta ganz allein. Wenn Luise sich verabschiedete und Marta sie zum Auto begleitete, freute sie sich immer schon auf den Abend der nächsten Woche. Sogar die Sorge um Jakob lastete weniger schwer auf ihr, wenn sie nachher das Wohnzimmer lüftete, in dem Luises Rauchschwaden hingen, und die Gläser in die Küche trug. Luise brachte ihr einmal in der Woche genug Wärme, um die nächsten Tage zu überstehen, und auch die Leichtigkeit einer Welt ohne Sorgen und Unterdrückung, ohne Mann und Kind.

Es irritierte sie zunehmend, wenn andere sagten, ich kann an Jakob nichts sehen, was besorgniserregend wäre. Aber Luises Meinung nahm sie sich zu Herzen, auch ihre Kritik. Also das mit dem Essen liegt auf der Hand, erklärte Luise. Ihr sitzt so selten alle miteinander beim Tisch, wie soll Jakob da lernen, wie die Erwachsenen zu essen? Marta legte von nun an Teller und Besteck vor sich auf den Tisch und aß artig hie und da selber einen Bissen, während sie Jakob fütterte. Sie nahm sich nie mehr die Freiheit, wenn Jakob schlief, in der Küche still vor sich hinzuessen, um sich zu entspannen. Und dann täglich ein Bad, schlug Luise vor, und immer wieder dabei die Körperteile benennen, das ist mein Bauch, mein Arm, mein Bein, damit er ein Gefühl von sich selber bekommt. Nein, dumm war Luise nicht und von Psychologie wußte sie eine Menge. Marta badete Jakob daraufhin fast jeden Tag, aber wie sollte sie ruhig Körperteile benennen, wenn das Kind schrie von dem Augenblick an, in dem das Wasser in die Wanne zu rauschen begann? Vielleicht fürchtet er sich vor dem Badezimmer, dachte Marta, und stellte die Wanne ins Kinderzimmer. Dort gelang es ihr wenigstens, ihn schnell zu waschen, aber es blieb dabei, das Bad war ein Kampf, kein Vergnügen. Alle guten Ratschläge scheiterten an Jakobs unverwechselbarer Einzigartigkeit unter scheinbar völlig vorhersagbaren, genormten Kindern. Was angeblich therapeutisch wirkte, brachte ihn nur zum Toben, versetzte ihn in panische Angst. Und immer wieder stieg der Verdacht in Marta auf, solche Kleinigkeiten könnten es nicht sein, und mit kleinen Veränderungen sei hier nichts zu beheben. Luise war die erste, die sagte, ja schaden kann's sicher nicht, wenn du ihn begutachten läßt. Da war Jakob schon fast vier Jahre alt.

Tat sie Luise unrecht? War es einfach ein Irrtum, ihre übermäßige Empfindlichkeit vielleicht, daß es ihr vorkam, Luise verhielte sich anders zu Jakob nach der Diagnose in jenem Frühjahr? Sie war es, die als erste den Ausdruck psychotisch verwendet hatte. Nein, das hätte ich nicht gedacht, neurotisch ja, hochneurotisch sogar, aber nicht psychotisch! In Marta lösten diese Ausdrücke einen unerträglichen Schmerz aus, größer als die Schuldzuweisungen der Ärzte. Als ob jemand mit einem Stempel ein großes häßliches Mal auf die makellose Kinderhaut gedrückt hätte. Wie Schlachtvieh, dachte sie und verbot sich zugleich den hochschießenden Haß auf die Freundin. Was hatte ein Wort wie psychotisch mit Jakob zu schaffen? Da war ja nicht plötzlich etwas Neues ausgebrochen seit dem Nachmittag, als die Ärztin das furchtbare Wort ausgesprochen hatte. Jakob war derselbe geblieben, vorher und nachher. Nur der Verdacht hatte einen Namen bekommen, und die Gewißheit war schrecklicher als der Verdacht.

Und warum hatte Luise am Telefon das gesagt vom besseren Menschen? Vielleicht macht das einen besseren Menschen aus dir. Als Marta eine Woche später noch einmal anrief, hatte die Entschlossenheit, Jakob um jeden Preis zu retten, ihrer Stimme bereits eine neue Klarheit gegeben. Sie war voll Tatendrang, bereit, sich lieber heute als morgen in alle möglichen Therapien zu stürzen, am besten in alle zugleich, und zu Hause keine therapiefreie Minute. Jetzt klingst du, Gott sei Dank, schon wieder besser, sagte Luise erleichtert, nicht mehr so hysterisch wie am Anfang. Warum ließ Luise sie jetzt im Stich, wo alles um sie herum ins Wanken geriet? Nein, sie ließ ja Marta gar nicht im Stich, nur die Verzweiflung einer Ertrinkenden, wie hätte irgend jemand dieses Anklammern, diese Panik ohne Distanz ertragen? Sobald Marta gefaßter klang, die Tränen unsichtbar in der würgenden Kehle, nicht mehr hingegeben an ihren ersten Schmerz, kam auch Luise vorsichtig aus der Unangreifbarkeit wieder hervor.

Aber etwas war anders, und sie spürten es beide, so wie früher würde es nie wieder werden. Marta hatte nur mehr geheucheltes Interesse für Luises Männergeschichten. Schau, meine Brust, sagte Luise, glaubst du, sie ist kleiner geworden, seit ich nicht mehr die Pille nehme? Marta ging wohl auf Luises Frage ein, aber ihr Gesicht, ihre Stimme sagten, deine Brust ist mir völlig egal. Früher hatte Luise jedesmal Jakob begrüßt und als erstes, bevor sie sich zu Marta setzte, mit ihm gespielt. Die Aufregung jedesmal und die Freude, Jakob, Luise kommt heute! Und das Vergnügen in Jakobs Gesicht, die Erwartung. Das macht er bei Felix nie, sagte Marta, und sie kicherten. Dann zerrte das Kind sie ins Kinderzimmer, und sie bauten ein Schloß aus seinen Klötzchen, nach festen unabänderlichen Regeln. Wenn es Zeit war zum Schlafengehen, warf Luise ihn zum Spaß ins Bett, und Jakob sprang wieder auf, um noch einmal niedergeworfen zu werden und noch einmal. Jakob war von Luises Besuchen noch mehr entzückt als seine Mutter. Und plötzlich fand Luise den richtigen Ton nicht mehr. Oder verlor sie ihn allmählich? Wenn Jakob aufgeregt hüpfte und ihre

Hand nicht mehr losließ, sagte sie, bald, jetzt muß ich noch rauchen. Sie zögerte ihre Zeit mit Jakob hinaus und war schnell wieder aus seinem Zimmer zurück. Jakob folgte erwartungsvoll, stand vor Luise, wollte das Feuer ihres Feuerzeugs berühren, aber er wartete umsonst. Das Zubettbringen überließ sie wieder Marta. Spiel doch ein wenig mit ihm, er hat sich schon so gefreut, bettelte Marta. Und je mehr Luise sich bitten ließ, desto gespannter war die Atmosphäre zwischen ihnen und entspannte sich auch nicht, wenn Jakob schlief. Eine kühle Höflichkeit hatte die Vertrautheit verdrängt. Sie hörten einander zu und verbargen die Langeweile und Abwehr, sie stellten zur richtigen Zeit die erwarteten Fragen. Wir haben nichts mehr gemeinsam, dachte Marta. Luises Lebenslust, ihre Männergeschichten, ihre Fitneßgymnastik, ihre Abende im Casino, im Pub, in der Disco, auf einmal war Martas Neugier und ihre ungeteilte Parteilichkeit für die Freundin verschwunden. Was geht mich dein dummes, oberflächliches Leben an, dachte sie, während sie mit immer feindseliger werdender Miene zuhörte. Dafür beschäftigte sie die Frage, die sie trotz aller Nähe nie zu stellen wagte: Warum zog sich Luise von Jakob zurück? War er für sie ein anderes Kind, seit er den Stempel psychotisch trug? Langweilte sie die Intensität, mit der Woche für Woche dieselben Spiele von ihr verlangt wurden, dieselben Handgriffe und Worte, dieselbe Reihenfolge der Abläufe, und kein Erfolgserlebnis außer dem sichtbaren Vergnügen des Kindes?

Jetzt tat es Marta weh, wenn Luise sagte, also mein Neffe, der sagt schon seit einem Jahr Ich, und weißt du, was sein neuester Trick ist? Da schrie Marta auf und hielt sich die Ohren zu: Ich will es nicht hören! So begann der erste Streit ihrer Freundschaft. Neidisch sei sie, warf Luise ihr vor, sie könne es nicht mehr hören, daß andere normal und glücklich seien. Auch ihr selbst gegenüber, das spüre sie schon eine Weile, hätte sie einen gewaltigen Neid. Weil sie, Marta, alt werde ohne richtig gelebt zu haben, weil sie ein Haustrampel geworden sei, im Grunde genommen, nur könne man das bei der Unordnung in ihrem Haushalt auch nicht vermuten. Wenn sie, Luise, eine Hausfrau wäre, würde sie zumindest sich unterordnen, würde einsehen, daß sie Pflichten habe, auch dem Mann gegenüber. Marta verteidigte sich nur schwach, sie hatte Angst davor, Luise für immer zu verlieren, wenn sie zuviel sagte, und wie sollte sie die Wochen überstehen ohne Luise? Ja, sagte sie, du hast recht, wenn ich die Frauen sehe mit ihren normalen Kindern, gleich zwei und drei, wie sie problemlos daherpurzeln, als gäbe es gar nichts anderes, und diese Mütter dann auch noch so grob mit ihren Kindern, so brutal oft und ungeduldig, da bekomme ich einen unerträglichen Haß. Warum ich, schrie sie und verletzte die stillschweigende Abmachung, sich zu beherrschen, sie begann zu schluchzen, saß da und weinte lauthals und zerrte an den Ecken ihres Taschentuchs.

Mit solchen Gefühlsausbrüchen wußte Luise nichts anzufangen. Sie sagte, sie müsse leider heute schon gehen, sie habe noch eine Verabredung später am Abend. Und am Telefon tags darauf, nachdem sie lange geduldig zugehört hatte, denn Marta konnte kaum sprechen bei soviel hörbarer, fühlbarer Geduld, sagte Luise, weißt du, ich habe auch Probleme, aber vielleicht bin ich stärker als du. Welche Probleme, fragte Marta, bereit zu raten, zu helfen. Wenn Luise Probleme hatte, vielleicht kam sie wieder zu ihr zurück um Rat und Trost. Ach, sagte Luise kühl, einfach Probleme halt, mit meinem Freund zum Beispiel, da ist auch nicht alles so, wie es sein sollte, aber jetzt muß ich Schluß machen, es ist was im Fernsehen, das ich mir anschauen will.

Luise kam immer seltener auf Besuch, bald nur mehr einmal im Monat und dann immer so spät, daß Jakob schon schlief. Und schließlich traf sie sich lieber mit Marta im Kaffeehaus auf eine Stunde während ihrer Mittagspause. Langweilen wir dich, fragte Marta, Jakob mit seinem Vergnügen am Schloßbauen und ich? Luise antwortete nicht.

Auch die paar gemeinsamen Freunde, die Marta und Felix hatten, blieben nach und nach weg. Da waren Harald und Susi. Eine Welt, die Marta früher nicht gekannt hatte, höchstens aus den Zeitschriften in den Wartezimmern der Ärzte. Die Schickeria. Die sich alles leisten konnten und den Ton angaben. Wieviel spontanen Widerwillen hatte der Gedanke an solche Menschen in ihr erweckt, bevor sie Harald und Susi kennenlernte. Mein bester Freund, so stellte Felix ihr Harald vor, noch vom Gymnasium her, und beim Studium hatten wir vier Jahre lang eine gemeinsame Bude. Er steht mir viel näher als Reinhard, hatte Felix erklärt, es gibt nichts, was uns jemals entfremden könnte. Sie verbrachten viele Tage in der Villa der Freunde. Der Garten so groß, daß man die anderen Häuser des Villenviertels nicht sah, und überall soviel Helligkeit, und der Luxus, in dem sich das Sonnenlicht brach, das durch hohe Glaswände in alle Räume schien. Und dabei sind sie gar nicht arrogant, wunderte Marta sich, so natürlich, so sorglos. Am Morgen, bevor die anderen aufstanden, schlich sie durchs Haus und hatte das Gefühl, das alles sei gar nicht wirklich, nur eine Filmszenerie. Sie versank im Samt eines Sofas, es war ganz still und dabei schon halb elf, und trauerte um das Mädchen in der Hausmeisterwohnung, für das eine Banane als Krankennahrung den höchsten Luxus bedeutet hatte.

Harald und Susi waren bald ihre besten Freunde, auch wenn Marta wenig von ihnen wußte. Harald schlapfte um elf in die Küche und machte für alle das Frühstück, während in Susis Badezimmer bis nach Mittag das Wasser rauschte und der Haarfön summte. Wenn Marta am Abend ins Bett ging, blieben die andern noch lange auf, und wenn sie am Treppenabsatz horchte, konnte sie hören, wie Felix mit seinen Freunden über sie sprach, ob er sie heiraten solle, ob sie die richtige sei, und auch seine früheren Freundinnen wurden besprochen und unter viel Gelächter und Weißt-du-noch mit Marta verglichen. Überhaupt redeten die drei meist nur in Andeutungen, die Marta nicht verstand. Ich bin ja noch neu, dachte Marta großzügig, und sie haben schon so viele gemeinsame Jahre hinter sich. Ich würde es mir gut überlegen, Felix zu heiraten, sagte Susi am Anfang, man fühlt sich auf Dauer nur in den eigenen Kreisen wohl. Aber Marta glaubte, es könne nicht schwer sein, sich an Wohlstand und Sorglosigkeit zu gewöhnen. Am wohlsten fühlte sie sich bei Harald und Susi, wenn die anderen drei Tennis spielen gefahren waren und sie ganz allein in dem großen Haus zurückblieb. Dann unterhielt sie sich auch mit der Haushaltshilfe, die jeden Tag für ein paar Stunden putzte und Wäsche wusch, eine schöne Burmesin, die selber aus einer ähnlich luxuriösen Villa vertrieben worden und zu Hause Dozentin gewesen war. Wie ertragen Sie dann den Abstieg, fragte Marta. Für meine Kinder ist es hier besser, sagte die Frau.

Als Jakob noch klein war, kamen sie ein paar Mal mit dem Kind auf Besuch. Aber Susi bekam Kopfschmerzen und Schlafstörungen von dem nächtlichen Kindergeschrei, und dann der Geruch der Windel! Jakob verkühlte sich in den kalten sommerlichen Räumen, in denen die Klimaanlage mit scharfem Luftzug in alle Ecken blies. Man konnte auch nicht mehr gemeinsam auf Urlaub fahren, denn in die Lokale, in die Harald und Susi gingen, konnten sie Jakob nicht mitbringen. Nichts konnten sie mehr gemeinsam unternehmen, auch beim Segeln, Tennisspielen und im Konzert war die Gegenwart eines Kleinkindes unvorstellbar, einfach indiskutabel. Dafür gab es schöne Geschenke für Jakob, einen silbernen Trinkbecher mit seinen Initialen eingraviert, und teure Spielsachen, ein handgeschnitztes Schaukelpferd, ein Spielzeugauto zum Selberdrinsitzen und Lenken. Immer wieder kamen Felix und Marta, trotz der deutlich abnehmenden Herzlichkeit ihrer Gastgeber, mit Jakob auf Besuch. Vielleicht war überhaupt Susi die erste, die irritiert sagte, dieses Kind gehört schleunigst zum Psychiater, ich habe noch nie ein Kind gesehen, das soviel grundlos schreit. Harald bat Felix im Namen ihrer jahrzehntealten Freundschaft, nicht mehr mit dem Kind aufzutauchen, Susi rege sich derart auf, daß er für Wochen Unfrieden im Haus habe. Manchmal trafen sie sich noch in einem Lokal, wenn sich zufällig ihre Wege kreuzten, wenn Harald und Susi in einem nahen Wintersportort den Skiurlaub verbrachten. Dann saß Jakob hoch oben auf den Schultern seines Vaters und schaute weit über ihre Köpfe hinweg. Und wenn er zur Mahlzeit heruntermußte und zu schreien begann, riß Marta schuldbewußt das Kind an sich und verließ schnell den Raum. Harald tat dann, als hätte kein Kind geschrien, als sei alles ruhig und unter Kontrolle, und Susi legte ihr Besteck vor sich hin und wartete mit gestrafftem Körper und beherrschtem Gesicht auf das Ende der Störung.

Lange nach der Diagnose, als sie Jakob wieder einmal zur Sauberkeit zu erziehen versuchten, rief Felix seine Freunde an und sprach über seine Verzweiflung; denn als Felix endlich begriff, daß das Kind nicht bloß falsch erzogen oder langsam in seiner Entwicklung war, traf ihn die Erkenntnis noch härter als Marta, sie brachte ihn in einen Zustand der Raserei, in dem er Marta quälte und auch sich selber bestrafte, als könne er durch seine Grausamkeit Jakob retten.

Jeder Schritt vorwärts, sagte er zu Harald, könnte einen winzigen Lichtblick schaffen, wenn er sich nur auf den Topf setzte, wäre ein erster Durchbruch geschafft. Er saß am Telefon spät, nach Mitternacht, und rief seine Angst, daß auch das nicht stimmte, in den Hörer hinein. Und am anderen Ende Harald und Susi, heiter und aufgekratzt: Dann leg ihm halt Katzenstreu in den Keller!

Die Stunde der Wahrheit nannte Felix den Ausflug später, aber es war ein langer, in der Erinnerung unerträglicher Tag. Die erste und letzte Einladung in Jakobs Leben. Eine Kindergeburtstagsfeier am See, alle Kinder des Privatkindergartens waren eingeladen zum Picknick, zum Baden, zum Spielen im Landhaus mit Privatbadestrand an der flachen Seite des Sees, an der es nur Privatstrände gab. Möchtest du zu deinem Geburtstag auch eine Party, fragte Felix auf der Fahrt seinen Sohn. Aber Jakob schwieg in dieser Zeit zu allen Fragen. Nur solche Fragen beantwortete er, indem er sie wiederholte, die seine allernächsten Bedürfnisse betrafen. Willig und unbeteiligt fuhr Jakob mit seinen Eltern zum See, an einem strahlenden Frühsommermorgen.

Auf der Veranda standen schon Brötchen und Käsegebäck und große Karaffen voll Saft. Das leuchtende Rot des Johannisbeersafts erregte Jakobs Aufmerksamkeit, aber den Saft spuckte er aus, durchnäßte sein neues blau-weiß gestreiftes Frotteehemd. Handgepreßt, sagte die Hausfrau vorwurfsvoll und tupfte mit einem feuchten Lappen das Hemdchen ab. Das macht nichts, wehrte Marta ab und fühlte die Panik in sich aufsteigen, die sie in letzter Zeit immer befiel, wenn sie mit dem Kind in der Öffentlichkeit war. Würden es die anderen merken? Würde Jakob wieder auffallen, zur Unzeit losschreien? Und wohin dann mit ihm, um ihn der Verständnislosigkeit schnell zu entziehen. Die anderen Kinder kreischten und planschten im Wasser, die größeren schoben Schlauchboote hinaus.

Sie zog Jakob aus, er war so klein und zart neben den andern, durchsichtig geradezu und mit einer Gänsehaut überzogen. Schau, die Wellen, sagte Marta. Die Wellen, rief er aufgeregt, als enthielte sie ihm etwas vor, er schaute nie hin, wenn sie mit dem Finger auf etwas zeigte. Es schien fast, als sähe er absichtlich weg. Jetzt wollte er die Wellen sehen, die sie ihm versprochen hatte, aber sein Blick konnte ihrem Finger nicht folgen. Sie wollte ihn näher zum Wasser tragen, damit die Schaumkronen an seine Füße lecken konnten, damit sie sagen konnte, das sind die Wellen, Jakob.

Aber sein verzweifeltes Japsen, und wie er sich an sie klammerte, verboten ihr den Versuch, ihn mit dem Wasser in Berührung zu bringen. So standen sie einen ganzen Vormittag lang am Rand einer fröhlichen Kinderparty, Marta zog Jakob wieder an, und sie sahen schweigend den anderen Kindern zu. Niemand kümmerte sich um sie, auch die Erwachsenen nicht, nicht einmal die Gastgeberin. Felix teilte zum ersten Mal das tägliche Los seines Sohnes, er stand am Rand, wortlos, sprachlos, und wußte von Stunde zu Stunde weniger, wie sie noch Anschluß gewinnen konnten an den zwanglosen Umgang mit den andern. Noch nie war er so sehr draußengestanden, draußen mit seinem Kind, das er liebte, ohne sich jemals die Mühe genommen zu haben, es auszudrücken.

Später kamen die erhitzten, fröhlichen Kinder zu den Tischen auf der Veranda. Jetzt schmeckt es doppelt so gut, jetzt habt ihr erst richtig Hunger, sagten die Eltern. Wie vorhersagbar alles ist bei solchen Kindern, dachte Marta, sogar, was die Eltern sagen, wie aus dem Lesebuch, und alles so entspannt! Sie setzte sich mit Jakob unter die andern und spähte nach Nahrung, die er nicht ausspucken würde, weil er mit dem Kauen noch nicht zurechtkam. Sie versuchte dieses und jenes, Eiersalat und Pudding, aber alles stieß er mit der Zunge wieder heraus, es waren keine bekannten Gerüche, kein vertrauter Geschmack. Verstohlen leerte sie den noch vollen Teller in den Abfallkübel. Wenn Jakob nur still und unauffällig sitzenblieb! Keines der Kinder hatte ihn bis jetzt beachtet, obwohl ihn doch alle kannten, aber die Erwachsenen warfen verstohlene Blicke zu ihnen hin, sahen weg, wenn Marta sie ansah, so daß es ihr nicht gelang, ein erklärendes Wort zu sagen, nicht einmal ein erleichterndes Lächeln gestanden sie ihr zu. Als wäre Jakob eine völlig fremde Erscheinung, die man aus Höflichkeit nicht wahrhaben durfte, obwohl sie die Blicke unwiderstehlich anzog. Etwas, das da war und nicht da sein durfte.

Was hat das Kind, hörte Marta jemanden flüstern, aber nun duckte sie sich selber schon, wollte unsichtbar sein, wünschte, daß endlich alles vorbei wäre.

Schließlich fing Jakob an durchdringend zu schreien, gerade, als die Hausfrau die Geburtstagstorte heraustrug, und das kleine Mädchen neben Jakob vor Aufregung laut in die Hände klatschte und einen Freudenschrei ausstieß. Marta kannte jede Tonlage von Jakobs Geschrei. Dieses Schreien, das wußte sie, konnte noch zwei Stunden in unverminderter Stärke andauern, und Jakobs Stimme war laut. Gehen wir, flüsterte sie Felix zu. Doch Felix wollte bleiben, das Kerzenausblasen und Tortenanschneiden abwarten, so tu doch was, daß er sich beruhigt! Zornig und strafend sahen die Eltern sie an, ausgerechnet jetzt beim Höhepunkt! Dem kleinen Mädchen die Geburtstagsfeier so zu verpatzen! Marta lächelte betreten, entschuldigend und stieß Felix unter dem Tisch mit dem Fuß an, jetzt, sofort!

Schließlich hielt Marta die bösen Blicke und das vorwurfsvolle Schweigen in ihre Richtung nicht länger aus, Jakob im Arm lief sie davon. So ein Fratz, hörte sie in ihrem Rücken, so was von verzogen! Während sie durch den parkähnlichen Garten lief, die Stille, das dichte Grün, die tanzenden zitternden Sonnenflecken auf dem Boden, wurde Jakob ruhig. Erschöpft saßen sie im Auto, bis Felix kam. Schweigend fuhren sie heim. Aber als Marta zu ihm hinüberschaute, immer wieder, ob er nicht doch etwas sagen würde, begriff sie, er hatte endlich verstanden.

Ich war wahnsinnig damals, erklärte Felix Jahre später sein Verhalten, und Marta verzieh ihm wegen des gemeinsamen Schmerzes, des einzig Gemeinsamen, das sie seit Jakobs Geburt verbunden hatte. Bei soviel Verzweiflung und soviel um sich schlagendem Schmerz mußte er das Kind doch lieben! Zunächst quälte er sie noch mehr als zuvor mit Vorwürfen und Beschimpfungen. Du hast ihn zerstört, man müßte dich einsperren und jeden Tag schlagen, damit du es nicht vergißt! Ich vergesse es auch ohne Schlagen nicht, wie allein du uns gelassen hast nach der Geburt, sagte sie bitter.

Er las Bettelheim und versuchte ihr einzureden, das Kind müsse schleunigst aus ihrer Nähe entfernt werden, bevor sie es noch mehr zerstörte. Gleichzeitig erfaßte ihn die irre Angst, er könne sich mit Syphilis angesteckt und sie an sein Kind weitergegeben haben, die vielen Frauen vor seiner Ehe, die Reise nach Bangkok. Sein Arzt lachte ihn aus, nahm ihm Blut ab, damit Ihnen wohler ist, aber eines, sagte er, merken Sie sich: All die Jahre haben Sie gesagt, trotz ihrer Fehler sei Marta eine gute Mutter, sie hat es nicht getan, Sie sind beide unschuldig, machen Sie Ihre Frau nicht kaputt!

Aber Felix konnte nicht anders. Irgendwer mußte schuld sein, immer noch besser, Marta war schuld, als daß es etwas

Organisches war, das seinen unbeirrbaren Lauf nahm. In meiner Familie gibt es keine Erbkrankheiten, sagte er. Das Kind war nicht bloß ein normales Kind bei seiner Geburt, schrie er Marta an, es hätte ein Genie aus ihm werden sollen, und du hast es zerstört! Eine erhöhte Verletzbarkeit im frühkindlichen Stadium, hatte die Ärztin eingeräumt. Also, sagte Felix, jede andere Mutter hätte bei der erhöhten Sensibilität ein Genie aus ihm gemacht!

Manchmal rannte Marta bei solchen Anschuldigungen ins Bad und preßte sich Handtücher vor den Mund, um nicht laut zu schreien. Aber Felix beherrschte sich nicht; er schrie und tobte, wann immer die Angst um das Kind mit ihm durchging. Er riß ihr in der Nacht die Decke weg. Marta schlug wieder ihr Notbett auf, das sie mit dem Ehebett vertauscht hatte, als sie einsehen mußte, daß die Freiheit in weite Ferne gerückt war.

Felix nahm sich vorübergehend mehr Zeit für Jakob, zumindest an den Wochenenden, dafür arbeitete er oft die Nächte durch. Auch er war plötzlich besessen von der blindwütigen Entschlossenheit, das Kind zu heilen. Wie zwei Berserker rannten sie in den Wäldern umher, rissen Zweige und Blätter ab, hielten sie dicht vor Jakobs Augen, riefen ihm verzweifelt die Namen der Dinge zu. Jakob ließ sich wie eine kleine Statue hierhin und dorthin tragen, unberührbar und sehr weit weg, mit großen Augen, die klaren aber blinden Spiegeln glichen. Manchmal verschenkte er grundlos ein strahlendes Lächeln an einen Gegenstand, dem nichts Außergewöhnliches anhaftete.

Du hast unseren Sohn umgebracht, sagte Felix langsam wie einen Merksatz, und beugte sich zu Marta ins Auto hinein, vergiß nicht, das der Therapeutin zu sagen! Einen Tränenschleier vor den Augen fuhr Marta den Berg hinunter, viel zu schnell für das Gefälle, kam in der Kurve ins

Schleudern, riß das Lenkrad herum und wußte nicht mehr in welche Richtung, schrie in das Krachen und Splittern hinein, ohne sich zu erinnern, daß sie nie mehr hatte schreien wollen in Gegenwart des Kindes. Als erstes schaute sie zu Jakob zurück. Der saß reglos und ruhig im Kindersitz, als sei nichts geschehen. Dann schmeckte sie das Blut und tastete nach dem lockeren Zahn, mit weichen Knien ging sie um das Auto herum, die Scheinwerfer waren zersplittert, die Stoßstange abgerissen. Erst, als sie das Kind aus dem Sitz heraushob, begann es zu schreien, fahren, fahren, genauso wie an den Kreuzungen bei Rotlicht.

Felix tobte, als sie zu Fuß zurückkam, längst hätte man dich ins Irrenhaus sperren müssen, dann wäre unser Kind jetzt gesund.

Acht Monate nach der Diagnose saß Marta spät abends mit leerem Kopf neben Jakobs Bett, wie sie jeden Tag neben seinem Bett saß. Sie hatte ihm viele Lieder vorgesungen und ihm erzählt, was sie heute getan hatten und was sie morgen tun würden, obwohl sie wußte, daß Jakob sie nicht verstand. Es war Dezember, und die Tage zogen sich endlos hin. Zweimal in der Woche fuhren sie zur Therapeutin, und Marta wühlte unter Dr. Riesings sanftem Druck in ihrer Vergangenheit, in ihren Gefühlen und ihrer Schuld. Jeden Nachmittag irgendwann zwischen zwei und sechs Uhr schrie Jakob eine oder zwei Stunden lang, danach raffte Marta sich wieder auf und therapierte auf ihre Art weiter, setzte sich zu Jakob auf den Boden und bewegte Spielzeugautos und Spielzeugmännchen auf ihn zu, bis er sie ergriff. Sie schaute Bilderbücher mit ihm an, und wenn er sich unter seine Decke verkroch, steckte sie ihren Kopf dazu und saß lange, so lange, bis er wieder hervorkam, mit ihm unter der Decke. Sie wollte ihn zwingen, seine Einsamkeit aufzugeben, auch wenn sie sich ihm unentwegt aufdrängen mußte.

Jeder Tag enthielt ein durchdachtes Programm, über das sie genau Buch führte. Frühstück, einkaufen gehen, der Weg zum Geschäft, der Stein vor dem Haus, auf den er jeden Tag kletterte, das Drahtwägelchen im Geschäft, das Eis. Meist überforderte ihn schon der erste Ausflug am Morgen, und er begann auf dem Rückweg zu schreien. Es wurde ihm alles so leicht zu viel, das verstand niemand außer ihr, daß die Wirklichkeit so schwer zu ertragen war. Die Geräusche, das plötzliche Mopedknattern, das Zuschlagen von Autotüren. Sie begann die Welt mit seinen Ohren zu hören und fand sie anstrengend und viel zu laut. Aber an ein bißchen geschützte Wirklichkeit mußte sie ihn doch gewöhnen.

Später lag sie mit ihm auf dem Teppich und sah zu, wie eine Batterie-Eisenbahn im Kreis fuhr, immer im Kreis, davon bekam er gar nicht genug. Oder sie las ihm gereimte Bilderbücher vor, Florians Reise über die Tapete, die flüsterte er auswendig mit, aber er weigerte sich, sie laut aufzusagen. Sie zeichneten das Haus, in dem sie wohnten, das Auto, die Straße, immer dieselben Striche in derselben Reihenfolge, der Rauch aus dem Schornstein, der sich immer nach der gleichen Richtung bauschte. Wenn sie versuchte, vom Gewohnten abzuweichen, schrie er und war nicht zu beruhigen. Sie bauten das Schloß, das Luise nicht mehr bauen wollte, und setzten im Spielzeugbaumhaus die kleinen Männer an den Tisch. Und irgendwann fiel ein Klötzchen, wo es nicht hätte fallen sollen, oder ein Mann fiel vom Stuhl, und Jakob fegte alles vom Tisch und begann zu toben und Marta an den Haaren zu reißen. Wenn es kein Klötzchen war, dann war es was anderes, und manchmal begann der Schreianfall ganz ohne Anlaß. Wenn er vorbei war, saßen sie beide erschöpft voreinander, und Marta brauchte eine Weile um sich aufzuraffen und das Abendessen zu kochen. Auch das Essen verlief nach unabweichbaren Ritualen und es gab nur wenige Speisen, die er anrührte, so blieb ihr nichts anderes übrig, als immer wieder zu seinen Lieblingsspeisen zurückzukehren, Schlagobers, Pudding und Spaghetti mit Sauce.

Am Anfang hatte Marta jeden Tag auf das Wunder gehofft, das sie und Felix den Durchbruch nannten. Als läge etwas in Jakob verschüttet, das es auszugraben, ans Licht zu bringen galt, und alles wäre in Ordnung. Inzwischen hatte sie ihre atemlose Ungeduld abgelegt, und vieles tat sie aus Sturheit, um sich selber nicht einzugestehen, daß ihr Optimismus an Leuchtkraft verlor. Durchstehen, sagte sie täglich am Morgen zu sich selber im Spiegel, es gibt keine andere Wahl.

Sie verbat sich die starken Gefühle, Verzweiflung, Hoffnung, Schmerz und Trauer, denen sie sich noch im Frühjahr ganz überlassen hatte. Bald, spürte sie, würde sie keine Kraft mehr zum Wünschen haben. Dafür das unumstößlich sichere Wissen, daß nichts so schrecklich war, als daß es ihr nicht zustoßen konnte. Ein Leben von Tag zu Tag, von Stunde zu Stunde, nichts als die Sorge um Jakob, der Inhalt, der Sinn und alles darum herum: Jakob. Das Kind braucht mich, sagte sie sich am Morgen, wenn sie aufwachte und feig wieder wegtauchen wollte, in den Schlaf, in den Wunsch nie mehr aufzuwachen. Das ist das Schlaraffenland eines verdammten Lebens, sagte sie bitter, friß dich durch, weil du am Ende so oder so tot liegen bleibst.

Da saß sie nun erschöpft neben Jakobs schlafendem Kopf, und ein nicht zu unterdrückender Gedanke stahl sich an ihr vorbei. Wenn ich einfach wegginge, dachte sie, ohne daß ihr dabei der Herzschlag stockte. Sie stellte sich vor, wie sie ihre Koffer packte, nur das Notwendigste und weit weg führe, bevor ihr letztes erspartes Geld für die Therapeutin aufgebraucht wäre. Weit weg und noch einmal so leben wie alle andern. Jakob drehte sich im Schlaf um, und Marta hielt die Luft an und glaubte plötzlich ersticken zu müssen vor Scham, eine wahnsinnige Angst um das Kind erfaßte sie. Der Therapeutin wagte sie davon nichts zu erzählen. Als Jakob am nächsten Morgen aufwachte und Mama rief, war sie so glücklich, als wäre sie noch einmal davongekommen, ungestraft mit einer niederträchtigen Tat.

Bei Tageslicht lagen die Dinge anders. Nicht Jakob war das Hindernis in ihrem Leben. Die alte Sehnsucht nach Freiheit war wieder da und das Aufbegehren gegen die Ehe. Weg aus dem Kerker mit dem Kind, und nicht mehr so lange zögern, bis der letzte Rest Mut versiegt war. Bald sind wir frei, sagte sie zu Jakob und hielt seinen Kopf fest. Dieser Kopf war einmal in meinem Bauch, dachte sie, und bei dem Gedanken erfaßte sie ein wildes Glück.

Es dauerte noch fast ein Jahr, bis es soweit war und alles, was sie besaß und im Lauf der Jahre angehäuft hatte, auch Jakobs Spielsachen, in Kisten verpackt im Wohnzimmer standen. Aber der Entschluß gab ihr inzwischen die Kraft mit Jakob, so wie er war, leben zu lernen, und sogar mitunter glücklich zu sein.

Je länger sie mit Jakob lebte und ihm oft näher war als sich selbst, desto weniger konnte sie beschreiben, was mit ihm nicht in Ordnung war. Manchmal, wenn sie andere Kinder beobachtete, erschien ihr deren Verhalten wie eine irritierende Abweichung vom Normalen.

Sie hatte inzwischen die Fachliteratur gelesen, sie war belesener auf dem Gebiet des Autismus als jeder Facharzt, kannte die Fallstudien, die Hypothesen und Prognosen, die Fachausdrücke, Stereotypie und Perseveranz, aber was hatte das alles mit Jakob zu tun? Es gibt keine Prognose, sagten die Neurologen. Damit fand sie sich am schwersten ab. Die Unsicherheit, auf einer in ständiger Bewegung gehaltenen Schaukel zwischen Hoffnung und Mutlosigkeit. Unermüdlich schleppte jetzt Felix das Kind von Facharzt zu Facharzt. Ja, warten Sie denn immer noch auf ein Wunder, fragte ihn einer, dem er mit stets neu auflebendem Vertrauen sein Kind darbrachte, geben Sie sich damit zufrieden, es ist nicht normal und wird es nicht werden, sparen Sie sich das Geld und die Zeit! Normal, wie meinen Sie das, fragte Marta.

Sie hatte begonnen, sich ganz in Jakobs Welt zu begeben. Wenn er nicht in ihre Welt hineinfinden konnte, mußte sie versuchen, die seine zu verstehen. Seitdem hatte sie angefangen, allem, was sich als vernünftig ausgab, zu mißtrauen. In Jakobs Welt gab es Drachen mit spitzen Zähnen, die schrecklich brüllten, und weiße, in Decken gehüllte Geister mit Flügeln. Feuerwehrmänner gingen mit Echsen und Dinosauriern baden und luden sie ein, in der Badewanne zu tauchen. Und wenn Jakob am Morgen erwachte, war er ein Rabe, der Bello hieß. In der Nacht schlief er oft mit seinem flachen Polsterlöwen Billy, der stundenlang miaute.

So erfand Jakob mit viereinhalb Jahren, nachdem er lange verstummt war, eine neue Sprache und eine neue Welt aus den erinnerten Bruchstücken der Kinderreime seiner sprachlosen Zeit. Nur mit der Wirklichkeit wußte er nichts anzufangen. Sie erfüllte ihn noch immer mit Angst. Der Billy geht einkaufen, sagte er, dieser Billy. Aber wenn er getragen werden wollte, fand er dafür keinen Satz vor. Lange dachte er nach, man sah es in seinem Gesicht, wie verzweifelt er dachte. Soll dich die Mama tragen, fragte er dann. Die Fachleute sprachen von Echolalie, es fehle die spontane Sprache. Aber Marta war glücklich, er redet wieder.

Warum konnte niemand verstehen, wie reich Jakobs vernunftabgewandte Wirklichkeit war, seine Traumspiele, in denen sich alles in alles verwandeln konnte? Nach den niederdrückenden Stunden in Sprechzimmern und Klinikräumen kehrte sie jedesmal zurück zu Jakobs Welt ohne Deutung und Sinn, in der es kein Gestern gab und kein Morgen, keine Verbindung zwischen Ursache und Wirkung. Hier bewegte noch das Wünschen die Welt, und es gelang ihr, glücklich zu sein im Glanz seines vertrauenden Eifers, mit dem er diese Welt neu entdeckte und sie großzügig mit ihr teilte. Dann kam es ihr wie Verrat vor, daß sie ihn mit kühlen Fachausdrücken zu beschreiben versucht hatte, während er am Fenster eines Sprechzimmers saß, so fern und abwesend wie je zuvor, und sie schämte sich, über ihn gesprochen zu haben wie über einen Gegenstand, der nicht richtig funktionierte.

Dabei entfernte sie sich immer weiter von Felix, denn Felix glaubte an die wundertätigen Mächte der Therapie und daran, daß es irgendwo irgend jemanden gab, der das Kind reparieren konnte wie einen defekten Motor.

Siehst du denn nicht, daß er Fortschritte macht, fragte Marta, er läuft nicht mehr so viel im Kreis, er erlaubt mir wieder, mit ihm zu spielen, und er redet.

Aber die Echolalie, die Perseveranz, eure ritualisierten Spiele!

Jedes Spiel, das er liebte, mußten sie unzählige Male wiederholen, jedes Lied, das ihm gefiel, wollte er wieder und wieder hören. Singst du nicht auch manchmal einen Schlager den ganzen Tag, fragte sie. Marta, die viele Stunden am Tag neben Jakob saß, während er auf dem Teppich mit seinen Klötzchen und Spielzeugautos die verwirrende, angsterzeugende Wirklichkeit draußen in seine Welt einzupassen versuchte, hatte eine Geduld gelernt, die Felix nicht besaß, nicht mit sich selber und schon gar nicht mit andern.

Jakobs Ambivalenz, daß alles, was Lust erzeugte und Neugier, ihn zugleich an die Grenzen des Unerträglichen stieß, das Brummen von Flugzeugmotoren, das Sausen des Windes im trockenen Laub, unerträglich und faszinierend zugleich, und dann das Chaos, in dem der Schrecken über ihm zusammenschlug, und das Bewußtsein unter seinem Anprall zerbarst. Psychomotorisches Anfallsleiden, sagte ein Arzt, und Felix notierte Termine in seinem Taschenkalender. Laß doch endlich das Kind in Ruhe, bat Marta, die können ihm doch alle nicht helfen. Marta hatte aufgehört, an die Allmacht der Ärzte zu glauben. Sie sagten doch selber, daß sie nichts mit Sicherheit wüßten, und immer wieder kehrten sie zu der einfachsten Lösung zurück, zur Mutter.

Diese fünftägige Untersuchung noch, sagte Felix, dann haben wir endlich Klarheit. Die lange Eisenbahnfahrt, der rasende Wechsel der Landschaft draußen und das Rattern des Zugs, das Marta nun zum ersten Mal hörte, weil Jakob neben ihr saß und das Geräusch nachzuahmen versuchte. Es nahm ihn so sehr gefangen, daß er sonst nichts mehr hörte. Schließlich wurde es ihm zuviel, und er zog sich die Decke über den Kopf, verharrte reglos, bis es Zeit zum Aussteigen war. Felix zerrte an seiner Decke, verzweifelt, hektisch, keine Autismen aufkommen lassen, rief er voll Panik. Aber so schützt er sich doch, wandte Marta ein. Sie schwiegen, ohne Verständnis füreinander.

Und dann fünf Tage lang von Morgen bis Abend im sechsten Stock des berühmten Kinderspitals. Felix und Marta saßen im Warteraum, während Stunde um Stunde das Kind zu den Fachärzten geholt wurde, zum Sehtest, zum Hörtest, zum Testen der Grobmotorik, der Feinmotorik, zur Psychoanalyse, zum EEG. Nach drei Tagen zog sich Jakob zurück, und niemand konnte ihn mehr erreichen, auch Marta nicht. Am vierten Tag trugen sie ein von Psychopharmaka verwirrtes und schläfriges Kind zurück zum Hotel. Jakob sah niemanden mehr an, er weigerte sich zu essen, er wollte nur unter seine Decke, den einen bestimmten und schon ganz zerfransten Stoffzipfel im Mund. So, sagte Marta zu Felix, ist dir jetzt wohler? Jetzt, wo wir schon da sind, schlug Felix vor, führen wir es auch zu Ende, und Marta fügte sich, weil sie dachte, daß er alles wegen uns liegen und stehen läßt, seine heilige Karriere, das hätte er früher nicht getan. Er steht jetzt ganz hinter uns, versicherte sie manchmal Bekannten am Telefon und verschwieg, daß er noch immer ihr die Schuld zuschob und ihr alle Lasten des täglichen Lebens mit Jakob auflud, ohne sich jemals zu fragen, ob nicht auch ihr eine freie Stunde ohne Kind zustand.

An diesem letzten Tag im Spital verließ Marta die Selbstkontrolle, die ihr immer als Gleichgültigkeit und Kälte ausgelegt worden war. Täglich, während sie auf das eigene Kind warteten, angespannt, mit schwitzenden Händen, und kleine Leckerbissen bereit hielten für die zehn Minuten zwischen den Untersuchungen, sahen sie anderen Kindern und ihren Müttern zu, und jedesmal begegnete ihnen das eigene Leid von neuem. Sie lasen es in den Blicken, die sie kurz streiften, es würgte sie beim Anblick der kleinen Körper, die ihrer Bewegungen nicht Herr waren, der Münder, die keiner Sprache mächtig, soviel Mitteilungsbedürfnis in ihre unartikulierten Laute legten. Aber was Marta am heftigsten ergriff, war die Liebe, die dem Elend soviel Menschlichkeit verlieh, daß sie sich Mitleid und Entsetzen verbot. Der Siebenjährige ohne Sprache, mit den abgewinkelten nutzlos scheinenden Händen, der seiner Mutter ungeschickt und dennoch so zart ans Kinn griff und ihr Gesicht den Dingen zuwandte, die er mit ihr teilen wollte. Demut war es vor allem, was sie in diesen fünf Tagen lernte, und daß es nicht sie allein und nicht sie am schwersten getroffen hatte. Spitäler wie dieses, riesige Häuser voll Leid, viele Stockwerke angefüllt mit Leiden, mit Menschen, die fragten, warum ausgerechnet ich. Und jeden Tag gingen sie am Morgen und Abend am Bücherladen neben dem Ausgang vorbei, wo die Bücher über den Tod neben Diätbüchern und Spielzeug für Genesende standen.

Schließlich, am Abend des letzten Tages wurden sie vorgeladen. Die Eltern vor den strengen Richtern des Ärzteteams, ganz eingeschüchtert saßen sie da, wie Verbrecher kurz vor der Urteilsverkündung. Man sprach langsam und deutlich zu ihnen, in einfacher, fast kindlicher Sprache, als könnten sie sonst den Erklärungen der soviel Gebildeteren nicht folgen. Und als Marta fragend einen Fachbegriff einwarf, verwies man sie ihrer Anmaßung mit strengen Blicken und Schweigen. In diesem Schweigen der Ärzte, dem sie immer wieder begegnete, war das Urteil bereits unumstößlich beschlossen. Marta empfand es als grausamer als alle Worte, es gab sich einen Schein von Recht, gegen das man nicht anrennen konnte. Wenn auch die Ursache letztlich ungeklärt sei, ermahnte man sie, ihre Schuld sei nicht auszuschließen, denn nie seien Mütter kranker Kinder restlos von Schuld freizusprechen. Das wichtigste Ergebnis der Untersuchungen sei es daher, den Eltern, der Mutter vor allem, Arbeit an sich selber aufzuerlegen.

Wie denn, fragte Marta leise.

Warum sie aufgehört habe, zu Dr. Riesing in Therapie zu gehen, fragte man streng zurück. Und auch an der Ehe müßten sie arbeiten, sich klar werden, wie sie zueinander stünden, das sei eine Vorbedingung zur Heilung.

Dann ist Heilung also möglich, riefen Marta und Felix erleichtert. Alles waren sie dafür zu leisten bereit, kein Opfer, das sie nicht gebracht hätten für eine Heilung.

101

Das sei noch gar nicht gesagt, zog der Primar sein voreiliges Versprechen zurück.

Aber was ist bei den Tests denn herausgekommen, rief Marta. Sie müssen in diesen fünf Tagen doch zu einem Ergebnis gekommen sein!

Die Resultate würden in den nächsten Tagen der behandelnden Ärztin zugeschickt, die werde dann über weitere Behandlungsmethoden entscheiden.

Aber wir sind die Eltern, es ist unser Kind, wir tragen die Kosten, wir haben ein Recht zu erfahren... Marta brach in Tränen aus und konnte sich nicht mehr beherrschen. Wir haben auch studiert, wir sind auch nicht so blöd, wie Sie glauben!

Felix sah betreten zu Boden.

Da kam Leben und Heiterkeit in die Gesichter des Ärzteteams, sie drängten Marta ihre Papiertaschentücher auf, ganz aufgeregt wurden sie, das ist ja wunderbar, ein ungeahnter Erfolg, Sie erlauben sich, endlich zu fühlen!

Es ist die Anstrengung des letzten Jahres, sagte Marta später, als sie sich wieder gefaßt hatte, zum Primar, ich glaube, ich halte diese Anstrengung nicht mehr viel länger durch.

Welche Anstrengung meinen Sie, fragte er, es ist eben anstrengend Kinder zu haben, Kinder sind nun einmal eine anstrengende Aufgabe. Das hätten Sie vorher wissen müssen.

Marta schwieg. Sinnlos, sich diesen Menschen verständlich machen zu wollen. Keine Unmenschen, sagte sie später, nein, bloß Menschen, die nicht verstehen können, weil man doch für sie nichts als ein Fall ist, ein interessanter vielleicht, und die Psyche des Kindes ein Labyrinth, in dem sie mit dem Eifer von Detektiven nach dem wahrscheinlichen Täter suchen. Aber als sie ohne etwas Neues erfahren zu haben, mit dem verstörten Kind das Spital und die Stadt verließen, war Martas Wunderglaube erschöpft. Dennoch dauerte es noch Jahre, bis sie lernte, die letzte Gläubigkeit abzulegen, mit der sie in Zeiten der Hilflosigkeit immer wieder auf Hilfe hoffte.

Die fünf Tage im Spital hatten viele Monate langsamen Fortschritts in Jakobs Entwicklung zunichte gemacht. Die Angst hatte ihn wieder fest im Griff, und auch die heillose Verwirrung angesichts einer von neuem unverständlich gewordenen Welt. Alles, was er besessen hatte, war dem Erdboden gleichgemacht. Oder gab es auch diesen Erdboden nicht mehr für ihn? Er hatte aufgehört, den Dingen Namen zu geben und sie mit seiner bizarren inneren Wirklichkeit zu vergleichen. Er hatte aufgegeben, und niemand konnte wissen für wie lange. Niemand konnte sagen, ob er wieder auftauchen würde.

Bei der Zugfahrt nach Hause starrte ihn eine Frau lange an. Ich habe schon einmal so ein Kind gekannt, sagte sie unaufgefordert nach einer Weile, und weil Marta schwieg, fügte sie hinzu, unsere Nachbarn haben so einen gehabt, das ist schon lange her. Und was ist aus ihm geworden, fragte Marta. Eine Prognose, etwas, woran sie sich halten konnte in ihrer Verzweiflung, wenn schon die Experten die Prognose verweigerten. Was wurde aus solchen Kindern? Eine Antwort nach fünf unerträglichen Tagen des Wartens, vom Zufall gesandt! Ja, der hat weg müssen, sagte die Frau. Marta verstand nicht. Wegmüssen, wohin? Den haben sie geholt, erklärte die Frau ungeduldig, das war im Krieg. Marta spürte, wie ihr Entsetzen in einen mörderischen Haß umschlug, sie raffte das Kind und ihre Reisetasche an sich, ließ Felix und die Frau ohne Erklärung sitzen und floh in den Speisewagen, obwohl sie keinen Bissen hinuntergebracht hätte. Sie starrte zum Fenster hinaus, als sei die Landschaft draußen ein bodenloser Abgrund.

Ein einziges Mal noch ließ Marta sich hinreißen, sich und Jakob der Quälerei sinnloser diagnostischer Mutmaßungen zu unterwerfen. Ein berühmter Kinderarzt, es war schwer ihn zu erreichen, er bereiste die ganze Welt, so berühmt war er. Sie bekam im Oktober einen Termin für März des folgenden Jahres. Aber man las von ihm in Zeitungen und Fachzeitschriften, ein Blick von ihm genügte. Seine populärwissenschaftlichen Bücher waren beruhigend, es gäbe nichts, was mit den richtigen Methoden nicht heilbar wäre, las Marta aus ihnen heraus, und Kinder seien stärker, als wir alle uns vorstellen könnten.

Sie mußte um halb sechs Uhr zum Bahnhof, um den Termin in der Hauptstadt einhalten zu können. Dann saß sie mit Jakob und der Psychologin am Tisch, während der große Mann unsichtbar hinter dem Einwegfenster beobachtete. Die Puppe, die gefüttert werden mußte auf den auffordernden Satz hin, das Baby ist hungrig, wie oft hatte Jakob schon folgsam die Puppe gefüttert, aber heute hatte er keine Lust. Er versuchte an die anderen Testspielsachen zu kommen, und Marta saß dabei, mit flehenden Augen, als hinge sein Leben davon ab, daß er das leere Täßchen an den Mund der Puppe führte. Jakob, bat sie, bitte Jakob, jetzt! Aber die Zeit für jede Aufgabe wurde mit der Stoppuhr gemessen, und als Jakobs Aufmerksamkeit zur Psychologin zurückwanderte, war es bereits zu spät. Nach fünf Minuten kam der berühmte Arzt hinter dem Fenster hervor, ein netter weißhaariger Herr, sie hätte ihn gern gebeten, ihnen mehr Zeit zu geben, es noch einmal selber zu versuchen.

In ein paar Jahren haben sich die Symptome gelegt, sagte er, neurologisch ist er in Ordnung, im Grund ein einsames, verängstigtes Kind! Nicht wahr, er sah ihr kurz scharf in die Augen, es fällt Ihnen schwer, mit dem Kind zu leben.

Wieso, fragte sie. Aber für Diskussionen hatte er keine

Zeit. Zwanzig Minuten später standen sie wieder auf der Straße.

Fand sie es schwer, mit Jakob zu leben? Sie hatte sich nie vorgestellt, ohne ihn zu leben. Doch, einmal, ganz kurz, als sie abends an seinem Bett saß. Was war es, was sie an ihm versäumte? Oft beobachtete sie die Mütter anderer Kinder, was machten sie besser? Sie gingen selbstverständlicher mit ihren Kindern um, als könnten sie gar nichts falsch machen, als seien ihre Kinder aus robusterem Material und ein Besitz, über den sie nach Gutdünken verfügen durften. Marta hatte nach diesen zwei Jahren unter den mißtrauischen anklagenden Blicken der Ärzte ihren unbefangenen Zugang zu Jakob verloren. Die Schuldige war sie von vornherein, ganz gleich, wie sie es machte, im besten Fall als Kotherapeutin zu gebrauchen. Das mußte es sein, was dieser Mann in ihr aufgespürt hatte, daß sie unsicher war, daß sie sich schuldig fühlte, daß sie ständig den Atem anhielt, war das soeben ein neues Symptom, ging es aufwärts oder zurück in die Regression? Als stünde sie auf einem steilen Berghang und jeder Schritt, den sie zurückrutschten, konnte der Anfang eines unaufhaltsamen Absturzes sein, jeder Schritt vorwärts so mühsam und so leicht widerruflich, und manchmal die unausgesprochene Frage, wann ist dieser kräfteraubende Aufstieg zu Ende, wann kommen wir an?

Was genießen Sie an Ihrem Kind, stand in einem Fragebogen. Schuldbewußt hatte sie festgestellt, daß ihr spontan nichts einfiel. Dann hatte sie geschrieben, seine Phantasie. Aber auch das stimmte nicht immer. Es gab Tage, an denen er stundenlang Motorengeräusche von sich gab, und ganz beansprucht von der Idee ein Flugzeug zu sein, auf keinen Ablenkungsversuch reagierte. Dann hätte sie selber mit dem Kopf an die Wand rennen mögen. Wenn er sie zum zwanzigsten Mal innerhalb einer Stunde zwang, einen Satz zu voll-

enden, den er begonnen hatte, immer denselben Satz, dann
fiel irgendwann der Sinn und die Freude aus diesem Satz,
der sie beim erstenmal hatte aufhorchen und hoffen lassen.
Seine Phantasie wurde immer wieder ausgehöhlt von der
unendlichen Wiederholung. Auch das, was sie seinen Wort-
witz nannte, unterlag diesem Zwang. Wie er spielerisch und
boshaft grinsend den Sinn aus den Wörtern schüttelte, Karussell, Karri, Kassel, Kalli, Karl, König, Nönig. Als er
wieder zu sprechen begann, schien es keine Grenzen zu
geben für die Wörter, die er sich merkte, je bizarrer und
seltener desto besser, mit den Namen von Gewürzen und
Waschmitteln konnte er mehr anfangen als mit alltäglichen
Wörtern wie unten und oben. Der Kinderfreund, Herr Ha-
bakuk, sang Jakob, der Fingerfreund Herr Fabafuk, der
Tigerfreund Ferr Nagamuk, Der Nigerfreund, Nerr Haga-
duk. Selten war er so hingerissen von Begeisterung und
unbändigem Vergnügen wie bei diesen Wortspielen; er und
Marta übertrumpften einander mit Nonsens Reimen.
Komm ins Bett, rief Marta, bald ist es Geisterstunde! Geisterstunde, lachte Jakob, Zeit für Hunde, Geisterstunde,
Geisterhunde, Geisterrunde, bunte Hunde! Er lachte, daß er
aufs Bett fiel und auf den Boden rollte. Nach einiger Zeit
sagte Marta ernüchtert, jetzt ist es genug. Sie war erschöpft
und konnte nicht mehr lachen, es war höchste Zeit, wieder
vernünftig zu werden. Aber Jakob lachte und blödelte weiter
und schrie, wenn sie nicht mehr mittun wollte. Vernünftig,
wie sollte er das verstehen, war nicht sein ganzes Leben ein
Hohn auf die Vernunft?

Mein kleiner Heiliger, sagte Marta, mein Künstler, mein
kleiner Narr! Aber nicht immer gelang es ihr, Schmerz und
Bedauern von sich zu weisen.

Nach der Diagnose hatte Marta das Kind aus dem Privatkindergarten genommen. Es schien ihr sinnlos, jeden Tag
von neuem zu betteln, man möge Jakob für das Geld, das sie
zahlte, ein wenig Beachtung schenken. Bis zum Ende des
Schuljahrs fand sie ein junges Mädchen, das ihr zu Hause
auf Jakob aufpassen sollte. Sie zahlte mehr, als das Mädchen
verlangte, und was immer im Kühlschrank ist, sagte sie,
bedienen Sie sich, Sie brauchen nur mit Jakob zu spielen.
Warum schrie Jakob, kaum daß sie zur Tür hereinkam, er
klammerte sich an sie wie in höchster Not, fast so, als wäre
er stundenlang mißhandelt worden. Das Mädchen aber
machte keine Anstalten zu gehen, es hatte sich den ganzen
Vormittag gelangweilt, jetzt wollte sie reden, endlos, über
sich selber, den Freund, die Mode, die Urlaubspläne. Sie
spielen aber doch mit Jakob, nicht, fragte Marta vorsichtig.
Wie konnte sie herausfinden, was passierte in den drei, vier
Stunden ihrer Abwesenheit. Er hat mich genausowenig beachtet wie ein Möbelstück, sagte das Mädchen beleidigt.
Einmal fand Marta den Plattenspieler zerlegt und das Farb-
band aus der Schreibmaschine gespult, Jakob war zufrieden
mit geschwärzten Händen und rußigem Gesicht, und das
Mädchen saß in der Küche beim Krabbensalat.

Später fragten wohlmeinende Bekannte, warum gehst du
am Abend nicht aus? Es muß doch möglich sein, ein nettes
Mädchen zu finden, das auf Jakob aufpaßt! So kannst du
nicht leben, belehrte man sie, du mußt jemanden finden, der
dir Jakob halbtags versorgt, damit du auf deine Rechnung
kommst. Aber Marta wehrte ab, ich habe schlechte Erfah-
rungen gemacht. Von ihrem Schuldgefühl sprach sie erst gar
nicht, denn in diesen Monaten hörte Jakob auf, Spielsachen
zu beachten, er saß unter dem Tisch, den Daumen im
Mund, er drehte sich unentwegt in einem engen selbstzufrie-
denen Kreis, stundenlang saß er auf dem Boden und ließ

Gegenstände kreisen, Teller, Räder, Deckel oder die eigenen Hände. Wenn Marta mit ihm allein war, schien er zufrieden. Wie ein kleiner buddhistischer Weiser saß er da mit geheimnisvollem Lächeln und großen Pupillen. Die Menschen mußte man ihm aufdrängen, die Dinge verstand er nicht, bis auf die wenigen, um die er in monotoner Beständigkeit kreiste. Selbst Marta hätte nicht mehr gewußt, ob sie willkommen war, ob sie in seiner Welt überhaupt noch existierte, wenn er sich nicht jedesmal mit diesem verzweifelten Geschrei auf sie geworfen hätte, wenn sie zurückkam.

Damals gewöhnte sie sich jeden früheren Ehrgeiz ab, der ihr für ihr eigenes Leben noch geblieben war, sie verlor auch das Verständnis für Felix, der um jeden Preis herausragen wollte. Auffallen, Dabeisein und ganz vorn im Rennen, Spitzenposition, waren seine Lieblingswörter, eine steile Karriere wünschte er sich, einen Spitzenjob. Das tue ich doch auch für Jakob, wies er jeden Vorwurf von sich. Warum blieb an Felix nie ein Schimmer des Schuldgefühls haften, das man Marta von allen Seiten auflud? Sie nahm es an und trug es, verschämt und schweigsam, es mischte sich der Bitterkeit denen gegenüber bei, die selbstgerecht auf ihrem Glück als etwas hart Erarbeitetem und redlich Verdientem beharrten.

In den noch verbleibenden Monaten dieses Frühjahrs ging Marta auf die Suche nach heilpädagogischen Kindergärten, nach einer regelmäßigen Therapie, die sie sich selber immer weniger zutraute, je seltener Jakob auf ihre Versuche reagierte, ihn von seiner unerschließbaren Innenwelt abzulenken. Es mußte eine Methode geben, davon waren Marta und Felix damals noch überzeugt, mit deren Hilfe Jakob in spätestens einem Jahr von einem gesunden Kind nicht mehr zu unterscheiden war. Ein Jahr lang in den richtigen Händen, hatte ein psychologischer Berater zu Felix gesagt, und

Marta war mit Jakob im Arm dabeigestanden. An solche Prognosen hielten sie sich, auch wenn eine Woche später ein anderer Arzt ihre Hoffnung zu zerstören versuchte: Sie können tun, was Sie wollen, natürlich müssen Sie alles Machbare tun, aber behindert wird er wohl bleiben, nur kann man heute noch nicht sagen, zu welchem Grad. Vielleicht kaum merklich, fragte Felix voll Hoffnung. Es steht Ihnen frei, an Wunder zu glauben, war die ironische Antwort.

Mein Kind ist sehr musikalisch, sagte Marta, als sie mit Jakob in einem Kindergarten vorsprach, in dem man alles Musische förderte und jeden Leistungsbegriff als autoritär zurückwies. Aber dort wollten sie Jakob nicht nehmen, es ginge ja darum, Begabte musisch zu fördern, nicht geistig behinderte Kinder. Immer wieder saßen sie in Vorzimmern und Büros, Marta in ihren hübschesten Kleidern, Jakob jedesmal frisch angezogen und fleckenlos. Nie hatte sie gedacht, daß sie sich dazu verleiten lassen würde, einen guten Eindruck machen zu wollen, freundlich zu lächeln, bescheiden anzufragen, alles widerspruchslos einzusehen. Nur ihren Titel murmelte sie verschämt, auch das widerstrebte ihr, aber vielleicht konnte der Respekt vor Titeln einen Leiter daran hindern, sie ohne Überlegung gleich wieder wegzuschicken.

Natürlich ist Autismus eine schwere Beziehungsstörung zwischen Mutter und Kind, erklärte ein junger Pädagoge in Bluejeans und dauergewelltem Kraushaar, der sich leutselig gleich mit Vornamen ansprechen ließ. Woher wissen Sie das, fragte Marta. Er war so jung, er hätte ihr Schüler sein können, bei aller Demut fiel es ihr schwer, nicht zu widersprechen. Das haben wir in der Schule gelernt, erklärte er ernsthaft. Aber bei seinem Exkurs über antiautoritäre Erziehung verstanden sie sich wieder, und er führte sie im Kindergarten herum. Hohe Bäume im Hof, sonnige Räume,

Holzspielzeug, es gefiel Marta dort. Er muß auch nicht alles tun, was die anderen Kinder machen, sagte er großzügig, aber er muß es begründen. Jakob, begründen? fragte Marta ungläubig. Jakob, der in seinem ganzen vierjährigen Leben noch keine einzige Frage gestellt hatte, dem Begriffe wie Warum und Weil so fremd waren wie etwas, das weit außerhalb seiner Erlebniswelt lag. Was wissen denn Sie von Autismus, rief Marta, und diesmal war es keine Frage mehr, nur erbitterte Ungeduld. Aber er wiederholte eifrig seine Definition aus dem pädagogischen Unterricht, Autismus ist eine schwerwiegende Beziehungsstörung zwischen... Marta wartete das Ende des Merksatzes nicht ab.

Schließlich schien es, als habe sie doch einen Kindergarten gefunden, aber erst für das Sommerhalbjahr des nächsten Jahres hieß es, für den Herbst war es schon zu spät, die Plätze gefüllt, keine Einschreibung mehr möglich. Und dann begann der Marsch durch die Ämter, um Genehmigungen, um Zuschüsse, der Kindergarten war privat und sehr teuer. Die vielen hallenden weißen Gänge, der Amtsarzt unfreundlich im weißen Kittel, und Jakobs Angst, die in den Korridoren zur Panik anwuchs. Sein Geschrei hallte durch die Gänge, sie mußte trotzdem warten, und die anderen, die mit ihnen warteten, zischten, Ruhe, und, bist du jetzt gleich still, mit drohenden Blicken auf Marta. Er ist ja behindert, rief sie verzweifelt um Verständnis bettelnd, sonst wären wir doch gar nicht hier. Behindert oder nicht, sagten die Leute böse, er hat sich ordentlich aufzuführen.

Schließlich war es amtlich beglaubigt und abgestempelt. Ab jetzt war Jakob offiziell behindert. Wegen Entwicklungsverzögerung und Autismus, stand im Attest. Sie hatte alle Definitionen, mit denen man Jakob beizukommen versuchte, demütig angenommen, und glaubte nun voreilig, sie habe den Schmerz bereits hinter sich, es käme nun eine neue, leichter erträgliche Zeit harter Arbeit, die nicht umsonst sein konnte, hatte doch bisher alles, bei dem sie ihre ganze Kraft eingesetzt hatte, schließlich Früchte getragen. Zehnmal härter würde sie arbeiten, als früher an ihrer eigenen Karriere. Und war sie nicht erfolgreich gewesen? Jetzt kommt eine neue Phase, sagte sie sich, aber sie rechnete nicht mit Jakobs hartnäckiger Weigerung sich den Normen zu unterwerfen, normal zu werden.

Dann kam der erste Sommer, den Marta mit Jakob allein verbrachte, weit weg von Felix, unerreichbar, von der Welt abgeschnitten, auf dem Bauernhof in der Einschicht, der Felix und Reinhard gehörte. Die Stille. Und die Geborgenheit dieser Stille. Schmerzlich war nur, nach den ersten Wochen die Tage zählen zu müssen. Die Vögel und die schräge Sonne im Garten unter den Obstbäumen, und Jakob so ruhig und so vergnügt, ganze Tage in Wasser und Sand vertieft. Das Wort normal kam ihr kein einziges Mal in den Sinn. Auf allen Fotos, die sie in diesen sechs Wochen machte, lachte das Kind, und sein Blick war ganz bei der Sache. Jeden Tag sahen sie zu, wie die Sonne unterging. Jetzt geht die Sonne schlafen, sagte er ohne Furcht. Lange, nachdem das Gold aus den Blättern und die Schatten verschwunden waren, lag noch ein rötlich gelber Schleier auf den Wiesen. Dann leuchteten die Holunderbüsche weiß in der Dunkelheit, der Mond ging auf, und die Schatten der Bäume lagen wie Scherenschnitte über den Garten gebreitet. Der Honigmond, sagte Jakob, heute ist Honignacht, und die Sterne waren die Waben. Schlaf jetzt, mein kleiner Poet, sagte Marta. Sie hatte alle Erwartungen an sich und das

Kind hinter sich gelassen, Jakob war genau das Kind, das sie wollte. Ein wenig fürchtete sie dieses Glück, das sich nicht bloß über Stunden, sondern über Tage und Wochen erstreckte; würde das Schicksal sich später dafür rächen? Finten lernen, zäh bleiben, sagte sie zu sich selber, sie spürte in dieser neuen Umgebung viel Mut und Kraft in sich wachsen.

Eine Nacht lang saß sie mit angespannten Nerven im Bett und schrieb immer wieder den gleichen Brief: Lieber Felix, ich habe lange darüber nachgedacht, wir können nicht mehr mit Dir leben. Sie strich es durch, begann einen neuen Bogen, begann behutsam: Es hat schöne Zeiten gegeben mit Dir... Wann, fragte sie bitter und warf auch dieses Blatt in den Papierkorb. Ich bin zum erstenmal seit vielen Jahren glücklich, schrieb sie, weil ich weit weg von Dir bin. Gab es versöhnliche Worte, eine siebenjährige Ehe zu beenden? Die Nacht wurde groß und bedrohlich, alles, was untertags klein und unbedeutend gewesen war, stand jetzt unüberwindlich und bereit sie zu zermalmen an ihrem Bett. Die Geldnot, die Wohnungssuche, die Arbeitssuche, und wenn sie, von all dem eingeschüchtert, die Briefbögen weglegen wollte, die vielen Jahre vor ihr in derselben Wohnung mit Felix, nachts auf dem Notbett in Jakobs Zimmer, die bösen Blicke, die Nähe des längst ungeliebten Menschen, die sie einschnürte, bis sie nach Atem rang. Sie zitterte, als stünde sie auf dem Bahnsteig vor einer langen Reise ohne Rückkehr, als sie den Brief ins Kuvert steckte und gleich verschloß. Da graute schon der Morgen; ein nächtliches, metallisches Licht lag über der Landschaft, eingraben möchte ich mich hier, dachte sie, Wurzeln schlagen und nie mehr ausgerissen werden. Der Tag kam schnell, die Farben traten in die Dinge zurück, der Boden wurde wieder sicher. Ein Leben wünsche ich mir, sagte sie trotzig, voll Schönheit und ohne Angst, daß jede Sehnsucht wie ein Fehlschuß gegen Jakob losgeht. Als der Brief abgeschickt war, wurde sie ganz übermütig vor Glück.

Wie ich nur jemals hab wünschen können, ich wäre wieder allein, dachte Marta, wenn sie Jakob beim Spielen zusah. Sein seidiges Gesicht gegen ihre Wange, lange und ohne Widerstand, am Abend am Bach, wenn er auf ihren Knien saß und Steine ins Wasser warf. Wenn er vor dem Schlafengehen auf ihrem Schoß saß, und sie ihn wiegte und ihm vorsang. Seine Einfälle, seine Phantasie. Den Froschkönig rieb er gegen den Sonnenbrand mit Sonnenöl ein, und den Dinosaurier trug er am Abend in den Wald und machte ihm aus Laub und Humus ein Bett, der Drache fraß Sand und mußte zum Doktor, und auf dem Bach ließ er ein Piratenschiff schwimmen. Tage voll konzentrierten Spielens und weniger Wiederholung als früher, selten einer der plötzlichen Schreianfälle.

In diesem Sommer verlor sie die Normen, nach denen sie und alle andern, auch Felix und die Ärzte, Jakob gemessen hatten. Sie begann zu begreifen, daß keine Liebe sein konnte ohne die bedingungslose Annahme, und daß sie keine andere Aufgabe hatte, als dieses Kind glücklich zu machen, was immer Glück für Jakob bedeuten mochte. Und auch die Schuld sollte nicht mehr zwischen sie und das Kind kommen. Das Schuldgefühl abzulegen fiel ihr am schwersten, das hatten die Fachleute zu nachhaltig in sie hineingeprügelt, nur Jakob konnte ihr helfen, sich dagegen zu wehren. Mit dem Glück, das in seinem Gesicht aufging, wenn sie am Morgen in sein Zimmer kam, und mit der Lust, mit der er sein Lieblingswort aussprach, Mama. Mama bedeutete Linderung, wenn er Schmerzen hatte, und Geborgenheit, wenn er sich fürchtete, Schutz, wenn ihn die Wirklichkeit bedrohte, Nahrung und Gemeinschaft. Soviel du von meinem

Leben brauchst, sagte sie, sollst du ohne Bedingungen und Zurückhalten bekommen. Damals empfand sie zum erstenmal und unumstößlich, daß dieses Kind neben ihr Leben war, gleichzusetzen in seinem Eigenwert mit dem höchsten Erreichbaren, ganz und gar Selbstzweck und Glück.

Am Ende des Sommers kam Felix, um sie zu holen. Wochen vorher träumte Marta Nacht für Nacht von Verfolgung, immer war sie auf der Flucht, und kein Versteck vor den Verfolgern sicher genug, sie holten sie immer ein, aber immer wieder entkam sie, ohne Atempause von Flucht zu Flucht. Aber nie kam Felix in ihren Träumen vor. Statt dessen stürzten sich Wespenschwärme über dem Garten auf sie und Jakob, ein wimmelnder schwarzer Haufen, die Luft erfüllt vom mörderischen Gebrumm. Und wieder war es zur Flucht höchste Zeit. Aus Büchern und Jakobs Decke baute sie ihnen ein Zelt. Aber das sei verboten, hieß es, sie müsse sich stellen, Flucht sei Feigheit, die Helden erwarteten den Angriff ohne Schutz und böten ihre Stirn, ihr Gesicht, ihre Haut dem feindlichen Wespenschwarm dar, eine Frau ließ sogar ihr Kind draußen liegen, um ihren guten Willen zu zeigen. Leute wie du sind Verräter, rief man ihr zu. Aber sie lief schon weiter mit Jakob im Arm, die Bücher ließ sie zurück, sie lief durch eine karstige Landschaft und schlüpfte in einen Felsspalt, flink wie ein Erdhörnchen, die Sonne fiel als ein breiter Schaft in die Höhle, sie waren in Sicherheit und geborgen, bis sie bemerkte, wie nahe auch hier noch die Außenwelt war, durch Löcher im Felsen konnte sie Eisenbahnschienen sehen und Häuser, bald würde man sie auch hier entdecken. Zitternd, gehetzt wachte sie auf.

Durch das offene Fenster hörte sie das trockene Rascheln, mit dem der Wind durch die Kornfelder fuhr, der Wind, den Jakob wegen seines bösen Sausens so fürchtete, und Marta, weil er die ersten Spuren des Herbstes mit sich trug. Er zauste die hellgelbe, an der Unterseite silbrige Mähne des Korns, eigentlich ist es Gewalt, die hier geschieht, dachte Marta, noch ganz im Bann ihres Traums, wie der Wind an den Ähren reißt, sie zu Boden schlägt, wie sie sich bäumen und immer wieder aufstehen, warum ist Gewalt in der Natur so atemberaubend schön und so häßlich unter den Menschen?

Felix erwähnte Martas Brief nicht. Er war Marta unheimlich, so höflich war er, so rücksichtsvoll und so wenig greifbar dabei. Seine Gegenwart brachte Erleichterungen im täglichen Leben, sie brauchte nicht mehr in der Vormittagshitze Lebensmittel aus dem Dorf heimzuschleppen, sogar Jakob nahm er ihr ab und trug ihn stundenlang durch den Wald. Aber er war in die Stille eingebrochen, so nachhaltig, daß sie nicht einmal am frühen Morgen mehr aufkam, wenn Felix und Jakob noch schliefen. Auf einmal hatte sie wieder Angst, an den Morgen, die makellos blaue Sommertage ankündigten, als würde das Ende von soviel Schönheit um so grausamer sein. Deutlich erinnerte sie sich an den Frühling, den ersten, in dem sie die Krankheit als unabweisbar erkannt hatte, den Frühling der Diagnose, wie sie ihn nannte. Damals hatte sie zum erstenmal gespürt, daß sie in all dem Ungestüm des Wachsens und Blühens nicht mitgemeint war, daß es sich ereignete, ihr und ihrem Schmerz zum Trotz, wie um sie zu verhöhnen. Das viele Licht, das sich im ersten Hellgrün der Alleen verfing, durch die sie täglich zum Kindergarten fuhr, und Jakob im Rücksitz, so fern, als säße er auf der weltabgewandten Seite eines lichtlosen Planeten. Und dann in der Schule dasselbe Ungestüm in den Schülern, die Energie, die Marta nur mehr als unangebracht und aggressiv empfand. Jede Stunde wurde ihr schon unerträglich, die Sonne, die in die Klassen strömte, und vor ihr die wachen Gesichter. Mein Kind wird nie unter euresgleichen sitzen, hatte sie gedacht und sich dennoch bemüht, es diesen nichtsahnenden, robusten Kindern nicht nachzutragen.

Und auch in diesem Sommer, wenn sie am Morgen im Nachthemd am Fenster ihrer Mansarde stand, konnte sie sich dieser Angst nicht erwehren, mit der sie das Ende erspürte, irgendein Ende, aber eines, das gewalttätig war und zerstörte. Wer hatte zugehört in diesem Sommer, um sich zu rächen, als sie sang und es unvorsichtig laut sagte, wie glücklich sie war? Plötzlich hatte sie Angst vor dem Glück, als kämen auf jede Minute Glück Jahre der Finsternis. Sie wünschte sich die Kälte herbei, die Nebeltage und Regengüsse, um ihrer Angst zu entkommen.

Am letzten Urlaubstag machten sie einen Ausflug an einen Bergsee. Es begann so ungetrübt, sie waren eine Familie wie alle andern. Auf rohen Bänken saßen sie vor dem Gasthaus, und später gingen sie mit Jakob, der sonst das Wasser ängstlich mied, in den See, er wagte sich hinein bis zu den Schenkeln, nur als andere Kinder nachdrängten, zog er sich scheu zurück. Mit einem Ruderboot fuhren sie zum Gletschersee, er lag unter den Gipfeln wie ein urzeitliches Riesenauge. Jakob lachte und redete viel und nahm mit seiner Munterkeit der Stille des reglosen Sees und der umgestürzten versteinerten Bäume ihre Beklemmung. Und während sie am sonnigen Ufer saßen, die Füße im Wasser, kam das Boot. Sie sahen gebannt hin, während es anlegte, und hielten das Kind fest; eine Gruppe behinderter Erwachsener, einer fiel beim Aussteigen ins Wasser, die anderen lachten, die Aufsichtspersonen schimpften wie mit kleinen Kindern und klopften den Durchnäßten derb ab, schüttelten ihn, sie kamen ans Ufer, ja, sie waren sichtbar und deutlich anders. Marta verbat sich ihr hemmungsloses Starren, das mit Grauen vermischte Mitleid, das sie beschlich.

116

Felix und Marta sahen einander nicht an, denn jeder war bemüht, sich einzureden, es sei nichts geschehen. Aber der Schmerz zwischen ihnen, das einzige Band, das sie zusammenhielt, verdüsterte diesen letzten Sonnentag. Und plötzlich, nach einem langen zuversichtlichen Sommer, sah Marta keine Möglichkeit mehr, die Zukunft glücklich zu überstehen.

Die erste Öffentlichkeit, der sie sich ausgesetzt sahen, waren die Kinder. Die empörten Hausfrauen auf der Straße und im Geschäft, die stehenblieben, um sich, wenn Jakob schrie, über die Lärmbelästigung zu beklagen, beachtete Marta in den ersten Jahren noch nicht. Sie hielt sie nicht für bösartig, nur für dumm und rechthaberisch.

Als Jakob noch klein war, sah sie in allen Kleinkindern nur freundliche Zeitgenossen, und als sie begann, sich zu fragen, ob Jakobs Entwicklung seinem Alter entspräche, beobachtete sie andere Kinder mit zunehmender Angst. Jakob war anders. Zweijährige sagten, ich will, und begannen zornig zu brüllen, aber Jakob sagte noch viele Jahre nicht ich. Jakob blickte verwirrt um sich und fragte: Möchtest du ein Eis? Oder er schrie gleich los: Du kannst ein Eis haben, ein Eis mag er haben! Würde er einmal mit Worten ausdrücken, daß er sie als seine Mutter wahrnahm? Je mehr sich Jakob zurückzog, desto schmerzlicher berührte sie der Anblick gesunder Kinder. Später, als sie alles wußte, was es über Jakob von den Ärzten zu erfahren gab, untersagte sie sich jeden Vergleich und sah nicht mehr so genau hin, wenn sie es schon nicht vermeiden konnte, mit anderen Müttern und ihren Kindern in Berührung zu kommen.

Wenn andere Frauen stutzten und die Augen zusammenkniffen, was hat das Kind, beeilte sie sich zu erklären, er ist nicht normal, er ist anders. Sie glaubte, Jakob damit zu helfen, ihn vor strafenden Blicken und Worten zu schützen, ihm einen Freiraum zu schaffen. Sie hoffte, die anderen würden verständnisvoller, behutsamer mit ihm umgehen, wenn sie wußten, daß er nicht bloß verstockt und böswillig war, aber wenn sie die Angst und Verwirrung in den Gesichtern sah, tat ihr die Erklärung leid. Sie schämte sich auch, als hätte sie Jakob verraten, ihn den kalten Blicken preisgegeben, die ihn voller Ablehnung anstarrten. Vor hundert Jahren hätten sie sich wohl bekreuzigt. Sie konnten auch nicht mehr wegsehen, aber niemand sollte sie dabei ertappen, vorsichtig, aus den Augenwinkeln, während sichtbar alles in ihnen zurückwich. Keine führte ihr Kind zu Jakob, damit es ihm näherkäme, vielleicht gar mit ihm spielte. Bald ging Marta den Müttern, die ständig vergleichen mußten, mein Kind und die andern, die ehrgeizig darüber wachten, daß ihr Kind am besten abschnitt bei jedem Vergleich, aus dem Weg. Allein schon, um ihnen Jakob nicht erklären zu müssen und verschämt Worte zu gebrauchen, die sich alle gegen ihn richteten, gleichgültig, wie gut sie es meinte. Es gab auch Beschwichtigungen, das Kind sieht ja ganz normal aus, und gleichzeitig die Vermutungen, was sie alles falsch machen mußte, daß dieses doch ganz normale Kind so anders war. Schlug sie das Kind vielleicht? Nein, um Gottes Willen! War vielleicht in der Ehe nicht alles in Ordnung? Meines hat auch Probleme gehabt, sagte eine Mutter, bis ich mich völlig umgestellt habe. Glauben Sie mir, ich habe meine Lehrzeit nun hinter mir, und mein Kind ist so ruhig und so verständig. Die Kinder richten sich nicht nach uns, wir müssen uns nach ihnen richten. Sprachlos vor Wut ging Marta weg. Was wußten diese Frauen von ihrem Leben, von ihr, von Jakob? Aber ein Urteil hatten sie alle bereit. Und je mehr zufälliges Glück sie in ihrem Leben hatten, desto härter und unerbittlicher urteilten sie.

Aber die Mütter konnten ihr und Jakob gleichgültig sein, dachte Marta, es waren die Kinder, um die es zu werben galt. Jahrein, jahraus, rund um das Haus die Nachbarskinder. Im Winter fuhren sie Schlitten, im Sommer radelten sie vor den Fenstern auf und ab, es war eine Sackgasse und wenig Verkehr. Lange Zeit schienen Jakob die Kinder nicht zu interessieren. Marta ging mit ihm hinaus, redete mit ihnen, die einzige Erwachsene im Kinderrudel. Solange Jakob noch klein war und stumm an ihrer Hand auf dem niedrigen Holzzaun balancierte, scharten sich die Kinder um Marta, ausgehungert nach Aufmerksamkeit, nach jemandem, der ihnen geduldig zuhörte und freundlich mit ihnen sprach. Wie ist es möglich, fragte sie Felix, daß ich Jakob zerstört haben soll, wenn mir die Kinder so zugehen, wenn sie mich belagern und gar nicht genug von mir kriegen? Hinter dem Haus hatten sie eine Schaukel aufgestellt, eine Rutschbahn, ein kleines Häuschen, einen Sandkasten, zunächst für Jakob, aber auch in der Hoffnung, damit andere Kinder anzulocken. Marta servierte Kuchen und Saft. Laßt ihr Jakob auch mitspielen, fragte sie. Ja, sagten die Kinder und stießen Jakob von der Schaukel, drängten ihn von der Sandkiste und seinen Autos weg. Jakob stand dann schweigend am Rand und versuchte zaghaft, sein Spielzeug zu retten, aber er wurde unerbittlich verdrängt. Ihr könnt hier nur spielen, wenn ihr Jakob mitspielen laßt, sagte Marta schon nicht mehr so freundlich. Wir lassen ihn ja, riefen die Kinder aufsässig zurück.

Allmählich begann Jakob sich für die Nachbarskinder zu interessieren. Er redete viel von ihnen, der Michael, sagte er, die Sabine, und Bewunderung lag in seiner Stimme. Er war ein neidloses Kind, schnell bereit, jeden anzuhimmeln, der ihm Aufmerksamkeit schenkte. Diese Fähigkeit an Jakob irritierte die Ärzte und Psychologen am meisten, daß er sichtlich an Marta hing, sie beim Testen oft ansah, ob sie auch stolz auf ihn war, wenn ihm etwas gelang. Und auch, daß er sich Freunde aussuchte, von sich aus, ohne danach zu fragen, ob die ihn auch wollten, meist aggressive ältere Buben, die er vergöttern konnte, wenn sie sich auch nur ein wenig mit ihm beschäftigten. Onkel Reinhard, den er jedesmal aufgeregt erwartete, weil Reinhard mit ihm balgte. Auch Jan, obwohl Jan nur noch selten kam und Marta betont schroff behandelte, seit Felix im Scherz, aber mit feindseligen Augen seinem Freund vom Gerücht seiner Vaterschaft erzählt hatte. Diese Beziehungsfähigkeit Jakobs paßte nicht ins Syndrom. Ein autistisches Kind, stand in den Büchern, ist beziehungsunfähig. Dann ist er eben nicht autistisch, sagten die Ärzte, aber am Ende ihrer Tests und Beobachtungsstunden kamen sie zu dem Schluß, er sei doch autistisch und beziehungsunfähig.

Jakob schwärmte den achtjährigen Michael an, weil er ihn einmal auf sein Fahrrad gesetzt hatte und mit ihm die Straße hinauf und hinunter gefahren war. Täglich stand er nun sehnsüchtig vor Michaels Garage und wartete auf eine Wiederholung der Radfahrt. Auch Marta war glücklich, als Jakob von sich aus die Gesellschaft von Kindern zu suchen begann, und auch sie hoffte, Michael würde sich des Jüngeren annehmen. Aber Michael würdigte ihn nie wieder eines Blickes. Mit den Kindern spielen, rief Jakob verzweifelt. Bald würde er mit einem Schreianfall seiner Enttäuschung Luft machen, und die Kinder würden ihn noch mehr meiden. Schnell holte Marta das Kind herein. Aber am nächsten Tag, als sich die Straße wieder mit radelnden, spielenden Kindern zu füllen begann, stand Jakob schon aufgeregt an der Tür. Mit den Kindern spielen! Er muß sich selber seinen Platz unter ihnen erobern, sagte Felix, und Marta stimmte ihm zu, versuchen wir es. Jakob ging erwartungsvoll hinaus. Hallo, Jakob, rief ein Mädchen im Vorbeifahren; hallo, Jakob, antwortete er und blieb stehen. Er wollte so gern. Sein Gesicht, sein ganzer Körper ein einziger Aufschrei von Sehnsucht. Marta stand am Fenster und ertrug den Anblick dieser sprachlosen Sehnsucht kaum, sie wäre am liebsten hinausgelaufen und hätte den Kindern alles mögliche als Belohnung versprochen, wenn sie Jakob aufnahmen. Mit den Kindern spielen, schrie Jakob und warf sich vor ein Fahrrad. Der Junge bremste rechtzeitig ab und schrie Jakob aufgeregt an, so renn mir doch nicht hinein, du Trottel! Irgendwo mußte Jakob es aufgeschnappt haben. Blöder Jakob, wiederholte er mit strahlender wichtigtuerischer Miene beim Abendessen, immer wieder, blöder Jakob, wie eine Litanei. Nein, rief Marta gequält, nicht blöder Jakob, gescheiter Jakob! Von nun an wiederholte er wochenlang, nicht blöder Jakob, gescheiter Jakob.

Marta ließ sich einen Termin beim Kinderpsychologen geben und besprach mit ihm für ein hohes Honorar die Frage, wie erleichtere ich meinem Kind die Aufnahme in die Gemeinschaft. Aber obwohl sie diesmal angeblich sogar alles richtig machte, wuchs die Barriere zwischen dem Rudel draußen und ihrem Kind schneller, als der Psychologe eine Lösung fand.

Sie gab endgültig auf an dem Tag, als die Kinder Jakob entgegenschrien: Geh weg, blöder Jakob, oder wir tun dir weh! Sie hatten sich hinter den Thujenhecken verschanzt und warfen Kastanien und Eicheln nach ihm. Jakob sah die fliegenden Geschosse, sie trafen ihn am Körper, am Kopf, und nirgendwo Kinder. Weinend vor Zorn holte Marta das Kind ins Haus. Aber auch Jakob hatte begriffen. An diesem Abend, als ihn die Nachbarskinder verjagten, nahm er seine

Lieblingsspielsachen, Billy den Löwen, den Kreisel, das Feuerwehrauto, und stopfte sie in den Müll.

Was mache ich jetzt, fragte Marta den Psychologen. Mit den Eltern reden, schlug der vor, ihnen Jakob erklären, sie bitten, sie mögen ihre Kinder dazu anhalten, mit ihm zu spielen.

Es fiel ihr schwer, an Wohnungstüren zu läuten. Sie lauerte den Müttern auf, wenn sie die Wäsche in die Gärten trugen, damit es nach zufälliger Plauderei aussah, was ihr ein so dringendes Anliegen war. Mein Jakob, wissen Sie, er möchte so gern! Es fällt ihm so schwer. Er ist ein wenig behindert. Könnten Sie Ihrer Tochter das vielleicht erklären, es würde helfen. Er mag Ihr Kind sehr, fügte sie noch verschämt hinzu. Damit möchte ich mein Kind nicht belasten, bekam sie zur Antwort. Aber Marta ließ sich lange nicht abschütteln, sie drängte ihren Stolz zurück, das muß ich für Jakob tun, er schafft es nicht ohne meine Hilfe.

Wenn wir gewußt hätten, daß wir ein behindertes Kind in der Nachbarschaft haben würden, wären wir gar nicht hierhergezogen, antwortete eine Mutter barsch. Aber er ist ja gar nicht richtig behindert, er ist nur ein wenig anders! Für diese Erklärung war es nun zu spät.

Eine versuchte, ihr Mitleid zu zeigen, indem sie Marta erzählte, das erstemal, nachdem sie Jakob beobachtet habe, wie er brummend im Kreis getanzt sei, und erkannt habe, der ist nicht normal, dieses Entsetzen, glauben Sie mir, dieser Schock, so was habe sie vorher noch nie gesehen, damals also, wie gesagt, sei sie heimgelaufen zu ihrem Kind, es sei gerade im Gitterbett gestanden, schlafwarm und so süß, und habe es vor Glück umarmt, geweint habe sie vor lauter Glück und das Kind abgeküßt vor Dankbarkeit. Gott, ich danke dir, habe sie gebetet, daß du mir ein gesundes Kind geschenkt hast! Marta ließ die von neuem glückselig

122

schluchzende Frau stehen und ging grußlos weg. Stumpf sind die Menschen und blöd, dachte sie, sagte es auch am Abend zu Felix, fremdes Leid läßt sie so kalt, daß man ihnen nur wünschen kann, es stieße jedem von ihnen zu.

Von nun an hielt Marta sich und Jakob von den Nachbarskindern fern. Sie grüßte die Erwachsenen mit kühler Freundlichkeit und beobachtete stumm, wie man ihnen immer sichtbarer auswich. Je größer Jakob wurde, je weniger sein kleinkindliches Verhalten sich mit seinem Alter vereinbaren ließ, desto größer wurde der Abstand, desto abweisender und mißtrauischer die Blicke. Als wüchse unaufhaltsam eine unsichtbare Mauer um sie herum, schalldicht nach allen Seiten, sicher vor dem Einbruch des Mitgefühls und auch des zaghaften Verständnisses. Und während rundum die rechthaberische Ablehnung wuchs, ballte sich in Marta Bitterkeit und verhärtete sich zum Haß.

Im Lauf der Jahre gelang es ihr immer seltener, sich von dieser Bitterkeit, die sie als Last empfand, als etwas, das ihr die Freuden mit Jakob vergiftete, zu befreien. Und je älter Jakob wurde, je größer der Ring der Gaffer, in deren Blicken sie die Empörung über die ihnen zugemutete Belästigung las, desto häufiger traf ihre Bitterkeit Schuldlose. Als sie schon von Felix getrennt lebten und einmal im Jahr mit ihm für eine Woche auf Urlaub fuhren, saßen sie bei einer Vergnügungsfahrt den Fluß hinunter neben einem jungen Paar mit zwei Kindern. Marta sah ihnen zu, wie sie lachten und sich gegenseitig auf Vorgänge am Ufer aufmerksam machten, ein Allerweltspaar mit unauffälligen durchschnittlichen Kindern. Marta saß da und kämpfte gegen die Tränen, sie steckten ihr als bitterer Klumpen im Hals, sie sah Felix unbekümmert im Fahrtwind stehen, er hatte sie und Jakob schon längst überwunden, nie war er ihr eine Hilfe gewesen, sie sah Jakob auf seinen Schultern sitzen, er hielt sich die

Ohren zu, der Wind ängstigte ihn, sie wünschte dem jungen Paar und ihren zwei Kindern nichts Böses, aber ihr Anblick tat ihr so weh, er machte sie zu traurig, als daß sie sich von ihm hätte losreißen können, um die Weinhänge zu betrachten, die bewaldeten Schluchten, die Ruinen. Ja, wenn sie es unbeschönigt hätte aussprechen müssen, diese idyllische Familie hatte ihr den Tag verdorben.

Noch lange nach jenem Brief, in dem Marta ihm ihr Eheversprechen aufgekündigt hatte, weigerte sich Felix, ihren Entschluß ernst zu nehmen. Ihr gehört zu mir, sagte er, und damit basta. Sie lebten nebeneinander wie zwei Mitglieder einer Wohngemeinschaft, die versuchen, mit Anstand die Zeit bis zum Ende des Mietvertrags durchzustehen. Doch das Ende des Mietvertrags war nicht in Sicht. Schließlich schlug Felix vor, Marta sollte sich eine oder zwei Straßen weiter eine Wohnung nehmen, so daß Jakob leicht zwischen ihnen hin- und hergeschoben werden konnte. Sechs Tage und sieben Nächte bei dir, schlug er vor, einen Tag lang bei mir, und du gibst mir einen Schlüssel zu deiner Wohnung, damit ich ihn jederzeit sehen kann. Sobald er mit dem Studium fertig sei und, wie er sagte, das große Geld verdiene, werde er Unterhalt zahlen. Jetzt, wo sie alle von seiner Mutter lebten, ginge das nicht.

In einem Jahr also, nach deiner Promotion, fragte Marta. Felix gab ihr sein Ehrenwort, an das sie längst nicht mehr glaubte. Zu oft hatte er ihr sein Ehrenwort gegeben. Ehrenwort, ich werde mehr als die Hälfte der Kinderaufzucht leisten, wenn du mit der Pille aufhörst. Ehrenwort, ich werde dich in deiner Karriere immer unterstützen. Nach Jakobs Geburt hatte er ihr selbst ein paar Stunden in der

Bibliothek mit dem Hinweis verweigert, daß seine Karriere nun wichtiger sei und sie beide nur an ihn denken dürften. Ehrenwort, sagte sie höhnisch, wenn ich einen Job finde, gehe ich schon vor deiner Promotion.

Und dann war das Ende so schnell da, unerwartet beinahe, daß sie an der Schwelle zur Freiheit stand, nach der sie sich fünf Jahre lang gesehnt hatte, und Angst bekam. Nicht für sich hatte sie Angst, sondern für Jakob. Alle Phrasen fielen ihr ein, die man für den Schritt, den sie im Begriff war zu tun, bereithielt: Zerrüttete Familie, Scheidungswaise, kaputtes Elternhaus, ein Sohn, der ohne männliches Vorbild aufwachsen muß. Aber war Felix denn ein Vorbild? Was konnten die Pädagogen ihr und Jakob antun, wenn kein Mann sie mehr schützte und wenn sie zugab, eine alleinerziehende Mutter und berufstätig zu sein. Wer würde sich einmischen dürfen, um das verwahrloste Kind vor ihr, der schizophrenogenen Mutter, zu retten? Und vielleicht hatte sie auch Angst für sich, denn die Grenzen der Ehe mit Felix kannte sie nun, die Quälereien, die unentwegten Versuche sie zu entmündigen, ihr das Recht auf sich selber zu nehmen, mit jedem Wort, jeder Handlung. Aber draußen das Unbekannte, wer sagte denn, daß es leichter zu ertragen sein würde? Sie nahm das Kind mit und würde von nun an die Verantwortung ganz allein tragen müssen, um seine Entwicklung, seine Gesundheit, sein Glück. Unmöglich, zu bleiben, und das Fortgehen so schwer beladen mit Unsicherheit und Angst. Aber während sie zwischen Bleiben und Weggehen hing, nicht unschlüssig und dennoch bis zum Zerreißen angespannt, packte sie mit der äußeren Ruhe, die sie in Krisenzeiten oft vor dem Chaos schützte, ihre Wäsche in Schachteln, ihre Bücher, Jakobs Sachen, ihre Schallplatten und schnell noch ein paar von Felix dazu.

Während sie packte, ihre Bilder von den Wänden nahm,

während sie überall Lücken und Löcher aufriß, in die geschlossenen Reihen der Bücherwände, in die Kleiderkästen, in den Geschirrschrank, erinnerte sie sich daran, wie sie das alles hineingeräumt hatte vor sieben Jahren. Zeit genug, daß die Bilder weißere Vierecke an den Wänden zurückließen und das Geschirr kreisrunde Ränder im Holz. Und was sie sich alles von der Zukunft erwartet hatte. Das Ende der Einsamkeit. Geborgenheit. Gemeinsame Ausflüge, gemeinsame Konzert- und Theaterbesuche, gemeinsame Freunde. Und ein bißchen auch Urlaub vom Leben machen zu dürfen, ein bißchen weniger auf eigenen Füßen zu stehen. Mehr Schutz vor der Wirklichkeit durch die Anwesenheit eines Menschen, dem ihr Wohlbefinden am Herzen lag. Ja, auch der Wohlstand, mit dem er sie vor der Hochzeit umgeben hatte. Bei all ihrer Skepsis war sie auf das Märchen hereingefallen vom nicht enden wollenden Glück zu zweit.

Als sie schwanger wurde, kauften sie das Reihenhaus, und sie konnte es selbst nicht glauben und schämte sich später: Wochenlang war sie nach der Arbeit damit beschäftigt, Silber und verstaubtes Geschirr zu polieren, neue Töpfe zu kaufen, ganz allein richtete sie die Wohnung ein und merkte vor lauter Eifer gar nicht, daß Felix ihr nicht einmal beim Möbelschieben und Teppichschleppen half. Der große Schrank, sagte er, da räum bitte nichts von dir hinein, der ist für meine Anzüge. Später zog er den Schlüssel ab, und als er ihn doch einmal stecken ließ, fand Marta vollständige Jahrgänge von *Playboy* und *Penthouse* darin.

Dann kaufte sie Kochbücher ein. Dazu brauchte sie nicht in die Buchhandlung zu gehen, die konnte man in jedem Großkaufhaus haben. Und obwohl ihr am Anfang der Schwangerschaft beim Geruch aller Speisen übel wurde, kochte sie täglich drei Gänge aufwendiger neuer Rezepte.

Sie kochte gut, aber sie konnte vor Erschöpfung und Übelkeit bei Tisch nichts essen. Nie half Felix ihr nachher mit dem Geschirr. Nach vier Monaten hatte sie von der Rolle der perfekten Hausfrau genug. Noch bevor Jakob zur Welt kam, verstand sie ihr kleinbürgerliches Nistbedürfnis nicht mehr. Aber Felix hatte sich schon daran gewöhnt. Was ist los, fragte er, wo ist mein Frühstück?

Dann ging sie daran, sich und dem Kind ein Nest zu bauen. Sie kaufte Babysachen, sie kaufte sich selber mehr Umstandskleider, als sie tragen konnte. Und sie träumte davon, die Gemeinsamkeit, um die sie sich in der Ehe betrogen fühlte, einmal mit dem Kind zu erleben. Nichts mehr wollte Felix gemeinsam mit ihr unternehmen, seit sie verheiratet waren. Sei es nicht mehr, als ein Mann verkraften könne, dieselbe Frau morgens und abends, bei jeder Mahlzeit und jede Nacht im Bett? Ich brauche Abwechslung, tobte er, wenn sie stritten, aber er blieb ihr treu, er redete nur unentwegt von den Seitensprüngen, die er gerne gemacht hätte, er schaute nur, er flirtete nur so aufreizend, daß es selbst den geschmeichelten Frauen peinlich war. Den Sylvesterabend vor Jakobs Geburt verbrachten sie mit Harald und Susi und deren erlesenen Freunden. Um Mitternacht ließ man das ferne Glockengeläut durch die weitgeöffneten Verandatüren herein, die Böller krachten, und alle wünschten sich etwas. Im nächsten Jahr bist du schon Mutter, sagte Susi und stieß mit Marta an, während Felix eine andere Frau umarmte und lange küßte, er knöpfte ihr sogar das Kleid auf, sie waren ja alle betrunken. Nur Marta war hellwach und benahm sich wie eine Dame, sie lächelte krampfhaft und ging so leise weg, daß es niemand bemerkte.

Auf ihren Spaziergängen redete sie mit dem Kind. Das werde ich dir einmal alles zeigen: die schwarz glänzenden Äste und Baumstämme der Abende im Föhnsturm, die sonnenlose fiebrige Helligkeit unter den jagenden Wolken, den schwarzen Fluß und die nahen Berge. Das Rascheln des Windes im dürren hängengebliebenen Laub vom Vorjahr. Sie erfand Geschichten dazu, die sie dem Kind jetzt schon erzählte. Nie hatte sie ihre eigene Kindheit so intensiv wiedererlebt wie in jenen neun Monaten. Sie ging auf den Christkindlmarkt und stellte sich vor, sie hätte ein dreijähriges Mädchen an der Hand. Das Bild, das sie sich damals von ihrem ungeborenen Kind schuf, aufgeweckt, wortgewandt und frühreif, es fiel ihr später nicht leicht, dieses Ideal aufzugeben, ohne Jakob dafür zu strafen, daß er ihm nicht entsprach. Sie legte es auch nicht auf einmal ab, und nicht mit dem Verstand zuerst, obwohl sie bewußt gegen ihre Erwartungen angekämpft hatte. Erst als sie ohne zu lügen sagen konnte, ich möchte Jakob nicht anders haben, als er ist, erinnerte sie sich daran, daß es nicht immer so gewesen war. Jakob war einzigartig, und das Kind ihrer frühen Erwartungen war ein Musterkind gewesen, wie aus dem Katalog. Nein, nicht nur das, Jakob war eindeutig origineller. Aber wie lange hatte sie gebraucht, das zu sagen. Viel zu lange, als daß es nicht neue Schuldgefühle in ihr erzeugt hätte. Zu diesem Zeitpunkt hatte sie auch die gehätschelten Empfindungen und Erinnerungen ihrer eigenen Kindheit an das Kind abgegeben. Kindheit war das, was Jakob erlebte.

Ich habe in meinem Erwachsenenleben nie Liebe bekommen, hatte sie in ihrem Abschiedsbrief an Felix geschrieben. Und Jakobs Liebe? War es seine Schuld, daß Marta, bevor er geboren wurde, schon alle Erwartungen von ihrem Mann abzog und sie als Auftrag an das Kind weitergab? Mit zwei Jahren, las sie im Elternbuch, werden Sie es plötzlich erleben, daß Ihr Kind Sie liebt, jetzt lernt es, seine Liebe zu zeigen. Jakob brauchte länger. Er hielt sich nie an ihr fest, außer wenn er in Panik war, sie brauchte immer zwei Hände, wenn sie ihn trug, damit er ihr nicht vom Arm kippte. Aber das Glück in seinem Gesicht, wenn sie zur Tür hereinkam? Und später, wenn er sich nachts an ihr festhielt und sagte, die Mama festhalten, damit sie nicht davontut? Es dauerte noch länger, bis sie begriff, was für ein liebevolles Kind Jakob war; nicht an Liebe fehlte es ihm, sondern am Ausdruck der Liebe.

Es war nicht schmerzlich, die Dinge wieder voneinander zu trennen, die sieben Jahre so dicht beieinander gestanden hatten, daß sie untrennbar zusammenzugehören schienen. Nur manches blieb zurück, woran sie sich später, in ihrer neuen, kahlen Wohnung schmerzlich erinnerte als an etwas, das eigentlich doch ihr gehört hätte. Die Dritte-Welt-Souvenirs, die Harald und Susi von ihren Reisen mitbrachten, die großen schweren Holzschüsseln, das spitzenzarte durchbrochene Silber. Acht Jahre lang hatte sie im Wohlstand, fast im Reichtum gelebt und sich so sehr daran gewöhnt, daß ihr das neue Leben in der Entbehrung fast wieder aufregend erschien, wie eine Straffung, eine Entschlackung. Wenn es an Geld mangelt, dachte sie, soll es doch wenigstens Schönheit geben, kleine Dinge zum Freudehaben, Armut braucht nicht häßlich zu sein; und sie kaufte noch vor dem endgültigen Übersiedlungstermin bunte Vorhänge von Felix' Geld, neue Spielsachen, Kleider auf Vorrat. Sie war begierig danach, ein neues Nest zu bauen, für sich und für Jakob. Nach jedem Ausbruch ein neues Nest.

Felix war großzügig in den letzten Wochen, er bezahlte die Übersiedlung in Martas Geburtsstadt. Dort wollte sie neu beginnen, ohne Erinnerung an die Ehe oder an die Zeiten davor, nicht einmal an die beste, freieste Zeit ihres Lebens, die Jahre des Studiums. Es schien ihr möglich, die Zeit vom Verlassen der Stadt mit achtzehn bis zum Tag ihrer Rückkehr einfach herauszuschneiden aus ihrem Leben. Sich vor den wehmütigen Erinnerungen bewahren, die sie dort, wo sie fünfzehn Jahre gelebt hatte, an jeder Straßenecke, in jedem Park und vor allem auf den Flußpromenaden anfielen. Im Festsaal der Universität hatte sie Felix kennengelernt, und sie hatte das Gebäude vom Fenster des Spitals, in dem Jakob geboren wurde, bei jedem neuen Anblick am Morgen verflucht. Und auf den Spazierwegen, die sie zunächst mit Felix und später mit Jakob im Kinderwagen gegangen war, lagen ihr zu viele uneingelöste Hoffnungen herum.

Auch der Abschied von Freunden und Bekannten fiel ihr nicht schwer. Mach's gut, sagte Luise. Sie trafen sich während Luises Mittagspause im Kaffeehaus, und die Freundin bezahlte diesmal Martas Kaffee und Kuchen, weil sie von nun an eine arme alleinstehende Mutter sein würde. Sie versprachen einander häufige Besuche, und Luise lud Marta zur bevorstehenden Hochzeit ein. Alle andern waren flüchtige Bekanntschaften, die sich unverändert flüchtig und unverbindlich schon über zehn Jahre hielten, eine Bibliothekarin, Arbeitskollegen, die sie noch hie und da traf, eine Frau, die sie in der Mutterberatungsstelle kennengelernt hatte. Alle außer Luise erschienen ihr austauschbar. Dennoch erzeugte das viele Händeschütteln und Alles-Gute-Wünschen mehr Wärme und Nähe, als Marta diesen oberflächlichen Beziehungen zugetraut hätte. Und es schürte auch wieder die Angst, sie ließe vielleicht doch zuviel zurück, so viel, daß es ihr als unerträgliche Leere entgegenschlüge in der fremden, vertrauten Stadt ihrer Kindheit.

Daß die Heimatstadt die Geborgenheit ihrer Kindheit für sie aufbewahrt hatte, das hatte sie gleich beim ersten Besuch gespürt. Als kehrte sie zum Kleiderschrank ihrer Backfisch-

zeit zurück mit seiner vertrauten Enge und den lächerlichen
Gerüchen von 4711, Lavendel und verbotenen Zigaretten.
Eine Stadt, um die sie nicht werben mußte, der kein Geheimnis zu entlocken war, eine duftlose solide Mutter, die
gar nicht anders konnte, als die streunende Tochter zurück-
zunehmen. Angstlos mit sicheren Schritten und ohne Stadt-
plan fand sie die Straßen mit Wohnungsangeboten. Die
Sicherheit, die sie vor der Ehe gehabt hatte, kehrte hier
schnell zurück. Und sie genoß auch diese Tage allein, denn
Jakob war bei Felix geblieben. Noch konnte sie es sich nicht
vorstellen, mit Kleingeld sparen zu müssen. Nach jeder
Wohnung, die sie selbstbewußt begutachtet hatte, gönnte sie
sich eine Belohnung, einen Kaffee mit Torte im Kaffeehaus
neben ihrer früheren Schule, ein Buch aus der Buchhandlung, in der sie das erste Sachbuch gekauft hatte, nachdem
sie unumstößlich gewußt hatte, was sie studieren würde, am
Abend einen Film in dem Kino, das früher das Nonstopkino
war, Zufluchtsort ihrer ersten Rendezvous. Wie handlich
die Erinnerungen hier waren, freundlich und wohlwollend,
nicht bitter und schmerzhaft wie frische Wunden, hier
würde sie ausruhen können.

Auch von Jakob hatte sie bald eine Erinnerung in der
Stadt. Das einzige Mal, daß sie ihn mitgebracht hatte,
schau, Jakob, möchtest du hier wohnen, hatte sie ihn gefragt. Sie waren die Fußgängerzone entlanggegangen und
hatten schon von weitem die Kleine Nachtmusik gehört.
Geige, Geige, hatte Jakob gerufen und Marta hinter sich
hergezerrt, unbeirrt durch das Nachmittagsgewühl zu dem
Geschäftseingang hin, wo zwei Straßenmusikanten Geige
spielten. Eine halbe Stunde lang war Jakob völlig reglos vor
ihnen gestanden und hatte mit solch einer verklärten Hingabe zugehört, daß einige Leute stehenblieben, um seine
Andacht zu bewundern. Und hinter ihm Marta, das Gesicht

dem Schaufenster zugewandt, damit niemand sah, daß sie weinte. Am Abend, als sie in den Zug einstiegen, um zurückzufahren, hatte Jakob geschrien, da wohnen, möchtest du da wohnen! Nicht jetzt, nicht gleich, sagte Marta, aber den Begriff später kannte er nicht.

Alles erschien ihr freundlich in dieser Stadt, der weichere, gedehnte Tonfall des Dialekts, die Barockfassaden an den Plätzen. Ja, dachte sie, alles ist weicher hier, irgendwie sanfter, hier wird es auch Jakob leichter haben. Sie zog mit sehr viel Zutrauen und Bereitschaft sich wohlzufühlen in die Stadt zurück. Nur eines verwirrte sie, daß die Erwartungen ihrer Mutter plötzlich in ihr lebendig wurden. Auf einmal wieder die Sehnsucht nach Respektabilität, die sich gegen ihren Willen zum entbehrungsreichen aber freien Leben erhob, die ängstliche Frage, werden wir es denn schaffen?

Wenn sie am Abend den Berg hinaufging, wo die alten Villen und neuen Bungalows standen, hatte sie unerwartet das verschämte Verlangen, in so einem Haus zu leben, einen weitläufigen Garten zu besitzen und vor dem Tor ein Auto. Und gleichzeitig die Zurechtweisung an sich selber, das hast du alles gehabt, davor läufst du nun davon. Aber sie hatte das Haus und das Auto, die Möbel und die elektrischen Geräte nie als ihr Eigentum betrachtet, immer nur als den fremden Kram, in dem sie eine Gefangenschaft abbüßen mußte, durch eigene Dummheit und eigenes Verschulden. Hier leben können, rief sie überschwenglich auf der Terrasse der Tante, bei der sie in dieser Zeit mehrmals übernachtete, unabhängig von diesem Kerkermeister, mit dem ich verheiratet bin, und trotzdem im eigenen Haus. Pst, zischte die Tante, sei still, nicht hier draußen, und sie deutete aufgeschreckt zum Nachbargarten hinüber. Aber Marta lachte nur, ach so, die Nachbarn.

Eine Schwester und einen Bruder hatte die Mutter gehabt. Der Bruder war im Krieg gefallen, kurz vor ihrem Mann. Die Schwester Agnes war vierzehn Jahre jünger als sie, eine andere Generation. Marta erinnerte sich an die junge Tante, die, immer unerwartet und immer nach der neuesten Mode gekleidet, zum Abendessen aufgetaucht war, und immer war es in ihren Gesprächen um die Liebe gegangen und die Frage, ob dieser nun der Richtige sei oder nicht. Dann hatten sie die Tante aus den Augen verloren, oder vielleicht hatte sie Streit gehabt mit der Mutter, jedenfalls kam sie nicht mehr auf Besuch, obwohl sie in derselben Stadt wohnte. In der Zeit, als Marta schon ihre eigenen Wege ging, kam sie wieder manchmal mit ihrem älteren Sohn. Hochnäsig sei sie, vertraute die Mutter der Tochter an, glaubt, sie sei was Besonderes, bloß weil sie eine gute Partie gemacht hat, aber es war eben doch die Schwester, und die Mutter trug sich als Firmpatin des Neffen an.

Beim Begräbnis der Mutter hatte die Tante Marta umarmt: Du weißt nicht, was du verloren hast! Und Marta, die sich ihr Leben lang vor fremden Leuten wie eine Dame benahm, schwieg, weil sie ihrer Stimme und ihrer Selbstbeherrschung nicht traute.

Mein Gott, die Marta, ist ja nicht möglich, rief Tante Agnes und schlug die Hände zusammen, als Marta, brieflich und telefonisch längst angekündigt, endlich vor ihrer Haustür stand. Nichts war übriggeblieben von der früheren Eleganz der jungen Tante, sie war dick geworden, mit fleischigen Bäckchen und Doppelkinn, aber ihr Haar war noch immer hochtoupiert wie in den frühen sechziger Jahren, und sie trug auch als Matrone noch das Prädikat ihrer Jugend, adrett.

Im Haus der Tante lernte Marta schnell die alten Werte und Ausdrücke wieder: Tipptopp der Haushalt, und die Hausfrau wie aus dem Ei. Ehre, wem Ehre gebührt. Ehrlich währt am längsten. Verglichen mit den Aussprüchen der Schwiegermutter mutete dieser Phrasenschatz heimelig an, auch wenn sich manches deckte: Was mich nicht umbringt, macht mich noch stärker. Und: Müßiggang ist aller Laster Anfang. Nur war für Felix' Mutter alles, was weder Geld noch Ehre einbrachte, Müßiggang, während Tante Agnes im brotlosen Werken der tüchtigen Hausfrau, im Stricken und Sticken und Kuchenbacken die höchsten Attribute eines sinnerfüllten Lebens verwirklicht sah. Kopfschüttelnd hörte sie zu, wie Marta von ihrer Ehe erzählte, mein Gott, Kind, da wunderst du dich noch, daß du den Mann nicht halten hast können? Sie hatte so viele Ratschläge, die nun zu spät kamen, daß man auch im neunten Monat Schwangerschaft keinen Grund hatte, den Haushalt verschlampen zu lassen, dann wickle halt das Putztuch um einen Stiel, wenn du dich nicht mehr bücken kannst, und daß Herrensocken nichts in der Waschmaschine zu suchen hatten, die ziehst du ihm gleich am Abend von den Füßen und drückst sie im Waschbecken durch, am nächsten Tag kann er sie wieder anziehen, so sparst du Geld. Ja, Kind, wenn du näher gewohnt hättest, wär dir das mit der Trennung gar nicht passiert!

Aber Marta lachte und aß zwei und drei Stück von den guten Mehlspeisen und setzte sich dann zum Onkel vor den Fernseher. Die Tante ließ sie in der Küche werken. Sie trank den Wein, den man ihr immer wieder nachgoß, es war kein so guter Wein, wie sie ihn gewohnt war, und in der Früh wachte sie benommen mit Kopfschmerzen auf. Aber das machte nichts, der Kaffee stand schon auf dem Gartentisch der Veranda, im Blümchengeschirr auf weißem Tischtuch, und wenn sie ins Gästezimmer zurückkam, war das Bett gemacht. Schamlos lachend gestand sie, ich hätte ein Mann werden sollen, bei soviel Umsorgtwerden muß man ja aufblühen. Ach, schäm dich, tadelte Tante Agnes sie, zehnmal schöner ist es zuzusehen, wie andere sich wohlfühlen! Trotzdem fühlten sich die Söhne nicht wohl und hatten beide, sobald sie das erste Geld verdienten, das Haus verlassen. Aber Marta war dankbar für die so lange entbehrte Mütterlichkeit, und Agnes' Stimme erinnerte sie an die Mutter.

Wenn Marta von Jakob erzählte, konnte die Tante es einfach nicht glauben. Sie hatte ihn doch kürzlich gesehen, ein ausnehmend hübsches Kind, nur scheu und zurückhaltend eben. Du kannst dich ja nicht mehr erinnern an ihn, sagte Agnes, aber so war dein Vater auch, still und dabei sehr gescheit, ein ganz feiner Mensch mit viel Herzensbildung, nicht so wie der da, sie stieß ihr Kinn mit einer verächtlichen Kopfbewegung in die Richtung der Wohnzimmertür, hinter der der Onkel vor dem Fernseher saß. Das Kind hat nichts, sagte die Tante streng, wenn Marta immer wieder damit begann, das kommt alles von deinem blöden Studium und von den Ärzten. Hausverstand, sage ich immer, und fahrt's mir mit den Studierten ab! Marta schwieg. War es möglich, bildete sie sich wirklich alles nur ein? Wenn einfache Leute wie Agnes nichts Auffälliges an Jakob wahrnehmen konnten, dachte sie mit plötzlich wiedererwachter Hoffnung, vielleicht war es dann möglich für ihn, unter diesen einfachen Menschen ein ganz durchschnittliches Leben zu führen. Und sie stellte sich ihr Kind vor, in fünfzehn, in zwanzig Jahren, dann eben nicht als Student, auch nicht als Maturant, als Gärtner vielleicht oder als Schreiner?

Nie wieder und nie zuvor war Marta so bereit, sich zu fügen. Sogar die Bücher, die sie sich während der Wohnungssuche als kleine Belohnungen kaufte, versteckte sie in ihrer Wäsche im Koffer. Du hast ja dein Doktorat, hatte Agnes beim Anblick des ersten unvorsichtig liegengelassenen Buches gesagt, wozu noch immer die Bücher? Mußt du noch immer studieren? Da kann so ein Doktorat aber auch nicht viel wert sein! Ich lese halt gern, erklärte Marta kleinlaut. Da wundert's mich nicht, wenn aus Jakob nichts wird, sagte Agnes streng. Sie selber nahm nach dem Abendessen einen Stickrahmen vor. Gell, sagte sie vorwurfsvoll, fürs Handarbeiten bist du halt gar nicht. Eine einfache Frau, dachte Marta beschwichtigend. Vielleicht war es nur die Erinnerung an die Stimme der Mutter, die sie nachsichtig stimmte. Wahrscheinlich aber war es die Hoffnung, daß diese Frau, die von sich selber behauptete, das Herz auf dem rechten Fleck zu haben, immer zu ihr und Jakob stehen würde, der einzige Mensch in der Stadt, an den sie sich von Anfang an wenden konnten, ein bißchen Familienersatz, ein bißchen Schutz vor allem, wovor Marta sich ängstigte. Was machte es da aus, daß Agnes ihre studierte Nichte nicht verstand und für ein großes, mißratenes Kind hielt?

Am Anfang konnte es Marta nicht glauben, daß sie sich in einer Wirklichkeit befand, deren Dauer sich unbegrenzt in die Zukunft erstreckte. Im Sommer waren sie übersiedelt, und im Spätherbst wollte sie zu arbeiten beginnen. Jakob würde die Vormittage im Kindergarten verbringen.

Nebensächlichkeiten versetzten sie jeden Tag von Neuem in Staunen. Wie still es am Abend in ihrem Schlafzimmer war, dessen Fenster auf den Berg im Rücken der Stadt hinausging, und daß sie in dieser Stille die Nachttischlampe anknipsen und ungestört im Bett liegend lesen konnte, bis sie einschlief, und daß kein Mensch in die Stille einbrach. Im Morgengrauen kam schlafwarm und anschmiegsam Jakob zu ihr ins Bett. Es durften also Freiheit und Glück auch für sie sein. Vielleicht würden sie eine Zeitlang bleiben, um die schrecklichen Jahre zuvor wettzumachen.

Der Sommer war kurz gewesen in diesem Jahr, aber es folgte ein warmer Herbst, jeden Tag Sonne und durchsichtige klare Luft, nur an den Abenden schon der Biß des nahen Frosts. Lange noch, bis in den späten Oktober hinein, die immer kälter werdende Sonne auf den zerfledderten und angegilbten Rosen im Park. Jeden Tag gingen sie ein wenig länger durch den Morgennebel, aber jeden Tag zerfloß er vor dem Mittag unter der Sonne, und es gab immer mehr Blätter auf dem Boden, in denen Jakob mit den Füßen dahinrascheln konnte, und die er manchmal auf sich herabregnen ließ, staunend, wie sie ihm aus den hoch erhobenen Händen über Gesicht und Körper rieselten. Am späten Nachmittag gingen sie noch einmal hinauf auf den Berg und saßen lange nach Sonnenuntergang unter dem Licht, von dem sie nicht wußte, woher es kam, aus den Dingen selber oder von einem in den Bäumen untertags eingesogenen Lichtüberschuß. Alles erschien ihr neu und wunderbar, auch Jakob, aber sie konnte die Scheu davor nicht ganz ablegen, das alles ohne Furcht zu genießen, war es wirklich für sie gemeint? Oder hatte sie sich bloß hineingestohlen in etwas, das ihr nicht gehörte?

Solange sie mit dem Kind allein war und die Menschen, vor allem die Spielplätze mied, war sie glücklich. Jakob machte Fortschritte in jenem Herbst, und solange sie sich davor hütete, ihn mit anderen Kindern zu vergleichen, schienen ihr diese Fortschritte bedeutend. Er hörte jetzt auf seinen Namen, wenn sie ihn rief. Er benutzte die Sprache freier, die ihm aus erinnerten Sätzen zur Verfügung stand. Er plapperte nicht mehr nur wortgetreu nach, er lernte Bedürfnisse auszudrücken. Möchtest du, fragte er und meinte noch immer sich selbst. Er saß oft stundenlang vor dem großen Spiegel, den Marta für ihn gekauft hatte, um ihm zu helfen, sich als Person zu begreifen. Vor einem Jahr noch hatte er sich in fast panischer Angst vor seinem Spiegelbild abgewandt. Ein Jakob, sagte er jetzt und zeigte auf sich, zwei Jakobs, rief er und zeigte auf den Jakob im Spiegel. »Ich« war noch immer ein anderer. Auch die Mutter war »Ich« für Jakob. Ich kann dich tragen, rief er und stellte sich fordernd vor sie hin. Wer kann dich tragen, fragte sie. Ich, rief er ungeduldig. Unentwegt fragte sie, wer? Möchtest du Schokolade, fragte er? Wer möchte Schokolade, Jakob? Ich, sagte er und bekam, was er wollte. Die Antwort auf Wer, lernte er, war Ich, und darauf folgte die Belohnung. Doch eines schien Jakob nun überwunden zu haben, die Lethargie, die Unbeirrbarkeit, mit der er früher ins Leere gestarrt hatte oder im Kreis gelaufen war. Er spielte den ganzen Tag konzentriert und voll Phantasie, er spielte mit Ausdauer, auch wenn sich die einmal erfundenen Spiele zu Ritualen verfestigten, die Hexe, die ins Flugzeug einstieg, obwohl Hexen das Fliegen mit Flugzeugen verboten war, und Marta mußte rufen, o, du böse Hexe, du mußt auf deinem Besen fliegen! Wenn sie nach der zehnten Wiederholung des Spiels die Ungeduld in ihrer Stimme nicht mehr unterdrücken konnte, begann er zu weinen. Dann hielt sie ihn, noch war er so klein, daß sie ihn festhalten konnte, wenn er tobte, und sagte gequält von Schuld, ach Kind, daß du so empfindlich sein mußt! Immer fürchtete sie, die Liebe, die sie ihm gab, sei völlig unzureichend. Er forderte ihre Nähe ununterbrochen, als müsse er Jahre der Einsamkeit nachholen. Marta fand kaum Zeit für sich selber, aber sie war dankbar für sein unersättliches Bedürfnis nach ihrer Gesellschaft. Noch immer stand sie häufig zwischen ihm und den Dingen als Ausführungsorgan seiner Wünsche, und manchmal schloß er sie mit seinen Spielsachen ein, nachdem er ihr Anweisungen zum Spielen gegeben hatte.

Es gab gute Tage und schlechte. An den schlechten waren alle Fortschritte so spurlos verschwunden, als hätte Marta von ihnen nur geträumt. Dann schrie Jakob, beharrte auf unmöglichen Wünschen, wollte spät in der Nacht noch spazierengehen, verlangte, daß es sofort zu schneien beginne, und daß das Spielzeugauto groß genug sei, um darin zu sitzen. An diesen Tagen sprach er nicht, wanderte unkonzentriert von Spielzeug zu Spielzeug, brummte und lief im Kreis. Früher hatte sie an solchen Tagen Dr. Riesing angerufen oder die Sprachtherapeutin, und die hatten angedeutet, es müsse etwas in Marta sein, vielleicht eine Stimmungsschwankung, eine Ehekrise, womöglich eine negative Einstellung zum Kind. Sie glaubten ihr nicht, daß es wenig Schwankungen in ihrem Leben gab, selten ganz glücklich, aber meist ruhig, im schlimmsten Fall eben beherrscht. Jakob liebte es, wenn sie sang. Also sang sie ihn aus dem Schlaf in der Früh, sie sang bis abends zum Schlafengehen, denn wenn sie ihn singend ansprach, reagierte er schneller auf sie. Aber manchmal, gestand sie, war ihr dabei zum Weinen, und die Tränen erstickten ihr fast die Stimme. Glücklich müsse sie sein, sagten die Experten, sonst zähle es nicht.

Jetzt war sie glücklich, und dennoch gab es die Tage, an denen Jakob in wenigen Stunden ganze Monate zurückglitt. Doch am nächsten Morgen lachte er sie wieder an, spielte und sang und redete. Manches, was er sagte, war so bizarr, daß nicht einmal sie es verstand. Warum müssen die Affen alt werden bei der Luise, fragte sie. Aber die Frage warum verstand er nicht, er wiederholte nur seinen Satz und lachte verschmitzt. Anderes wieder hatte seine eigene Logik. Daß die Frösche im Teich, wenn sie am Abend besonders laut quakten, ein Froschfest hatten, und daß er dabeisein wollte und Marta ihn festhalten mußte, während er schrie und sich ins Wasser zu stürzen versuchte. Marta ignorierte die Spaziergänger, die sich um sie scharten. Lassen Sie das Kind doch frei laufen, riefen die Pensionisten auf den Bänken am Teich. Aber es gab auch Spiele, an denen Marta ihre Zuversicht aufrichten konnte und auch ihre Überzeugung, daß Jakob genug Liebe bekam. Der schwarze Wolf fraß Rotkäppchen nicht, er fuhr mit ihr im schwarzen Wolfsauto zu Großmutters Haus und aß dort ein Wolfsschnitzel, bevor Rotkäppchen ihn zu Bett brachte und liebevoll zudeckte. Jakobs Welt war von wilden Tieren bevölkert, von Drachen, Dinosauriern, Bären, Geistern und Wölfen, aber sie waren alle zahm und sehr rücksichtsvoll, auch wenn sie fürchterlich brüllten. Es war eine friedliche Welt, in der er lebte. Angst machte ihm nur die Wirklichkeit, alles, womit andere Kinder, die sich vor Fabelwesen in die Alpträume hinein fürchteten, täglich gedankenlos umgingen. Das Rauschen des Wassers aus jedem Wasserhahn, aber vor allem im Bad; jede Treppe, gleich, ob er hinauf mußte oder hinunter, Rolltreppen und jede automatische Tür, Straßenlärm, Hunde, Staubsauger, und vor allem der Wind. Und täglich konnten ohne Vorwarnung neue Ängste auftreten, deren Gründe nicht immer durchschaubar waren, die Marta aber ernst nahm, wenn sie die Todesangst in seiner Stimme hörte und der Körperkraft nachgeben mußte, die er einsetzte, um der Bedrohung zu entkommen. Von klein auf hatte sie seine Ängste ernstgenommen und ihn nie zu etwas gezwungen. Sie lehnte auch den Ausdruck der Fachleute ab, die von Phobien sprachen. Jakobs Welt war für sie eine Welt, so wirklich und so berechtigt wie die, in der die anderen lebten, die in der Mehrzahl waren und daher den Anspruch erhoben, ihre Wirklichkeit sei die einzige und normale.

Marta versuchte, sich in beiden einzurichten, ein Drahtseilakt, der ihr die Welt, die sie kannte, immer fremder erscheinen ließ, und die andere, Jakobs, nie restlos erschloß. Denn Jakobs Welt konnte sich blitzschnell verwandeln, ganze Erdteile konnten über Nacht in Vergessenheit versinken und neue Formen entstehen, unvorstellbare Wesen, Taucher zu Land und fliegende Menschentiere, und warum alles so war, hätte er nicht einmal dann sagen können, wenn er noch mehr Sprache besessen hätte. Trotzdem klammerte sie sich an die Hoffnung, daß er später vielleicht einmal lernen würde, anderen diese Wunderwelt mitzuteilen, in einer Sprache, in Bildern, vielleicht in Tönen, die neu sein würden und so atemberaubend schön, wie seine Wirklichkeit jetzt schon für sie war. Aber ein kleiner Schritt in die Welt, in der alle anderen Kinder lebten, und sie fürchtete wieder, daß sie sich selber belog.

Zu Hause und mit Marta allein war Jakob ein humorvolles, fröhliches Kind voll Phantasie und Gelächter. Aber kaum waren sie draußen und andere Kinder in der Nähe, wurde er scheu und still und sah weg, wenn ihm jemand zu nahe kam. Natürlich gab es in der neuen Umgebung auch Kinder, doch die meisten waren älter als Jakob und beachteten ihn nicht. Marta ging den Kindern aus dem Weg, um sich selber Kummer zu ersparen. Seit die Nachbarskinder in der früheren Stadt Jakob fortgejagt hatten, sprach er nicht mehr davon, mit Gleichaltrigen spielen zu wollen. Aber er saß oft am Fenster oder neben Marta auf einer Parkbank und sah voll Verlangen zu, wie sie in den Büschen Indianer spielten. Zu Hause ahmte er dann das Verstecken nach, das Geheul, das Armeschwingen und Hervorspringen, und weil er keine Spielkameraden hatte, mußte der Löwe mitspielen, die Puppe Susi und ein gestrickter Kater. Die drei saßen auch beim Essen auf ihren Sesseln rund um den Tisch und gingen am Abend mit Jakob zu Bett.

Aber ein Freund blieb Jakob viele Jahre lang treu, er hieß Arni, und niemand konnte ihn sehen. Arni war androgyn, manchmal hatte er blonde Zöpfe und trug Röcke, manchmal war er ein rothaariger Junge. Einmal fand Jakob ein Bild in einem Bilderbuch von einem freundlichen, sommersprossigen Kind. Das ist der Arni, erklärte er, und Marta schnitt Arnis Bild aus und hängte es über Jakobs Bett. Es war nicht immer leicht, mit Arni zu leben, denn er brauchte in der Straßenbahn einen Platz für sich, und man mußte die Tür für ihn offenhalten, denn er war oft ein wenig langsam. Komm, Arni, sagte Jakob dann geduldig, er hatte viel Nachsicht mit seinem Freund, und immer sah er darauf, daß Arni nicht zu kurz kam, im Geschäft mußte Arni sein eigenes Eis bekommen, und wenn Jakob einen Schal umbinden mußte, brauchte auch Arni einen Schal und eine Kapuze, damit ihm nicht kalt war. Tagelang spielte er das Spiel, wir kleiden Arni neu ein, Arni braucht eine rote Jacke, so ein roter Arni, Arni braucht schwarze Schuhe, so ein schwarzer Arni. Mit Farben konnte Jakob tagelang spielen, und immer mehr verfeinerte er sein Vokabular für Nuancen, Ultramarinblau, Karminrot, Ocker und Anthrazit. Als Jakob auf dem Jahrmarkt endlich die Angst vor dem Karussell überwand und entdeckte, daß es im Kreis fuhr, und nicht mehr davon wegzulocken war, mußte Arni auf jeder Fahrt auf dem Pferd hinter ihm sitzen; Marta mußte auch für den Platz des Freundes bezahlen, denn wenn ein anderes Kind sich draufsetzte, begann Jakob zu toben. Und zu Hause bei Tisch schob Jakob den Teller von sich, das ißt jetzt der Arni. Arni sagte auch, ebenso wie der Löwe, die Puppe und die Personen seiner Phantasiespiele, viel früher *Ich* als Jakob. Nur er selber nahm die Bezeichnung für sich nicht in Anspruch, er weigerte sich, als zwänge Marta ihn zur Überschreitung einer geheimen, nur ihm bekannten Regel, als gälte *Ich* für alle, nur nicht für ihn. Es war nicht leicht, mit Arni im Haushalt zu leben, aber obwohl sie ihn von sich aus nie erwähnte und hoffte, er würde eines Tages stillschweigend ausziehen, blieb er der einzige beständige Freund in Jakobs Welt. Für Arnis Erziehung war Marta nicht zuständig, denn Arni hatte seine eigene Mutter, der Jakob manchmal seine tadelnde Stimme lieh. Sie war eine liebevolle Mutter, die sich zwar oft aufregte, aber nie ungerecht war. Daraus, daß sie Arnis Mutter sympathisch fand, schloß sie, daß Jakob sie liebte.

Im ersten Herbst besuchten sie noch häufig Tante Agnes. Jakob fühlte sich wohl in dem großen Haus, obwohl es viele Verbote gab. Er durfte die stets frisch geputzten Fenster nicht mit den Händen berühren, und es war schwierig über den Flur zu kommen. Denn bis zum Flur ging man in Straßenschuhen, in den Räumen dagegen waren Straßenschuhe verboten, aber wenn man barfuß über den Flur lief, trug man auch wieder den Schmutz von den Schuhen im Flur in die Zimmer hinein. Und immer stand Tante Agnes mit schmalen Augen und dem Wischtuch dabei, wortlos und opferbereit. Auch beim Essen war Jakob nie sauber genug, und das Tuch, das ihm Tante Agnes mit Nachdruck vor die Brust band, wurde jedes Mal größer. Gleich nach dem Essen tauchte sie schnaufend unter den Tisch und seufzte, so viele Brösel. Aber Jakob strahlte und hüpfte vor Ungeduld, wenn Marta sagte, wir gehen zu Tante Agnes, denn dort war häufig Richard, der jüngere Sohn. Jakob verehrte ihn mit seiner ganzen großen Liebesfähigkeit, die Marta deshalb so schmerzte, weil die mit seiner stürmischen Liebe Überhäuften sich ihrer selten würdig erwiesen. Jakob rannte in Richards Zimmer und ließ sich nicht abweisen, er nahm ihn an der Hand, er riß so lange an seiner Hand, bis Richard aufgab und mit ihm rangelte, ihn herumwirbelte und auf den Kopf stellte. Indianer, Indianer, schrie Jakob vergnügt, und Richard stürzte sich mit Geheul auf das Kind.

Marta stand in der Tür, dankbar, weil sie ihr Kind so atemlos glücklich sah, und zugleich voll Trauer und Bitterkeit. Warum war Felix ihm so selten ein Spielgefährte gewesen? Felix, der beim Besuch seinem Sohn die Hand gab und leicht vorgeneigt fragte, wie geht's dir, mein Sohn? Und weil er dabei jedesmal ein Geschenk aus dem Koffer oder der Brusttasche zog, stand Jakob erwartungsvoll still und antwortete mit einer fremden, angestrengten Stimme, gut. Marta versuchte Richard mit Geschenken und übertriebener Aufmerksamkeit zu bestechen. Der Cousin sagte wohl danke, aber er fühlte sich nicht zu größeren Anstrengungen dem Kind gegenüber verpflichtet, und er zeigte immer weniger Lust, mit Jakob zu spielen, je öfter sie kamen. Sie lud ihn zum Essen ein und fragte ihn geduldig nach Flugzeugmodellen aus, während Jakob an Richards Händen und Kleidern zerrte und rief, der Richard soll zu mir reden! Sie spürte es immer deutlicher, daß sie dem Cousin lästig, und bei der Tante nicht mehr willkommen waren. Agnes war fahrig und irritiert, da, sagte sie unfreundlich zu Jakob, und leerte einen Sack voll häßlicher zerbrochener Spielsachen vor dem Kind auf den Boden, da bleibst du jetzt sitzen und spielst, und zwar mucksmäuschenstill!

Nach zwei Monaten hatte auch Agnes begriffen, daß Jakob anders war. Einmal war sie mit Marta und dem Kind spazierengegangen, im selben Park, in dem es seit der ersten Woche nur mehr einen möglichen Weg für Jakob gab, und an diesem Weg entlang die immer gleichen, jedesmal mit großem Vergnügen wiederholten Vorgänge, das Vogelhäuschen, in das er Sonnenblumenkerne streute, die Trauerweide, unter deren Zweige sie schlüpften, so daß sie ganz verborgen waren, die Randsteine, auf denen er balancierte.

Aber Tante Agnes wollte einen anderen Weg einschlagen, von einem Kind lasse sie sich noch lange nicht terrorisieren, da über die Stufen hinunter, lächerlich, daß ein Kind Angst vor Stufen hatte, gewöhn ihm das schleunigst ab, so was von verzogen! Sie riß Jakobs Hand an sich und zwang ihn über die Stufen, und Jakob schrie mit einer Stimme und einer Wildheit, die die Spaziergänger am Weg anhalten und unverwandt starren ließ. Schsch, zischte die Tante, hochrot im Gesicht, schämst du dich nicht, da kommt die Rute, der Kochlöffel kommt! Aber von einer Rute hatte Jakob noch nie gehört, und Kochlöffel hielt er nicht für bedrohlich, mit denen rührte man nur in Töpfen. Da richtete sich Tante Agnes auf und sagte, als sähe sie das Weltende leibhaftig vor sich: Das Kind ist nicht normal.

Und Marta schwieg und begann zu zittern, als hörte sie etwas, das ihr ganz neu war, als breche eine heile, glückliche Welt erneut über ihr zusammen.

Wie hatte sie es nur vergessen können. Unter dem vor Grauen und Abwehr ganz veränderten Blick der Tante fühlte sie sich mit Jakob von neuem aus der menschlichen Gemeinschaft hinausgestoßen. Das Gesicht vor ihr, als hätte sie sich mit etwas besudelt, so sah die Frau drein, von der sie Unterstützung und Mütterlichkeit erwartet hatte. Schweigend und voll sichtbarer, spürbarer Aufopferung begleitete die Tante sie bis zur Haustür. Mein Gott, wie entsetzlich, sagte sie, ich habe es nicht glauben können, da hat dir Gott ein schweres Kreuz auf den Rücken gebunden mit diesem Kind! Aber er hat sich ja nicht verändert seit letzter Woche, wollte Marta zornig rufen, verletzt, daß die Tante Jakob so schnell zum Abfall warf. Doch nur selten kamen die Worte, die sie dachte, die spontanen Gefühle ihr über die Lippen. Ich hab dir's von Anfang an nicht verschwiegen, sagte sie bitter.

Komm her, Jakob, setz dich brav hierher und erzähl mir was, hatte Agnes früher gesagt, und als Jakob sie nicht beachtete, hatte sie ihren Befehl immer lauter wiederholt, bis sie fast schrie. Schmeckt's dir, Jakob, hatte sie beim Essen gefragt und keine Antwort bekommen. Dann hatte sie seine Hände festgehalten und es ihm vorgesagt, laut und nach der Schrift: Danke, es schmeckt mir. Aber er sagt doch noch nicht ich, hatte Marta eingeworfen, der dieser sinnlose Erziehungsversuch peinlich war. Sag ich, Jakob, befahl die Tante, ich, ich, ich, hackte sie auf das Kind los. Ich, sagte Jakob gleichgültig. Siehst du, er kann's doch, man muß sich nur mit ihm beschäftigen und sich Mühe geben, du nimmst dir eben zu wenig Zeit. Und jetzt auf einmal das Entsetzen und der Schauder, als habe sich das Kind in ein häßliches Ungeheuer verwandelt. Das Kind ist nicht normal. Und schon spürte Marta, wie der Körper neben ihr, den sie für mütterlich und bergend gehalten hatte, starr wurde und abweisend zurückwich.

In der Nacht, nachdem sie Jakob ins Bett gebracht hatte, schüttelten sie wieder der Schmerz und die fast unerträgliche Angst der ersten Zeit nach der Diagnose. Die ganze Freude am neuen Leben war dahin, die Hoffnungen, die sie an Jakobs kleine Fortschritte gehängt hatte. Der Park im Vollmond, die nächtliche dunkle Wohnung, die Kleinigkeiten, mit denen sie ihr neues Nest hatte schmücken wollen. Wenn ich das alles zum letztenmal sähe, dachte sie, es täte mir nicht mehr weh. Sterben dürfen, wünschte sie sich, sonst nichts, und als einziges Unglück erschien ihr, daß sie wegen Jakob nicht durfte.

Einige Male noch kam Tante Agnes sie besuchen, wischte wie zufällig über die Fensterbretter und Simse und hielt streng ihre staubbedeckten Finger in die Luft. Läßt du sogar die neue Wohnung schon wieder verkommen! Marta wunderte sich über ihre Besuche, warum kommt sie auf einmal zu uns, statt uns einzuladen?

Hast du am Sonntag nachmittag für uns Zeit, fragte sie, wenn Richard zu Hause ist, du weißt ja, wie Jakob an deinem Richard hängt.

Ja, sagte Agnes, gut, daß einmal die Rede darauf kommt. Es wäre mir lieber, wenn du nicht mehr mit Jakob zu uns kommen würdest. Versteh mich nicht falsch, es ist nicht wegen uns, bei uns bist du immer willkommen, es ist nur wegen der Leute. Aus wär's, wenn den Jakob jemand sähe, da könnte es dann gleich heißen, die haben einen Deppen in der Familie, da käme man gleich ins Gerede, das können wir uns nicht leisten, wir wohnen schon so lange da und sind angesehen.

Wir kommen bestimmt nie wieder, sagte Marta. Sie ging auch nicht zum Begräbnis der Tante vier Jahre später.

Je älter Jakob wurde, desto mehr versuchte Marta ihn zu verbergen, ihn, wie sie glaubte, vor der Öffentlichkeit zu schützen, denn das erschien ihr immer mehr als die größte Beeinträchtigung Jakobs, daß er keine Antennen dafür hatte, was die Gesellschaft zu tolerieren bereit war, wo ihre Grenzen und Berührungsverbote lagen. Er kannte keine Scham. Schäm dich, hatte Tante Agnes gesagt, eine unverständliche, undurchführbare Aufforderung. Er verstand nicht, daß es ein Verhalten gab für zu Hause und eins für die Leute. Er verstand wohl, daß man nicht nackt auf die Straße lief wegen der Kälte, die er für eine furchterregende Frau hielt, aber er hätte nie verstanden: das tut man nicht.

Aber je älter er wurde, desto schwieriger wurde es, direkte Berührungen mit der Öffentlichkeit zu vermeiden, und immer häufiger bedrückte sie der Gedanke: Was ist in zehn Jahren, in fünfzehn, was wird aus ihm werden, wenn ich nicht mehr lebe? In dem Maß, in dem er Sprache erlernte, gelang es Jakob, seine Ängste und seine Impulse besser zu bändigen. Aber er brauchte ja soviel mehr Kraft als alle andern, um vom Morgen bis zum Abend die Wirklichkeit zu ertragen, und es gab Tage, an denen war seine Kraft vor dem Abend erschöpft, es gab auch Tage, an denen er die Kraft gleich nicht aufbringen wollte. Und wenn es ihm zuviel wurde, schrie er, gleichgültig, wo er war. Nur wenn etwas Tag für Tag über seine Kräfte ging, wandte er sich nach innen, verschloß alle Zugänge, um zu überleben. Dafür gab es dann einen Fachausdruck: Autismus.

Am Morgen brachte Marta ihn in den Kindergarten, dann fuhr sie in ihre Schule. Sie versuchte, selbst in der Stoßzeit die vollen Straßenbahnen zu meiden, viele Menschen und jedes Gedränge machten ihm Angst. Aber vor allem Gerüche ertrug er schwer. Da stinkt es, sagte er laut, und immer hatte er recht, genauso wie bei den Lauten, die alle andern im Wirrwarr der Geräusche so leicht überhörten. Ein Kuckuck, rief er in das Kreischen der Straßenbahn an der Endhaltestelle und den Straßenlärm hinein, und wirklich, weit weg aus den Büschen der Gärten konnte man, wenn man genau hinhorchte, einen Kuckuck hören. Aber wer außer Jakob hörte mitten in der Stadt und zur Stoßzeit einen Kuckuck?

Während sie am Vormittag unterrichtete, war Jakob im Kindergarten. Dennoch wurden ihr die drei, vier Stunden täglich zur Qual, in Klassen, die sich nicht auf sie einstellen wollten, denn sie war nur Aushilfslehrerin für die Zeit, in der ein Lehrer beim Wehrdienst war oder eine Lehrerin ein Kind bekam, sie war nicht ernstzunehmen und hatte keine Autorität, nahm auch die Arbeit nicht um ihrer selbst willen wichtig. Einmal hatte sie genau den Beruf gehabt, den sie wollte, sie hatte geforscht und Erwachsenen oder fast Erwachsenen ihre Ergebnisse und ihre Begeisterung mitgeteilt, sie hatte niemanden zwingen müssen, sie anzunehmen. Zornig dachte sie, die Jugendlichen, die in den Bänken feixten, kicherten und sie herausforderten, würden auch ohne das Wissen, das sie von ihr nicht annehmen wollten, unangefochten einer Welt angehören, zu der sie Jakob später den Zutritt verweigern würden.

Einmal, an einer Haltestelle, riß sie einen Zettel von der Glaswand des Telefonhäuschens ab. So viele Ausländer, stand da, alles mit Zahlen belegt, so viele Idioten, so viele Krüppel, so viele Arbeitsscheue. Dagegen aufgerechnet das von den Normalen, den Tüchtigen erwirtschaftete Volkseinkommen, und unter dem Strich eine Null. Darüber stand: Volksgenosse, wehr dich! Sie riß in den nächsten Wochen mehrere solcher Zettel ab. Das Mißtrauen wurde ihr zur Gewohnheit. Sie sah die Pensionisten auf ihren Spazierwegen, die gerührt vor jedem Eichhörnchen stehenblieben und pfiffig lächelnd den Zeigefinger an die Lippen hoben, kalt und forschend sah sie ihnen in die Augen, ohne ihr Lächeln zu erwidern. Gefühlsselige Tierschützer, dachte sie. Auf dem Weg zur Arbeit traf sie ihre ehemalige Banknachbarin aus der Schulzeit. Was machst du? riefen sie beide zugleich. Wie geht's dir? Sie sei Sonderschullehrerin gewesen, erzählte Hilde, aber sie habe es nicht ausgehalten. Du hast keine Ahnung, wie diese kleinen Idioten einen nerven. Ich habe ein behindertes Kind, sagte Marta und hoffte, eine augenblickslange Betretenheit zu erzeugen. Na und, sagte die Schulfreundin, ist ja nichts dabei. Sie zuckte mit der Achsel und war offenbar stolz darauf, kein Entsetzen gezeigt zu haben. Locker, sagte sie, nimm's locker. Wie geht das, fragte Marta und wandte sich ab, ließ die andere stehen.

Und einmal sah sie ein Paar, einen Mann, der seine blinde Frau behutsam über die Straße führte. Mein Gott, sagte jemand, der arme Mann mit dem Krüppel.

Wie hätte sie es erklären sollen, daß besonders in den Stunden, in denen Jakob nicht bei ihr war, das Kind für sie zum Filter wurde, durch den sie die Menschen erlebte. Und jeden Tag ein neues Erlebnis, das ihr das Wissen einhämmerte, er hat keine Chance. In einer Imbißstube ein Mann, vielleicht frühzeitig senil, auffallend durch sein Verhalten, ein wenig verwahrlost, mit einem Blick, der verriet, daß ihn die Wirklichkeit befremdete und erschreckte. Und an der Theke ein paar unauffällige junge Burschen, sie hatten aufgehört zu essen, sie beobachteten ihn so scharf, als hätten sie schon immer auf ihn gewartet. Wo ist denn der ausgekommen, fragte einer laut, den haben sie vergessen zu vergasen, lachte ein anderer, alle konnten es hören, und alle schwiegen. Gaben ihnen alle recht? Und in dem Schweigen, das der Satz erzeugt hatte, tappte der Mann zu einem leeren Tisch ganz hinten in der Ecke, das Tablett in den unsicheren Händen, seine Miene verriet nicht, ob er die rücksichtslos starrenden Augen sah und das Lachen der jungen Männer hörte. Eine Spur menschlicher Gemeinheit, das ist es, was dir fehlt, dachte sie zornig, wenn sie ihr Kind ansah, viel zuviel Unschuld in diesen Augen, um die Gemeinheit der andern zu überstehen. Und immer tauchte nach solchen Erlebnissen das quälende Bild vor ihr auf: Jakob mit leerem Blick in hallenden weißen Gängen, die er so fürchtete, weggeschlossen, abgeschoben aus einer Gesellschaft, der er nicht gewachsen war und die seinen Anblick nicht wollte.

Aber am frühen Nachmittag, wenn sie ihn im Kindergarten abholte, hatte die Angst um Jakob sich wieder gelegt. Überhaupt erfaßte diese hilflose, wütende Angst sie selten in seiner Gegenwart, jedenfalls nie, wenn er still und unauffällig in der Straßenbahn auf ihrem Schoß saß und aufzählte, was er draußen sah, Müllwagen, Gelenkautobusse, Straßenkehrwagen. Dann schämte sie sich für den Verdacht, er könne sich nicht entfalten und die Welt für sich in Besitz nehmen wie alle anderen Kinder. Seine Nähe, sein unbeschränktes Vertrauen in sie gaben ihr Sicherheit.

Jakob, abgeholt, riefen die Kinder, und Jakob, hellwach und sichtbar mit sich und seiner Umgebung zufrieden, rannte strahlend in ihre Arme. Ist es schön im Kindergarten, fragte sie. Ja, rief er laut. Und dann kam die Kindergärtnerin und erzählte, was Jakob schon alles konnte, vorgesungen hatte er, ein Kind, das vorsingt, kann nicht autistisch sein.

Es war eine gute Zeit, trotz aller Ängste, denn Jakob begann die Wirklichkeit der anderen in sich aufzunehmen und sich in ihr zu behaupten. Er begann auch allmählich die Regeln zu lernen, die in ihr galten. Jakob stößt andere Kinder, sagte die Kindergärtnerin am Anfang, und Marta erwartete mit verschlossenem Gesicht den Vorwurf, die Aggressionen kämen wohl von zu Hause. Sie hatte bis dahin noch nicht erlebt, daß es Menschen gab, Frauen, die mit Jakob viele Stunden verbringen konnten, weil sie es gerne taten, weil sie Jakob und Kinder wie ihn nicht als Zumutung empfanden. Er meint es nicht bös, sagte die Frau, er möchte Kontakt aufnehmen und weiß nicht wie.

Die Kindergärtnerin war der erste Mensch in Jakobs Leben, der sich kein Urteil anmaßte über ihn und Marta. Das kann er schon, sagte sie immer zuerst und zählte stolz seine Fortschritte auf, und auch wenn sie feststellte, das kann er noch nicht, schien es unerheblich eine Frage der Zeit. Allmählich legte Marta ihr Mißtrauen ab, und es entstand, aus den zehn Minuten täglich an der Tür des Aufenthaltsraums im Gespräch über Jakob und zögernd über sich, etwas wie eine Freundschaft, aus der Marta sich jeden Tag Zuversicht holte. Zum erstenmal konnte sie ein Gebäude mit Jakob an der Hand verlassen in dem Gefühl, ich mache es richtig, ich habe ein glückliches Kind, das wie die andern in dieser Welt leben kann. Sogar einen Freund hatte Jakob nun, und Arni verlor an Bedeutung, denn Jakobs stürmische unartikulierte Hingabefähigkeit wurde von dem Gleichaltrigen mit Begeisterung erwidert. Die Ausweglosigkeit, mit der sie in den Jahren kostspieliger Einzeltherapie an den Rand und aus der funktionierenden Gesellschaft hinausgedrängt worden war, begann sich zu lichten. Und wenn alles gar nicht so schlimm war? Wenn es in diesem Haus unter ganz normalen Kindern einen Platz für Jakob gab, warum nicht später einmal in der Welt?

Um ihr Wohlbefinden zu feiern, ging sie mit Jakob ins Gasthaus. Aber hier galten Regeln, vor denen er nicht bestand. Er saß nicht still auf dem Stuhl, und er langte immer wieder mit den Händen in seinen Teller, er redete laut und verlangte ungeduldig nach seiner Nachspeise: Die Torte soll kommen! Gleich, das hörte Marta aus der wachsenden Dringlichkeit in seiner Stimme, würde ein Schreianfall ohne absehbares Ende losbrechen. Sie mußte ihren Kaffee stehenlassen und das Kind eilig entfernen, denn überall wachten Frauen, die Tante Agnes glichen, über Sitte und Anstand, in jedem Gasthaus, vor jedem Schalter, in den Straßenbahnen und auf der Straße. Mit derselben Wut, mit der sie gegen den Fliegendreck an ihren Fenstern ausrückten, bestanden sie laut zeternd mit drohenden Fäusten darauf, daß dieses Kind, dieser Lärm, diese Quelle der Unordnung sofort weggeschafft werde. Ruhe, schrien sie, still jetzt! Ja, wirst du ordentlich sein? Und wenn das nicht half, und bei Jakob half es bestimmt nicht: Da gehört eine feste Hand her, ein paar auf den Hintern, eine ordentliche Ohrfeige, was ist das für eine Mutter, die ihr Kind nicht erziehen kann! Aus Angst, sie könnten die zur Erziehung vorgeschriebenen Züchtigungen in ihre eigenen Hände nehmen, floh Marta widerspruchslos mit Jakob.

Aber durch die Empörung der vielen Verteidiger von Zucht und Ordnung aus der Fassung gebracht, schrie Jakob, bis sie zu Hause ankamen, und zog auf dem langen Weg dorthin noch viel Unmut auf sich. Nichts konnte ihn jetzt beruhigen, er stieß und schlug auf Marta ein, die ihn schwitzend und blind vor Scham so rasch sie konnte vor den aufgebrachten Gaffern in Sicherheit brachte. Je weiter der Weg, desto schneller und heftiger wuchs Panik aus einem unentwirrbaren Knäuel von Scham, Angst vor dem Zorn, den sie erregten, Angst um Jakob, und Wut auf ihn, weil er sie bloßstellte, Wut auf die Menschen, die ihr jedes Verständnis verweigerten, und auf sich selbst, auf ihre eigene hilflose Angst. Wenn es Beschimpfungen hagelte, wenn Empörung ihr den Weg versperrte, sie zwang, in verzerrte Gesichter zu sehen, verließ sie der Mut.

Er ist ja behindert, rief sie Mitgefühl heischend, er hat einen Anfall, er kann doch nichts dafür!

Und Jakob brüllte und strampelte, und sie schämte sich nun auch noch vor ihm. Jedesmal, wenn sie zu Hause die Tür hinter sich versperrt hatte, erschöpft und ganz ausgeleert auf dem Bett saß, haßte sie sich dafür, daß sie Jakob preisgegeben hatte mit ihrer Erklärung, er sei behindert, mit ihrem verschämten Haschen nach Mitleid. Denn längst wußte sie, daß sie die Meute nicht besänftigen konnte mit dem Geständnis, ihr Kind sei nicht ganz normal, daß sie, in panische Abwehr getrieben, sich selbst unbewußt von ihm distanzierte und mit ihrem eigenen Unglück hausieren ging, statt sich gegen die Empörung der andern zu wehren, selbst anzugreifen und Jakob, so wie er war, einen Platz zu erkämpfen. Wohl gab es einzelne, die betroffen verstummten, aber ihr Zurückweichen, ihr Mitleid, wenn sie sagten, der arme Teufel, schmerzten mehr als jede Empörung.

Einmal, als sie gemurmelt hatte, das Kind ist anders, es ist nicht normal, hatte Jakob auf sie eingeschlagen. Damals besaß er noch so wenig Sprache, daß sie glaubte, er verstünde sie nicht. Sie hatte sich vorgenommen, dieses Wort in seiner Gegenwart nie wieder zu verwenden, aber manchmal entfuhr es ihr doch. Na und, riefen die Matronen, die nach der unverzüglichen Züchtigung schrien, behindert oder nicht, wenn er sich nicht ordentlich aufführen kann, gehört er eben nicht hierher. Und Marta lief davon, Jakob im Arm, zitternd vor Angst und vor Wut, starrte daheim haßerfüllt aus dem Fenster auf die Straße hinunter. Für mich und das Kind ist unter diesen Menschen kein Platz, dachte sie und verwünschte alle, die sich behaupten konnten.

Das Bewußtsein der andern in ihrem eigenen Kopf ließ sich so schwer vertreiben, es war schon so lange vor Jakob dagewesen, ohne ihr Wissen. Hatte sie sich denn früher Gedanken gemacht, ob es Menschen gab, die anders waren als sie? Mit ihrem Hochmut, mit dem sie Intelligenz als das höchste Gut, als den einzigen Maßstab für Menschen veranschlagt hatte. Die Bewunderung, mit der sie Überlegenheit über sich selber nur jenen zugestanden hatte, die sie an Intelligenz übertrafen, Felix zum Beispiel, als sie ihn kennenlernte. Aber Felix ist nicht nett, hatte Luise damals gesagt. Nein, nett war er nicht, aber gescheit. Demut muß ich jetzt lernen, dachte Marta, und es geschieht mir recht, bei aller Liebe habe ich Jakob verraten. Aber es gab niemanden, der ihr verzeihen konnte, denn hätte sie sich bei Jakob entschuldigt, er hätte sie nicht verstanden. Unverzeihlich wie jede andere blieb diese Schuld bei ihr liegen.

Je größer und kräftiger Jakob wurde, desto mehr fürchtete

sie seine plötzlichen Ausbrüche auf der Straße. Sie konnte ihn nicht mehr aufheben und forttragen, und bald würde sie ihn nicht mehr festhalten können. Und auf ihn einzureden nützte schon gar nichts, es war ja nicht Jakob, der jede Selbstkontrolle verlor, es war etwas in ihm, das ihn überwältigte. Es kündigte sich an, wenn er unruhig wurde, davonlaufen, sagte er dann oder verzweifelt, bittend, das hört auf! Es mußte etwas sein, das ihn so so sehr quälte, daß es seine ganze Kraft erschöpfte und er sich dem Schrecken, der über ihn hereinbrach, willenlos überließ.

Schlagen, sagten Bekannte, sogar Pädagogen rieten dazu. Wie konnte sie das Kind schlagen, wenn es ohnehin schon so viel auszustehen hatte? Sie beobachtete Zweijährige, die schrien und tobten und ihren Willen durchsetzen wollten, aber die schrien anders als Jakob, und wenn jemand sie anzischte oder drohend die Hand hob, schwiegen sie. Wenn sie bekommen hatten, was sie wollten, lachten sie wieder. Aber Jakob fand stundenlang nicht aus dem Entsetzen heraus, das ihm die Sinne zerschlug, so daß er nicht hören konnte, nicht sehen, durch nichts zu erreichen war. Und wenn es vorbei war, hatte er keine Erinnerung mehr daran. Marta konnte es fast mit dem eigenen Körper erfühlen, wie sehr das Kind litt, sie erinnerte sich an Zeiten mit Felix, an seine Quälereien und Grausamkeiten, bis sie es nicht mehr ertrug und zu schreien begann. Die Erleichterung dabei und zugleich die Angst, nie mehr aufhören zu können, einmal die Kontrolle zu verlieren, ein kleiner Schritt und schon war man unwiderruflich drüben. Drüben, wo andere, solche wie Felix über sie bestimmen durften, und ihr eigener Wille nichts galt. Der Gedanke daran hatte sie jedesmal davor bewahrt, sich ganz der verführerischen Befreiung zu überlassen. Denn es war Befreiung von einer wachsenden Anspannung, einem unerträglichen Druck, der sich wie eine riesige Faust um sie schloß. Immer besser lernte sie die kleinen Vorzeichen bei Jakob erkennen, an den Augen konnte sie es sehen, wenn Angst in sie trat, ein Hund, der zu nah kam und Jakobs aufgeschreckte Vogellaute, ein Platz in der Straßenbahn, den ihnen jemand wegnahm, oder einfach zu viele Eindrücke. Sie lernte seine Erschöpfung spüren und konnte ihn oft in Sicherheit bringen, bevor es zu spät war.

Aber einmal würde sie nicht dabei sein, und er würde zu groß und zu kräftig sein, um sich festhalten zu lassen. Und was würde man ihm dann antun? Die geschlossene Anstalt, Freiheitsentzug, Schockbehandlung? Weil niemand die Phantasie besaß oder aufbringen wollte, um zu verstehen, was in ihm vorging? Diese wahnsinnige, lähmende Angst war es vor allem, die sie jedesmal überfiel, wenn Jakob die Kontrolle verlor. Warum fürchten Sie denn seine Schreianfälle so, hatte die Therapeutin spöttisch gefragt, als Jakob noch kleiner war, was ist denn daran so schrecklich? Aber gleichzeitig hatte sie sachlich erklärt: Das wird nie ganz aufhören, oft verschlimmert es sich in der Pubertät. Und irgendwann hatte sie mit derselben kühlen Sachlichkeit zu Marta gesagt, einmal werden Sie ihn sowieso weggeben müssen, wenn Sie ihn nicht mehr bändigen können. Das Entsetzen dieser Prophezeiung stieg jedesmal in Marta auf, wenn Jakob zu schreien begann. Und immer häufiger hörte sie über sein Schreien hinweg das Urteil der Leute, eine Zumutung ist das, so ein Kind gehört weg.

Als Jakob drei Monate vor seinem siebten Geburtstag den größten Schritt seiner Entwicklung vollzog und ich zu sagen begann, rief Marta, fassungslos vor Glück, Luise und Felix an.

Reichlich spät, sagte die Freundin, nicht? Aber Luise hatte jetzt andere Sorgen. Sie hatte geheiratet, und nun war sie schwanger und vollauf mit ihrem Körper beschäftigt, sechs Kilo zugenommen, sagte sie bang, und die Risse in der Haut, geht das später auch wieder weg?

Aber Felix war der Vater, er mußte sich doch darüber freuen, daß sein Kind sich endlich als Person begriff, die der Welt selbständig und für sich handelnd gegenüberstand! Ja, ja, sagte er ungeduldig, und sonst? Er ist doch bald sieben! Kann er schon schreiben, hat er schon lesen gelernt? Nein, sagte Marta, er geht doch noch nicht in die Schule, du weißt ja, man kann ihn deswegen noch nicht mit anderen Kindern vergleichen. Und plötzlich waren das Glück und die Hoffnung, daß jetzt alles anders werde, verschwunden, es würde eines neuen Anlaufs bedürfen, den Ausblick wieder zu erzwingen, auf den sie noch immer Anspruch erhob.

Viermal im Jahr kam Felix auf Besuch, so hatten sie es ausgemacht. Ein ganzes Jahr lang hatte er nicht von Scheidung gesprochen, und auch Marta sah keinen Grund, sich damit zu belasten. Als Martas Lehrverpflichtung zu Ende ging, schickte er Geld, nicht genug, um davon zu leben, aber noch hatte sie Erspartes und bezog Arbeitslosenunterstützung. Wir müssen uns über unsere Beziehung unterhalten, sagte er feindselig, als er zwei Tage nach Weihnachten am frühen Morgen ankam.

Marta hatte Jakob versprochen, sein Vater würde zum heiligen Abend dasein. Aber am heiligen Abend waren sie allein, und Marta gelang es nicht, die Atmosphäre für Jakob zu schaffen, diese Verzauberung, an die sie sich aus ihrer eigenen Kindheit erinnerte. Der Duft frischer Kekse, der Christbaum, die Nestwärme, warum gelangen ihr die nicht? Hie und da war sie eingeladen bei Frauen, die auch nicht älter waren als sie, und die längst die Rolle ihrer Mütter übernommen hatten, Adventskränze flochten, Kastanien brieten und Wohligkeit verbreiteten, immer einen selbstgebackenen Kuchen auf dem Tisch. Ich bin noch immer eine Tochter, dachte Marta, ich kann mich noch so sehr bemühen, ich werde wohl nie eine richtige Mutter werden. Noch immer sehnte sie sich nach festen Schultern und Armen, um sich in ihnen auszuweinen.

Oder war ihr Leben, das nie in den vorhersagbaren Bahnen verlief, die andere nur wie fest angelegte Geleise zu befahren brauchten, so sehr von Jakob bestimmt, der sich nicht eingliedern ließ in vorgegebene Rituale, weil er seine eigenen hatte? Der Christbaum, die Geschenke darunter, wie hatte es zuzugehen in einer ordentlichen Familie an diesem Abend? Das Glöckchen, und die Kinder kommen ins Zimmer, sie rufen artig staunend: Ah! und bewundern den Baum, dann wird gesungen, gebetet, etwas aus der Bibel vorgelesen, und dann dürfen sie an die Geschenke heran. Warum sollte sie Jakob quälen und von ihm Geduld verlangen, die ihm so schwerfiel, ihm seine ganze spontane Freude verderben wegen eines sinnlosen Rituals, das für andere galt? Er stürzte sich begeistert auf die Geschenke, riß das Papier herunter, griff in den Christbaum, Marta blies schnell die Kerzen aus, schon schwankte der Baum unter Jakobs Griff. Aber die Aufregung, die brennenden Kerzen im dunklen Raum, zu viele Spielsachen auf einmal, und das unlösbare Problem, mit welchem er zuerst spielen sollte, das alles war schon zuviel für Jakob, und er begann zu schreien, riß der neuen Riesenschlange den Schwanz ab, brach den elektrischen Kran entzwei. Mama, ich bin schon brav, schrie er verzweifelt, und, das hört auf! Während sie ihn noch festhielt, um die neuen Spielsachen und den Christbaum zu schützen, läutete es an der Tür, jemand, der mit aller Kraft den Klingelknopf drückte und ihn nicht mehr

158

losließ. Jakobs Geschrei, das anhaltende Schrillen der Klingel, wohin sollte sie zuerst? Sie rannte zur Tür, sei still, Jakob, das ist der Papa, ich komme, ich komme, rief sie erleichtert.

Die Hausfrau stand in der Tür, wilde Entschlossenheit im Gesicht, die Hände in die Hüften gestemmt. Jetzt sei das Maß voll, begann sie zu zetern, sogar am Heiligen Abend, am heiligsten aller Tage des Jahres, müsse man sich das anhören. Jakob schrie lauter, der Papa soll kommen, die Frau kann gehen! Marta versuchte zu lächeln, später, bat sie, das Kind schreit jetzt gerade, ich muß zu ihm. Jakob war ins Zimmer zurückgelaufen, sie hörte es splittern drinnen, etwas krachte gegen die Wand. Verzeihen Sie, er macht was kaputt, ich muß nach ihm schauen! Sie lief ins Zimmer, der große Spiegel in Scherben auf dem Boden, und Marta packte eine rasende Wut, sie wußte noch nicht auf wen. Das also war ein Heiliger Abend für sie! Delogieren, hörte sie die aufgebrachte Hausbesitzerin kreischen. Und: Wie die Zigeuner, so ein Gesindel! Marta drängte die Frau hinaus und schlug krachend die Tür zu, wußte mit einer dumpfen Angst, das ist erst der Anfang.

Und da stand das Kind vor ihr, plötzlich verstummt, und drinnen im Zimmer, das sie den ganzen Vormittag lang geschmückt hatte, die Scherben. Zitternd vor Wut packte sie Jakob, schleifte ihn zu seinem Bett, und als er wieder zu schreien begann, schlug sie zu, schlug ihn ins Gesicht. Einen Augenblick lang schwiegen sie beide, entsetzt, erstaunt, dann schrie das Kind auf, ein Schmerzschrei, und hob seine Hände an die geschlagene Wange.

Mein Gott, Kind, Marta kniete nieder vor ihm, versuchte seine Hände von seiner Wange und seinem Auge zu lösen, hab ich dir wehgetan, um Gottes willen, zeig her! Rot die Fingerabdrücke wie ein Fächer auf seiner Haut und ein rötlich blauer Ring unter dem Auge. Tut's weh, rief sie verzweifelt, Jakob, bettelte sie, verzeih, ich tu es nie wieder, bestimmt nicht! Hast du deine Mama noch lieb, fragte sie später schüchtern. Ja, sagte Jakob, ohne zu zögern. Er hatte ihr schon verziehen, er hielt ihr sein Gesicht hin, einen Kuß wollte er, ich bin wieder brav, sagte er bittend.

Als Felix zwei Tage später erschien, fiel ihm als erstes Jakobs Auge auf, die zarte Haut über der Wange, unter der sich ein Bluterguß abzeichnete. Was ist das, schlägst du das Kind? Marta versuchte zu erklären, der Heilige Abend, die viele Arbeit, die Enttäuschung, weil er nicht wie versprochen gekommen war, auch nicht angerufen hatte, die zeternde Hausfrau, eine Kurzschlußhandlung, ich wollte es nicht, es war das erste Mal und bestimmt das letzte! Aber Felix hatte für Erklärungen und Aussprachen nie Geduld gehabt, du schlägst ihn also, sagte er mit einer drohenden Berechnung in der Stimme. Nein, rief Marta, nur dieses eine Mal, es ging so schnell, ich verstehe es selber nicht mehr. Gib zu, du hast ihn geschlagen. Ja, sagte sie leise, ich habe ihn geschlagen. Das wird Folgen haben, versprach er.

Es war, als hätte Felix ihr die Ehe mit allen Schrecken in die Wohnung gebracht, und sie hatte geglaubt, diese Vergangenheit habe sie längst überwunden. Zunächst die Scheidung, denn er brauche nun seine Freiheit. Warum auf einmal, fragte Marta ironisch. Da erfuhr sie alles über die neue Frau in seinem Leben, ihre wunderbaren Augen, und wie anschmiegsam sie sei, allerdings sei sie schon achtunddreißig und wolle so schnell wie möglich ein Kind. Und auch ich, sagte er, muß schließlich noch den Beweis antreten, daß ich auch normale Kinder zeugen kann. Hast du jetzt alles gesagt, fragte sie. Nicht wahr, fragte er zurück, die Wahrheit tut immer weh. Wie man das alles erträgt, sagte sie später, ohne auf der Stelle verrückt zu werden. Die Schuldfrage,

fand Felix, sei eindeutig, sie habe ihn verlassen, obwohl er
sie angefleht hätte zu bleiben, und das Kind schlage sie
auch, es sei unverantwortlich, ihr das Sorgerecht zu überlassen. Aber Marta verweigerte sich jeden Ausbruch ihrer Wut,
aus Angst vor der Mordlust in sich, und aus Rücksicht auf
Jakob. In der Ehe lernt man tragödienreif hassen, sagte sie
später einmal.

Als Felix weg war, hatte sie das Gefühl, als sei sie tagelang
ununterbrochen geprügelt worden, so zerschlagen fühlte
sie sich, so mißhandelt und so verstoßen. Als habe Felix sie
verlassen, und nicht sie ihn, als habe er sie soeben verlassen,
nicht schon vor einem Jahr, so frisch waren alle Wunden und
Demütigungen.

Und kaum war der Mann weg, tauchte die Hausbesitzerin auf, drohend stand sie auf der Treppe und ließ Marta
nicht an sich vorbei. Sie da, ich habe ein Hühnchen mit
Ihnen zu rupfen! Und Marta, die zwar unvorbereitet, aber
diesmal allein war und auf Jakobs Belastbarkeit keine Rücksicht zu nehmen brauchte, richtete sich ebenfalls auf und
sagte kühl, bevor Sie zu reden beginnen, Frau Doktor, wenn
ich bitten darf. Das war der alten Dame zuviel. Was, auch
noch auftrumpfen wolle sie, über die schon das ganze Wohnviertel lache, sie mit ihrem debilen Sohn, doch es sei gar kein
Wunder, daß das Kind nicht normal sei, sie sei ja selber auch
nicht ganz da! Eine einfache Frau, dachte Marta erstaunt,
eine Frau aus dem Volke, würde die Schwiegermutter wohl
sagen, und wie die austeilen kann, wie genau die weiß, wo sie
am besten trifft. Fast neugierig sah sie in das harte, vom
Alter geschrumpfte Gesicht, eine siebzigjährige Frau und
noch so herzlos und so dumm. Unglaublich, sagte sie, während die andere schrie, sie, Marta, sei ihr schon lange ein
Dorn im Auge, nichts, was ihr an Marta gefalle. Was denn,
zum Beispiel? fragte Marta und brachte ein ironisches Lä-

cheln fertig. Ihre Haltung, schrie die Hausfrau, von Martas
mangelnder Einsicht aus der Fassung gebracht, Ihre Frech-
heit, wo man Ihnen doch so entgegenkommt! Ja, daß man
sie hier wohnen lasse, mit so einem Kind, daß sie dieses
Stiegenhaus benützen dürfe und die Leute störe mit diesem
Geschrei, mit dieser ununterbrochenen Belästigung, eine
Zumutung! Dafür, daß man großzügig gewesen sei und sie
nicht längst schon hinausgeworfen habe, mit so was unter
einem Dach, wo so was, es müsse nun einmal ausgesprochen
werden, nicht unter normale Leute, überhaupt nicht hierher
gehöre. Marta schob die zeternde Alte wortlos zur Seite und
rannte die Treppe hinauf, sie nahm mehrere Stufen auf
einmal, schnell weg und die Tür zu, bevor sie ihre Beherrschung verlor, denn nach soviel Brutalität fand sie keine
Sprache mehr in sich vor, da war nur mörderischer Haß in
ihr, eine Gewalt, vor der sie davonlief, um sich vor ihr in
Sicherheit zu bringen. Zitternd und atemlos lehnte sie an der
Tür, die sie gleich zweimal versperrt hatte. Aber das Zittern
verließ sie bis zum Abend nicht mehr, und später kamen
nach der Bitterkeit und dem Haß auch die Tränen.

Immer häufiger brach bei geringen Anlässen schon dieser
Haß plötzlich hervor, unvermutet und unvorbereitet, jeder
schräge Blick, jede unbedachte Bemerkung von Fremden,
sogar von wohlmeinenden Freunden konnte ihn auslösen, er
überrollte sie und ließ sie erstarren, weil sie spürte, daß sich
hinter seiner Wucht Wahnsinn und Mord verbargen. Wie
groß mußte die Wunde sein, die sie zudeckte, um zu funktio-
nieren, und wie groß trotz allem noch ihre Kraft? Oder war
es gerade die Wut, die ihr Kraft gab? Luise rief an, aufgeregt,
glücklich, stell dir vor, ich bin Mutter, es ging ganz leicht,
nur sechs Stunden Wehen, die Geburt eigentlich gar nicht so
schlimm, wie es immer heißt. Und nachher, da war ich selig,
nur, so häßlich war das Kind am Anfang, das hat mich ein

wenig enttäuscht. Aber dann hab ich mir gedacht, rief Luise fröhlich, der Marta ihr Jakob war so ein bildschöner Säugling und ist auch nichts aus ihm geworden. Da begann Marta am anderen Ende vor Wut und Neid lauthals in das Glück ihrer Freundin hineinzuweinen.

Sie hatte an dem Vormittag, als sie an ihrer Hausfrau vorbeilief, um ihre Selbstbeherrschung zu retten, gewußt, daß es nun höchste Zeit war, auf Wohnungssuche zu gehen. Aber jetzt, mitten im Winter? Jetzt, wo sie versuchte, eine Arbeit zu finden, die es ihr erlaubte, Jakob zur Schule zu bringen und am frühen Nachmittag wieder abzuholen? Und sie konnte doch das Kind nicht mitnehmen, wenn sie Wohnungen anschauen ging. Sie mußte es ja verstecken, bis ein Vertrag unterschrieben war, am besten bis nach dem Einzug. Mit jeder Woche, die nach dem Auftritt mit der Hausfrau verging, wuchs ihre Angst, wenn sie sich der Straße und dem Haus näherten. Würde die Hausfrau auf dem Treppenabsatz stehen, wenn sie mit Jakob vorbeiwollte? Sie schaute verstohlen zu den dichten Vorhängen der alten Frau hinauf, oft bewegten sie sich. Wenn sie sich beim Fortgehen noch einmal abrupt umdrehte, stand die Alte zwischen den auseinandergeschobenen Vorhängen und starrte ihnen nach. Sie begann auch die anderen Hausbewohner, sogar die Mietparteien der anderen Häuser zu fürchten. Die ganze Stadt lachte über sie und ihren debilen Sohn, hatte die Alte gesagt, daran erinnerte sie sich jedesmal, wenn sie die Straße betrat. Eine Frau blieb stehen, wollte gegrüßt werden, Marta sah ihr mißtrauisch entgegen, und als sie näherkam und die Frau nicht aufhörte, sie unverwandt anzustarren, schlug sie die Augen nieder. Nicht wahr, Sie sind die alleinstehende Frau mit dem Kind von da oben, sagte sie. Ja? fragte Marta, auf jede Grobheit gefaßt. Ihre Hausfrau hat mir viel von Ihnen erzählt. Bestimmt nichts Gutes, sagte

Marta und ging schnell an ihr vorbei. Doch, doch, viel Gutes, rief die Frau ihr nach. Überall spürte sie plötzlich Augen. Aber sie wichen ihr aus, während man sie gleichzeitig von überall her zu beobachten schien. In der Trafik an der Ecke erfuhr sie, daß es in ihrer Wohnung so schmutzig sei, man könne gar nicht mehr zur Tür hinein, und stinken würde es aus ihrer Wohnung bis ins Parterre. Das sagen alle, teilte ihr die Trafikantin leutselig mit. Wer sind alle? Die Menschen, die sie in ihrer Wohnung besucht hatten, konnte sie an den Fingern einer Hand zählen. Sie spürte, wie sie ungeduldig mit Jakob wurde, wenn er schon vor der Haustür zu raunzen begann. Bitte nicht hier, Kind, nicht jetzt! Schnell durch das Tor und die Treppe hinauf, grob vor Ungeduld und Angst, zerrte sie ihn die Stufen hoch, schnell, Jakob, schnell, gleich sind wir da. Der Bonifaz, der Bonifurz, sang Jakob laut und lachte. Da krachte eine Wohnungstür hinter ihnen zu, sie hatte nicht gehört, daß sie geöffnet worden war. Sie flüsterte nur mehr im Stiegenhaus, vorsichtig und schnell, als wären die Stufen vermint, trug sie Jakob hinauf, damit es schneller ging. Und jedesmal die Erleichterung, wenn sie die Wohnungstür hinter sich schloß. Sie glaubte, wenn sie hinaustrat, es an offenen Türen, auf Treppenabsätzen tuscheln zu hören. Überall gab es Hausfrauen, die beieinanderstanden und taten, als existiere sie nicht.

Wenn wenigstens jemand sie zur Rede gestellt hätte, ihr Gelegenheit gegeben hätte, etwas zu erklären. Aber was hätte sie erklären sollen? Längst hatte sie erfahren, daß alle schon ihre unumstößlichen Meinungen hatten, bevor sie Zeit zum Erklären fand. Wie sollte sie denen, die den Normen entsprachen, begreiflich machen, wie es aussah außerhalb der Grenzen dessen, was sie zu akzeptieren bereit waren? Der junge bärtige Mann auf dem Fahrrad, der mit einem Fuß auf dem Gehsteig auf sie zu warten schien, während sie den zappelnden und schreienden Jakob die Straße entlangzog. Soviel Aufgeschlossenheit täuschte seine Erscheinung vor, alles an ihm rief, ich verabscheue bürgerliche Werte, und auf dem Gepäckträger war ein Kindersitz montiert. Rot und verschwitzt vor Anstrengung blieb sie vor ihm stehen, hoffte fast, er würde fragen, ob er vielleicht helfen könne, denn selten fühlte sie sich so ausgestoßen und an den Pranger gestellt, als wenn Jakob in der Öffentlichkeit schrie. Man müßte Ihnen das Kind wegnehmen, sagte der Mann streng. Warum, fragte sie erstaunt und dachte, ein Mißverständnis, aber wenigstens ergreift er die Seite des Kindes. Statt einer Antwort rief er, schämen sollten Sie sich! Warum, wiederholte Marta, aber ihre Stimme bat bereits um Nachsicht, und sie ließ sich schon wieder zu Erklärungen hinreißen, denen sie so oft schon abgeschworen hatte. Er ist behindert, und manchmal hat er einen Schreianfall. Da gibt es keine Entschuldigung, unterbrach er sie grob, ich habe auch ein Kind, und meins ist normal. Dann seien Sie dankbar, rief Marta wütend. Kein Grund, dankbar zu sein, erklärte er, ein behindertes Kind braucht noch mehr Pflege als ein normales. Da ließ Marta ihn stehen, sinnlos, diesem Mann irgend etwas erklären zu wollen, er hörte ja gar nicht zu. Er hatte schon gewußt, was er von der Sache zu halten hatte, ehe Marta mit dem schreienden Kind um die Ecke bog.

In dieser Zeit begann auch die Krankheit, mit der sie sich jahrelang quälte. Schweißgebadet wachte sie nachts auf, mit unerträglichen Schmerzen im Bauch. Sie stand auf und aß, Zwieback, Biskotten, Brot, aber sie konnte nicht mehr einschlafen vor Schmerzen, und um halb sieben Uhr mußte sie aufstehen, Jakob zur Schule bringen, schnell die Zeitungsinserate der Tageszeitungen überfliegen, Telefonnummern notieren, bis um ein Uhr mittags mußten alle Anrufe erledigt, Termine vereinbart sein. Wenn sie nach Hause kam, lag oft eine Benachrichtigung im Postkasten, ein eingeschriebener Brief, und schnell wieder fort, zum Postamt. Ein eingeschriebener Brief bedeutete Ämter, Bedrohliches, ein Ultimatum von irgendwem. Der Anwalt von Felix schickte eingeschriebene Briefe, und sie überlegte lange Zeit, ob sie kämpfen sollte gegen die Ungeheuerlichkeiten dieses Scheidungsvertrags, aber nach wie vielen Seiten konnte sie sich gleichzeitig wehren? Ein eingeschriebener Brief von der Hausfrau, die ab ersten des nächsten Monats die Miete fast auf das Doppelte erhöhte. Marta saß in der von der Stille tickenden Wohnung und dachte, es kann gar nicht so schlimm sein, daß es nicht am nächsten Tag noch schlimmer kommt. Das, dachte sie dann verwundert, bin ich, der das alles zustößt, und ich sitze da und werde es zweifellos überleben.

Sie konnte sich noch nicht vorstellen, wie, aber in solchen Zeiten erfaßte sie eine kühle, berechnende Ruhe, die ihre Gefühle betäubte, um ihr den Verstand zu bewahren. Nur ihr Körper entzog sich immer mehr der Kontrolle, ihr Bauch, zusammengepreßt von den Schmerzen, hielt sie nächtelang wach. Magengeschwüre, dachte sie, kein Wunder, denn jeder weiß, daß Magengeschwüre psychosomatisch sind, und meist, hatte sie gehört, heilten sie auch von selbst wieder ab. Sie trank Kamillentee, sie aß gegen die Schmerzen an und schlief gegen Morgen doch noch kurz ein, erwachte schwindlig vor Übelkeit, aber alles war besser als diese bohrenden hämmernden Schmerzen. Dabei wurde sie dick. Nur ihr Gesicht blieb zart und wurde allmählich hager, als die ursprüngliche Zartheit von der Schärfe des Alterns überlagert wurde.

Mit Jakob gab es in dieser Zeit neue Probleme. Er schrie seltener, aber dafür um so heftiger, er hatte selbst Angst vor seinen Ausbrüchen. Mama, rief er bittend, ich möchte brav sein! Dann hielt sie ihn ganz fest an sich gedrückt, und oft gelang es ihm dann, ruhig zu bleiben. Nur manchmal überkam es ihn so plötzlich, daß er sich auf sie stürzte und kratzte und biß und um sich schlug. Entschuldigung, schrie er dabei und konnte sich nicht mehr zurückholen aus dem Tumult. In der Schule, in die er nun ging, war er unauffällig und still. Er habe wenig Kontakt zu den anderen Kindern, hieß es. Wie einsam das Kind sein mußte, dachte Marta oft, wenn sie ihn abholen kam, und er allein an einem Tisch saß mit dem Gesicht zur Wand. Er schien Angst zu haben vor den größeren Kindern, er war für seine achteinhalb Jahre zu klein und zu zart, ein Fremder selbst unter behinderten Kindern. Es fehlte ihm die Fähigkeit, auf andere zuzugehen, und niemand machte einen Schritt auf ihn zu.

Jakob war nicht nur anders als die normalen, er war auch anders als die behinderten Kinder. In der Vorschule hatte er ohne Schwierigkeiten Buchstaben und Zahlen erlernt, schneller sogar als die anderen. Zeichen und Linien faszinierten ihn. Mit unermüdlicher Begeisterung buchstabierte er Aufschriften und Schilder, aber zusammenhängende Geschichten zu lesen lernte er langsamer und erst später. Ja, sagte die Lehrerin, manches begreift er so schnell, als habe er es längst gewußt. Warum hatte man ihm dann die Einschulung in die erste Klasse verweigert? Er ist eben anders, hieß es, er paßt nicht, und um zu erklären, wie anders er sei, mußte der Psychologe kommen. Der zählte Jakobs Mängel mühelos auf, ein paar Minuten mit Jakob im selben Raum genügten, fehlender Blickkontakt, stellte er fest, kurze Konzentrationsspanne, er braucht Einzelunterricht. Einen Privatlehrer meinen Sie, fragte Marta. Sonderschule, sagte der

Psychologe. Aber warum, rief Marta, wenn er doch Buchstaben und Zahlen so schnell begreift, er ist doch nicht dumm. Nein, hieß es, aber er paßt nicht unter normale Kinder, er wird es nicht schaffen.

Jakob entzog sich jedem Test. Hüpf auf der Stelle, so oft du kannst, befahl die Psychologin, zu der Marta ihn brachte, um ein zweites Urteil einzuholen. Sie sah auf die Stoppuhr. Jakob hüpfe einmal und wartete dann und hatte schon einen Punkt verloren. Hüpf, sagte Marta, einmal und noch einmal und noch einmal. Die Frau sah sie strafend an. Aber er versteht es doch nicht, wenn Sie sagen, so oft du kannst. Da fiel es ihr wieder auf, daß Jakobs Sprache anders war. Er verstand keine Abweichungen, keine Variationen, er konnte noch immer nicht abstrahieren und liebte doch zugleich alles Abstrakte, Linien, Zahlen, Farben und Töne. Wie sollte sie diese Ungereimtheiten, die ihr so logisch erschienen, den skeptischen Experten erklären? Aber die Psychologen unterbrachen sie barsch, sie wollten keine Erklärungen hören, sie waren gerufen worden, um Jakob ausgliedern zu helfen.

Jakob sah an ihnen vorbei und antwortete mit einem knappen Ja oder Nein, meist aber schwieg er, als gingen ihn anderer Leute Fragen nichts an.

Je mehr sich Marta gegen das Urteil der Fachleute auflehnte, desto unerbittlicher wurde sie von Experten zu Experten geschickt, der Kreislauf, den sie schon so gut kannte, begann wieder von neuem, Psychologe, Psychiater, Neurologe, Klinik, und als sie an der Spitze der Hierarchie angelangt waren, fragte einer erstaunt, was wollen Sie mit dem Idioten, die anderen Kinder in diesen Klassen sind ja hochintelligent. Ja, gab er zu, er zeichnet besser als manches normale Kind, aber er ist eben Sonderschulmaterial, da nützt aller Ehrgeiz nichts, liebe Frau. Ablenkbar sei er, hieß es, nachdem man alles versucht hatte, ihn von langweiligen Tests abzulenken, wer ablenkbar sei, passe nicht zu normalen Kindern. Man las ihm eine Geschichte vor, die solle er nacherzählen. Aber nach zwei Sätzen hörte das Kind schon nicht mehr zu, auch Marta fand es nicht leicht zu folgen. Es ist nicht die Geschichte, die er nicht versteht, versuchte sie zu erklären, es ist die Sprache, so redet doch niemand. Aber immer schnitt man ihr das Wort ab, wies sie zurecht, davon verstünde sie nichts, wer sei sie denn, eine Mutter, und das Kind sei nicht reif. Und in der schriftlichen Erklärung, die ihr die Schulbehörde schickte, stand diesmal ein anderes Wort, das sie traf, Retardierung. Wie leicht es war, Fachausdrücke für ihn zu finden, wie unmöglich, ihn zu verstehen.

In der Sonderschule gab es dieselben Schwierigkeiten, die Jakob überall hatte. Er fühlte sich nicht betroffen, wenn die Lehrer die ganze Klasse ansprachen, er begriff nicht, daß das, was andere anging, auch für ihn galt. Vielleicht weil niemand seine Leistungen lobte, wenn er malte und zeichnete, wenn er mit Zahlen und Buchstaben leicht und ganz vertraut umging, sondern ihn immer nur für sein Verhalten bestrafte, das niemand verstand, gab es auch keine Erfolgsmeldungen. Er sei oft ganz woanders, hieß es, er sei unaufmerksam und faul. Marta blieb nichts anderes übrig, als jeden Ehrgeiz aufzugeben. Für sich wollte sie schon lange nichts mehr, sie hatte kein Bedürfnis mehr, Außergewöhnliches zu leisten, sie wollte nicht mehr herausragen, nicht einmal dabeisein wollte sie mehr. Und wenn sie Jakob zwingen wollte, den Fähigkeiten, die sie ihm zutraute, zu entsprechen, stieß sie schnell an seine Weigerung, auf Befehl irgend etwas zu leisten, sich einem fremden Willen zu beugen. Dann sah sie nur mehr das, was er nicht konnte und redete sich in Ärger, das kannst du doch, schau doch her, stell dich nicht so an! Jakob kniff die Augen zusammen und grinste, und später, wenn sie nicht hinsah, tat er schnell und geschickt, was er unter der Aufsicht anderer verweigerte. Wie hätte sie ihren Vorsatz, ihn glücklich zu machen, vereinbaren können mit der Quälerei, wenn sie ihn zwang, Zusammenhänge zu verstehen, die es für ihn noch nicht gab. Und niemand tröstete sie mehr wie früher, das kommt schon noch.

Aber dann erinnerte sie sich, wie sie gedacht hatte, nie würde dieses Kind sagen, ich will, nie würde es etwas wünschen, zu Weihnachten, zum Geburtstag, und die Tage bis dahin zählen. Und nun hatte er doch gelernt, die Welt zu begreifen, in der er lebte, ohne seine eigene aufgegeben zu haben, er teilte die Zeit in ein Vorher und Nachher, und die Abläufe in Ursache und Wirkung. Marta konnte mit ihm essen gehen, ohne überstürzt aufbrechen zu müssen. Aber dennoch beharrten die Lehrer und Psychologen darauf, das Kind sei nicht greifbar, sie verstünden es nicht. Noch immer hieß es, das Kind sei ein Rätsel, es sei nicht normal.

Natürlich redete Jakob anders als andere Kinder, aber Marta stellte sich schon lange keinem Vergleich mehr. Für sie war seine Sprache die einzig mögliche Art des Ausdrucks, und sie war dankbar für jeden Satz, der ihr den Gewinn neuer Erkenntnisse verriet. Wenn andere Kinder sie anredeten und sich ihrer Aufmerksamkeit bemächtigen wollten, irritierte sie das, diese banale Wißbegier, dachte sie, die Aggressivität ihrer Fragen, die sie bei Jakob nicht kannte, vor allem aber ihr Geltungsdrang, wie sie sich ununterbrochen selber darstellen mußten. Ich kann schon, ich habe dies oder jenes bekommen, und das kann ich besser als alle andern! Ich, ich, ich, hörte sie und den ihrem eigenen Kind so fremden Ehrgeiz, mehr sein zu wollen als andere, diesen Konkurrenzneid, woher der wohl kam, und auch die kleinen Bosheiten und Lügen.

Jakob hatte noch nie gelogen, und die Wirklichkeit war ihm

zu gleichgültig, als daß er sich ihrer so berechnend hätte bemächtigen wollen wie andere Kinder. Wohl machte er Vorschläge, wie die Welt sein würde, wenn er einen Einfluß hätte, schöner wäre sie dann, bizarrer, reicher, bunter, seine Phantasie kannte keine Grenzen, und es störte ihn manchmal, daß alles so vorhersagbar war und so unveränderbar gewöhnlich. Gleichzeitig brauchte er die Vorhersagbarkeit, um sein Gleichgewicht zu behalten und längere Zeit, Stunden, mitunter Tage, angstfrei zu leben. Er brauchte Grenzen und stieß sich an ihnen, aber er besaß auch eine anspruchsvolle innere Welt, die oft so aufdringlich wurde und seine ausschließliche Anwesenheit verlangte. Kein Wunder, daß diese Grenzgänge zwischen zwei Wirklichkeiten anstrengend für ihn waren.

Einmal paßte Marta einen Nachmittag lang auf die Kinder einer früheren Kollegin auf. Nicht zu vergleichen, diese Kinder und Jakob. Zwar schienen sie aufgeweckter, sie waren ihm an meßbarer Intelligenz vielleicht überlegen, aber wie rasch sie sich langweilten. Was sollen wir jetzt spielen, sag, was wir jetzt machen sollen! Jakob spielte nie, Jakob war! Jakob existierte so ungeteilt und ausschließlich in seinem Spiel, daß er sich nicht abwenden konnte, wenn etwas in dieser geschlossenen selbsterwählten Welt mißlang, dann schrie er und tobte und brachte die Welt zum Einsturz. Als sie an jenem Abend mit Jakob allein war, wußte sie ohne jeden Zweifel, keins dieser Kinder hätte sie mit Jakob vertauscht. Mochten sie intelligenter sein, mochten sie für normal gelten, aber Jakob war so viel reicher, er besaß eine Dimension, von der die anderen nie etwas ahnen würden. Arm erschienen sie ihr neben Jakob mit seiner unbändigen, wuchernden und ihn verschlingenden Phantasie. Nur in der einzigen Welt, die zählte, in der es um Leistung und Bewältigung ging, versagte Jakob. Als lebe er in ihr wie in einem fremden Land mit einer schwer erlernbaren Sprache und müsse in einem tosenden Gewirr von unverständlichen Eindrücken und Lauten entscheiden, was wichtig war und was nicht. Und weil er auch den Ehrgeiz, bestehen zu müssen, nicht kannte, wandte er sich mit verträumtem Blick von ihr ab, seiner vertrauteren Innenwelt zu.

Ich will mich nie wieder verlieben, hatte Marta gesagt, als sie Felix verließ, mir nie wieder weh tun lassen, nie wieder demütig darauf warten, geliebt zu werden. Ohne Selbstmitleid hatte sie es gesagt, nur mit dem Gefühl, alles erlebt zu haben und leicht darauf verzichten zu können. Nur manchmal nachts noch gönnte sie sich einen scheuen Traum, daß es doch geschah und das einzig Richtige war, ein Ankommen und Ausruhen, für das sie am Morgen nur ein bitteres Lachen hatte, dafür kannst du alles hergeben und kriegst es dann doch nicht.

Und dann war es nach zwei Jahren, in denen sie beteuert hatte, ich brauche keinen Mann, es geht mir nichts ab, ganz ohne Absicht geschehen, daß sich ihr Leben wieder in quälender Ausschließlichkeit um die Sehnsucht nach einem bestimmten Menschen zu drehen begann. Vielleicht hätte nichts anderes sie in ihrer Abwehr berühren können, als etwas, das sie wie eine Besessenheit überfiel und keinen Befreiungsversuch mehr zuließ. Ein Arbeitskollege, jemand, den sie mehrere Wochen seit Semesterbeginn an der neuen Schule nur flüchtig beachtet hatte, kein Gleichaltriger, den man kurz ansieht, bei dem man die Möglichkeit einer Anziehung erwägt, bevor er sich unter die große Masse der Geschlechtslosen reiht. Ein Mann, der ihr Vater hätte sein können. Als ich nach dem Krieg wieder in den Schuldienst ging, sagte er beiläufig. Mein Gott, nach dem Krieg, lachte sie, da fing ich mit der Volksschule an. Vielleicht weil er von dieser Bemerkung an ein alter Mann für sie war und sie nicht mehr vor ihm auf der Hut zu sein brauchte, saß er auf einmal an ihrem Tisch und stand nach dem Essen mit aufgekrempelten Ärmeln in ihrer Küche. Während sie Jakob zu Bett brachte, hörte sie ihn pfeifen und mit dem Geschirr klappern und fühlte sich so geborgen wie nie zuvor in ihrer Wohnung.

Am besten, wir lassen das alles in Zukunft wieder sein und bleiben bloß gute Freunde, sagte er, als er um Mitternacht wegging. Aber da hatte sie bereits beschlossen, daß sie ihn gegen alle seine Widerstände soweit bringen würde, ohne sie nicht mehr leben zu wollen. Später sagte er, ich habe es alles gleich am ersten Abend kommen sehen, daß ich in den ganzen Schlamassel hineingezogen würde, das Kind, die Scheidung, die Wohnungssuche, du bist ein Bündel von Problemen, das wollte ich nicht. Aber er half ihr trotzdem, ohne daß sie ihn darum bitten mußte. Zunächst fand er einen Scheidungsanwalt für sie, dann verkaufte er ihren zweikarätigen Verlobungsbrillanten und ihren anderen Schmuck, damit sie zu Geld kam. Viel zu billig verschleudert, dachte Marta, aber sie wollte nicht undankbar sein. Er las Inserate und sah sich Wohnungen für sie an.

Am Anfang kam es ihr vor, als hätte man sie nach langer Zeit in der Kälte in eine Behausung geholt, und ganz gleich wie zögernd er Zärtlichkeit an sie verschwendete, mit wie vielen Einschränkungen und Vorbehalten die Beteuerungen kamen, die sie ihm mit erwartungsvollen Augen abrang, die geizigste Liebe war immer noch reichlich, verglichen mit den Entbehrungen der letzten Jahre. Schau, sagte er, das mußt du verstehen, ich kann mich nicht in dich verlieben, ich bin ein alter Mann, ich habe schon alles hinter mir.

Macht nichts, sagte sie und schwor sich, diese Behauptung würde er widerrufen. Von den großen Leidenschaften seines Lebens erzählte er ihr so lebhaft, daß sie das Gefühl hatte, nicht mit einem Mann im Bett zu sein, sondern mit Frauen aus der Generation ihrer Mutter. Sie erfuhr, wie man Seidenstrümpfe ohne eine Laufmasche von Damenbeinen rollte, sie hörte wieder die Ausdrücke ihrer Kindheit, Bubikopf und Backfisch. Sie ertrug es schweigend, ohne sich ihre Verletztheit einzugestehen, und versuchte, sich für ihn in diese Frauen zu verwandeln. Bald kam er jeden Abend. Er rief kurz an, schläft das Kind schon, dann schlurfte er mit seinem schleppenden Altmännerschritt über die Stiegen. Du bist für mich eine Art Besessenheit geworden, sagte er einmal. Hast du dich also in mich verliebt, triumphierte sie. Aber nein, sagte er, Verliebtsein, das ist etwas anderes, diese Leichtigkeit, die ohne Luft und Nahrung auskommt, die kannst du nicht erzwingen. Marta gestand es sich lange nicht ein, daß sie mehr litt als sie Glück empfand. Denn sie liebte ihn mit der gleichen Verbissenheit, mit der sie wünschte, sie möge ihm alles bedeuten. Wenn ich mich noch mehr anstrenge, sagte sie sich, wenn ich die Steigerung bis zum Wahnsinn erreiche, vielleicht erzwinge ich dann doch seine Liebe. Du bist eben jung und vital, erklärte er. Verglichen mit den anderen, fragte sie mit angehaltenem Atem. Nicht schlecht. Woher kam auf einmal ihr Ehrgeiz, den sie doch längst schon überwunden zu haben glaubte. Unerträglich war ihr diese Beziehung schon nach einigen Wochen, aber ebenso unerträglich die Vorstellung, sie zu beenden. Also war sie unglücklich trotz dieser beständigen Leichtigkeit, als hätte sich etwas zwischen den Boden und ihre Füße geschoben, als wäre ihr der Boden einfach weggezogen worden und sie müßte nun durch die Tage schweben, einen ziehenden Schmerz in der Magengrube, den sie für Sehnsucht hielt.

Am Anfang hatte sie versucht, Jakob einzubeziehen. Auf

einen Zustand hatte sie gehofft, der einem Familienleben glich. Es lag nicht an dem Kind, daß sie diese Hoffnung bald wieder aufgab. Werner saß Jakob gegenüber bei Tisch und sah ihn nicht an. Während sie das Essen austeilte, blätterte er in einem Buch, das er wahllos aus einem Regal gezogen hatte. Jakob kam zögernd näher, berührte ihn leicht am Arm. Der fremde Mann bewegte sich nicht. Zu Marta sagte er, ich gebe ihm die Möglichkeit, sich langsam an mich zu gewöhnen. Aber beim Essen, wenn Jakob aufgeregt zappelte und die Aufmerksamkeit des Fremden durch lautes Lachen und Prusten auf sich zu lenken versuchte, warf Werner ihm einen kurzen, strafenden Blick zu. Jakob, iß und halt dich ruhig, bat Marta. Jakob langte über den Tisch und griff nach dem Teller des Gasts. Aufhören, schrie der, und Jakob, von der lauten Stimme erschreckt, hörte auf zu essen und begann zu quengeln. Misch dich bitte nicht in seine Erziehung ein, sagte Marta böse. Daraufhin brachte sie das Kind immer zu Bett, bevor sie Werner empfing.

Von Anfang an hatte sie sich dem Kind gegenüber schuldig gefühlt. Als hätte sie Jakob ihre ausschließliche Treue versprochen und stehle ihm nun schamlos die Liebe, die ihm allein gehörte. Scham und Schuld und eine quälende Unausweichlichkeit mischten sich in die besessene Sturheit, mit der sie an dieser Beziehung festhielt. Wie Ehebruch kam sie ihr vor, heimlich vollzogen zwischen Jakobs Einschlafen und den frühen Morgenstunden. Am Morgen, wenn das Kind aufwachte, war Werner immer schon weg. Sie führte genaugenommen ein Doppelleben und wünschte sich die einfachen Dinge, die Zusammengehörigkeit schaffen, das gemeinsame Aufstehen in der Früh, Frühstück zu dritt, gemeinsame Ausflüge, alles, was auch Felix ihr vorenthalten hatte. Aber sie wagte lange nicht, mit Werner darüber zu reden, sie fürchtete, ihn mit Forderungen zu vertreiben.

Wenn du jammerst, und ich nichts für dich tun kann, geh ich einfach, hatte er einmal gesagt, als sie ihm die Schwierigkeit darstellte: einen Termin beim Rechtsanwalt am späten Nachmittag, und wohin mit Jakob in dieser Zeit. Sie hatte gehofft, er würde seine Hilfe anbieten, aber nicht ein einziges Mal paßte er für sie auf das Kind auf. Baba, sagte Jakob, als Werner nach dem Mittagessen wegging. Ich bin nicht dein Papa, sagte er grob. Er hat doch nur auf Wiedersehen gesagt, erklärte Marta betreten. Das Kind braucht einen Psychiater, sagte er einmal aufgebracht, als Jakob schrie. Da wurde Marta wütend, wenn du an dem Kind nur herumnörgeln kannst und nicht mit ihm spielst, dann geh! Wortlos zog er den Mantel an und ging. Und Marta glaubte, in einem Hohlraum sitzenzubleiben, in einem Vakuum, groß wie die Wüste. Zwei Tage später rief er sie an, ob er kommen solle. Aber er entschuldigte sich nicht. Lebst du noch, fragte er statt dessen.

Einmal möchte ich mit dir aufwachen und lange beim Frühstück sitzen, hatte Marta gesagt. Er vermittelte ihr eine Schülerin, die bei Jakob übernachten würde, und mietete ein Hotelzimmer für eine Nacht. Da wurde ihr die Nacht viel zu lang. Am liebsten wäre sie schon um Mitternacht aufgestanden und heimgegangen. Statt dessen sah sie sich in dem schäbigen Hotelzimmer um, und sie betrachtete zum erstenmal mit kaltem nüchternen Blick ihren alternden Liebhaber, seine übermäßige Erschöpfung. Mit Mühe unterdrückte sie die besorgte Frage, was fehlt dir. Gut, dachte sie, er beginnt mich zu langweilen.

Aber so leicht kam sie nicht von ihm los. Es war ihr unheimlich, wie schnell er sie immer durchschaute. Du wirst meiner überdrüssig, sagte er am Morgen, und als sie ihm mit einer heftigen Bewegung den Aschenbecher wegzog, in dem er mit dem Zeigefinger die Zigarettenasche verrieb, sah er sie lauernd an. Ich muß dir ja richtig zuwider sein – was ist los auf einmal? Unsere Beziehung ist zu einer verstohlenen Affäre geworden, sagte sie, eine Bettgeschichte, sonst nichts, wir reden ja kaum mehr miteinander.

Sie hatte es lange gar nicht gemerkt, wie wenig sie voneinander wußten. Weil ihre Körper die Reaktionen des andern so gut und sicher errieten, glaubte sie, sie gingen vertraut miteinander um. Immer hatte er Ratschläge, jedesmal, wenn sie sich trafen, hatte er etwas Wichtiges für sie getan, Anrufe für sie erledigt, mit ihrem Anwalt verhandelt, Inserate gelesen, Wohnungen angeschaut, er hatte herausgefunden, daß sie zuviel Steuern bezahlte, und daß es Zuschüsse gab, von denen sie noch nie gehört hatte. Er rechnete ihr vor, wieviel Unterhalt sie von Felix bekommen mußte und wieviel sie zum Leben brauchte, und einmal sagte er, komm, wir gehen in die Stadt und kleiden dich von Kopf bis Fuß neu ein. Oft brachte er Geschenke mit, einen Seidenschal oder eine Bonbonniere, aber immer für sie, nie für Jakob, der doch auf Geschenke so gierig war, auf alles in buntes Seidenpapier Verpackte. Wenn Marta von sich selber erzählte, hörte er zu, aber es interessierte ihn nicht, was er erfuhr, und er stellte auch keine Fragen. Am liebsten redete er selber, aber es gab für ihn nur zwei Themen, seine früheren Frauen, das verletzte Marta, und seine Ideen, die ihm jemand gestohlen hatte, bevor er sie hatte verwirklichen können.

Allmählich fand sie heraus, daß er sich im Geheimen für einen Versager hielt, und jetzt, schnell, bevor es zu spät war, wollte er noch etwas Bleibendes schaffen, ein großes Werk, und wenn das nicht gelang, mußte er zumindest einen Menschen von seiner Genialität überzeugen. Sein ganzes Leben hatte er unter dem Namen eines berühmten Vaters gelitten, und immer noch, so kurz vor seiner eigenen Pensionierung, war er der mißratene Sohn. Den Untergang des Abendlands, erklärte er ihr umständlich, die ganzen Hintergründe, das alles habe er selbst erforscht und entdeckt, er sei der erste gewesen, der dieses Rätsel gelöst habe, aber über ihm hänge das Diktat des Vaters, das ihm verbiete, es aufzuschreiben. Nein, sagte sie, der Untergang des Abendlands, das war Oswald Spengler. Er warf ihr einen haßerfüllten Blick zu und zog sie auf seine Knie, wir reden zuviel. Aber wenige Tage später in einer gemeinsamen Freistunde erklärte er ihr mit eindringlicher Intensität ein neues Projekt, von dem sie wenig verstand, irgendwelche obskure Handschriften, die er entdeckt und entziffert habe, und ein anderer habe ein Buch darüber geschrieben und ihn um den Ruhm gebracht. Sie versuchte zuzuhören und die Fragen zu stellen, die er erwartete, er tat ihr leid, wie er sich auf diesem filigranen weißlackierten Kaffeehaussessel vor ihr als einzigem Publikum als das große Genie aufblähte. Wieviel Bitterkeit, dachte sie, muß in ihm sein, wieviel angesammelte Enttäuschung. Aber schließlich ließ ihre Konzentration nach, und er erklärte, sie sei zu dumm, um seinen Gedanken folgen zu können. Seine Schüler mochten ihn, einen netten Spinner der alten Schule, nannten sie ihn.

Du bist undankbar, schrie er jähzornig auf, an jenem Morgen beim ersten gemeinsamen Frühstück im Hotel. Er zählte ihr auf, was er schon alles für sie getan hatte: der Anwalt, die Inserate, die Steuererklärungen, jedes einzelne Kleidungsstück vom Schal bis zu den Schuhen, jede Bonbonniere, nicht zu reden von der vielen Zeit, die er an sie verschwendet habe und den Ratschlägen, das habe ihn schlaflose Nächte gekostet, und dafür, daß er versuche, ihre Bildungslücken zu füllen, und auch seine Gesundheit habe sie ruiniert – er sei ja nicht mehr der Jüngste! Was willst du eigentlich, fragte er lauernd, willst du, daß ich dich heirate? Muß man denn heiraten, fragte sie, um ein wenig Gemeinsamkeit zu bekommen, jemanden, der mit dem Kind spielt? Es fiel ihr so schwer zu fordern, was von ihm selber und spontan hätte kommen sollen. Ist es das, fragte er ärgerlich, wenn ich mit deinem Mistbraten spiele, ist dann Ruhe? Mistbraten hast du gesagt? Verzeih, sagte er, mit deinem Kind. Warum glaubte sie, dieses Angebot würde etwas ändern.

Von nun an kam er jeden Sonntag, um mit Jakob zu spielen, und Jakob war überglücklich. Der Werner kommt, der Werner kommt, sang er vom Aufstehen an. Sie balgten auf dem Boden. Er kann mit dem Kind gut umgehen, wenn er will, dachte Marta. Sie spielten Löwe und Indianer, das Kind quietschte vor Vergnügen, und Werner keuchte, Jakob glaubte, es gehöre zum Spiel. Immer, wenn Marta zusah, wie jemand ihrem Kind Zuwendung schenkte, mischte sich soviel Trauer unter die Freude. Wie dankbar das Kind war, wie leicht glücklich zu machen, und wie selten sich jemand bereit fand, Jakob das zu geben, was andere Kinder sich so mühelos holten. Sie fühlte sich weniger schuldig, seit sich Werner, unwillig zwar, aber doch nicht so, daß es Jakobs Glück geschmälert hätte, mit ihm abgab. Doch es blieb eine Pflichtübung für ihn, und manchmal beobachtete Marta, wie er dem Kind einen schnellen Blick zuwarf, einen bösen, angewiderten Blick. Erpressung warf er ihr vor, mit dem Kind müsse er spielen, um mit ihr schlafen zu dürfen, das sei nicht Liebe, Berechnung sei das. Jetzt, glaubte Marta, habe sie die Oberhand, und es liege in ihrer Macht, die Beziehung zu beenden. Hast du dich also doch noch in mich verliebt, fragte sie. Nein, beharrte er trotzig, sexuelle Abhängigkeit sei das und habe nichts mit Verliebtsein zu tun, mit diesem reinen, jugendlichen Wahnsinn. Ich muß ihn noch immer lieben, dachte sie, wenn das so schmerzt.

Immer wieder gab es einen Grund, die Beziehung weiterzuschleppen, obwohl sie ihn manchmal verabscheute und noch öfter verachtete. Es gab die Erinnerung an eine Wochenendreise in den Süden, als Felix bei Jakob geblieben war. Werner war bloß neben ihr gegangen, sie erinnerte sich an kein Gespräch, vielleicht war es bloß die Erfüllung eines Wunsches, den Felix ihr immer verweigert hatte, irgendwohin zu reisen und dann nebeneinander durch die fremde Landschaft zu gehen und schweigend dasselbe zu erleben. Die weißgefleckten Platanen, der grüngraue Schleier der Knospen über den Trauerweiden und Birken, und dahinter die Stadt graublau verschwommen in fliehender Perspektive. Als müsse sie die Zufriedenheit, die sie fühlte, durch ein Symbol erhöhen, dachte sie an den Frühling, in dem man Jakobs Zustand einen Namen gegeben hatte, und wie schmerzlich jeder Frühling seither gewesen war, und daß vielleicht dieser eine Tag alle ihre früheren Frühlingstage aus ihrem Schmerz erlösen könne. Und wie konnte bei soviel Schicksalhaftigkeit der Mann neben ihr reiner Zufall sein?

Marta fürchtete auch, allein den täglichen Problemen nicht mehr gewachsen zu sein, wenn sie Werner fortschickte. Sie überließ ihm alles und begann sanft und hilflos zu werden. Es wurde keine übermenschliche Anstrengung mehr von ihr verlangt, alles wurde für sie geregelt. Der Scheidungsanwalt rief an, ein neuer Vorschlag von Felix, wenn ihr Einkommen unter eine bestimmte Grenze fiele, käme der Sohn in ein Heim, und die Zahlungen des Vaters gingen direkt an die Institution. Auf keinen Fall, antwortete Werner für sie, und Marta atmete auf, als hätten seine Worte schon Rechtskraft. Sein Einsatz für sie gegen Felix und die Welt war selbstlos. Ich weiß, daß dir das Kind alles bedeutet, und ich werde alles tun, um dich glücklich zu machen, versprach er. Auch wenn du dieses Kind ablehnst, dachte sie. Du bist mir Vater und Bruder und Liebhaber zugleich, sagte sie einmal.

Jakob war unruhig in dieser Zeit. Vielleicht liegt er wach und ängstigt sich in der Nacht, dachte Marta, und weiß nicht, was in meinem Zimmer vor sich geht? Er war schweigsamer geworden zu Hause und zog sich vor ihr zurück, saß manchmal auf seinem Bett und starrte reglos vor sich hin. Belasteten ihn Werners Besuche, was beunruhigte ihn? Aggressiv sei er, hieß es in der Schule. Und manchmal fuhr er aus dem ersten Schlaf und begann zu schreien und kam stundenlang nicht mehr zur Ruhe.

Die Nachbarn klopften an die Wände, aber ihr Poltern ging in Jakobs Schreien unter. Als Marta dann die Tritte die Treppe heraufkommen hörte, Männertritte, wußte sie sofort, das galt ihnen, Polizei, dachte sie, jetzt kommen sie uns holen. Aber in ihrer Panik war sie sehr ruhig, als sie zur Tür ging und aufsperrte. Was los sei, fragte der Polizist, die Hausparteien hätten sich beschwert wegen des Lärms. Nachlässig, als sähen sie sich bloß um, öffneten sie alle Türen, so als ob sie jemanden suchten. Ob sie allein sei, fragte der Polizist, sein Blick glitt abschätzend, anzüglich, dachte sie, an ihrem Körper hinunter. Ja, sagte Marta verwirrt. Suchten sie jemanden? Nein, sie waren nicht unfreundlich, sie hörten sich Martas Erklärungen an und nickten, boten sich an, einen Arzt zu rufen, sie ins Spital zu bringen. Das arme Kind, sagte einer von ihnen und schaute Jakob mitleidig an.

Erst als sie weg waren, wurde Marta hilflos, läutete Werner aus dem Schlaf um zwei Uhr nachts und klang so verzweifelt und unzusammenhängend, daß er versprach, sofort zu kommen. Sie wußte, während sie zähneklappernd und zitternd in der Küche am Telefon saß, sie machte sich etwas vor, sie hatte schon Schlimmeres allein durchgestanden.

181

Aber Werner war die Mutter, er war der Vater, den sie nie gehabt hatte, man konnte sie aus dem Schlaf holen und fordern, daß sie einen hielten und wiegten, bis man sich wieder geborgen fühlte. Was ist, Kleines, fragte Werner und hielt sie, wie sie es sich gewünscht hatte. Aber immer häufiger dachte sie, der Preis für diesen Schutz sei zu hoch. Er dachte für sie und traf Entscheidungen für sie, er hatte längst schon ein Bild von ihr entworfen, so bist du, so will ich dich haben, und bevor sie es durchschaute, hatte sie sich ganz nach seiner Vorstellung in eine andere verwandelt, die ihr fremd war und ihr immer unähnlicher wurde. Lächerlich war die Frau, die er sie zwang, für ihn zu sein, anschmiegsam und unberechenbar, ein kindhaftes Weibchen, dessen Sorgen leicht wegzuküssen waren, und das immer verfügbar war. Ich bin nicht so, sagte sie zornig und setzte sich an die andere Seite des Tisches, ernst und präzis versuchte sie, ihm seinen Irrtum zu erklären, aber er sah nur die Nachmittagssonne, die ihr auf Haar und Nacken fiel.

Werner hatte eine Wohnung gefunden, eine teure große Wohnung im Stadtzentrum. Eine schöne Wohnung, Marta wäre am liebsten gleich eingezogen. Aber die kann ich doch gar nicht bezahlen, sagte sie. Ich ziehe zu euch, erklärte Werner. Früher, am Anfang, hatte sie manchmal gehofft, er würde genau das sagen, mit derselben Sicherheit wie jetzt, um ihr alle Zweifel im voraus zu nehmen. Und auch jetzt, wo sie schon oft überlegte, wie sie sich seinem Zugriff entziehen konnte, ohne ihn ganz zu verlieren, nahm sie seinen Vorschlag als unanfechtbare Tatsache hin. Ja, überlegte sie laut, aber wie machen wir das mit den Zimmern? Ein geräumiges Schlafzimmer hatte die Wohnung mit einem Nußbaum vor dem Fenster, ein Wohnzimmer groß wie ein Tanzsaal, eine Küche mit Eßnische. Und Jakob, fragte sie, der hat dann kein Zimmer. Der kann vorläufig im Wohnzimmer schlafen.

Vorläufig? fragte Marta. Da schrie Werner sie an, ja, wie lange willst du ihn denn behalten?

In ihrer Angst vor dem Verlust hatte Marta immer jedes Ende bereits lange vor seinem ersten Anzeichen vollzogen, immer wieder, so daß sie es fast mit Erleichterung hinnahm, wenn es schließlich geschah. Nur diesmal konnte sie sich nicht entscheiden, wie sie es inszenieren sollte. Denn in jeder Vorwegnahme der vergangenen Monate hatte sie die Verlassene gespielt, das verletzte zornige Kind, das seine Schmerzen hinausschreit, um den herzlosen Liebhaber zur Umkehr zu zwingen. Und jetzt war sie es, die das Ende wollte, kein allmähliches Ende, kein freundliches Auseinandergehen nach vielen Gesprächen, die alles aufzuklären versuchten. Ein wortloses Ende wünschte sie sich, es gab nichts zu erklären, und sie wollte keine Erklärungen hören, keine Rechtfertigungen, kein So-war-es-nicht-gemeint. Sie legte den Hörer auf, wenn er anrief, oft rief er gleich zehnmal hintereinander an, und sie hob den Hörer nur mehr leicht an und ließ ihn in die Gabel zurückfallen. Sie hielt Jakob zurück, der auf sein Klingeln zur Tür lief, das ist der Werner, den Werner hereinlassen! Sie wartete lautlos, während er immer wieder läutete, so als könnte sie ihn täuschen und glauben machen, sie sei nicht da. In der Schule ging sie ihm aus dem Weg. Solange sie ihn nicht allein auf dem Korridor traf, hatte sie keine Angst vor ihm. In Gesellschaft anderer genügte es, ihn nicht anzusehen. Seine Briefe warf sie ungelesen weg. Einmal würde er aufgeben, es war nur eine Frage der Zeit, einer kurzen Zeitspanne, während der sie dem plötzlichen Schmerz der Einsamkeit auf keinen Fall unterliegen durfte.

Früher, seit Jakobs Geburt, hatte sie sich nur selten einsam gefühlt. Überlastet, verzweifelt, alleingelassen, aber nicht einsam. Es war ja immer das Kind bei ihr, und auch wenn es nicht sprach und sie nicht beachtete, es blieb immer dieser feste kleine Körper, den sie an sich drücken, festhalten, abküssen konnte. Manchmal hatte sie sich nichts sehnlicher gewünscht, als ein paar Stunden allein zu sein, in völliger Ruhe und ganz in sich selber zurückfallen zu dürfen, nicht ununterbrochen auf Jakob hin angespannt sein zu müssen, in ihn hineinzuhorchen, sich in ihn einzufühlen. Und auf einmal fühlte sie sich einsam, und sie brauchte ihre ganze Willensanstrengung, Werner weiterhin aus dem Weg zu gehen. Oft hielt sie, ohne nachgedacht zu haben, schon den Hörer in der Hand und begann die einzige Nummer zu wählen, die sie auswendig wußte. Der Gedanke an Jakob hielt sie jedesmal zurück. Die Bedrohung, die dieser Mann für das Kind bedeutete, wenn sie nachgab. Einmal, wenn sie es jetzt zuließ, würde es keine Wahl mehr geben, wenn er forderte, das Kind müsse weg. Sie fürchtete ihre Willenlosigkeit, ihre Hilflosigkeit in seiner Nähe. Sie wurde zornig vor Schmerz und Abwehr, wenn Jakob am Sonntag vormittag immer ungeduldiger forderte, der Werner soll kommen. Werner war böse, erklärte sie ihm, er darf nicht mehr kommen. Nein, rief Jakob, Werner ist lieb!

Es gab keinen Ausweg aus ihrer Schuld. Wenn sie Jakob den Spielgefährten vorenthielt, wurde sie schuldig. Aber sie war schon längst noch viel schuldiger geworden, indem sie Werner in sein und ihr Leben eingelassen hatte. Die Einsamkeit, die sie jetzt empfand, vielleicht hatte Jakob all die Monate, in denen der fremde Mann ihre Gedanken, ihre Liebe in Anspruch genommen hatte, dieselbe Einsamkeit gefühlt, die Angst, verlassen worden zu sein, von ihr, dem einzigen Menschen, der ihn beschützte und liebte. Sie maß die Minuten, zählte sie zu Stunden zusammen, während der sie in der Küche am Telefon gestanden hatte, glücklich, ausgelassen, und irgendwo in der Wohnung Jakob, den sie vergessen hatte. Und in den Nächten? Nie würde sie erfahren, ob Jakob das Flüstern gehört hatte, das Lachen. War er wachgelegen und hatte die Männerstimme gehört und sich gefürchtet? War er in Todesangst vor den unbekannten Lauten der Lust in seinem Bett gelegen? Und ihre Liebe, ihre Zuwendung? Waren sie unverändert gewesen in diesen hektischen Monaten, in denen ihre Gefühle aufgepeitscht, rastlos und schon fast losgelöst von ihrem Willen um diese unmögliche besessene Liebe gekreist waren?

Als Jakob klein war und sie unter den Mißhandlungen, die Felix ihr zufügte, abwechselnd aufschrie oder versteinert war, hatte sie nicht anders können. Schuld, hatte eine kluge Frau einmal zu ihr gesagt, setzt immer voraus, daß man die Wahl hat, nicht schuldig zu werden. Jetzt, sagte sie unerbittlich zu sich, hast du eine Wahl gehabt, von Anfang an, du hättest ihn jederzeit fortschicken können. Wie sehr sie wünschte, mit Jakob darüber reden zu können, ihn zu fragen: Warst du traurig, hast du dich gefürchtet? Aber Jakob würde seine künstliche Stimme bekommen und einen undurchdringlichen Blick. Werner soll kommen, würde er sagen; über vergangene Gefühle zu reden, war viel zu abstrakt für ein Kind wie Jakob.

Das Haus fand Marta schließlich ohne Werners Hilfe. Sie fand es mit Hilfe einer Frau, die sich ihr aufdrängen mußte, um Martas Mißtrauen zu überwinden. Gehen Sie, hatte Marta sie angeschrien, stehen Sie nicht herum und gaffen, davon habe ich nichts! Aber die Frau hatte sich nicht abweisen lassen von Martas angst- und haßverzerrtem Gesicht. Kann man Ihnen helfen, hatte sie gefragt und war neben ihr hergegangen.

185

Andere standen herum, eine Gruppe von Zuschauern wie bei einem Unfall, nicht zu nah, man wollte ja nur schauen, obwohl man schon nach der Polizei rief, wer sollte die Belästigung denn sonst entfernen, sich die Hände schmutzig machen, wenn nicht die Polizei? Selber schaute man ja bloß zu, mit Empörung und gruselnder Furcht. Das schreiende, um sich schlagende Kind. Was hatte es denn, einen Anfall? Würde es gleich hinstürzen, Schaum vor dem Mund, bewußtlos? Sie standen da, bereit, noch weiter zurückzuweichen, mit starren, entsetzten Augen, sie würden erst weggehen, weggleiten wie gesichtslose Schatten, die unerkannt bleiben wollen, wenn die Ordnungshüter kamen, mit Blaulicht und vergittertem Wagen.

Zögernd trat die Frau auf Jakob und Marta zu und hielt dem Kind eine Keksschachtel hin. Das nützt nichts, keuchte Marta, die versuchte, Jakob daran zu hindern, sich blind auf die Straße zu stürzen, zwischen die fahrenden Autos, vor die Straßenbahn.

Sie waren einkaufen gewesen, hatten lang vor der Auslage einer Tierhandlung gestanden und die Papageien und Mäuse betrachtet, Jakob war gutgelaunt und gesprächig gewesen. Noch vor einer Stunde hatte jemand zu Marta bemerkt, was für ein netter, wohlerzogener Junge. Und plötzlich der Aufschrei, und Jakob schlug klatschend an seine Schläfe, au, das hört auf! Ein Insektenstich, der sofort anschwoll zu einer Beule. Jakob war allergisch gegen Insektenstiche. Das hört auf, schrie er, das hört auf, und Marta war froh, diesmal zumindest den Grund zu wissen, wenn er schon auf der Straße schrie, einen logischen, berechtigten Grund. Eine Gelse, Jakob, sagte sie laut, um die ersten aufgeschreckten Gaffer zum Weitergehen zu bewegen, zu Hause tun wir Alkohol drauf! Das hört auf, schrie er und hörte sie nicht mehr. Gleich hört es auf, rief sie bittend, flehend, Jakob, das Schreien nützt nichts, es hört bald von selber auf. Aber schon traten oben in den ersten und zweiten Stockwerken der Häuser Menschen an die Fenster, lehnten sich keifende Hausfrauen weit hinaus, Ruhe da unten. Und wer gerade unterwegs war, kam herbei und blieb erbittert stehen: Was ist das, was ist da los?

Da kommt schon die Polizei, sagte jemand, und die Gruppe löste sich auf. Wer zuviel gesehen hatte, konnte Schwierigkeiten bekommen und bald selber in der Wachstube sitzen. Marta packte Jakob unter den Armen, komm jetzt, bis zum Taxistand würde ihre Kraft reichen. Gehen Sie doch, schrie sie die Frau verzweifelt an. Nach so vielen Jahren der Hilflosigkeit unter Menschen, die nur Empörung für Jakob übrig hatten, waren sie alle Feinde.

Immer, das wußte sie jetzt, würden die Menschen so auf Jakob reagieren. Er störte ihre Ruhe und auch ihre Vorstellung vom bemitleidenswerten Behinderten. Jakob sah ja aus wie sie alle, nur sein Blick, manchmal sein Gesichtsausdruck, mitunter seine wechselnden Gewohnheiten verrieten, daß er anders war, aber nur denen, die genau hinsahen. Für alle anderen war er laut, aggressiv und störend, und er wußte nicht einmal um seine Aggressivität, sie überfiel ihn und riß ihn mit, er bemühte sich ja, Marta zuliebe brav und unauffällig zu sein. Und auch Marta war immer bereit zum Angriff, um sich und ihn zu verteidigen, um nichts mehr erklären zu müssen, und weil sie so selten Verständnis erlebte.

Nur manchmal, wenn Jakob schon schlief, und sie mit einem Buch im Bett saß und sich erinnerte, wurde ihr bewußt, wie sehr sie sich in den Jahren seit seiner Geburt verändert hatte. Mißtrauisch bin ich geworden, dachte sie dann, ich warte ja schon darauf, betrogen und mißhandelt zu werden. Sie wußte auch, daß sie bescheiden geworden

187

war, die geringste Freundlichkeit schon, ein Blick, der Verständnis statt Mitleid ausdrückte, und die kleinsten Fortschritte in Jakobs Entwicklung genügten, um sie für einen ganzen Tag vor Glück leicht zu machen. Verwundbarer war sie geworden, mitleidender, auch bei Dingen, die anderen zustießen. Aber sie haßte Mitleid, die traurigen weinerlichen Gesichter, aus denen Lüsternheit funkelte. Und sie hatte aufgehört, alles verstehen und erklären zu wollen, die Menschen waren ihr zu furchterregenden Rätseln geworden, und an die Gerechtigkeit glaubte sie nicht mehr. Hatte sie früher gehofft, daß Jakob für seine Umwelt, für die Menschen um ihn, offener und aufnahmefähig würde, so kam ihr jetzt manchmal der Gedanke, vielleicht nimmt er es nicht so schmerzlich wahr wie ich, wie sehr wir draußen stehen. Es war ihr ein Trost, daß er für die Blicke der andern, für die hingemurmelten Bemerkungen, die nicht direkt an ihn gerichtet waren, blind und taub schien.

Ein Hund müßte man sein, dachte sie oft gehässig, wenn die großen Biester im Gasthaus oder im Autobus um ihre Beine schnüffelten, liebevoll von Fremden getätschelt und in der Babysprache angeredet. Da brach die ganze verschüttete Liebesfähigkeit aus den Menschen hervor, und keiner beklagte sich, wenn ein Hund wie verrückt bellte und Urinlachen hinter sich ließ. Jakob hatte Angst vor Hunden, vor den heraushängenden Zungen, dem stechenden Geruch, dem lauten hechelnden Atem. Tut dir ja nichts, das Hunderl, zischten sie das Kind böse an, und auch Marta, die Jakob eilig an sich zog und auf ihren Schoß setzte, um ihm die Angst zu mildern, wiesen sie zurecht, so was Hysterisches, er tut ja doch nichts, wie lieb er dreinschaut, gell? Und man streichelte den Hund, um die ihm angetane Zurückweisung, diese Ungerechtigkeit, sogleich wettzumachen, die beleidigte Hundeseele zu besänftigen. Hatte jemals irgend jemand an Jakobs Seele gedacht, bei den Psychologen und Psychiatern angefangen? Eine Zeitlang hatten sie versucht, ihn abzurichten wie einen Hund, mit Schokoladestückchen für gutes Benehmen, mit Strafen, um ihm das Schreien abzugewöhnen. Bis Marta das gepriesene Verhaltenstraining ohne Erklärung und Entschuldigung abbrach und die Drohung der Fachleute, Jakobs schlechtes Verhalten würde sich nun ins Diabolische steigern, mit der Behauptung von sich wies, einen Menschen müsse man menschlich behandeln.

Wie hätte Marta nach Jahren, die mit unzähligen derartigen Erlebnissen angefüllt waren, den guten Willen erkennen sollen in einer Frau, die unschlüssig dastand wie alle anderen Gaffer und ihr mit einem unsicheren Lächeln eine Keksschachtel hinhielt? Der erste Gedanke, der sie durchfuhr, war, vielleicht sind die Kekse vergiftet. Die Frau blieb bei ihnen stehen, auch nach dem Ruf, die Polizei kommt, und als Marta das strampelnde Kind forttrug, ging sie neben ihnen her und ließ sich nicht verscheuchen. Marta war wütend über die Aufdringlichkeit, was wollte die Frau von ihr? Während sie sich langsam die Straße hinaufbewegten und ihnen die entgegenkommenden Menschen ihre Empörung zuriefen, auch Ratschläge, was da zu tun sei, schlagen Sie das Kind doch, der gehört ja ordentlich durchgehauen, fiel es ihr trotz ihres stummen Kampfs mit Jakobs Körperkräften auf, daß die Frau neben ihnen sich als einzige nicht empörte und auch nicht vom Schlagen redete. Sie fragte nur hie und da, kann ich etwas tun, kann ich helfen. Als Jakob sich auf die Straße setzte und Martas Kräfte nachließen, nahm sie das Kind an der Hand, sehr fest und bestimmt, komm, wir laufen davon, schau, wie wir laufen können! Und Jakob stand auf, überrascht, erwartungsvoll, bereit mitzuspielen. Die Frau ging weiter, Jakob an der Hand, der sich wieder erinnerte, er hatte doch davonlaufen wollen. Aber nun hielten ihn zwei Frauen, jede an einer Hand und ließen ihn nicht mehr los. Jetzt erst blieb Marta stehen und sah die Frau an, danke, sagte sie verlegen.

Eine Zeitlang gingen sie schweigend weiter, beide auf Jakob konzentriert, der seine Ausbruchsversuche verstärkte. Aber Marta war ruhig geworden, als könne jetzt nichts mehr passieren, als schütze die Unbekannte sie vor dem Zorn der Menge und auch vor Jakobs Unvernunft. Mutter und Tochter, so mußten sie den Vorübergehenden scheinen, die ein widerstrebendes Kind mit sich fortzogen. Nicht beißen, sagte die Frau streng zu Jakob, der nach der Hand, die ihn festhielt, mit den Zähnen schnappte, du bist ein Kind und kein Hund. Jakob lachte, ich bin schon ein Hund! Wau, wau, rief er ausgelassen und hatte das Schreien vergessen, er hatte nur mehr Augen für die fremde Frau, wie heißt die Frau, fragte er, das ist die...? Rosa, sagte die Frau, ich bin die Rosa, und wer bist du? Jakob, sagte er bereitwillig. Soll ich dich loslassen? Ja, sagte er und nahm von sich aus ihre Hand. So selbstverständlich ging die Frau mit ihnen weiter, als hätte sie nichts anderes vor an diesem Nachmittag, als sie nach Hause zu begleiten. Es ist noch ein Stück, sagte Marta, wenn Sie wirklich so weit gehen wollen? Sie hoffte, die Frau würde mitgehen, am besten bis zur Haustür, noch besser bis in die Wohnung hinauf, aber sie fürchtete, mit ihrem Anlehnungsbedürfnis lästig zu fallen.

Warum haben Sie das gemacht, fragte Marta, als sie sich an der Haustür verabschiedeten, warum haben Sie es gewußt? Sie konnte es nicht verstehen, sie war dankbar und irritiert zugleich. Sie ahnte noch nicht, daß ihr Fremdsein begonnen hatte, sichtbar zu sein. Ihnen habe ich es angesehen, sagte die Frau, nicht dem Kind, Ihren Augen, Sie haben mich an meine Tochter erinnert, die hat auch solche Augen und ein krankes Kind.

Die Frau verschwand nicht so schnell aus ihrem Leben, wie Marta befürchtet hatte, aber es wurde auch keine Freundschaft daraus, dafür konnte Marta zuwenig geben, und sie wurde zu reichlich beschenkt. Sie fühlte sich immer beschämt und schüchtern zu jeder Verehrung bereit. Sie trafen sich zu Mittag im Gasthaus, und Rosa ließ es sich nicht nehmen, für alle zu zahlen, sie schickte ihr Kinderkleidung in großen Schachteln und füllte die Zwischenräume mit Geschenken für Marta. Umständliche Dankesreden schnitt sie brüsk ab, es mache ihr Spaß zu helfen, sie komme dabei schon auf ihre Rechnung. Marta war so besorgt um diese neue Freundschaft, daß sie sich unentwegt fürchtete, die andere zu überfordern, den Eindruck der Anhänglichkeit zu erwecken oder auch den der Undankbarkeit. Sie fühlte sich wie an einer reichen Tafel als arme Verwandte, die Dankbarkeit und das Glück strengten sie an und machten sie einsam. Sie hätte sich einen Menschen wie Rosa gewünscht, ganz für Jakob und sich allein, sie hätte viel lieber nichts gebraucht und mehr gegeben. Heute sehen Sie wieder gar nicht gut aus, sagte Rosa und lud sie zum Essen ein, kaufte ihr Vitaminpräparate. Wie eine Mutter, sagte Marta und schämte sich. Sie hätte gern du zu ihr gesagt, die Distanz, die ihr die andere aufzwang, erinnerte sie an die Zeiten in ihrer Kindheit, wenn sie neben der Lieblingslehrerin hatte sitzen dürfen, unter einer Sonne, die gleich wieder weiterwandern würde, und sie konnte nicht sagen, bleib noch ein wenig länger, ich habe noch nicht genug, denn es war ohnehin schon ein unverdientes Geschenk, das sie bekam. Ein Jahr, nachdem sie sich kennengelernt hatten, zog Rosa in die Stadt, in der ihre Tochter lebte.

Aber vorher fand Rosa das Haus für sie, ein Zufall, denn

es war nicht lange leergestanden, und wenige wußten davon. Es war ein kleines Haus mit einem seit Jahren verwilderten Garten, und die Witwe, der Haus und Garten gehörten, war in ein Altersheim gezogen. Es stand in einer Siedlung nahe am Fluß, ein wenig abseits, und die Rückseite des Gartens grenzte an offene, von Bauern bearbeitete Felder. Jakob liebte Bewegung, in diesen Feldern konnte er laufen und weite Kreise ziehen, so weit, daß Marta vom Rand her seine Stimme nicht mehr hören konnte. Es war Herbst, als sie einzogen, und sie versicherte Rosa, sie sei sehr glücklich, aber die ungebrochene Begeisterung und die Zuversicht des ersten Herbstes nach der Trennung von Felix besaß sie nicht mehr.

Jakob war neun Jahre alt, und sie hatte die Erwartung aufgegeben, daß er eines Tages aus seinem Anderssein herauswachsen würde, daß er so reden und sich verhalten würde wie andere Kinder, und daß er irgendwann den Sprung, den Durchbruch in eine normale Jugend vollziehen werde. Er war ein fröhliches Kind, wenn ihn keine Ängste quälten, ohne den Ehrgeiz, zu glänzen oder es irgendwem gleichzutun. Er stellte wohl Fragen, aber er gab nie Gründe an für sein Handeln, und Zusammenhänge interessierten ihn nicht besonders. Überhaupt hatte seine Aufmerksamkeit für die Außenwelt seit seinen früheren Jahren nicht wesentlich zugenommen, und seine Stellung in ihr schien ihn kaum zu berühren. Seine Mitschüler, die weniger gut rechnen, zeichnen und schreiben konnten, waren ihm an Schlauheit, an Durchtriebenheit, weit überlegen und quälten ihn oft, aber er trug es ihnen nicht nach, er blieb vertrauensselig, ein unschuldiges Kind, dem alles immer wieder zum ersten Mal geschah.

Es war Jakob nicht leichter geworden im Lauf der Jahre, sich Gleichaltrigen zu nähern. Die anderen wurden viel zu schnell groß, ihre Interessen verstand er ebensowenig wie sie die seinen, und sie wandten sich von ihm ab mit der Arroganz, die sie ihren eigenen Kinderjahren gegenüber empfanden. Und Marta besaß nicht mehr genug Freundlichkeit und Geduld, ihnen zuzuhören, während Jakob schweigend dabeistand. Ein kleines Mädchen in der Straße, in der sie wohnten, lief ihr oft nach: Du, schau, was ich bekommen habe, und weißt du, was ich heut mache, ich bin schon so aufgeregt, ich bin zu einer Geburtstagsfeier eingeladen, und nachher darf ich bei meiner Freundin übernachten!

Ja, sagte Marta, das ist aber schön, und zog Jakob schnell mit sich fort. Ein paar Sätze von einem Kind, und schon würgte sie an den Tränen. Nie wieder war Jakob eingeladen worden; für Kinder wie Jakob gab es keine Geburtstagsfeiern.

Du, sagte das Mädchen, darf ich zu dir hereinkommen?

Gern, antwortete Marta, und das ist Jakob, ihr könnt miteinander spielen.

Aber das Kind sah sich Jakobs Spielsachen an, so eine Eisenbahn hab ich zu Hause, das auch, und so was hab ich auch gehabt, aber das hab ich längst hergeschenkt, hat er denn keine Kartenspiele?

Nein, Kartenspiele interessierten Jakob nicht, gewinnen und verlieren, warten, bis man eine Karte aus einem Pack ziehen, mit einer Figur weiterrücken durfte, Spielregeln lernen, davon war Jakob so weit entfernt, daß Marta keinen Sinn darin sah, ihn damit zu quälen. Also setzte sich das Mädchen zu ihr und redete nur mit ihr, und wenn Jakob sich schüchtern bemerkbar machte, redete sie ihn mit zornig erhobener Stimme nieder.

Wann darf ich wiederkommen, fragte sie, als Marta sie sanft hinausdrängte. Nie, wollte Marta rufen, ich bin nicht deine Mutter, ich bin nicht deine Kinderfrau, nie wieder, wenn du mein Kind nicht einmal beachtest. Als das Kind ungerufen wiederkam, log Marta, sie habe zuviel Arbeit.

Wann denn sonst, sag, wann du Zeit hast?

Jetzt nicht.

Später?

Ja, irgendwann später. Sie wollte, sie hätte freundlich sein können zu dem Mädchen, warum kam nur soviel Feindseligkeit dazwischen, warum gelang es ihr nicht, andere Kinder für Jakob zu gewinnen?

Dabei gab es immer noch Menschen, auch gleichaltrige Kinder, die Jakob stumm mit soviel sprachloser Schwärmerei zu lieben bereit war, daß er wochenlang ihren Namen wie etwas Kostbares aussprach. Aber wenn Marta sie einlud, wenn sie sagte, mein Jakob redet viel von Ihnen, schlug er scheu die Hände vors Gesicht, als ertrüge er soviel Glück nicht, und drehte sich verschämt weg, blieb still in einem Winkel sitzen, bis der Besucher jeden zaghaften Annäherungsversuch aufgab. Einmal sahen sie zufällig im Wartezimmer der Kinderärztin Jakobs ersten Freund aus der Kindergartenzeit wieder. Jakob, rief der andere und wollte Jakob umarmen. Aber Jakob warf sich auf einen Sessel, die Hände vor dem Gesicht, lautlos, und zitterte, als habe ihn ein plötzlicher Schüttelfrost erfaßt. Marta hatte Angst vor diesem Zittern, das seinen Körper mitsamt dem Sessel gegen die Wand stieß. Den ganzen Tag ging er wie in Trance, es war manchmal schwer, sich in ihn einzufühlen.

Mit acht Jahren hatte Jakob zu malen begonnen, und Marta hatte sofort seine Begabung erkannt, aber sie hütete sich, seinen neuen Versuch, einen Ausdruck für seine Innenwelt zu finden, mit ihrer Begeisterung einzudämmen. Sie lobte ihn und hängte seine Zeichnungen an die Wände und Türen der Wohnung, aber sie sprach nie davon, wenn er tage- und wochenlang nichts malte, denn sie war überzeugt, ihm durch ihre Einmischung die Freude an der Musik verdorben zu haben.

Mit sieben hatte sie ihn in der Musikschule angemeldet, aber man hatte ihn keine fünf Wochen behalten. Er sei zu dumm, die Noten zu lernen, hieß es, unaufmerksam sei er und störe die anderen Kinder nur. Aber er ist doch so musikalisch, rief Marta. Davon habe er noch nichts bemerkt, behauptete der Lehrer, verstockt sei er und lasse nichts an sich heran, boshaft sei er und tue bloß, was er wolle. Marta hatte ihm ein Harmonium gekauft, auf dem spielte Jakob mit einem oder zwei Fingern auswendig, doch ohne viel Interesse, hie und da eines der Kinderlieder aus dem Musikunterricht. Aber wie sollte ein Kind sich für Hänschen klein begeistern, das seit Jahren Symphonien hörte und jederzeit die Melodie einer Klarinette, der Hörner oder der Geigen heraushören konnte? Als er kleiner war, hatte er klassische Musik geliebt, er hatte Mozart und Beethoven unterschieden und hatte immer wieder die Schallplatte mit dem steinernen Engel gefordert, Mozarts Requiem. Aber eines Tages rief er, abdrehen, abdrehen! Und weigerte sich von nun an, Musik zu hören, auch Kinderlieder, auch moderne Musik. Was war es auf einmal, das ihm die Musik verbot? War es die Musikschule oder war es der Eifer, mit dem sie ihn bedrängt hatte, die Ungeduld, mit der sie hoffte, diese Begabung würde alles andere wettmachen?

Aber wenn er sich zitternd die Ohren zuhielt und abdrehen schrie, schien es ihr, als schütze er sich vor etwas, vielleicht vor einer Übermacht der Gefühle.

Auch beim Zeichnen gab es Schwankungen in Jakobs Entwicklung, deren Ursachen sie nicht erriet. Plötzlich schien es, als sei er grundlos um Jahre zurückgefallen. Dann malte er wieder Strichmännchen, lief im Kreis und antwortete nicht auf Fragen. Nie konnte Marta sich an diese Rückfälle gewöhnen. Sie reagierte mit Panik und Schuldgefühl, mein Gott, was ist auf einmal geschehen, das mühsam Erworbene weg, als wäre es nie gewesen, das Kind blieb, statt sich vorwärts zu entwickeln, mit jedem Tag weiter hinter den andern zurück.

Jakob hatte ohne Schwierigkeiten lesen und schreiben gelernt. Im Zeichnen überflügelte er alle Gleichaltrigen, aber größere Zusammenhänge erfaßte er nur selten. Er setzte die einzelnen Zeichen zu Wörtern zusammen und vergaß dabei den Sinn des gewonnenen Satzes. Als wäre jedes Wort eine Hülle, ein Säckchen, aus dem man die kleinen und großen Symbole herausschütteln konnte, eins wie das andere, Zeichen und Sinn. Was hast du gelesen, fragte Marta. Von einem Hasen. Was hat der Hase gemacht? Gelaufen. Wo war der Hase? Jakob wandte sich ab, er verweigerte jede weitere Auskunft. Wie sollte sie wissen, ob er verstanden hatte oder nicht? Warum soll ich ihn quälen, dachte Marta, wenn er sich bemüht, um mir Freude zu machen, liest er eine Seite, eine Geschichte, wenn er sich noch mehr bemüht, wird er sie auch verstehen. Und dann werden wir aufatmen, spielen, essen, schlafengehen und die Geschichte vergessen.

In der neuen Wohngegend, in die sie zogen, schien es am Anfang, als knüpften sich schneller und leichter neue Bekanntschaften an, sogar Freundschaften schienen in dieser Nachbarschaft möglich. Erfolgreiche Familien in neuen Häusern, Kinder und Hunde, eine Gegend, in der alle freundlich darüber wachten, daß zwanglose Fröhlichkeit herrschte. Kummer oder ein vergrämtes Gesicht waren etwas, das man nicht gesehen haben wollte, wo doch die Welt so schön war, die Kinder lärmten, und die Federbetten über den Balkongeländern in der Sonne warm und kuschelig wurden. Heut freut mich alles so, rief Martas Nachbarin am Morgen schon über die Hecke. Ich weiß gar nicht, warum ich heute so glücklich bin! Erst gerade, berichtete sie, bin ich im Liegestuhl gelegen mit einem Buch und habe an Sie gedacht. Die arme Frau, habe ich gedacht, die kann sich nie so richtig ausstrecken und unbeschwert sein, wie geht's ihm denn, dem armen Jakob?

Was Marta erzürnte, war nicht, daß diese Menschen mehr Glück gehabt hatten im Leben als sie, sondern die Behauptung, niemand hätte ihnen etwas geschenkt, ihre laut ausgesprochene Vermutung, sie müßten wohl die besseren Menschen sein, wenn sie sich soviel Glück verdient und erarbeitet hatten. Immer wieder glaubte eine dieser jungen Hausfrauen in ihrem überschwenglichen guten Willen, Marta belehren zu müssen, daß sie noch nicht reif sei für das Glück, daß sie noch arbeiten müsse an sich und im Grund nichts anderes verdiente als eben ihr Schicksal.

Es gab eine kurze Freundschaft mit einem jungen Ehepaar in derselben Straße, das mit soviel Eifer und Wärme Marta und dem armen benachteiligten Kind seine Freundschaft angeboten hatte: Jederzeit, was immer wir tun können, mit Freuden, und bitte nicht danke sagen, es ist alles ganz selbstverständlich!

Marta bedankte sich trotzdem vielmals und beschämt für den stets angebotenen guten Willen, als hätte man ihr auf der Straße ein Almosen zugesteckt. Wie geht's denn, fragte die junge Frau Turner am Telefon. Ach, nicht so gut, sagte Marta. Sie hatte wieder die halbe Nacht vor Schmerzen nicht schlafen können, aber bevor sie noch zum Erzählen kam, sagte die andere schnell, es wird schon wieder, du wirst sehen, im Handumdrehen scheint wieder die Sonne!

Meist wußte Marta, was sie den Leuten schuldig war, die sie anriefen, um ihr zu zeigen, daß sich auch um sie jemand kümmerte. Sie wußte, wann es Zeit war, sich fürs Zuhören zu bedanken und zu beteuern, es habe sie so sehr erleichtert, jetzt gehe es wieder viel besser. Dann hieß es, man wünschte, man könne noch viel mehr für sie tun. Wenn die Probleme unlösbar wurden, als Marta arbeitslos war und Felix aufhörte, Geld zu schicken, kam in jedem Gespräch der Zeitpunkt, da Marta die Forderung spürte, die Zuhörer, die sie mit ihren Problemen behelligt hatte, auch wieder zu trösten und ihnen zu versichern, so schlimm sei es gar nicht, damit sie aufatmen und von sich selber erzählen konnten. So klug war sie schon geworden im Lauf der Jahre, daß sie den Preis kannte, den sie dafür zahlte, hie und da andere für Minuten vom Glücklichsein abzuhalten. Aber Trotz und Wut machten ihr das Reden von Mal zu Mal schwerer. Und auch das ertrug sie immer weniger, daß man sie bedauerte, weil sie ein Kind wie Jakob hatte. Ich beneide dich nicht, mit diesem Kind, hatte Marianne Turner gesagt, und ihren eigenen Fünfjährigen an sich gedrückt. Es ist nicht das Kind, erklärte Marta der jungen Frau, ich möchte gar kein anderes Kind, es ist die Gesellschaft, in der es keinen Platz für ihn gibt, es sind die andern! Ja, wer denn, fragte Marianne mit runden erstaunten Augen. Marta schwieg, um die andere nicht mit ihrer Bitterkeit zu erschrecken.

Selten setzte sich Marta zur Wehr gegen die Verletzungen, die anderen nicht einmal bewußt waren, aber sie wurde vorsichtig und wortkarg, sie stellte sich abseits, noch bevor andere ihr den Platz zuweisen konnten. Und wenn sie sich freundlich und umgänglich gab, lächelte sie nur mehr mit dem Mund, ihre Augen blieben mißtrauisch, abwehrend und immer ein wenig ängstlich. In der Siedlung trug sie unbekümmerten Lebensmut zur Schau, eine falsche, ein wenig hektische Fröhlichkeit, um sich vor dem Mitleid der anderen zu schützen, und damit alle sahen, wie tüchtig sie war und sich ihrer nicht lauthals erbarmten. Aber gleich unter der Oberfläche der unerwartet leicht ausbrechende Zorn, die Bitterkeit, wenn jemand ihren ständigen Schmerz über die täglichen Zurücksetzungen vergaß, den sie doch selber so sorgfältig zudeckte. Der unbefangene Umgang mit Menschen gelang ihr selten, sie sah ihnen mißtrauisch und verstohlen über den Zaun hinweg zu.

Trotzdem sehnte sie sich nach einer Freundschaft, nach Abenden wie jenen mit Luise, voll Vertrauen und Nähe. Es gelang ihr nicht recht, das neue Haus mit Geborgenheit zu füllen, fast als sei ihr der Nistinstinkt abhanden gekommen. Sie fürchtete, Jakob könnte die Kälte der alten, noch fremden Mauern spüren; viel zu wenig Möbel standen vereinzelt und zufällig in den Zimmern, und die Räume im Erdgeschoß immer dunkel und kühl, gar nicht aufzuwärmen, nicht einmal im Sommer. Menschen braucht dieses Haus, dachte sie, Stimmen, da sind überall zu viele Türen, Türen aus dunklem schweren Holz. Und Jakob klammerte sich an Marta, wollte keinen Raum ohne sie betreten und schrie verzweifelt, wenn die Treppe sie trennte. Jakob, warum sind wir so allein, fragte sie, wenn er neben ihr, in ihrem Bett schlief, denn in seinem Zimmer hatte er Angst vor Geistern.

Manchmal waren sie bei Rosa eingeladen, saßen in deren Wohnzimmer, das mit zerbrechlichen unbrauchbaren Dingen überfüllt war, wie trostbedürftige Bittsteller saßen sie auf dem durchgesessenen Sofa. Sei brav Jakob, nichts angreifen, nichts kaputtmachen! Aber es gab keinen Grund für das Kind brav zu sein, und Marta rannte hinter ihm her, hob mit zerknirschtem Lächeln die Scherben einer Nippfigur auf. Rosa sah zu, den Schmerz aller vom Schicksal geschlagenen Mütter und Großmütter in ihrem gutmütigen

Gesicht: Das macht nichts, das macht doch gar nichts. Die alte Frau meinte es so gut, sie konnte nur mit Jakob nichts anfangen als ihm wehmütig zuzulächeln. Sie hat im Grund keine Verwendung für uns, dachte Marta, und zorniger, als sie es wollte, sagte sie, ich bin doch nicht bloß die Mutter eines behinderten Kindes.

Im Frühjahr standen die Fenster und Balkontüren der Siedlungshäuser weit offen, der Lärm der anderen drang durch ihr Haus und machte sie einsam. Es war nicht mehr möglich wie in der Stadtwohnung, hinter verschlossenen Türen für sich allein zu leben, und die laute Musik aus den fremden Gärten, das Gelächter, die Stimmen, ließen sie bis spät in die Nacht nicht vergessen, wie fremd sie hier waren.

Die Turners waren im Sommer vor Marta in die Siedlung gezogen, voll Eifer renovierten sie nun das Haus, rissen den alten Eisenzaun ab, denn in Amerika, wo sie ein Jahr lang auf einem Campus gewohnt hatten, gäbe es auch keine Zäune, erzählten sie, da ginge ein Grundstück ins andere über. Kommt doch herüber, ihr zwei, riefen sie, jederzeit! Wann wäre es euch recht, fragte Marta. Jetzt, ich koche uns schnell Kaffee, rief Marianne, jetzt gleich! Aufgeregt, mit Jakob an der Hand, lief sie über die Straße, glücklich, als habe sie irgend etwas Großes erreicht, ein unerwartetes Glück. Unsere Kinder, sagte Marianne, sind die beste Therapie für Jakob, die kommen mit jedem zurecht, sogar mit einem Schwerbehinderten in unserer Verwandtschaft, so sonnige, wunderbare Kinder findest du selten, so ganz und gar gutmütig und unkompliziert. Drei sehr blonde, farblose Kinder nahmen Jakob in ihre Mitte: Jakob, stell dich da her! Schau, Jakob, ich zeig dir, wie das geht! Nein, Jakob, nicht so! Und das sollst du nicht angreifen, sonst geht's kaputt! Die Schaufel da kannst du haben! Das Kind fügte sich willig und verwirrt.

Die Sitzgarnitur am Rand des Swimmingpools. So großzügig alles, warum schaffe ich so was nicht, dachte Marta und kam sich so klein vor, so unfähig und ein wenig gedemütigt. Aber die Turners wollten nicht angeben, beteuerten sie, sicher, es ginge ihnen sehr gut, und Marianne sprach unaufgefordert von ihrem Glück. Welches Glück, fragte Marta. Ich bin *immer* so glücklich, rief Marianne mit verzücktem Blick, ich sehe meine Kinder an und bin glücklich, ich schau in der Früh zum Fenster hinaus und freu mich, ich suche mir immer neue Anlässe, glücklich zu sein! Vielleicht, schlug Marta vor, bist du, was man eine glückliche Natur nennt? Diese Unterstellung wies Marianne von sich. Ob Marta denn glaube, das Glück sei so leicht erworben, fragte sie, reif müsse man sein, für die Ehe zum Beispiel, für gesunde Kinder, unreife Menschen bekämen das alles nicht, das wäre ja unfair. Dann erzählte sie mit lauter, rechthaberischer Stimme von dem Preis für ihr Glück, ihrem Verzicht, dem restlosen Verzicht, wohlgemerkt, zugunsten von Mann und Kindern, ob Marta glaube, das sei ihr leichtgefallen? Drei Jahre lang habe sie so um ihr Glück gerungen, die Unzufriedenheit niedergerungen, die Langeweile des Hausfrauendaseins. Und waren sie nicht das Opfer wert, fragte sie, und zeigte auf ihre Kinder, drei glückliche normale Kinder; warum legte sie eine so große Betonung auf das Wort normal? Plötzlich fror Marta am Rande des Swimmingpools unter dem Sonnendach, geduckt saß sie da, niedergedrückt vor diesem Imperativ des Glücks, dem sie nicht standhielt. Und nie ein lautes Wort, belehrte Marianne sie mit harter Stimme, nur manchmal sei sie ganz leise traurig, daraus lerne der Mann dann. Als müsse ihr Glück durch noch mehr Beweise erhärtet werden, schickte sie ihren Mann um das Fotoalbum, das letzte, rief sie ihm nach, sonst langweilen wir Marta womöglich auch noch, das von der Geburt unseres Jüngsten!

Ein ganzes Album ließ Marta freundlich über sich ergehen, und jedes Foto ein neuer Schmerz. Die Geburt des Sohnes in Farbe und Großaufnahme, der blutverschmierte Kopf des Neugeborenen, das gesäuberte Kind auf dem Bauch der Mutter, in den Händen des strahlenden Vaters, die Taufe, und die vielen lachenden Familienmitglieder, und noch einmal und schon wieder die junge Frau in einem Negligé wie Schneewittchen, das Kind an der Brust, Madonna mit dem Kind, der lange Blick von der Mutter zum Kind, Marta hätte schreien mögen vor Schmerz. Kopf hoch, sagte Marianne, als sie am Ende des Albums angelangt waren, es gibt immer wieder Menschen, die ihr Glück gern mit dir teilen!

Und plötzlich ein Aufschrei vom Sandkasten her, Jakob schlug auf den Jüngsten ein; schlug ihm ein Auto auf den Kopf, der Vater und Marta rannten hinzu, da tobte Jakob bereits und zerrte Mathilde, die Gleichaltrige, an den langen Haaren, schrie dabei durchdringend. Irgend etwas mußte ihn aus der Fassung gebracht haben, Marta brauchte ihre ganze Kraft, ihn festzuhalten. Die Turners rissen entsetzt ihre Kinder an sich, schafften sie schnell ins Haus, schlugen Türen und Fenster zu, während Marta verzweifelt mit Jakob rang. Er wollte sich in den Swimmingpool stürzen, er schrie und schlug mit dem Kopf auf den Beckenrand. Jakob, keuchte sie, wir sind nicht zu Hause, wir gehen, jetzt gleich, komm, steh auf! Aber sie konnte ihn nicht so leicht hochheben und weglaufen wie früher. Sie konnte ihn nur festhalten, bis er ruhig wurde, es erschien ihr wie ein ganzer nicht enden wollender Tag, in einem fremden Garten, und preisgegeben, obwohl die Gastgeber sich nicht blicken ließen. Erst, als Jakob still war, erschien der Hausherr, sagte, das sei schon in Ordnung, das könne jedem passieren, und Marta, rot und sprachlos vor Scham, zog Jakob schnell mit sich fort.

Das war die letzte Einladung bei den Turners gewesen. Nur einmal noch holten sie Marta hinüber, nachdem sie sich vergewissert hatten, daß Jakob das Wochenende bei seinem Vater verbrachte. Die Kinder redeten auf sie ein, zerrten sie in ihre Zimmer, zeigten ihr Spielsachen, aber niemand erwähnte Jakob. Nur Marta wollte von Jakob reden, wollte sein Verhalten an jenem Nachmittag erklären, jetzt wo er nicht da war und sie keine Rücksicht nehmen mußte. Es ist nicht leicht für uns, Freunde zu haben, begann sie, aber Marianne unterbrach sie, auch sie hätten es schwer, sie seien nämlich nicht so wie die anderen, es gäbe ja so viele böse Menschen, und schlechte Menschen würden sie nicht einmal grüßen. Du kannst dir denken, sagte sie, wie wenig Leute da übrig bleiben, mit denen Kontakt überhaupt wünschenswert ist! Gehören wir denn dazu, fragte Marta und verbarg ihre Angst hinter Spott. Aber natürlich, rief Marianne großzügig, du mußt bloß noch an dir arbeiten, wenn du reif dafür bist, das verspreche ich dir, kommt das Glück auch zu dir! Noch im selben Sommer errichteten die Turners einen hohen Zaun rund um ihr Grundstück mit zwei Gartentoren, die immer verschlossen blieben.

Allmählich begann Marta die fremden Räume ihres neuen Hauses in Besitz zu nehmen. Sie lebten fast nur auf der Seite des Hauses, die sich den Blicken von der Straße her entzog. Und als müsse sie ihnen ein noch geschützteres Nest bauen, in das auch der Lärm aus der Nachbarschaft nicht eindringen konnte, ließ sie eine verglaste Holzveranda an der Rückseite des Hauses anbauen. Dort saß sie andächtig an den Spätnachmittagen, wenn die Sonne schräg in die Obstbäume fiel und ihre Blätter von unten her vergoldete. Wenn sie dort von ihrem Gartensessel aus Jakob zusah, wie er unten in dem grünen Gewirr unbeschnittener Hecken spielte und sich selbst zu genügen schien, fühlte sie sich geborgen und mit ihrem Leben in Einklang. So, als könnten nun keine Katastrophen mehr geschehen, als seien sie in einem vorläufigen Frieden angekommen. Noch gehörte ihr das Haus nicht, aber sie hatte das Vorkaufsrecht, und sie sparte darauf, es eines Tages zu kaufen. Solange nicht der Radiolärm und das Kindergeschrei aus der Nachbarschaft sie daran erinnerte, daß sie auch hier ausgeschlossen und nur geduldet waren, lebte sie glücklich in ihrer Isolierung, und auch Jakob erwähnte die anderen Kinder der Siedlung nur wie ferne, ersehnte Möglichkeiten und nicht wie Spielgefährten, von denen ihn nur die Straße trennte.

Vor drei Jahren, als sie noch in der Stadtwohnung lebten, hatte Marta die Frau eines früheren Studienkollegen kennengelernt, mit dem sie vor ihrer Ehe befreundet gewesen war. Sie hatten sich zum Essen getroffen und einander nichts zu sagen gehabt, mißtrauisch hatte die um viele Jahre jüngere schwangere Frau sie betrachtet, als wolle sie herausfinden, ob da noch irgend etwas war zwischen Marta und ihrem Mann. Stimmt es, hatte sie schließlich feindselig gefragt, daß Sie zwei kranke Kinder haben? Nein, hatte Marta abweisend geantwortet, eines, und das ist nicht krank. Die andere hatte sich gemaßregelt gefühlt und von nun an geschwiegen, auch Marta hatte unfreundlich und wortkarg die Stunde im Restaurant abgesessen, man hatte sich kühl verabschiedet.

Immer häufiger erschienen Marta Verabredungen mit zufällig Bekannten wie Zeitverschwendung, und sie ging niedergedrückt von ihnen weg, noch einsamer als zuvor, von ungerufenem Mitleid so besudelt, daß sie sich selber zuwider war. Ein junger Mann rief sie an, er müsse sie unbedingt sprechen, er nannte einen gemeinsamen Freund, sie müsse ihm bei seiner Dissertation helfen, und als sie ihm im Kaffeehaus gegenübersaß und fragte, wie sie ihm helfen könne, erklärte er ihr, er studiere nämlich die abweichenden Charakterstrukturen von Müttern autistischer Kinder.

Und nie konnte sie sich daran gewöhnen, daß Fremde oder nur vom Sehen Bekannte sie auf der Straße anhielten, um ihr Ratschläge zu erteilen, um sie zurechtzuweisen und zu verurteilen. Warum geben Sie ihn nicht in ein Heim, dort wäre er viel besser aufgehoben. Sie müssen ihn richtig ernähren, kein Industriezucker, nur Vollkornbrot. So was gehört doch nicht auf die Straße! Was hat das Kind, fragte man und starrte, als kämen sie und Jakob aus einer fremden bedrohlichen Welt. Und auch die Frau des Studienfreundes, Susanne, hatte sie so angesehen, wie eine Anomalie, zwei kranke Kinder, was für eine Zumutung für die Gesellschaft, was für ein Ungeheuer von Mutter!

Kalt hatte Marta auf ihren Bauch gestarrt, warum fühlte die junge Frau sich so sicher, so unverwundbar? Und nun, drei Jahre später, läutete Stefan, der frühere Freund, sie eines späten Abends aus dem Schlaf, verzweifelt, die Tochter, mit der Susanne damals schwanger gewesen sei, entwickle sich anders, irgend etwas liefe ganz falsch, ein Geburtstrauma, sagten die Ärzte, und er habe gedacht, weil auch ihr Kind nicht normal sei, vielleicht könne sie sich Angelika einmal anschauen kommen, vielleicht wisse sie eine Hilfe. Die vielen Leute, die Felix ihr ins Haus geschleppt hatte, jedesmal in der Hoffnung, man würde sagen, ach, dem Kind fehlt nichts, nur die Mutter muß schleunigst in Therapie. Unentwegt begann dieser Kreislauf der Zerstörung von neuem.

Sie kam in das Haus, in dem sie die Unsicherheit und die Verzweiflung von Eltern spürte, die betäubt von der Diagnose ihr Kind nicht mehr ansehen konnten wie früher, als hätte es sich in etwas Fremdes verwandelt. Sie fühlte den Stillstand in diesem Haus, als sei das alltägliche Leben nun nicht mehr möglich, als sei soeben die Welt eingestürzt und habe ein Kind zurückgelassen, das nicht mehr so vertraut war und nicht mehr ganz menschlich erschien. Und sie spürte auch die Kälte, den Vorwurf, das Mißtrauen des Mannes, die verschüchterte Verzweiflung der Frau, die sofort und ohne Anlaß die Schuld von sich wies. Auf dem Boden saß ein verwirrtes kleines Mädchen mit großen blauen Augen, wie Jakob mit zweieinhalb Jahren. Sie betrat das Haus, als stürze sie in den Abgrund ihres eigenen Lebens vor sieben Jahren zurück. Nichts hatte sich geändert, nur war es das Leben fremder Leute, immer wieder geschah es also, unsichtbar in den Häusern und Wohnungen, verschämtes, verborgenes Elend, in dem ein Kind, das noch nichts von der Wirklichkeit wußte, unerbittlich und unwiderruflich aus ihr herausfiel.

Hilflos hockte Marta sich zu dem Kind, was erwartete man von ihr, sie sahen doch selber, daß es nicht stehen konnte und nicht sprach. Das Mädchen schielte an ihr vorbei und begann zu weinen. Nein, sie wandte sich den Eltern zu, sie verstehe nichts von Kindern, sie habe auch nicht den Blick, der Gesundes von Krankem unterscheide, den habe sie sich in langer Übung abgewöhnt. Sie hat ein hübsches Gesicht, sagte sie zu Stefan, aber der ließ nicht locker, sag, ist sie psychotisch, erinnert sie dich an Jakob? Sie betrachtete die junge Frau, demütig saß sie da, mit flehenden Augen, als erwarte sie Heilung von Marta, vielleicht nur ein gutes Wort, einen Freispruch. Nicht demütig bloß, gedemütigt, gebeugt vom Schuldspruch des eigenen Mannes, vielleicht auch der Ärzte, vom Podest der Mütter gestürzt, minderwertig von nun an, sie und das Kind.

Sie erzählte leise von der Geburt, die vielen Stunden, die Hilflosigkeit, und dann das Kind, das nicht schrie, die Panik der Ärzte, die sie nachher nicht zugeben wollten, alles in Ordnung, natürlich ein gesundes Kind, was denn sonst, und das Kind mit den blauen Malen der Zange am Kopf, teilnahmslos, schlaff. Und nun, mit zwei Jahren, konnte Angelika noch nicht stehen, nicht sprechen, dafür konnte sie ein strahlendes Lächeln verschenken, grundlos, wie Jakob als Kleinkind. Die Grübchen in den Wangen, wenn sie lacht, sagte Marta, und das Christkindlhaar, wie ein Heiligenschein.

Aber Stefan rief aufgebracht, die Ärzte hätten es wissen müssen, damals schon, und trotzdem haben sie das Kind zum Leben verdammt. Ein Verbrechen an mir, an den Eltern, gegen die Natur sei das, denn die Natur merze Krankes und Schwaches aus, eine Medizin wider die Natur, eine unmenschliche Medizin, in den Brutkasten habe man es gesteckt, gäbe es denn Brutkästen draußen in der freien Natur, wo nur das Gesunde, das Kräftige überlebe? Neben ihm, auf dem Schoß der verstörten Mutter, saß Angelika mit einem Grübchen in ihrem spitzen Kinn und einem Kranz blonden Kraushaars um den Kopf. Es kostete Marta ihre ganze Kraft, ruhig einzulenken, freundlich zu widersprechen, es kam ihr vor, als sei sie einen ganzen Abend lang mit einem Mörder am Tisch gesessen.

Als sie sich wiedertrafen, an einem heißen Sommertag am Badesee in der Nähe von Martas Siedlung, war Jakob der einzige, der unbefangen und neugierig auf die Fremden zuging. Ihm wäre es nicht in den Sinn gekommen, Angelika anzustarren und zu fragen, warum sie nicht laufe, nicht spreche, nicht wie andere Kinder sei. Hallo, Angelika, sagte er und schenkte ihr sein Kippauto, damit sie Sand aufladen konnte. Er war ein großzügiges Kind, dem Besitz nichts bedeutete, Marta mußte ihn oft zurückhalten, damit er nicht alles verschenkte. Aber es störte ihn nicht, daß Angelika auf seine Anregung, Sand aufzuladen, nicht reagierte, vielleicht machte sie in seiner Phantasie alles, was er ihr anbot, so wie früher die Puppe Susi, der Löwe Billy und sein Freund Arni. Susanne war unsicher, wie sie sich verhalten sollte diesem Zehnjährigen gegenüber, der so eifrig mit ihnen sprach, ohne selber auf Fragen einzugehen, und sie vielleicht als Gegenüber gar nicht wahrnahm, der mit lauter Stimme fragte, Angelika möchtest du mit mir schwimmen, und sich abwandte, als Susanne erstaunt fragte, ob er denn schwimmen könne. Es gelang ihr weder Jakob in ein Gespräch zu ziehen, noch, ihn einfach nicht zu beachten. Möchtest du mit mir ans Wasser gehen, fragte sie in ihrer Verzweiflung. Ja, rief Jakob begeistert. Später, als sie befreundet waren, erzählte sie Marta von diesem Spaziergang am Wasser, von ihrem nie zuvor erlebten Entsetzen darüber, auf einmal aufzufallen, herauszufallen aus der Menge mit diesem Kind, das sich anders benahm und Anstoß erregte, ungeschützt und in Gefahr zu sein. Wird das auch mit Angelika so werden, fragte sie sich damals noch, denn bisher war das Mädchen wie jedes Kind ihres Alters unauffällig im Kinderwagen gesessen.

Man kann nicht alles bekommen, was man sich wünscht, habe Jakob ihr wichtigtuerisch erklärt, mit dem künstlichen Klang in der Stimme, mit dem er solche Sätze aussprach, so als läse er sie mit seinen fernsichtigen Augen von einer unsichtbaren Leinwand ab. Sie waren hart am Wasser gegangen, an einer Gruppe Halbwüchsiger vorbei, die älter schienen als Jakob. Grüß Gott, habe Jakob gesagt, nicht so nah ans Wasser, das ist gefährlich, laut habe er es gesagt und überdeutlich, als spräche er eine Ankündigung in einen Lautsprecher. Dann habe er sich unerwartet gebückt und ein Mädchen am Arm ergriffen. Hau ab, habe das Mädchen geschrien und ihn weggestoßen; zwei Burschen seien drohend aufgesprungen, und Susanne habe aus Angst vor einer Rauferei das Kind mit sich fortgerissen, ihn gepackt und schnell weg, so schnell es ging mit bloßen Füßen über die Ufersteine. Eine Angst habe sie damals gehabt, erklärte sie Marta später, die ihr ganz neu war, dieses Wissen, keine Chance zu haben, sprachlos zu sein gegenüber der Meute, dieses Wissen nicht dazuzugehören, wie Freiwild, sagte sie, das habe in ihr eine panische Angst ausgelöst. Sie erzählte Marta von dem Erlebnis am See, als ihr diese Angst nicht mehr fremd war, als sie bereits die erbosten, entsetzten Gesichter kannte und auch die unvergeßlichen Sätze: So was muß leben, und: Dafür zahlen wir unsere Steuern.

Zweimal im Jahr holte Felix seinen Sohn und nahm ihn für vierzehn Tage mit sich nach Hause. Er lebte jetzt in der Hauptstadt, in einem der Häuser, die er von seiner Mutter geerbt hatte. Er hatte nicht mehr geheiratet, manchmal zog eine Frau zu ihm und verließ ihn nach kurzer Zeit wieder. Meist, behauptete er, sei er es, der Schluß machte. Meine Wohnung steht jederzeit für euch bereit, bot er Marta an, und wenn du es finanziell nicht mehr schaffst, komm heim zu mir, ihr seid meine Familie. Aber wenn sie zusammen waren, stand bald wieder das böse Schweigen ihrer letzten gemeinsamen Jahre zwischen ihnen und war nur mehr durch Schreien und Türenknallen zu durchbrechen.

Marta bekam eine leidende, sanft-böse Stimme. Während der wenigen Tage, die wir bei dir sind, könntest du dich beherrschen, glaubst du nicht? Und je lauter Felix tobte und Türen zuschlug, desto verächtlicher und leiser wurde sie, desto wütender schrie er gegen ihre feindselige Verachtung an. Und Jakob immer dazwischen. Aber er wandte sich nicht mehr wie früher von ihnen ab, um allein in seinem Zimmer zu spielen. Er stellte sich bei jedem Streit an die Seite Martas und erklärte, der Papa ist krank im Kopf, jetzt muß er so schreien. Oder er forderte seinen Vater auf, wegzugehen und woanders zu schlafen.

Du magst uns ja gar nicht, hielt Marta ihm vor, wie sollten wir da wieder zusammen leben? Du müßtest dich eben grundlegend ändern, forderte Felix, das wäre ohnehin die einzige Rettung für unser Kind. Er glaubte es also noch immer, daß sie Jakob zerstört hatte, und weil er so unbeirrbar davon überzeugt schien, begann auch sie es wieder zu glauben. Dann saßen sie sich nächtelang im Wohnzimmer gegenüber und rechneten einander ihre Schuld vor.

Als du mich lossein wolltest, wenn ich auf Besuch kam, weil du es nicht erwarten konntest, deinen Liebhaber zu empfangen, sagte er.

Als ich mit dem Kind vom Spital heimkam, erschöpft, mit dem kranken Kind, und du nicht da warst, rief sie.

Wie frisch alle Wunden noch waren, wie unerschöpflich der Haß.

Als dir deine Karriere wichtiger war als unsere Ehe, sagte Felix mit irrem Blick, hast du dein Kind zerstört.

Karriere, schrie Marta, wer redet da von Karriere?

Schrei nur, lachte er dann böse, weck das Kind auf mit deinem Geschrei, mach nur so weiter, er ist ja noch nicht ganz kaputt!

Und wenn sie spät in der Nacht zitternd vor Wut aufstand, um sich vor dem Wahnsinn dieser Quälereien zu retten, griff er nach ihr und versuchte, sie zu küssen. Wenn du keinen Liebhaber hast, benütze eben mich, bot er sich an. Dann lag sie mit angehaltenem Atem wach, bis sie ihn schnarchen hörte. Und immer wieder als letzter Trumpf seine Drohung mit einer neuen Ehe und normalen, gesunden Kindern. Er malte ihr eine Familienidylle in romantischen Bildern, die Villa am Stadtrand, die er dann haben würde, und eine schöne junge Frau, lebhafte Kinder, seine Kinder, sein ganzer Stolz, und an der Gartentür Jakob mit sehnsüchtigen Augen, schau, Jakob, das sind deine Geschwister, und zur Feier des Tages würde er das Kind aus erster Ehe einladen, mit seiner Familie im teuren Restaurant zu essen. Marta starrte ihn jedesmal an, als könnte sie ihre Blicke und bösen Wünsche in scharfe Messer verwandeln, zweiköpfige Monstren wünsche ich dir, wenn du es wagst, noch Kinder zu zeugen! Er quält dich, weil er dich immer noch liebt, erklärten ihr Bekannte. Aber auch Marta konnte sich nicht entscheiden, ob sie ihn wirklich nur haßte, denn es gab eine Vertrautheit zwischen ihnen, die sie mit niemanden sonst erlebt hatte, schon gar nicht mit Werner.

In guten Zeiten konnten sie jedem unwissenden Beobachter wie eine glückliche Familie erscheinen. Sie fuhren zusammen ins Gebirge, sie saßen im Gasthaus, und Felix fragte, möchtest du einen Nachtisch, Liebling? Ich muß dich aufpäppeln, sagte er, wenn du weg bist, ißt du ja wieder nichts. Und Marta sprach um des trügerischen Friedens willen nicht davon, daß sie ja sparen mußte, weil sie so wenig Geld von ihm bekam. Sie schlenderten durch die Dörfer und lachten über dieselben Leute, sie steckten im Kaffeehaus die Köpfe zusammen und fühlten sich in ihrer Übereinstimmung kumpelhaft vereint. Felix trug seine Videokamera stolz auf die Schulter gestemmt und jagte Marta und Jakob vor sich her durch die Landschaft. Später saßen sie dann alle drei auf seinem riesigen Bett vor dem Bildschirm und sahen sich selber zu, wie sie aßen, gingen, lachten und Grimassen schnitten. Mein Gott, wie alt ich geworden bin, dachte Marta, eine alte, faltige Frau mit zotteligem Haar, verhärmtem Gesicht und einem beginnenden Buckel, und die Frauenärztin hatte gesagt, ihr Körper bereite sich auf das Klimakterium vor, und wann, fragte sie sich, hat mich in den vierzig Jahren die Liebe glücklich gemacht?

Jedesmal, wenn sie von Felix zurückkamen, brauchte Marta Wochen, bis sie ihr Spiegelbild wieder ertragen, ihre Augen wieder vom Boden erheben und den Menschen auf der Straße in die Gesichter sehen konnte. Wenn sie mit Felix durch seine Stadt ging, wäre sie gern unsichtbar gewesen: Seht mich nicht an, ich weiß ohnehin, wie häßlich ich bin! Wie ein Stück Abfall kam sie sich vor, beschämend sogar für sich selber. Was machst du bloß mit mir, sagte sie verwundert zu Felix, du hast keine Ahnung von mir und hast mich im Griff wie sonst niemand.

Wenn Jakob allein zu seinem Vater fuhr, entdeckte Marta für kurze Zeit zaghaft ihre Freiheit wieder. Ein wenig jünger fühlte sie sich dann, so als wären ihre Knochen leichter und der Himmel ein wenig höher. Aber wenn sie Jakob in den Zug oder in Felix' Auto gesetzt hatte und ihn durch das Fenster sehnsüchtig ansah, als führe er für immer von ihr fort, erlebte sie mit einem heftigen, jedesmal unerwarteten Schmerz, daß sie ohne ihn nicht mehr leben wollte. Und hinter dem Fenster Jakobs Kindergesicht, undurchdringlich, sie wußte nie, ob er beim Abschied etwas empfand. Die Wohnung erschien ihr dann leer, so daß sie keine Lust hatte, nun all das zu tun, woran Jakob sie immer hinderte, langsam genußvoll Kaffee zu trinken, Musik zu hören, zu lesen, lange in den Vormittag hinein zu schlafen. Sie war unruhig und fing alles mögliche an und ließ es dann liegen. Sie ging durch die Stadt, in Ausstellungen, in Kaffeehäuser, sie hatte auf

212

einmal viel zuviel Zeit und beobachtete die Menschen, die an ihr vorbeischlenderten, redeten, lachten, vor Auslagen stehenblieben.

Einmal habe ich auch zu denen gehört, dachte sie, aber jetzt waren sie ihr alle so fremd.

Sie rief Susanne an und traf sich mit ihr, lud sie zu sich ein. Eine Zeitlang ging sie regelmäßig zu den Treffen von Müttern behinderter Kinder. Sie trank Wein und zählte nicht, wie oft sie sich nachschenken ließ, um zu spüren, daß sie an solchen Abenden für niemanden die Verantwortung trug. Sie beobachtete mit Bewunderung die ausladenden Gesten der anderen Frauen, das laute Gelächter, und wie sie über den Tisch langten und einander ohne Scheu berührten. Hatte denn keine von ihnen jemals die Erfahrung gemacht, daß man am besten unsichtbar blieb, unberührbar, wenn man den täglichen Verletzungen halbwegs entkommen wollte?

Am nächsten Tag fühlte sie sich dann um so elender, übernächtig und schwindlig vom billigen Wein. Und keine der Frauen schienen an einer Freundschaft mit ihr interessiert. Oder war Marta es, die ihre Gespräche am Telefon bald langweilig fand und den Kontakt abbrach, weil sie zuwenig miteinander verband? Nicht alle, erfuhr sie erstaunt, fühlten sich so wie sie am Rand abgestellt, einige wurden böse und riefen, ich nicht, wenn Marta von Wut sprach, von Ausgrenzung und Haß. Neid warfen auch sie ihr vor, den blanken Neid gegenüber allen, die mehr Glück gehabt hätten. Wir, gerade wir, sagten sie, müssen liebevoll und mit Verständnis auf die Gesunden zugehen, wir sind dafür verantwortlich, daß sie Einsicht gewinnen. Marta wollte für niemanden mehr verantwortlich sein. Jetzt, wo sie so plötzlich und sichtbar zu altern begann, wo die Krankheit an ihr zehrte, pochte sie um so zorniger auf ihr uneingelöstes Recht auf Glück.

Sie war nie zu einem Arzt gegangen, seit die Schmerzen in

ihrem Bauch begonnen hatten, sie zu quälen. Laß mich in Ruhe, hatte Felix immer gesagt, als sie in der Ehe monatelang Migräne hatte. Das tust du dir selber an, hatte er ihr vorgeworfen, und außerdem bin ich kein Arzt.

Warst du beim Arzt, fragten ihre Bekannten nun, wenn sie ihre Schmerzen erwähnte. Ja, log sie, um dem lästigen Drängen zu entgehen. Und? Nichts, ein nervöser Magen. Aber nachts, wenn der Kamillentee nichts half, nicht die heiße Milch und auch nicht der Kräuterbitter, brach ihr oft der kalte Schweiß aus: Was wird mit dem Kind, wenn ich einmal ins Spital muß? In einer der Woche, in denen sie allein war, in einem trockenen, heißen Sommer, ließ sie sich endlich röntgen. Der Arzt fragte sie, wie sie es so lange hätte aushalten können zu warten. Nein, sagte sie stur, ins Spital kann ich nicht, ich habe niemanden für das Kind. Wollen Sie, daß wir der Sache auf den Grund gehen, oder wollen Sie unbehandelt sterben? Wollen? Nein, sterben durfte sie noch lange nicht, was sollte aus Jakob werden?

Zu Hause rief sie, von ihrer Angst überrumpelt, Werner an und bat ihn, zu ihr zu kommen. Als er wegging, fühlte sie sich zerschlagen und krank und glaubte, nie mehr aufstehen zu können. Zärtlichkeit, dachte sie, wo auf der Welt gibt es Zärtlichkeit, die mehr gibt als sie wegnimmt. Du wirst deinem Kind immer ähnlicher, hatte Werner gesagt, du hast dich in dich vergraben, und niemand kann dich erreichen. Als sie ihn zur Tür hinausließ, sah sie, wie sich die Vorhänge an den Fenstern gegenüber bewegten, es war halb neun Uhr morgens.

Am selben Nachmittag brachte Felix seinen Sohn zurück. Marta spürte sofort Jakobs Unruhe, die Bereitschaft zu einem Ausbruch seiner aufgestauten Ängste. Wir waren wieder in der Klinik, es gibt ein neues Verfahren, Gehirnfunktionen zu messen, erzählte Felix. Er hatte noch immer nicht aufgehört, an das Wunder zu glauben, an einen Wunderdoktor, eine Wunderdroge, einen chirurgischen Eingriff. Hätte ihm jemand Heilung zugesichert, wenn man Jakob den Schädel aufstemmte – er hätte seinen Sohn jedem Schock, jedem Schmerz, jedem Risiko ausgeliefert. Marta hatte sich schon als Jakob fünf war geweigert, der Aufforderung der Ärzte nachzukommen, unter Narkose Versuche mit ihm anstellen zu lassen. Nach einer Dosis Beruhigungsmittel hatte er Wochen gebraucht, um sich aus der Trance hervorzuarbeiten, und als er zurückkam, hatte er alles vergessen, was er von der Wirklichkeit schon einmal gewußt hatte. Unter Narkose, fragte Marta auch jetzt. Natürlich unter Narkose. Jakob sah seinen Vater nicht an. Er ging in sein Zimmer und schloß die Tür. Unsere Gesellschaft nimmt eben nur ein gewisses Maß an Exzentrizität hin, stellte Felix kühl fest.

Es habe einen peinlichen Vorfall gegeben, sagte Felix, am Vormittag auf dem Bahnhof; in solchen Augenblicken denke er, vielleicht sei es besser, ihn in ein Heim zu geben. Während Felix erzählte, sah sie die beiden deutlich vor sich, in der Bahnhofshalle, Jakob allein zwischen den Koffern, während Felix rastlos umherstreifte, ein gut aussehender Endvierziger auf der Suche nach Abenteuer. Von Zeit zu Zeit kehrte er wohl zu seinem Sohn zurück, legte ihm seine große Hand auf den Kopf, wuschelte liebevoll in den braunen Locken, während sich Jakob duckte und wegschaute.

Jakob war im Lauf der Jahre von vielen Zwängen besessen gewesen, Schluckbeschwerden ohne organische Ursache, Kopfschütteln, Naserümpfen, Aufschnupfen, mit den Fingern knacken; sie kamen ohne sichtbaren Grund und verschwanden wieder, Marta hatte sich längst schon daran gewöhnt. Je mehr sie nörgelte, desto hartnäckiger wurden die Ticks. Gewöhn ihm das ab, hatte Felix immer gesagt, ich halt es nicht aus, ihm zuschauen zu müssen. Er ballte die Fäuste und knurrte mit zurückgelegtem Kopf, wenn er Jakobs Eigenheiten nicht mehr zu ertragen glaubte.

Wie oft er ihn wohl schon gequält hatte an jenem Tag und den Tagen davor: Hör damit auf! Jakob hielt sich die rechte Hand nah vor die Augen, als müsse er die Linien darauf sorgfältig studieren, dann zupfte er an der Handfläche, wie um eine Schicht zu entfernen, um noch besser zu sehen, dabei bewegte er hie und da lautlos die Lippen. Und jedesmal, wenn Felix an ihm vorbeikam, nahm er Jakobs Hände und legte sie ihm mit Nachdruck auf die Knie. Jakob sah sich die anderen Wartenden an. Er hatte sich immer zu Mädchen hingezogen gefühlt, die zarten, blonden gefielen ihm, er starrte sie an und grinste und sagte dann laut, das ist ein hübsches Mädchen. Er wußte, vor ihnen brauchte er sich nicht zu fürchten, sie waren sanfter und leichter bereit, ihn zu verstehen. Vor den Buben hatte er Angst. Im Lauf der Schulzeit hatte er viele Schläge von ihnen einstecken müssen und nie gelernt, sich zu wehren. Marta entdeckte beim Baden die blutigen Kratzspuren und blauen Flecken. Haben sie dich in der Schule verhauen? Er schaute mit unglücklichem Gesicht weg und sagte mit seiner fernen Stimme: Ja. Und: Nicht darüber reden!

Angeblich, erzählte Felix, sei Jakob aufgestanden und habe sich neben ein junges Mädchen gesetzt und dessen Arm gestreichelt. Der Mann daneben habe ihn scharf angeredet und ihn gewarnt, vielleicht auch die Hand drohend erhoben. Da habe Jakob ihn gegen das Schienbein getreten und zu singen begonnen. Zum Glück sei in diesem Augenblick Felix dazugekommen, der Mann und das Mädchen waren sehr aufgeregt und empört, mit Mühe habe er sie davon abhalten können, die Polizei zu holen, es sei ihm alles unendlich peinlich gewesen, erklärte er Marta aufgebracht.

216

Warum kannst du das Kind nicht besser erziehen, daß uns solche Vorfälle erspart bleiben?

Marta hatte nie in den zehn Jahren seines Lebens Jakob unbeaufsichtigt unter die Leute geschickt, nur zur Schule fuhr er allein, denn der Autobus hielt direkt davor. Trotzdem lebte sie in ständiger Angst um ihn. Daß er die Hand in den Spalt einer automatischen Tür stecken und dabei die Finger verlieren könnte, daß er plötzlich, durch irgend etwas irritiert zu schreien beginnen könnte, und niemand dabei wäre, den Zorn der aufgebrachten Menge von ihm abzuhalten. Je älter er wurde, desto größer war ihre Angst um ihn.

Auf Menschen wie Jakob, hatte sie oft zu Felix gesagt, wird so lange Jagd gemacht, bis man irgendeinen Grund findet, sie einzusperren. Du übertreibst, beschwichtigte Felix sie, unsere Gesellschaft ist doch kein Hühnerhof, es gibt eben gewisse Normen, und Schreien fällt aus der Norm, auch fremde Menschen zu berühren ist in unserer Gesellschaft nicht üblich.

Und der Mann unlängst in der Straßenbahn, fragte sie. Felix und Jakob waren neben ihr gestanden in der überfüllten Straßenbahn auf dem Weg zum Bahnhof. Ein Mann in Anzug und Krawatte mit einem Aktenkoffer in der Hand, einer, mit dem geschäftigen Auftreten der Autorität, war neben dem Fahrer stehengeblieben und hatte ihn angebrüllt: Zwei Minuten Verspätung, hatte er geschrien, lauter, als Jakob überhaupt schreien konnte, Sie haben sich an die Dienstordnung zu halten, und wenn ich den Zuganschluß versäume, sind Sie dran! Ich lasse Sie fristlos entlassen! War er ein Kontrolleur, ein Vorgesetzter? Niemand stellte ihn zur Rede, die Menschen im Straßenbahnwagen zogen die Köpfe ein und sahen weg, unter der sich überschlagenden Stimme der Macht schwiegen sie und waren wohl auch entschlossen, kein Wort gehört zu haben; auch der Angeschriene schwieg, die Angst im Abteil war spürbar. Aber Felix fand, man könne den Vorfall nicht mit Jakobs irrationalem Verhalten vergleichen. Der Mann in der Straßenbahn habe zwar unbeherrscht aber der Situation angemessen reagiert. Jakobs Ausbrüche dagegen erzeugten Angst in den Menschen, sie fielen eben aus der Norm. Nein, Felix das Kind zu erklären war sinnlos, er stand auf der Seite der anderen.

Marta war im Lauf der Jahre schon bei den alltäglichsten Dingen unsicher geworden, denn ihr schienen die Normen längst undurchschaubar. Warum erwiderte niemand ihr Lächeln, wenn man ihr Kleingeld in die Hand zählte, wenn man ihr Waren über den Ladentisch reichte? War es nicht mehr üblich zu lächeln? Aber sie konnte sich ja nicht im Spiegel sehen mit ihrem verzweifelten Lächeln, diesem stummen verwundeten Aufbegehren. Und manchmal, wenn sie sich vergaß und ihre Angst, ihr Mißtrauen im Gesicht stehen ließ, bemerkte sie erschrocken, wie Fremde sie aufmerksam ansahen. Seit längerem schon verfolgte sie immer derselbe Alptraum, daß sie in einem eingezäunten, von der Stadt abgetrennten Viertel lebte und das Kind von einem Transport in den Tod zu retten versuchte. Doch wie, wenn Jakob so deutlich hervorstach unter den andern, und wo, zwischen den kahlen Häuserwänden ohne Schlupflöcher und Ritzen? Wenn sie aufwachte, sagte sie streng zu sich selber, du hast kein Recht zu solchen Träumen, aber die Angst ließ sich bis zum Abend nicht mehr verscheuchen.

Jakob kam aus seinem Zimmer erst wieder hervor, als Felix weg war. Wie immer, wenn er bei seinem Vater gewesen war, setzten sie ihr Leben fort, als habe es keine Unterbrechung gegeben. Nie hatte Marta mit dem Kind über Felix gesprochen. Jakob wurde ungreifbar und stellte sich taub, wenn Marta über seinen Vater zu reden versuchte. Nur wenn sie sagte, der Papa kommt uns bald besuchen, merkte sie, daß Jakob sich freute. So wußte sie wenig über diese Beziehung, aber sie ahnte, daß es auf beiden Seiten eine schmerzliche Liebe war, die ihr Ziel nie erreicht hatte. Als Jakob klein war, hatte er Felix sehr ähnlich gesehen, und der hatte das Kind wohl auch dafür geliebt, aber damals lenkte ihn soviel ab, das Studium, die Karriere, das Mithalten mit seinen Freunden, und er war ihrer und Jakobs so sicher, daß er es nicht für notwendig hielt, sich um sie zu bemühen. Es war so leicht, das Kind zu benutzen, um Marta zu quälen, zu erpressen und zu beherrschen. Je älter Jakob dann wurde, desto mehr glich er auch äußerlich seiner Mutter, als käme er ihrem heimlichen Wunsch nach, so wenig wie möglich an Felix erinnert zu werden.

Daß Jakob an seinem Vater hing, obwohl Felix selten den richtigen Ton für ihn fand, erkannte Marta daran, daß das Kind lauter lachte, ausgelassener und fröhlicher war, wenn sich Felix mit ihm befaßte. Die Aufregung, wenn Felix am Telefon war, und die Erwartung an den Tagen vor seiner Ankunft. Aber dann saß Felix düster in ihrer Küche und beklagte sein Schicksal, die Sache mit Jakob habe sein Leben zerstört, auf alles, was er versuche, werfe sie ihre Schatten, seither sei ihm nichts mehr geglückt. Wir sind erledigt, wiederholte er immer wieder, und kein Fortschritt Jakobs konnte ihn umstimmen.

Jedesmal, wenn Marta ihm glücklich berichtete, Jakob habe neue Fähigkeiten entwickelt, er sei selbständiger geworden, die Schule mache ihm Spaß, er zeichne viel, fragte er aufsässig, macht ihn denn das normal?

Immer mußte Marta ihm das Kind erklären und ihn auffordern, so kümmere dich doch um ihn, spiel mit ihm,

siehst du denn nicht, wie er sich freut, daß du da bist? Aber
Felix hatte nie gelernt, um irgend jemanden zu werben, und
Jakob fehlte die Fähigkeit, sich von sich aus Liebe von
andern zu holen. Nie würde Felix die Geduld und die Phantasie aufbringen, dem Liebesbedürfnis des Sohnes nachzu-
spüren, er verlor nach dem ersten oberflächlichen Anlauf
jedesmal sein Interesse. Übrig blieb die Verzweiflung darüber, ein Kind zu haben, das alle seine Erwartungen ent-
täuschte. Dabei mußte doch die Liebe für den Sohn, die er
nicht ausdrücken konnte, so groß sein wie der Schmerz über
ihn, und wenn Marta den beiden zusah, Jakobs Zufriedenheit in der Gegenwart seines Vaters und Felix' ängstliche
Besorgtheit um seinen Sohn, wünschte sie, es wäre ihr gelungen, dieser Liebe eine Chance zu geben durch ihren Verzicht. Aber Jakob war zu lange im Minenfeld der Feindschaft gestanden, die seine Eltern trennte, und dann hatte
sie ihn triumphierend auf ihre Seite gezogen.

Nie war Felix für Marta jemand gewesen, der mit ihr und
dem Kind zusammen eine Familie ausmachte. Er war Jakobs Vater, er war es ihr schuldig, sich um den Unterhalt
ihres Kindes zu kümmern. Dafür gestand sie ihm das Recht
zu, die Entwicklung Jakobs aus der Entfernung mitzuverfol-
gen. Aber sie hatte Felix aus der Verantwortung, aus der
Elternschaft, entlassen, spätestens, als sie ihn verließ. Es
war ihre Rache an seinem Versagen in den ersten zwei
Jahren von Jakobs Leben. Ich werde dich nie verlassen,
hatte sie dem Neugeborenen versprochen, und von da an
war Felix ausgeschlossen. Du hast dich verweigert, erklärte
sie ihm, also ziehe ich allein das Kind groß. Auch die Diagnose und die Jahre danach hatten wenig an ihrem aus-
schließlichen Anspruch auf Jakob verändert. Und wenn
Jakob wieder einen Schritt vorwärts machte, als er Sprache
benutzen lernte, als er ich zu sagen begann, sagte sie glück-

lich, ich habe es geschafft. Von Felix erwartete sie Geld und daß das Kind von den Besuchen bei ihm gesund zu ihr zurückkam, mehr verlangte sie nicht.

Daß eine Zeit kommen konnte, in der sie mehr von Felix fordern würde, hatte sie nie vorausgesehen und weder sich noch ihn darauf vorbereitet. Warum war sie dann so böse, so erstaunt, als er sich weigerte, Jakob zu sich zu nehmen auf unbestimmte Zeit, zwei Monate, drei, bis sie wieder auf den Beinen wäre nach der Operation. Es sei ja nicht zu ihrem Vergnügen, hielt sie ihm vor. Ich bin berufstätig, sagte er. Dann gib ihn in einen Hort, zahl eine Kinderfrau. Aber auch die Abende waren unzumutbar, er sei ja am Abend fast nie zu Hause, was da alles passieren könne! Was würdest du mit ihm machen, wenn ich stürbe, fragte sie, würdest du Jakob denn nicht zu dir nehmen, wenn ich, sagen wir, tot wäre? Immer hatte er davon gesprochen, daß er sein eigenes Leben wiederaufbauen müsse, nachdem sie ihn verlassen hatte, und später, nach der Scheidung, hatte er dann doch nicht so viel anders weitergelebt als bisher. Sein Leben wieder aufbauen. Als hätte sie etwas zerstört, etwas bis auf das Fundament niedergerissen. Ich lasse mir das Leben nicht zugrunderichten, erklärte er jetzt, das kann niemand verlangen, auch das eigene Kind nicht, und was hätte Jakob denn auch davon? Wir haben es für unsere Mutter auch nicht getan.

Als die alte Frau ihr Gedächtnis verlor, als sie sich nicht mehr selber versorgen konnte und vergaß, den Gasherd abzuschalten, das Wasser abzudrehen, das in die Badewanne floß und durch die Dielen sickerte, hatten die Söhne sie in ein Heim gegeben und sie abwechselnd einmal im Monat besucht. Jeden ersten Mittwoch in jedem ungeraden Monat war er bei seiner Mutter gesessen und hatte ihr zugesehen, wie sie versuchte, die mitgebrachte Torte in ihren Mund zu bringen. Und zu anderen hatte er gesagt, dieses Wrack im Altersheim, das sich an nichts erinnert und an den Rollstuhl angeschnallt ist, weil es tobt und davonzulaufen versucht, ist nicht meine Mutter: Meine Mutter, diese starke, selbstbewußte Frau ist längst tot. Aber wenn Felix zu ihr auf Besuch kam, strahlte sie und hatte trotz ihres Gedächtnisschwunds nicht vergessen, daß er ihr Sohn war, ihr Erstgeborener, sie hatte ein Photo von ihren Söhnen auf ihrem Nachttisch stehen, zwei freundliche Kinder von zwei und neun Jahren. Warum Karl sie nicht besuchen käme, fragte sie Felix ungeduldig, denn die Zeit hatte ihre Bedeutung für sie verloren. Aber Mutter, sagte Felix, Vater ist doch schon so lange tot. Zweifellos hatte Felix seine Mutter geliebt und an ihr selbst ihren Auftrag erfüllt, das Verbrauchte, das keinen Zweck mehr erfüllte, abzulagern und sich nicht mehr damit zu belasten. Wie hätte sie ahnen können, daß sie einmal ihrer eigenen Überzeugung zum Opfer fallen würde?

Ja, sagte Felix trotzig, warum sollte mir das Kind mehr bedeuten als die Mutter, warum soll ich mich hinunterziehen lassen und mit ihm zugrundegehen? Marta erinnerte sich an Reinhard: Warum soll mein Bruder leiden, bloß weil es dir elend geht? Nur für die Operation, versuchte sie mit Felix zu verhandeln, nur für ein paar Wochen. Nein, sagte Felix, ich habe vier Jahre in einem Internat verbracht, und es hat mir kein bißchen geschadet.

Solange ich lebe, hatte Marta immer gesagt, kommt mein Kind in kein Heim. Eine Kollegin hatte ihr begeistert erzählt, sie sei mit ihrer Klasse in der Anstalt gewesen, draußen auf dem Land, ganz in der Nähe, und wie wunderbar das Pflegepersonal dort sei, mit welcher Hingabe, welcher Geduld, sie ihr Leben den armen Kreaturen weihten. Die frühere Euthanasieanstalt? hatte Marta entsetzt gefragt. Und die Kollegin war böse geworden. Könne man nicht die

Vergangenheit ruhen lassen, könne man nicht über häßliche Dinge schweigen angesichts der Verdienste, die sich diese Menschen im Dienst an den Ärmsten erwürben?

Und jetzt drängte die Zeit. Jakob mußte untergebracht sein vor Ende des Sommers, vor dem Aufnahmetermin ins Spital. Tagsüber rief Marta mit immer hektisch werdender Verzweiflung Heime an, und immer fügte sie hinzu, nur für ein paar Wochen.

Aber eine Heimunterbringung für ein paar Wochen sei ausgeschlossen, hieß es. Eine Heimunterbringung war ja Endstation, das Gefürchtete, manchmal Ersehnte, Endpunkt eines zukunftslosen Kinderlebens, wenn die Eltern ausgelaugt waren, nicht mehr konnten, nicht mehr wollten und nicht mehr weiterwußten, es war die endgültige Kapitulation vor der eigenen Schwäche, dem nicht mehr zu unterdrückenden Verlangen, noch ein wenig zu leben, bevor man starb. So wie andere Kinder die Eltern verließen, um an der Universität zu studieren, einen Beruf zu ergreifen, so kamen diese Kinder also in ein Heim, wurden abgegeben, aufgegeben, in Liebe und Tränen und mit guten Wünschen.

Nein, rief Marta in den Hörer, um Gottes willen, keine Heimunterbringung auf Dauer, nur für die Zeit der Operation und ein, zwei Wochen danach, nein, es sei nichts Lebensgefährliches, sie käme ganz bestimmt wieder, um ihn zu holen.

Wie lange also?

Sechs Wochen, höchstens acht.

Wegen zwei Monaten fangen wir gar nicht erst an, hieß es.

Gab es denn niemanden sonst?

Susanne fiel ihr kurz ein, aber Susanne bot ihre Hilfe nicht an, und Marta getraute sich nicht zu fragen. Und dann dieser Mann, Stefan, sie erinnerte sich an einen Besuch, wie er Jakob angeschrien hatte, still oder ich schmeiß dich hin-

aus, und später, nach dem Essen, sein barsches: Sofort
Händewaschen! Stefan ist ein böser Mann, hatte Jakob zu
Hause gesagt.

Weil der Sommer bereits zu Ende ging, erwähnte Marta
bei ihren Vorspracheterminen die Dauer der Unterbringung
nicht mehr. Beklommen betrat sie die Gebäude, still war es,
stiller noch als in Krankenhäusern, wo waren die Kinder?
Jedesmal, wenn sie ein Heim betrat, dachte sie, überall, nur
nicht hier! Aber überall gab es kahle Korridore, in denen
ihre Sohlen laut quietschten, und die Leere in allen Räumen,
die Kälte, die alle Gebäude durchzog. Wie kann man hier
auch nur einen Tag überleben, fragte sie sich.

Sie schaute besorgt in die Gesichter der Erzieher, zerstreut lächelnde Gesichter. Es gelang ihr nicht, in ihnen zu
lesen, Güte zu finden, Geduld. Mein Kind ist nämlich,
begann sie und stockte. Das waren ja keine Ärzte, und es
ging hier nicht um Symptome, sie mußte diese Menschen für
Jakob gewinnen. Mein Kind ist nämlich sehr begabt, sagte
sie, musikalisch, künstlerisch, sehr phantasievoll und sehr
sensibel, er braucht viel Geduld, Lärm erträgt er nicht...

Man schnitt ihr das Wort ab, die Diagnose? Autismus,
Entwicklungsverzögerung.

Mit spöttischen Augen hörte man zu, wie sie von Jakob
schwärmte.

Natürlich wird es ihm gut gehen bei uns! Man warnte sie,
es wird ihm schwerfallen am Anfang, die Eingliederung, die
Anpassung an die Gemeinschaft, ein derart verhätscheltes
Kind, ein Muttersohn, sie konnte den Tadel nicht überhö-
ren, und manchmal sagte einer laut, kein Wunder, daß er
zurückgeblieben ist, bei so viel Verweichlichung, so viel
übertriebener Pflege, Überbemutterung. Härte sei nötig,
belehrte man sie, ohne Härte kein Wachstum, ja, auch Ab-
härtung, Ertüchtigung!

Aber mein Kind ist so zart, wandte sie ein, so sensibel! Sie sah die Ungeduld in den Gesichtern, was erwartete denn diese Frau, was gab sie denn schon ab? Ein behindertes Kind. Und tat, als sei es ein Juwel. Erst am Schluß sagte sie leise, er wird sowieso nicht lange hier bleiben, sechs Wochen, zwei Monate höchstens. Häufiger Aufenthaltswechsel sei schädlich, erklärte man ihr, besonders für ein Kind wie Jakob.

Immer von neuem ging sie auf Suche, wollte alle Heime selber gesehen haben, bevor sie sich entschied, auch lange Fahrten scheute sie nicht, von allen Heimen im Land das beste. War es auch bei anderen Kindern so schwer, einen Platz für sie zu finden?

Moderne Gebäude, helle, fröhliche Zimmer, stand in den Prospekten. Es fiel ihr auf, daß die hellsten, größten Zimmer mit der schönsten Aussicht die Kanzleien und Direktionen waren. Warum waren die Klassenzimmer so kahl, die Speisesäle im Keller? Moderne Gebäude aus Stahl und Beton, raumhohe Glaswände ohne Jalousien und Vorhänge, ohne Schutz vor der sengenden Sonne, und die Topfpflanzen in den Ecken schlaff und vergilbt. Bald kommt der Herbst, tröstete sie sich, dann ist es nicht mehr so heiß in diesen Gängen und Sälen. Gab es denn nirgends Fenster zum Öffnen?

Warum man die Räume nicht freundlicher einrichten könne, fragte sie einen Erzieher, der mit ihr durch das Gebäude hastete, Türen aufstieß und sie schnell wieder schloß. Die Zöglinge merkten das nicht, erklärte man ihr, sie seien stumpf, sie hätten wenig Sinn für das Schöne. Hing da nicht ein unausgesprochenes Wort zwischen den Sätzen, das man umschrieb, immer wieder, in barmherzigen Worten, dieses mörderische Wort, leere Menschenhülsen?

Am Ende entschied Marta sich für ein Heim unter geist-

licher Aufsicht. Sie hatte allen Leitern und Pädagogen miß-
traut, um so mehr, je zuvorkommender sie waren, denn
überall hatte man ihr die Kinder vorenthalten, den unbeauf-
sichtigten Zugang zu den Tagesräumen verwehrt, überall
war sie in Kanzleien gesessen, ratlos und isoliert, als gäbe es
nur Erwachsene in diesen Häusern und keine Kinder. Die
Kinder seien beim Unterricht, hieß es, beim Essen, bei der
Therapie, aber die Räume, die man ihr zeigte waren leer und
aufgeräumt, nichts deutete darauf hin, daß sich in ihnen
manchmal Kinder aufhielten.

Marta fühlte sich machtlos und hintergangen, es gelang
ihr nicht, die Hierarchien und Abläufe der Heime zu durch-
schauen. Unsere Institution, sagte der geistliche Leiter, ist
etwas organisch Gewachsenes, als genüge diese Erklärung,
um jede weitere Frage abzuschneiden und bedingungslose
Unterwerfung zu fordern. Sie ging über die breiten Kies-
wege und sah die Nonnen in die Kapelle huschen, ihre
Gesichter gaben nichts preis, manchmal lächelten sie vage
an ihr vorbei. Wie sollten diese schattenhaften Frauen mit
den blutleeren Gesichtern einen Zugang zu Jakob finden,
fragte sie sich. Aber dann erinnerte sie sich an Pädagogen in
anderen Heimen und die Härte, die Gleichgültigkeit in deren Gesichtern, und sie hoffte, wenn es schon keine Liebe
gäbe, daß die verordnete Nächstenliebe ihr Kind schützen
würde.

Sie werden ihm nichts antun, dachte sie, schlimmstenfalls
beachten sie ihn nicht. Sie vertraute auf Jakobs Fähigkeit,
wegzutauchen und in seine Innenwelt auszuwandern, in der
keine Wirklichkeit ihn berührte.

Nur für ganz kurze Zeit, versprach sie Jakob, ganz gleich,
was sie dir sagen, nur bis ich wieder gesund bin! Für Jakob
würde der Heimaufenthalt auch einen Schulwechsel bedeuten. Du brauchst keine Angst zu haben, log sie, als sie Jakob

das erstemal mitnahm, aber sie konnte damit weder sich noch das Kind beruhigen. Schau, sagte sie, die breiten Wege und die Spielplätze, die Sandkästen, da wirst du bestimmt radfahren können, und alles ist so schön hell! Aber die Spielplätze und Rasenflächen lagen verlassen an diesem heißen Spätsommernachmittag, und nur in den Gängen des Wohngebäudes schlichen hie und da Kinder vorbei, huschten in Räume, man hörte das Wischen ihrer Füße auf den Boden.

Das riecht....? sagte Jakob fragend und blieb witternd stehen.

Wie riecht es denn, Jakob?

Er wußte nicht recht, er kannte diese Mischung aus Desinfektionsmittel, ungelüfteten Räumen, Gummi und Anstaltsküche noch nicht. Labor, schlug er vor, kriege ich eine Spritze?

Nein, das ist kein Spital, das ist ein Wohnheim für Kinder!

Was Marta gefallen hatte, waren die alten Gebäude, die Portale und dicken Steinmauern, die breiten, schattigen Bäume, etwas organisch Gewachsenes, hatte der Leiter gesagt, seit fast hundertfünfzig Jahren. Und wo in dieser Idylle, dachte sie plötzlich, hatten damals die grauen Busse gehalten, als man die Zöglinge holte, um sie zu ermorden?

Neben ihr ging Jakob, schweigsam und abgewandt, fast hätte sie sich gewünscht, er hätte wie früher in den Spitalskorridoren seine Absätze in den Boden gestemmt und sich geweigert, einen Schritt weiterzugehen. Gefällt es dir hier, fragte sie kleinlaut. Ja, sagte er mit seiner fernen, unbeteiligten Stimme. Die Nonnen nickten ihnen stumm und freundlich mahnend zu, aber Jakob hielt Martas Hand fest umklammert und grüßte niemanden, sie spürte die Unrast in seinem widerstrebenden Körper, die unausgeführte Fluchtbewegung bei jedem Schritt. Wie sollte sie sich jemals aus dieser Hand lösen und allein fortgehen?

Zu Hause packte er seinen Rucksack und einen Koffer, als führe er mit Felix auf den Bauernhof. Er stopfte seine Werkzeugsammlung hinein, seine Malsachen und Spielzeugautos, und Marta sah ihm wortlos zu und wagte bis zum Schluß nicht, ihn davon abzubringen. Du wirst kein eigenes Zimmer haben, sagte sie schließlich, nur einen eigenen Nachttisch und ein Fach in einem Schrank, aber das konnte er sich nicht vorstellen. In ihren eigenen Koffer packte sie Nachthemd, Toilettesachen und Bücher, sie tat es spät abends, als Jakob schon schlief. So rüsteten sie sich beide zum Auszug auf unbestimmte Zeit und hielten ihre Ängste voreinander geheim.

Am letzten Tag, als sie ihn zurückließ, stand Jakob mit seinem Koffer mitten im leeren Schlafsaal, eine Nonne schob sie ungeduldig zur Tür hinaus. Er stand da, als hätte sie ihn ausgesetzt und jetzt schon aufgegeben und verlassen. Auf Wiedersehen, sagte er tapfer. Was geschah, nachdem sie die Tür hinter sich schloß, wie lange würde er so reglos mitten im Raum stehenbleiben? Sie nahm das Bild mit, Jakob mit gefaßtem Gesicht, das keinen Abschiedsschmerz verriet, den Koffer in der Hand, sie konnte ihn sich nicht vorstellen, wie er in diesen Räumen lebte, lachte, spielte, mit anderen umging.

Die letzte Nacht zu Hause schlief sie wenig. Felix rief an, und sie legte wortlos den Hörer auf. Sie ging zu Bett und hörte einen Bach in der Nähe unerträglich laut rauschen. Noch nie hatte sie diesen Bach rauschen gehört. Draußen war es hell über den Feldern, die Steine im Garten glänzten, aber nirgendwo war der Mond zu sehen, eine sternlose, mondlose Nacht ohne Schatten, nur die unheimliche Helligkeit des Himmels, über die Wolken trieben. Und hinter ihr in den Zimmern die Stille als Folterwerkzeug, zwei Betten für sie allein, ein Bett für jede Hälfte der Nacht, aber in keinem konnte sie sich beruhigen. Mit jeder Stunde wuchs die Angst um das Kind, das seine erste Nacht ohne sie unter Fremden durchstehen mußte.

Jeden, der Marta im Spital besuchte, schickte sie mit dem Auftrag weg, ihr Nachricht von Jakob zu bringen. Sie wollte nicht begreifen, daß Krankenbesuche etwas Unverbindliches sind, eine Pflicht, der man sich zwischen Mittagessen und Einkaufsbummel entledigt. Eine halbe Stunde lang auf einem Stuhlrand neben dem Krankenbett teilnahmsvoll zuzuhören, wie die Operation verlaufen sei, und dann erleichtert und beschwingt durch den Vergleich mit dem Leiden ins Freie zu laufen. Aber Marta wollte nicht über sich reden, und die Geschenke legte sie, ohne Freude zu zeigen, auf ihren Nachttisch. Nein, für sich wolle sie nichts, sagte sie ungeduldig, aber für Jakob, daß man ihn besuche, ihm dies und jenes mitbringe, ihm ausrichte, sie sei bald wieder gesund und käme ihn dann holen. Sie hatte nicht viele Besucher, sie hatte ja auch keine Freunde, nur Bekannte, ein paar Frauen aus der Behindertengruppe, die zwischen Kochen und Kinderabholen kamen, zwei oder drei frühere Kolleginnen auf ihrem Weg von der Arbeit, und Susanne.

Susanne kam öfter, sie half Marta aufstehen, die alte Narbe von Jakobs Geburt war wieder zur Wunde geworden. Sie saß geduldig an ihrem Bett und hörte zu, wie sich Marta beklagte, man lasse sie liegen, niemand kümmere sich und nichts geschehe, es ginge alles so langsam. Sie versuchte Martas Zorn zu beschwichtigen, ihre Ungeduld mit den Schmerzen, mit ihrer Schwäche, mit den unzähligen ungenutzten Stunden, die sie im Bett zubringen mußte.

Besuch doch Jakob, statt jeden Tag hierzusitzen, verlangte Marta. Das sei zu aufwendig ohne Auto, erklärte ihr Susanne, es ginge nicht, wegen Stefan, wegen Angelika, und wenn sie Martas trotziges Gesicht sah, wie sie an ihr vorbeischaute und schwieg, lenkte sie ein, sie werde es versuchen, sobald es irgendwie ginge. Warst du bei Jakob, fragte Marta jedesmal statt eines Grußes, und Susannes Besuche wurden seltener. Ich tue ja, was ich kann, verteidigte sie sich, ihr Gesicht trug deutlich Selbstbeherrschung und guten Willen zur Schau. Glaubst du denn, *mein* Leben sei einfach? Meist lag Marta nun allein in den frühen Nachmittagsstunden, wenn die Korridore hallten von den eiligen Schritten Gesunder, und ließ jeden, der sich ihrem Bett näherte, ihre Erbitterung spüren, denn niemand, klagte sie, sei bereit, das Geringste für sie zu tun, und ihr Kind wäre ohne sie überhaupt verloren.

Schließlich kam Felix, geradewegs von Jakob, es gehe ihm gut, behauptete er nebenbei. Marta glaubte ihm nicht. Woher er das so sicher wisse? Wie sieht er aus, was sagt er, wie war er?

Guter Dinge, erklärte Felix, der sich ins Phrasenhafte zurückzog, wenn er sich angegriffen fühlte.

Guter Dinge, was soll das heißen?

Du weißt doch, sagte er ungeduldig, wie Jakob ist, man sieht so schwer in ihn hinein.

Du siehst schwer in ihn hinein, schrie sie ihn an, weil du dir nie die Mühe gemacht hast! In ihrer Schwäche, die sie nicht zulassen wollte, trieb die Ungeduld sie unentwegt an den Rand einer zittrigen, hysterischen Verzweiflung.

Er sagt, es gehe ihm gut, sagte Felix grimmig mit angestrengter Ruhe.

Marta sah die beiden vor sich, Felix mit seinem unverbindlichen Lächeln, diesem verlogenen, Besorgnis vortäuschenden Lächeln, mit dem er auch in ihr Krankenzimmer

230

getreten war, und der Frage: Wie geht's dir, mein Sohn? Und ihm gegenüber Jakob, noch immer reglos mitten im Schlafsaal, wo sie ihn vor zwei Wochen zurückgelassen hatte, mit seinem undurchdringlichen Gesicht und der unbeteiligten Stimme: Danke, gut. Die Hilflosigkeit, die Felix vor sich und dem Kind verbergen mußte mit einer viel zu lauten, grundlosen Munterkeit. Das freut mich aber, mein Sohn, das werde ich gleich deiner Mutter berichten! Hatten Jakob und Felix denn überhaupt jemals miteinander gesprochen? Marta konnte sich nicht erinnern, er hatte das Kind immer nur mit seinen Floskeln gequält. Hallo, mein Sohn, wie geht's dir, machst du Fortschritte in der Schule, möchtest du sehen, was ich dir mitgebracht habe? Und Jakob sagte mit ausdruckslosem Gesicht und seiner mechanischen Stimme ja und nein.

Jakob hatte zwei Arten von Stimme. Die Stimme, die ihm gehörte, in die er seinen eigenen unverwechselbaren Klang hineinmischte, einen kaum merklich fragenden Ton, einen eifrigen, leicht reizbaren Klang auch in neutralen Sätzen, eine Dringlichkeit oft, die dem Gesagten nicht zuzukommen schien. Diese Stimme besaß er, seit er seine eigenen Sätze formte, seit seine Sprache nicht mehr aus geborgten Versatzteilen bestand. Aber daneben gab es immer noch die tote, mechanische Stimme, in der Jakob seine Weigerung ausdrückte, sich mit dem Gesagten zu identifizieren. Alles Gute, wünschte er mit dieser Stimme und sah dabei über sein Gegenüber hinweg oder an ihm vorbei. Frohe Weihnachten, ein glückliches neues Jahr, und auch die stereotype Antwort, danke, es geht mir gut. Er sagte diese Formeln bereitwillig auf, aber mit einem Gesicht, als koste ihn jeder Satz eine unerträgliche Anstrengung. Ja, es war schön. Verzeihung, es tut mir leid. Wie Redewendungen aus dem Sprachführer sagte er die Sätze auf, aber sein Blick sagte:

Ich, Jakob, habe damit nichts zu tun, ich fehle in diesen Sätzen. Früher hatten fast alle seine Sätze so geklungen, als lernte er seine eigene Sprache mühsam und gegen seinen Willen im Fremdsprachenunterricht. Im Lauf der Jahre hatte er immer mehr Sätze mit seiner eigenen Stimme gefüllt und allmählich seine eigene Ausdrucksweise gefunden, aber die Regeln der Konversation verstand er immer noch nicht. Nur Marta wußte, wie er sich fühlte, wenn er pflichtschuldig sagte: Danke, es geht mir gut.

Nach drei Wochen wurde Marta entlassen. Der Rock, mit dem sie ins Spital gekommen war, rutschte ihr fast von den Hüften, meine alte Figur, rief sie erfreut, aber es war nicht ihre alte Figur und auch nicht ihr früheres Gesicht, was sie im Spiegel sah. Es war eine Frau Mitte vierzig, müde, abgezehrt, endgültig alt. Susanne holte sie ab, trug ihren Koffer, brachte sie im Taxi heim. Marta legte sich bald schon erschöpft ins Bett, dort lag sie weinend, während Susanne das mitgebrachte Essen aufwärmte. Warum sie weine, fragte Susanne, sie sei ja nun daheim. Sie brachte ihr das Essen ans Bett, setzte sich zu ihr, aber je mehr sie sich um Marta bemühte, desto hemmungsloser weinte sie. Nicht wegen jetzt, schluchzte Marta, nein, wegen damals, wie sie heimgekommen sei, nach Jakobs Geburt, und die Kälte von Felix, neben ihr sei er aufs Bett gefallen und eingeschlafen, wie allein er sie gelassen habe. Es ist ja alles schon so lange vorbei, beschwichtigte sie Susanne. Nein, es war nicht vorbei, es würde nie vorbei sein, es war ihr Leben, ihr ganzes Leben, und jetzt war sie alt. Bring mir den Spiegel, verlangte sie, siehst du nicht selber, daß es zu spät ist?

Die Zähigkeit, für die Susanne sie bewundert hatte, die Entschlossenheit, mit der sie für sich und ihr Kind auftrat, schienen gebrochen. Zum erstenmal ließ Marta sich fallen in eine zeitweilige Mutlosigkeit, in eine ständige Gereiztheit und zugleich eine neue Anhänglichkeit der Freundin gegenüber. Verzeih mir, bat sie, es ist das erstemal, daß sich jemand um mich kümmert.

Sie hatte sich vorgenommen, Jakob sofort zu holen, gleich nach ihrer Heimkehr aus dem Spital, aber jetzt kostete jeder Handgriff sie so unendlich viel Kraft, jeder Gedanke mußte so viel Müdigkeit überwinden. Von Tag zu Tag verschob sie es, das alte Leben wieder aufzunehmen, Verantwortung zu übernehmen, sie gestand es sich selber nicht ein, aber sie genoß ihre Schwäche wie eine lang unterdrückte Ausschweifung. So wurden aus sechs Wochen neun. Der Arzt, zu dem sie in Nachbehandlung ging, sprach von einer schweren postoperativen Depression und verschrieb Medikamente, die sie gereizt und rastlos, aber nicht tatkräftiger machten. Sie verbrachte viele Stunden im Bett und wartete auf Susanne, und wenn Susanne kam, redete sie von ihrer Ungeduld und daß sie sich schuldig fühle, das Kind nicht schon am ersten Tag geholt zu haben, aber sie raffte sich nicht einmal dazu auf, sich die Haare zu waschen und einkaufen zu gehen. Dann hole halt ich ihn, rief Susanne, die Martas Unentschlossenheit nicht mehr ertrug. Aber das wollte Marta nicht, sie wollte ganz allein mit ihm sein beim ersten Wiedersehen. Sie fürchtete sich davor und konnte es nicht erwarten, aber es selber herbeizuführen, fiel ihr auf einmal so schwer.

Schließlich hatte sie es doch geschafft, ihre erste Autofahrt nach zweieinhalb Monaten, zitternd und unsicher ging sie auf die alten Gebäude zu, voller Angst. Sie wußte gleich, als Jakob das Besuchszimmer betrat, die Haare sehr kurz geschnitten und abgemagert, daß es eine schreckliche Zeit für ihn gewesen sein mußte. Dieser Blick scharf an ihr vorbei, der es sich nicht erlaubte, sie zu erkennen. Zum erstenmal seit der Zeit nach der Diagnose verweigerte er auch ihr den Zutritt. Er war ein Fremder mit dem vertrauten Gesicht

233

ihres Kindes. Sie wußte nicht, was sie zu ihm sagen sollte, verlegen streckte sie ihre Hand aus, er reagierte nicht darauf. Möchtest du wieder heim, fragte sie. Ja, sagte er mit seiner fernen mechanischen Stimme und rührte sich nicht.

Ich nehme ihn gleich mit, sagte Marta im Vorbeigehen zu einer Schwester. Aber so einfach konnte eine Mutter ihr Kind nicht zurückbekommen. Plötzlich kam Aufregung in die Stille, die Nonne holte Verstärkung herbei, es gebe Vorschriften, hieß es, Regeln, sie hätten keine Erlaubnis, nein, niemand könne die Erlaubnis geben, wo käme man denn da hin! Man gebot ihr zu schweigen und sofort das Haus zu verlassen. Die schwarzen Kutten bildeten eine geschlossene Mauer und drängten sie zum Ausgang, nein, Ausnahmen gebe es nicht. Ruhe gebot man ihr, es sei fünf Uhr und Zeit für die Zöglinge, schlafen zu gehen. Auch Strafen drohte man an, Konsequenzen, für die niemand einstehen könne, wenn sie nicht sofort aufhöre, die Ruhe zu stören. Hausfriedensbruch, zeterten die Schwestern, ob sie denn bereit sei, die Folgen zu tragen, unerhört und noch nie vorgekommen in der langen Geschichte der Institution, daß jemand ohne Erlaubnis in die Anstalt eindringe, um unbefugt und gewaltsam einen Zögling zu entführen!

Die Gestapo war also befugt, schrie Marta.

Man wisse nicht, wovon sie rede, erklärten die Nonnen, es schien, als ob sie eine andere Sprache spräche, als erreichte ihre Stimme aus irgendeinem Grund diese Frauen nicht. Anstaltsfremden Personen, wiederholten sie, sei der Zutritt verboten. In ihren Gesichtern las Marta kein Zeichen, ob sie ihre Einwände hörten oder verstünden.

Ich bleibe hier, erklärte sie grimmig, ich rühre mich nicht von der Stelle. Man drohte ihr mit dem Anstaltsleiter, als bedeute sein Kommen eine furchtbare Strafe. Ja, rief Marta, er soll nur kommen, vielleicht kann man mit ihm reden! Ihre

234

Furchtlosigkeit entsetzte die Schwestern, ob sie denn keine Ehrfurcht kenne, fragten sie empört, sei es so weit schon gekommen in der Welt?

Dann saß sie vor dem geistlichen Herrn und kämpfte gegen ihre Erschöpfung. Es ginge ihr nicht um das Geld, sagte sie, er solle das Pflegegeld haben, soviel er wolle, jede Summe war sie bereit zu zahlen, nur Jakob solle man ihr geben, gleich, bevor ihre Selbstbeherrschung versagte, bevor ihre Kraft sie verließ und sie vor Schwäche zu weinen begann.

Sie saß vor dem Schreibtisch des Anstaltsleiters und zitterte schon vor Erschöpfung, würgte Tränen hinunter, ein hilfloses trostwürdiges Geschöpf, dem geistlicher Beistand nottat, dem man väterlich überlegen anraten konnte, erst einmal heimzugehen und auszuruhen und andere entscheiden zu lassen. Eine sofortige Entlassung sei aus vielen Gründen nicht möglich und auch nicht im Interesse des Kindes, am Besuchswochenende, das sei ja ohnehin schon in einer Woche, solle sie wiederkommen und das Kind vorerst auf Besuch mit nach Hause nehmen. Sie durfte sich nicht einmal mehr von Jakob verabschieden, denn um halb acht, als sie das Büro des Anstaltsleiters verließ, lagen die Zöglinge schon in den Betten, und die Schwestern waren beim Abendgebet. Draußen war es noch hell. Wie war Jakob in dieses Gefängnis geraten, aus dem es so schwer schien, wieder herauszukommen? Sie selber hatte ihn eingeliefert, es gab keine Entschuldigung, sie hatte vorher die Räume besichtigt, die kahlen Aufenthaltsräume, die trostlosen Klassenzimmer, in denen die Kinder keine Spuren hinterlassen durften. Aber in jedem Raum hing ein großes, bedrohliches Kruzifix. In der Handtasche hatte sie ein Formular, mit dem sie ihr Kind für eineinhalb Tage würde auslösen dürfen an jedem dritten Samstag.

Als sie Jakob eine Woche später holte, gab man ihr eine Kapsel mit Pillen, ohne Erklärung und ohne Beipackzettel, nur Jakobs Name stand auf der Kapsel, der lateinische Name des Medikaments und die Einnahmezeiten. Wozu Medizin? fragte sie. War er denn krank, warum hat man mich nicht verständigt? Doch die Schwester sagte mit starrem Gesicht, sie sei nicht befugt, Auskunft zu erteilen, und die Ärzte seien am Wochenende nicht zu erreichen. Ein Sedativum, erklärte man ihr in der Apotheke, gegen affektive Erregungszustände, mehr erfuhr sie auch dort nicht.

Zu Hause, hatte sie gehofft, würde Jakob bald wieder zu dem Kind werden, das sie kannte, ein wenig albern, wenn er glücklich war und aufgeregt über die neuen Spielsachen, die sie für ihn gekauft hatte, sogar vorgekocht hatte sie schon, alles, was er am liebsten aß.

Aber zu Hause erst fiel ihr auf, daß Jakob nicht bloß teilnahmslos war, er konnte sich nicht orientieren, er stieß gegen den Türrahmen, er hatte Mühe, aufrecht auf seinem Stuhl zu sitzen und das Essen zum Mund zu führen. Er verschüttete soviel Suppe, daß sie ihn füttern mußte, aber bald stieß er den Löffel weg und rührte auch sonst nichts mehr an. Beim Anblick seiner Spielsachen und der verpackten Geschenke flackerte eine kurze Begeisterung auf, ein flüchtiger Glanz in den Augen, ein Lachen, das gleich wieder dem Ausdruck tiefer Müdigkeit wich. Er drehte verwirrt einige Spielsachen in den Händen, aber es schien, als ob seine Augen und Hände nichts halten konnten, sein Blick glitt an allem ab. Dann saß er wie in Trance, fern, abgehoben, als hätte er vergessen, wo er sich befand.

Möchtest du schlafen gehen, Jakob, bist du müde?

Ja, sagte er mit seiner mechanischen Stimme. Er drehte sich zur Wand und war bald darauf eingeschlafen.

Später, am Nachmittag, sah sie ihm zu, wie er mit leicht

hin- und herwiegendem Oberkörper blicklos auf dem Boden saß.

Sieben Jahre wie weggewischt, sieben lange mühevolle Jahre voll von Erfolgen und Rückschlägen und Neuansätzen wie nie gewesen. Vor ihr saß wieder der Vierjährige, unerreichbar, in seiner eigenen, unzugänglichen Welt. Sieben verlorene Jahre, und keiner drei Monate hatte es bedurft, sie auszulöschen, aber wie vieler Tabletten? Einmal, mit sechs, nach einer Anästhesie, hatte es einen ähnlichen Rückfall gegeben. Sie spülte die Tabletten in den Kloabfluß, einzeln, um ihre Wut ganz auf die schweigende Vernichtungsarbeit zu konzentrieren, um nicht laut herauszuschreien vor Verzweiflung und Hilflosigkeit.

Hast du im Heim geschrien, fragte sie vorsichtig. Nie hatte er früher von der Schule erzählt. Still sein, hatte er aufgeregt auf jede Frage hin gerufen. Er hielt überhaupt alles, was er in ihrer Abwesenheit erlebte, sorgfältig vor ihr geheim, und sie hatte ihn selten zu Antworten gedrängt.

Warst du schlimm, fragte er jetzt zurück. Er hatte also geschrien, und er war sich selber wieder so sehr zum Fremden geworden, daß er du zu sich sagte. Wie lange würden sie nun wieder brauchen, den Weg zurückzulegen bis zu dem Tag, an dem sie ihn in dieses Heim gebracht hatte, und würde es überhaupt noch gelingen?

Marta fuhr allein in die Anstalt, um seine Sachen zu holen, entschlossen, das Kind niemandem herauszugeben, unter keiner Drohung und keinem Zwang. Mit kaltem, starren Gesicht saß sie vor der Ärztin, Haß in den Augen, zu keinem Lächeln, keiner freundlichen Geste bereit.

Er wird Anfälle haben, was machen Sie dann, fragte die Ärztin.

Er hat nie Anfälle gehabt, sagte Marta abweisend.

Sie maßen sich wortlos, die Ärztin erstaunt über das

unerwartete Aufbegehren, sie war demütige Eltern gewohnt, sie ging täglich nur mit Hilflosen um, und hier saß
eine vor ihr, deren Sturheit und Überheblichkeit ihre Empörung herausforderten.

Kommen Sie aber dann nicht zu mir, drohte sie, wenn Sie
ihn nicht mehr bändigen können!

Marta stand auf, ohne sich zu verabschieden. Die Ärztin
begleitete sie zur Tür und versuchte, sich nun mit ihr gegen
Jakob zu verbünden.

Es muß Ihnen ganz schlecht gehen, sagte sie nachsichtig,
Sie haben bestimmt schon viel Furchtbares mitgemacht mit
dem Kind!

Da verließ Marta fast ihre kühle Beherrschung, schnell
lief sie davon, um nicht zu weinen vor dieser Frau, um das
Mitleid nicht anzunehmen und zuzugeben, ja, es war
manchmal schrecklich. Lieber alle Schuld auf sich nehmen,
dachte sie, als sich mit ein paar Worten des Mitgefühls die
Hoffnung zerschlagen lassen.

In den ersten Tagen schlief Jakob viel. Er war friedlich
und wunschlos, als wären seine Bedürfnisse mit Essen und
Schlafen bereits gestillt. Früher war Marta so wenig Zeit
geblieben, wenn Jakob zu Hause war, immer hatte er nach
ihr gerufen und gefordert, daß sie mit ihm spiele, seine Sätze
vollende, für ihn da sei; und wenn sie sich an die Jahre
erinnerte, als er sie nicht einmal wahrgenommen und kein
einziges Mal angesprochen hatte, als ihr seine Welt noch
unzugänglich erschienen war, war sie dankbar, stundenlang
bei ihm sitzen und seine Spielgefährtin sein zu dürfen. Aber
jetzt saß sie unruhig an seinem Bett, sie legte sich von Zeit zu
Zeit neben ihn, stand wieder auf, ertrug das Schweigen
nicht, sie befühlte seine Stirn, konnte es nicht glauben, daß
er gesund sei, lautlos, zusammengekrümmt, das Gesicht zur
Wand. Aber er hatte kein Fieber, er lag mit offenen Augen,

bedürfnislos, schmerzlos und ohne sich um ihre stumme Verzweiflung zu kümmern.

Fast war sie dankbar, als er schließlich anfing, unruhig zu werden, hin- und herzulaufen, vom Bad über den Gang in sein Zimmer und wieder zurück, stundenlang, hin und her, wie von einem Motor getrieben, unbeirrbar, so wie er früher im Kreis gelaufen war, nur lautlos jetzt und wie in einem unsichtbaren Käfig, als suche er einen Ausweg. Dann begannen ihn Gegenstände zu irritieren, seine Unruhe steigerte sich zu einer verzweifelten Wut, mit der er Spielsachen aus dem Weg stieß, sie zu zerbrechen versuchte.

Jakob, was treibst du, rief Marta voll Angst, hör auf, deine Sachen kaputtzumachen!

Aber sie hatte dieses langsame Anwachsen des Chaos in ihm schon oft genug erlebt, um zu wissen, Verbote nützten nichts mehr; sie sah es in seinen Augen, er würde schreien müssen, um sich schlagen wie früher, die ganze Entwicklung noch einmal durchmachen und alle Stufen der letzten Jahre wieder von neuem überstehen, viele Male, um wieder aufzutauchen und selbstbewußt ich zu sagen. Sie spürte die Anspannung in ihm, die wachsende Unruhe, die Angst, eine sich immer noch steigernde Angst, sie spürte dieselbe Ausweglosigkeit auch in sich, ihre Angst und die seine, wie eine einzige Lawine, vor der sie sich duckte, unfähig sich zu erinnern, wie sie es früher überlebt hatten, wie es ihr manchmal gelungen war, den drohenden Ausbruch abzuwenden. Statt dessen erinnerte sie sich an alle Prophezeiungen. Wenn Sie ihn nicht mehr bändigen können, hatte die Ärztin gesagt. Früher oder später werden Sie ihn weggeben müssen, hatte es geheißen, und sie in ihrem geschwächten Zustand den Körperkräften eines Elfjährigen ausgesetzt, auf den sie keinen Einfluß mehr zu haben glaubte. Sie schämte sich ihrer Angst und ihrer Machtlosigkeit, ihres Wunsches, etwas möge geschehen, um sie vor dem Ausbruch zu schützen.

Jakob war es, nicht sie, der sich rechtzeitig erinnerte, wie sie gemeinsam gelernt hatten, dem hereinbrechenden Chaos zu begegnen. Festhalten, rief er, es ist gleich vorbei! Er hielt ihr mit einer verzweifelten Geste der Hingabe sein Gesicht entgegen. Er hatte es selber erfunden, das erstemal hatte sie vor Freude und Überraschung laut in dieses dargebotene angstverzerrte Gesicht gelacht, später erwartete er ihr erleichtertes Lachen wie ein Signal, daß alles in Ordnung sei. Sie hatte es am Anfang nicht glauben können, wie einfach es war, die Angst und die Anspannung in ihm zu lösen, daß es nichts weiter bedurfte, als ihn festzuhalten und ihm zu versichern, du kannst es, es ist schon vorbei. Wie es ihr denn gelungen sei, fragte man sie später, das Schreien und Toben zu überwinden, und sie wußte es nie genau, konnte es nicht beschreiben, auf einmal war es von selber weg, sagte sie, er hat es selber geschafft. Aber sie wußte, es war der stärkste Beweis für sein Vertrauen in sie und seine Liebe, eine ungeheure Willensanstrengung, die jede vorstellbare Selbstbeherrschung übertraf, eine Errungenschaft in ihrer Bedeutung auf einer Stufe mit dem ersten *Ich will.* Niemand würde ihr das Kind jetzt noch wegnehmen können.

Langsam kam Jakob wieder zu sich, er legte jeden Tag ein Stück des Weges zurück, den er bereits einmal gegangen war. Er mußte von neuem lernen, seine Ungeduld zu bändigen, sich zu konzentrieren, Sätze zu finden, mit denen er sich beruhigen konnte, wenn ihn die Verzweiflung zu überwältigen drohte. Er lernte wieder seine Unzulänglichkeiten ohne Wutausbruch zu ertragen: daß es ihm so schwerfiel zu warten, nach Dingen zu suchen, sich zu entscheiden, ohne sich zwischen Abwehr und Anziehung zerrissen, ohnmächtig dem Chaos der Eindrücke zu überlassen, und langsam begann er wieder, ich zu sagen, ich kann, ich will, ich handle und stehe allein dafür ein.

Jakob hatte sich schon als Kleinkind mehr für mechanisches Spielzeug interessiert als für Stofftiere und Puppen. Flugzeuge, Autos, Eisenbahnen, und vor allem Sirenen, Hupen, Feuerwehrautos, Polizeiautos, Krankenwagen, alles, wovor er sich fürchtete, zog ihn auch unwiderstehlich an. Die Ambivalenz, in der er vor Angst erstarrte, der Drang hinzulaufen und wegzulaufen in einer Bewegung vereint, einen Fuß vorgesetzt, den Oberkörper halb nach hinten gewendet, Panik im Gesicht, Todesangst in den Augen. Bis die Faszination überhandnahm und die Angst überwand. Er half sich selbst bei der Einübung in den Schrecken, indem er tagelang vorgab, eine Sirene zu sein, ein tiefliegendes Flugzeug, ein ohrenbetäubend knatternder Hubschrauber.

Als er zehn war, hatte Jakob begonnen, Auto- und Fahrradteile nach Hause zu schleppen. Er hatte einen unfehlbaren Blick für alles, was nach Chrom und Eisen aussah, gleich, wie verrostet und tief im Gestrüpp verborgen. Fahrradpumpen, Schrauben, abmontierte Fahrradklingeln und Kabel, er fand das Eisenzeug in den Straßengräben und an den Rändern der Parkplätze, und alles konnte er brauchen. Die Laube hinter dem Haus war bald von den sperrigen Abfällen voll, aber er merkte es immer, wenn Marta etwas davon in den Müll warf. Dann murmelte er unglücklich, suchen, suchen, mit der Anspannung in der Stimme, die zeigte, wie schwer es ihm wurde, sich zu beherrschen. Und Marta fühlte sich schuldig, daß er ihretwegen einen so harten Kampf mit sich führen mußte.

Er begann auch wieder zu zeichnen, phantastische Gestänge, Konstruktionen, abstrakte Bilder von einer surrealen Intensität. Es war seine Welt der Maschinen, aber mit

Augen gesehen, die alle Formen auf ihre Grundstruktur reduzierten, streng, kühl und zugleich lebendig und fast gewalttätig. Botschaften aus seiner fremden Welt, klarer, als er sie jemals in Worten ausdrücken konnte, schön und furchterregend. Anders, als Marta erwartet hatte, war es Jakob gelungen, eine Sprache zu finden, sich mitzuteilen und sich zu bändigen. Würde er so die Spannung ertragen, die unerträgliche Ambivalenz, die ihn jahrelang überrollt, mitgerissen und ins Chaos gestürzt hatte? Die Unerbittlichkeit, mit der er die Grundgerüste bloßlegte, die Demaskierung einer chaotischen, undurchsichtigen Welt. Gewalt lag in diesen Strichen, ein Zwang, sich mit ihrer Reduktion die Erkenntnis der Wirklichkeit zu erzwingen. Marta sammelte seine Zeichnungen, aber sie sprach nie darüber. Jakob übte sich ja nicht in der Kunst, sondern im Überleben, zum erstenmal legte er Hand an die Wirklichkeit und ließ sie nicht mehr verängstigt an sich geschehen. Es machte nichts, daß er auch beim Zeichnen in die Stereotypien verfiel, die sein Sprechen und seinen Tagesablauf kennzeichneten. Beinahe schien es, als habe er in seinen abstrakten Bildern das Medium gefunden, in dem Rituale zum Wesentlichen gehörten, Striche, immer dieselben, in manischer Wiederholung ergaben sie ein Muster, einen Sog, einen zwingenden Anspruch an die Unveränderlichkeit und Endgültigkeit einer Deutung: So ist die Welt, eine Figur, ein Zeichen, klar und ganz einfach und dennoch undeutbar.

Lautlos stand Marta in der Tür, wenn er zeichnete, mit schnellen, sicheren Strichen, stehend, ein Knie auf dem Stuhl, tief über den Tisch gebeugt. Er wollte sie nicht um sich haben, er wollte auch nicht mehr, daß sie seine Zeichnungen wie früher an die Wände hängte. Wie konnte sie, ohne sich einzumischen, verhindern, daß diese neue Leidenschaft aufhörte wie alle andern, seine Begeisterung für Musik, für Farben, für Zahlen und Buchstaben? Immer, wenn sie versucht hatte, seinen Interessen eine Richtung zu geben, einen Sinn, der über den unmittelbaren Selbstzweck hinaus- lief, hatte er sich verweigert. Es schien ihr, als habe er immer dann aufgehört, wenn eine Beschäftigung einen Höhepunkt zu erreichen versprach, wenn sie staunend wie auf einem Gipfel stand und Zusammenhänge zu sehen glaubte und dachte, das ist der Durchbruch. Dann hatte er sich jedesmal von einem Tag auf den andern zurückgezogen, die Hände über den Ohren, mit den ängstlichen Lauten höchster Auf- regung oder mit zusammengekniffenen Augen, blind, taub und unerreichbar. War das Vergnügen plötzlich zu intensiv, als daß er es hätte ertragen können? Seine Lieblingscartoons waren Figuren, die hin und her gerissen zwischen Wollen und Nichtwollen sich die Körper verrenkten und dabei jäm- merlich schrien. Martas Wünschen wurde bald so unerträg- lich, daß sie versuchte, nicht hinzusehen, wenn er zeichnete.

Sonst war Jakob zu Hause wieder das Kind, das sie ge- wohnt war, voll Phantasie und Gelächter, voll unwahr- scheinlicher Geschichten und da war auch wieder die Manie nach exaktem Benennen. Immer von neuem mußte sie ihm die Hauptstädte der Welt aufzählen und dazu die Namen ihrer Flughäfen. Marta hatte ihm eine Karte mit Fluglinien von einem Reisebüro mitgebracht, die studierte er täglich, und auch die Fluglinien wurden zu einem abstrakten Mu- ster, das ihm die Welt überschaubarer machte. Namen, Zahlen, Linien, in dieser Wirklichkeit bewegte er sich am liebsten. Daß diese Linien für etwas anderes standen, daß Zahlen und Buchstaben Symbole waren, erfüllte ihn mit Unbehagen, er nahm es nur widerwillig wahr.

In diesem Jahr hatte Jakob mehr Freizeit als in den frühe- ren Jahren. Durch den Heimaufenthalt hatte er ein Schul- jahr verloren, und als er in einer neuen Klasse begann, schien ihm alles leichter zu fallen als vorher. Zum erstenmal brauchte Marta nicht mehr, von einer längst überwundenen Schulangst von neuem niedergedrückt, in die Sprechstunden zu gehen und sich anzuhören, daß er nur störe. Die Lehrer waren voll Lob und sprachen von der Möglichkeit, verpaßte Chancen vielleicht doch noch einzuholen. Berufsaussichten wurden auf einmal denkbar.

Wenn nur sein Verhalten nicht gewesen wäre, mit dem er unentwegt aus der Norm fiel. Er ist doch nicht dumm, sagten die Lehrer, warum fügt er sich nicht ein, warum ordnet er sich nicht unter? Wußte er nicht, was von ihm erwartet wurde oder war es ihm gleichgültig? Marta zuckte die Achseln. Aber wer sonst als sie könne schuld daran sein, wer sonst hatte es versäumt, ihn zu erziehen?

Fördern muß man das Kind und noch einmal fördern, hatte Tante Agnes vor Jahren gerufen, damit es einen Respekt lernt, damit es gehorchen lernt, wie soll sonst ein Mensch aus ihm werden. Und Marta hatte halbherzig versucht, ihn den Normen der andern zu unterwerfen, damit er es später leichter habe. Das tut man nicht, hatte sie gesagt, und Jakob hatte eigensinnig und mit einem boshaften Grinsen geantwortet: Das tut man! Aber er hatte noch Jahre gebraucht, um zu begreifen, wer man war und daß er mitgemeint war, und auch dann war es ihm ganz egal gewesen, was man tat. Er hatte kein Verständnis für das, was die Gesellschaft von ihm erwartete, und wenn man es ihm erklärte, vergaß er es schnell. Er kam seinem Gegenüber zu nah, oder er stand in zu großer Entfernung, als daß er sich von seinen Worten betroffen gefühlt hätte, er wandte sich ab, wenn jemand ihn ansprach, oder er berührte erstaunte Fremde. Meist schien es, als lebe er in seiner eigenen Welt und nehme von der Umwelt nur wenig Notiz, nicht absichtlich und schon gar nicht aus Bosheit, sondern einfach, weil er nichts zu schaffen hatte mit ihr. Seine Haltung drückte eine Verachtung aus, die er nicht empfand, denn er urteilte nie, er war weder berechnend noch konnte er jemanden hintergehen. Aber seine Gleichgültigkeit gegenüber den Normen brachte die Menschen in Wut. Man kommt nicht an ihn heran, hieß es dann. Er tut ja nichts böswillig, versuchte Marta ihn zu verteidigen, er hat in seinem ganzen Leben noch kein einziges Mal gelogen. Für heilige Narren ist in unserer Gesellschaft kein Platz, erklärte man ihr, er wird es nicht schaffen in dieser Welt. Auch nicht als Künstler, fragte sie verschämt. Aber es verließ sie ja selber so oft der Mut, wenn sie mit ihm auf der Straße ging und er so laut und unbekümmert redete und lachte, als sei er zu Hause, und von allen Seiten erstaunte, verwunderte und empörte Blicke, die sagten, das tut man nicht.

An einem grauen, windigen Nachmittag im Spätherbst kam Marta später als sonst vom Einkaufen heim. Sie kam im gleichen Augenblick die Straße herauf, wie der Autobus, und während er sich näherte, sah sie die Szene, die sich ohne ihr Wissen vielleicht seit Jahren täglich wiederholte. Der Bus war voller Schüler, Zehn- bis Achtzehnjähriger, und auf den Sitzplätzen einige Erwachsene, die der Tumult der Halbwüchsigen auf dem Gang und vor den Türen wenig zu kümmern schien. Als der Bus an die Haltestelle heranfuhr, erkannte sie Jakob, der sich, die Schultasche hochgestemmt, mit der ihm eigenen Verschlossenheit und verzweifelt zurückgehaltenen Panik im Gesicht zum Ausgang drängte. Er war im Frühjahr fünfzehn geworden, aber er war noch immer kleiner und zarter als Gleichaltrige, und jetzt beim Anblick der hektischen, ungeschickten Bewegungen und des verkrampften Gesichts erkannte sie von neuem, wie anders er wirkte. Es war ein lautloses und zugleich bedrohliches Schauspiel, wie dieser Autobus voll lachender, feixender Gesichter sich auf das eine verschreckte Kind konzentrierte. Einer hatte den Aufhängeschlupfen seiner Jacke zu fassen bekommen und hielt ihn am Kragen fest, Jakob riß sich los, stürzte nach vorn und griff einem sitzenden Mädchen ins Haar, fing sich im letzten Augenblick. Auch die Erwachsenen sahen aufmerksam und schweigend zu. Noch einmal auf seinem mühsamen Weg zur Tür schien es, als sei er dabei, über etwas zu fallen und hinzustürzen, und die Burschen, zwischen denen er sich durchzwängte, hielten sich aneinander fest und bogen sich vor Lachen. Vielleicht hatte ihm einer ein Bein gestellt. Endlich öffnete sich die Tür, und Jakob taumelte aus dem Bus mit kreideweißem, angsterfülltem Gesicht. Während der Autobus weiterfuhr, drehten sich drinnen alle nach ihm um, eine Meute boshaft grinsender, lüsterner Kinder und Erwachsene, die wohlwollend die Jugend belächelten. Jakob stand draußen mit eingezogenem Kopf, alles an ihm schien sich unsichtbar machen zu wollen. Blicklos und geduckt machte er sich auf den Weg. Als Marta ihn rief, blieb er stehen, ging wortlos neben ihr her, seine Abwehr, seine Berührungsangst umgaben ihn so spürbar, daß auch sie schwieg. Erst, als die Haustür hinter ihnen zugefallen war, begann sich sein Körper zu entspannen. Du armes Kind, mein armes Kind, wiederholte Marta betäubt vom Entsetzen des eben Erlebten und nahm ihm die Schultasche ab, zog ihm die Schuhe aus wie einem kleinen Kind.

Und sie erinnerte sich an die vielen Schultage der vergangenen sechs Jahre, seit sie in dieser Siedlung lebten, die sie zur Seite geschoben hatte, ungeduldig manchmal und manchmal in hilflosem Schmerz darüber, daß sie Jakob nicht sein ganzes Leben lang jede Minute beschützen konnte. Er muß lernen, sich ohne mich durchzusetzen, hatte sie gedacht. Seit Jahren Jakobs Verzagtheit am Abend vor dem Zubettgehen: Ich will nicht mehr mit dem Bus fahren, ich möchte in eine andere Schule gehen! Du kannst in keine andere Schule gehen, Jakob, hatte sie betreten erklärt. Nie war das Wort Sonderschule zwischen ihnen gefallen. Sie erinnerte sich, wie oft sie ihn nachts gestreichelt hatte, während er im Bett weinte, was ist, Jakob, was hast du, warum bist du so traurig? Meist hatte er geschwiegen, und ihr war nichts anderes übriggeblieben, als ihn zu streicheln und ihm zu versichern, daß sie ihn liebte. Ich hab dich lieb, wenn du glücklich bist, und ich hab dich lieb, wenn du weinst, ich hab dich lieb, wenn du lachst, und ich hab dich lieb, wenn du schlimm bist, und wenn du ißt, wenn du spielst, wenn du schläfst. Diese Litaneien beruhigten ihn, er lächelte sie schließlich dankbar an und schlief ein. Und Marta blieb sitzen, halbe Nächte, und die Liebe, die Hilflosigkeit und die Angst um ihn erdrückten sie fast.

Jetzt, nach der Szene im Autobus, sah sie auch die Ausdrücke, die er manchmal heimbrachte, in einem neuen Licht. Ausdrücke, die er ihr hinwarf wie Fragen, und unter denen sie zusammengezuckt war. Depp, Trottel, Idiot hatte er gerufen, und, Schwachkopf, aber sie hatte aus der aggressiven Herausforderung seiner Stimme gespürt, daß er wohl wußte, was die Schimpfworte bedeuteten, und daß er gemeint war. Er hatte sie ihr entgegengeschleudert, als wolle er den Schmerz weitergeben, den man ihm zugefügt hatte. Aber wenn sie fragte, wer hat das gesagt, schwieg er, und wenn sie sagte, nur sehr böse Leute sagen so was, rief er noch lauter: Idiot, Trottel, Affe! Und einmal, als er mit dem Hahn ihres Feuerzeugs spielte und sie zerstreut sagte, nicht, da kommt sonst Gas heraus, kam spontan ein Satz, der ihr den Atem verschlug: Werden wir dann vergast? Aber jetzt erst, nach fast sechs Jahren, begriff sie die Zusammenhänge, sah sie sein tägliches Martyrium auf dem Schulweg deutlich vor sich, und es fiel ihr nichts ein, um die vielen Demütigungen gutzumachen, als ihn in die Arme zu nehmen, ihm die Schuhe auszuziehen und zu sagen, mein armes Kind!

Dabei waren es sechs Jahre gewesen, in denen sie glücklich waren, zumindest hatte Marta diese Zeit in der Siedlung so erlebt. Das Haus, der eigene Garten waren ein Zuhause für sie geworden, ein Ort, auf den sie endlich ein Anrecht hatten, auch wenn keine Freundschaften sie mit den Nachbarn verbanden. Man hatte sich an sie gewöhnt, man grüßte, man hielt Abstand, nicht unfreundlich, aber man hatte sich nichts zu sagen und es im Lauf der Zeit aufgegeben, den Schein der nachbarlichen Fürsorglichkeit zu wahren. In Feindschaft lebte sie nur mit den Turners, und ihre Unversöhnlichkeit erneuerte sich bei jeder Begegnung, bei jeder Erinnerung an den Anlaß.

Als Jakob zwölf gewesen war, hatte er begonnen, auf eigene Faust seine Umgebung zu erkunden. Marta hatte sich über die neue Selbständigkeit gefreut: Daß er allein das Haus verließ, sie aus den Augen ließ, über den Gartenzaun auf die Felder, ohne einen Blick zurück. Sie hatte anfangs am Fenster gestanden, bereit, jederzeit wenn er ängstlich wurde, zu ihm zu laufen, aber mit derselben glücklichen Aufregung, mit der sie jeden Schritt seiner Entwicklung verfolgt hatte. Er hatte ihr Steine und Blumen mitgebracht und berichtet, was er oben am Waldrand vom Hochstand aus gesehen hatte, noch nie hatte ihn etwas so sehr mit Stolz und Selbstbewußtsein erfüllt wie diese Expeditionen; er erschloß sich die Welt, nahm sie in Besitz, allein und ganz ohne Angst. Marta ermutigte ihn, und allmählich hörte sie auf, ihn heimlich zu beobachten. Und weil sie den Nachbarn aus dem Weg ging, erfuhr sie lange nicht, daß er auf seinen

248

Erkundungsgängen auch über Zäune und Hecken kletterte, in die Gärten der Nachbarn, daß er arglos und ohne sich zu verstecken neugierig zwischen Sträuchern und Beeten umherwanderte, mit seinem gründlichen Blick für das Unscheinbare auch hier glänzende Steine und Käfer sammelte, Igel zwischen Salatstauden fand und lange beobachtete, ohne sich um die Nähe der Häuser zu kümmern, um die Menschen, die grimmig zusahen und doch nicht wagten, ihn fortzujagen. Marta hätte wohl nie davon erfahren, wenn nicht eines Tages Marianne Turner vor ihrer Tür gestanden hätte, atemlos, aufgeregt, es ginge um Jakob.

Mein Gott, rief Marta, ist ihm was passiert?

Nein, passiert sei *dem* gar nichts, sagte Marianne böse, so als hätte sie nichts sehnlicher gewünscht, aber Marta müsse verstehen, es sei unzumutbar, fast täglich stehe er da, beim hinteren Gartentor käme er immer herein, obwohl sie das große Schild angebracht hätten, *Privatgrund, betreten verboten,* aber er könne wohl nicht lesen. Peinlich sei das, sagte sie, und ärgerlich, wenn sie da beim Swimmingpool säßen, die Kinder hätten Freunde zu Besuch und plötzlich tauche Jakob auf und starre herüber. Man kann ja mit ihm nicht reden, erklärte sie Marta, man weiß auch nicht, was er vorhat. Meine Tochter sagt immer, richtig Herzklopfen krieg ich, wenn der mich anschaut, und ehrlich gesagt, ich bin danach oft direkt deprimiert. Ich meine nur, lenkte sie ein, als sie Martas entsetztes Gesicht sah, ich meine nur, wir haben ein Recht... Aber Marta ließ sie nicht zu Ende reden, sie schlug die Tür zu, daß der Verputz im Stiegenhaus auf die Steinstufen rieselte. Sie hatte keine Sprache für ihre Wut.

Seither sahen die Turners und Marta mit starren Gesichtern aneinander vorbei, wenn sie einander auf der Straße nicht mehr ausweichen konnten, und Marta ging wieder mit Jakob spazieren, auch wenn er sich am Anfang dagegen wehrte und dann lustlos neben ihr hertrottete. Schweigend gingen sie die Feldraine entlang hinauf zum Wald, dort setzte sie sich nieder, aber sie ließ ihn nicht aus den Augen. Später gingen sie zusammen über den Hügel auf der anderen Seite zurück und schnell an den Nachbarzäunen vorbei.

Mit Jakob redete Marta nie über die Nachbarn. Sie wollte ihm den Schmerz ersparen, der sie beim Anblick der Turnerkinder erfüllte, wenn sie von allen wohlwollend belächelt, rücksichtslos und selbstbewußt die Siedlung mit dem Lärm ihrer Spiele und ihrer Schallplatten aus offenen Fenstern überschwemmten, während sie in der ständigen Angst leben mußte, Jakob könnte ihr entwischen und in fremde Gärten streunen, er könnte auf seine unbeholfene Art Freunde suchen und weggejagt werden, jemand könnte das Wort aussprechen, das sie am meisten fürchtete, geh weg, du Idiot.

Dennoch waren die sechs Jahre in der Siedlung eine ruhige, fast glückliche Zeit gewesen. Nach den Jahren der Aushilfe- und Teilzeitjobs, der Geldsorgen und der Abhängigkeit von Felix hatte Marta eine Arbeit gefunden, die sie erfüllte und glücklich machte. Sie durfte wieder selbständig arbeiten, sie durfte forschen, es gab nicht mehr die Trennung von Arbeit und Freizeit, es gab nur mehr das Projekt, und jedem, der zuhörte, erzählte sie davon, beschrieb genau die seltene Vogelart, die sie studierte, die Töne, wie Radar, unhörbar für unser Ohr, das feine Gehör dieser Vögel, aber bei allem unausgesprochen der Bezug zu Jakob, als forsche sie in Wirklichkeit überall nur nach ihm. Wie so ein Vogelhirn beschaffen sein mußte, überlegte sie, und dahinter immer von neuem die Frage, die ihr niemand hatte beantworten können: Was geht in meinem Kind vor?

Sie wußte längst schon mehr, als sie in allen Fachbüchern zusammengelesen, von allen Fachleuten erfragt hatte, sie wußte jetzt auch, daß die Bezeichnung Autismus auf Jakob seit langem nicht mehr zutraf, mit zehn Jahren Verspätung konnte sie die neurologischen Ursachen des Verhaltens benennen, das sie damals, zur Zeit der Diagnose, in Verzweiflung gestürzt hatte. Die Sensibilität seines Gehörs und der gleichzeitige Anschein der Taubheit, die hohe Schmerzschwelle des Fünfjährigen, seine Unfähigkeit nachzuahmen. Aber es gab immer neue Fragen, und Jakob machte es ihr nicht leicht, nie sagte er, ich bin wütend, ich bin traurig, ich fühle mich heute nicht wohl. Das Glück kommt bestimmt noch, hatte ihr jemand leichtsinnig in Gegenwart Jakobs versprochen, und Jakob hatte lange gewartet, die Tür aufgemacht, damit das Glück hereinkommen könne wie eine streunende Katze. Doch daß er Gefühle nicht begriff, bedeutete nicht, daß er sie nicht hatte, er war ihnen um so hilfloser ausgeliefert.

Obwohl sie nun schon zehn Jahre in der Stadt lebten, hatte Marta wenige Bekannte und nur eine Freundin, Susanne, mit der sie viele Nachmittage verbrachte. Kein anderes Kind, sagte Susanne, könne so gut mit ihrer Tochter umgehen wie Jakob; sie hüteten sich beide, jemals das Wort normal zu gebrauchen. Kinder wie die unseren, sagten sie statt dessen, und, andere Kinder, und die Liebe, mit der sie zueinander von ihren ganz besonderen Kindern sprachen, schuf eine Nähe, eine Komplizenschaft, die beiden neu war. Wenn sie von sich und ihren Kindern sprachen, konnten sie vergessen, was andere sie nicht vergessen ließen, daß sie nicht dazugehörten, daß die Kinder anders waren, fremd, störend. Jakob ging behutsam mit Angelika um, nie stieß er irgendwo an, wenn er den Sportwagen über die Treppe trug und in der Veranda niederstellte. Er brachte ihr Plüschtiere, Blumen, Früchte, er fütterte sie vorsichtig mit Schokolade, steckte sie ihr in den Mund, Stückchen um Stückchen, schau Angelika, möchtest du das?

Niemand wußte, ob das gelähmte sprachlose Mädchen in seinen Augen anders war als alle anderen Kinder. Angelika kann noch nicht sprechen, sagte er manchmal, wie um zu erklären, daß er keine Antworten von ihr bekam. Aber er hörte nicht auf, um ihre Aufmerksamkeit zu werben, ganz ohne die lüsterne Neugier und das faszinierte Grauen, mit dem andere Kinder auf Angelika reagierten. Selten war Marta so stolz auf Jakob gewesen, als wenn sie ihn mit dem Kind der Freundin beobachtete. Welches der angeblich so hochintelligenten Kinder hatte sich ihm jemals so behutsam, so selbstlos genähert? Zornig erinnerte sie sich an das Mißtrauen der Ärzte, die zweifelnde Frage nach ihrer Liebe, an die vielen Bücher, Artikel, Vorträge, die alle den einen Beweis erbrachten, Kinder wie Jakob seien lieblos und ungeliebt. Nie hatte sie es verziehen – Felix, den Ärzten, der ganzen Welt trug sie es nach, und dafür liebte sie Susanne am meisten, daß sie die erste war, die sagte, lächerlich, man sieht doch, daß du ihn gern hast.

Aber auch Susanne verstand Martas Haß auf die Tüchtigen nicht; wie kannst du in dieser Spannung leben, fragte sie, sei doch nicht so bitter. Wenn sie auf der Straße Blicke streiften, wenn jemand starrte, empört oder angewidert, starrte sie aufsässig zurück, fragte manchmal: Ist was? Mit zwölf hatte Jakob das Grüßen entdeckt, er grüßte laut, mit strahlendem Gesicht, glücklich über die vielen neuen Kontakte erstaunter Blicke. Er merkte nicht, daß er die Leute nervös machte, er wußte sich das irritierte Kopfschütteln nicht zu deuten, er freute sich über die neue Fertigkeit, und Marta verbot sie ihm nicht. Sie zwang sich, den Menschen gerade ins Gesicht zu sehen, stumm vor Zorn über die erstaunten, mißtrauischen Blicke, über die ärgerlichen Kopfschüttler, die der Gruß eines Kindes schon so erschreckte, daß sie böse wurden. Mit feindseligen Augen und schnell bereit, sich zur Wehr zu setzen, erlaubte Marta es niemandem mehr, sie einzuschüchtern. Auf das Schlimmste gefaßt sein, riet sie ihrer versöhnlichen, nachgiebigen Freundin, und allen zeigen, daß du nicht hilflos bist.

Anstrengend bist du schon, protestierte Susanne, nimm doch nicht alles so persönlich.

Warte nur, prophezeite ihr Marta, du bist bloß noch nicht so weit, ein paar Jahre länger, und jedes Jahr ein paar Leute mehr, die dir und dem Kind ausweichen und euch aus der Ferne Sonne im Herzen wünschen, dann hörst auch du auf, dich zu ihnen zu zählen.

Aber es geht dir doch gar nicht so schlecht, wandte die Freundin ein.

Marta war fünfundvierzig, und zwischen dem Foto der Zwanzigjährigen, das sie immer bei sich trug, und ihr bestand keine Ähnlichkeit mehr. Was bedeutete ihr das leicht zur Seite geneigte Gesicht mit den weißen regelmäßigen Zähnen und dem belustigten Blick, dieses hübsche Backfischgesicht der späten fünfziger Jahre, das nichts über die Gefühle der zwanzigjährigen Marta preisgab? Ein unbeschriebenes Gesicht, das noch alles vor sich hat und an strahlende Anfänge glaubt. Nur wenn sie lächelte, eine vage Ähnlichkeit, flüchtig, denn auch ihr Lächeln enthielt soviel rohen Schmerz, daß es oft unerträglich war, sie anzusehen. Nach der Operation hatte Marta ihr Übergewicht verloren, sie mußte Diät halten, sie fühlte sich schnell müde und angegriffen und sah älter aus, als sie war, mit eingefallenen Wangen und Falten um Mund und Augen, aber nicht schlaff, dazu war sie viel zu nervös, viel zu sehr auf dem Sprung. Eine strenge, männliche Frau schien sie auf den ersten Blick, die Haare kurz und ohne Sorgfalt gefärbt, je nach Zufall zwischen Henna und Dunkelbraun, in weiten Hosen und lockeren Pullovern.

Bekannte rieten ihr, sie solle ihr eigenes Leben wieder aufnehmen, jetzt, wo Jakob schon groß sei und er sie nicht mehr ununterbrochen brauche, so, als wäre ihr Leben etwas, das sie vor vielen Jahren in Aufbewahrung gegeben hätte. Das ist mein eigenes Leben, sagte sie verständnislos, Jakob, dieses Haus, das Forschungsprojekt, womit sie die Vögel meinte. Du solltest reisen, erklärte man ihr, abends ausgehen, eben deine Freizeit gestalten. Wozu die Anstrengung? fragte sie. Auch ihr war das Verständnis abhanden gekommen für das, was man tat. Eltern solcher Kinder sind eben anders, hatte eine Therapeutin vor Jahren behauptet. Ja, hatte Marta bitter gesagt, wir haben ein anderes Leben. Die Abwehr, das Mißtrauen waren für immer in ihrem Gesicht, und oft genügte ein Satz, ein Wort manchmal nur, gedankenlos hingesagt, um Marta abrücken zu lassen, höflich und kalt, in ihrer Verletztheit von neuem bestärkt.

Ob sie nichts entbehre, fragten sie manche mit der Überlegenheit derer, die alles besser zu wissen glauben. In siebzehn Jahren nur zwei Beziehungen, da müsse doch die Natur rebellieren.

Zwei Männer, stellte sie richtig, Beziehungen gab es mehr.

Liebesbeziehungen eben, meinten Bekannte, was man so darunter versteht.

Das Leben mit Jakob sei eine Liebesbeziehung, sie könne sich keine intensivere vorstellen.

Es war nicht leicht, sich mit ihr zu verständigen, widerborstig war sie geworden, mit jedem Wort, jedem Blick auf Wahrhaftigkeit aus. So kann kein Mensch leben, wiesen andere sie zurecht, so dünnhäutig, so nah an der Schmerzgrenze. Jeder nahm sich die Freiheit, sie belehren zu wollen: Nicht bitter sein, das ist ungerecht, großzügig sein! Nicht jedem gleich mißtrauen, die Menschen sind gut! Marta lachte verächtlich und wandte sich ab. Niemand konnte sich so verletzend abwenden wie sie. Als hätte sie die Unfähigkeit zur Anpassung und zu den kleinen Lügen von Jakob gelernt.

Susanne erzählte sie von den täglichen Verletzungen, die sie davontrug. Daß einer sie zurechtgewiesen habe, ein öffentliches Verkehrsmittel sei kein Behindertentransport, und Behinderte hätten dort nichts zu suchen. Das genügte für Wochen der Erbitterung. Denk nicht mehr daran, sagte die Freundin, mach dir nichts draus, die Leute sind dumm und gedankenlos. Aber diese Entschuldigung ließ Marta nicht gelten. Wer, fragte sie, läßt Erklärungen für Jakobs Verhalten zu? Und die Nachbarn, was solle man zu deren Entschuldigung vorbringen? Frau Fuchs, zum Beispiel, eine alte Frau in ihrer Straße, mit der sie sich immer recht gut verstanden hatte, sogar zum Kaffee war sie ein paar Mal eingeladen gewesen; ganz aufgeregt erzählte sie Marta, wie einer ums Haus geschlichen sei, bis zur Terrasse sei er gekommen, wo sie und ihr Mann in der Sonne lagen. Und was wollte der Mensch? Für einen Behindertenverein habe er sammeln wollen, mit einer Spendenliste habe er sich eingeschlichen, um ihnen den Sonntag zu verderben! Dem hat mein Mann aber Beine gemacht, rief Frau Fuchs, und suchte in Martas Gesicht nach Zustimmung. Und Marta wandte sich wieder einmal mit hartem Gesicht und haßerfüllten Augen ab, ließ die Frau stehen, die ihr ahnungslos nachsah und langsam begriff, und sich im Recht fühlte mit ihrer Empörung über die Abfuhr, über Martas Gekränktsein, und sich schwor, nie wieder mit *der* zu reden und auch den Sohn nicht mehr in Schutz zu nehmen, wenn sich die Nachbarn beklagten.

Einmal werde ich auch so was sagen, vermutete Susanne, und dann wirfst du auch uns hinaus, und langsam bleibt niemand mehr übrig. Nur den Umgang mit den Sorglosen ertrüge sie immer schwerer, erklärte Marta.

Jakob war fünfzehn, ein hübscher Junge mit dunklen Locken, einem zartknochigen, blassen Gesicht und Augen, die oft in eine unbestimmte Ferne schauten und ihm einen versonnenen und manchmal abwesenden Ausdruck gaben. Noch immer erweckte er den Anschein, als sei er bemüht, nicht hinzusehen, nicht hinzuhören, als ginge ihn alles nichts an. Wenn man näher an ihn herantrat, ihn lauter ansprach, wich er zurück, sah verwirrt zur Seite, als wolle er einem unerträglichen Druck entfliehen, aber zur Aufmerksamkeit ließ er sich nicht zwingen, und Marta sagte, laßt ihn doch, er paßt ja auf, er zeigt es nur nicht. Er brauchte sie nicht mehr, er wollte allein sein, in der Laube hinter dem Haus mit seinen Eisenkonstruktionen, in seinem Zimmer über große Zeichenblöcke gebeugt und auf dem Fahrrad, mit dem er nachmittagelang durch die verzweigten Straßen der Siedlung fuhr.

Jakob, was möchtest du werden, fragte sie manchmal bedrückt. Sie fürchtete, daß er hochfliegende Pläne hatte. Es ist meine Schuld, sagte sie, wenn sie unerfüllt bleiben. Aber Jakob wollte nicht werden, er war. Wenn er zeichnete, war er ein Künstler. Er liebte Nuancen, er übersah kein Detail; in seinen Zeichnungen gab es keine Begriffe, nur Linien, Formen und Muster, die Welt zerfiel ihm in Einzelheiten, beziehungslos, gleichzeitig und überwältigend nah. Und unter dem Ansturm einer unentwegt in Fragmente zerfallenden Wirklichkeit sammelte er seine Abwehr zur Ausdruckskraft mit einer Wildheit, die Marta von seinen Ausbrüchen kannte. Die verzweifelte Angst, mit der sich seine Bäume in die Erde krallten, selbst Geometrisches war belebt und bedrohlich. Seine Wutanfälle waren selten geworden, und er konnte sich, wenn sie vorüber waren, an sie erinnern und sie erklären.

Würdest du glauben, daß man ihn einmal für psychotisch

gehalten hat, fragte Marta stolz, als sie Jakob beim Rasen-
mähen zusahen und wie er sorgfältig die Rosen schnitt,
konzentriert und versunken in seine ihm eigene Pedanterie.
Spätestens in der Pubertät werden Sie ihn weggeben müssen, hatte ein Psychiater gesagt, und Marta triumphierte, er
ist nicht verrückt, er ist nicht debil, und autistisch ist er
schon gar nicht. Aber sie hütete sich zu behaupten, er sei
normal. Normal war ein Begriff, der an Jakob noch immer
vorbeiging, wie alle übrigen Begriffe und Testversuche, mit
denen man ihn zwölf Jahre lang in den Griff zu bekommen
versucht hatte.

Nicht er hat versagt, konnte Marta jetzt sagen, der Test
hat an ihm versagt. Aber sie wußte auch, diese Haltung, mit
der sie das Kind vor den Mutmaßungen Fremder nun schützen konnte, kam um Jahre zu spät. Denn immer, wenn es um
Therapien und Schulen gegangen war, hatte sie den Fachleuten und ihren Tests mehr Vertrauen geschenkt als Jakob.
Das war die Schuld, von der sie glaubte, daß sie am schwersten wog. Was wollen Sie mit dem Idioten, hatte einer
gesagt, die anderen sind ja hochintelligent, und Marta hatte
das Urteil angenommen, verletzt zwar und zornig, aber
widerspruchslos.

Sie war gegangen, um das Kind an der Sonderschule
anzumelden, es eigenhändig, und ohne sich zu wehren, auf
das Gleis zu schieben, das nie wieder in ein Leben mit allen
Möglichkeiten einer freien Entfaltung münden konnte.
Keine Begabung konnte diese Jahre ungeschehen machen,
dieses unwiderrufliche Urteil von Bürokraten, in deren
Sprechzimmern Jakob innerhalb einer halben Stunde, im
besten Fall einer Stunde eingestuft und abgeurteilt worden
war.

Jetzt sprach man von Rehabilitation, als holte man ihn
aus der Deponie ausgesonderten Materials zurück, aber die

Möglichkeiten, die man ihm einmal abgesprochen hatte, gab es auch jetzt nicht für ihn. Wenn er begabt genug ist, schafft er es immer noch, sagte Marta. Aber Jakob fehlte die wichtigste Eigenschaft, um vorwärts zu kommen, er besaß keinen Ehrgeiz. Das Lieblingswort seines Vaters, Konkurrenzkampf, würde er nie begreifen. Natürlich machte Felix auch dafür Marta verantwortlich.

Reinhard hat seinen Sohn durchs Gymnasium geboxt, warf er ihr vor, obwohl das Kind Legastheniker ist, und du hast es zugelassen, daß man Jakob zum Hilfsschüler abstempelt.

Marta begehrte nicht auf, sie schwieg und nahm alles auf sich. Aber sie hatte sich angewöhnt, mit Jakobs Sprachverständnis zu denken, das keine Metaphern kannte, und es schauderte sie vor dem Erziehungsideal, das Reinhard an seinem Sohn ausgeführt hatte. Die verlorenen Jahre konnte sie Jakob nicht mehr zurückgeben. Aber dafür war sie entschlossen, mit ihrer ganzen, in dieser Zeit der Ohnmacht angesammelten Wut darum zu kämpfen, daß er anders sein durfte.

Die Kinder der Siedlung hatten Jakob nie besonders beachtet, doch hatte ihr Interesse an ihm noch abgenommen, während das seine heimlich und verschämt wuchs. Arni war irgendwann durch Phantasiefreundschaften mit wirklichen Kindern ersetzt worden. Er bewunderte rücksichtslose, kräftige Buben, denen sich andere unterwarfen. Marta war beunruhigt von dieser Huldigung an die Macht. Jahrelang hatte er einem Mitschüler, der alle mit seinen Fäusten und seiner hinterhältigen Bosheit tyrannisierte, das Jausenbrot abgetreten und Marta erst viel später davon erzählt. Warum hast du das gemacht, fragte sie fassungslos, hast du Angst vor ihm, hat er dich gezwungen, bedroht, verhauen? Nicht, bat Jakob, nicht davon reden! Sie konnte ihm seine Zuneigungen nicht vorschreiben, aber sie fühlte sich hilflos und hintergangen. Ich habe ihn gewaltlos erzogen, mit soviel Liebe, wie ich ihm geben konnte. Woher kommt diese Faszination der Gewalt?

Jakob war so lange ein Kind gewesen, daß die Pubertät unerwartet kam, überraschend für Marta und verwirrend wohl auch für ihn selber. Stundenlang konnte er die stärker und dunkler werdenden Haare in seinem Gesicht betrachten, aber er sprach nicht darüber, er schloß sich in seinem Zimmer ein, verschloß sich und schien ausweglos mit sich selber beschäftigt. Endgültig und unerbittlich schob er Marta aus seinem Zimmer, aus seinem Leben hinaus, nicht mehr mit der wichtigtuerischen Selbständigkeit, mit der er vor Jahren gerufen hatte, Mama, geh weg, ich kann mich schon selber anziehen! Das glückliche Kind, das er war, fragte Marta, wo ist es hin? Sie wollte nicht hinausgedrängt werden, sie wollte helfen, so viele Jahre war ihre Nähe gefordert worden, Tag und Nacht, ohne Rücksicht auf ihr eigenes Leben. Seine Fortschritte waren ihr ganzer Stolz, und jetzt sollte sie keinen Anteil mehr haben? Eine neue Einsamkeit trennte sie voneinander, von Jakob gewollt und aufrechterhalten. Sie beobachtete ihn, wußte, er war nicht glücklich, halbe Nächte lang saß sie mit wachen Sinnen im Bett, das aufgeschlagene Buch vor sich, und horchte nach seiner Tür. Einmal wieder einen Abend lang lesen können, hatte sie sich früher gewünscht, ein paar Stunden für mich allein. Und nun sehnte sie sich nach den Jahren, in denen er zu ihr ins Bett gekommen war und sie festhielt, damit sie ihm nicht davonlief.

Auch weggehen wollte Jakob plötzlich allein, wortlos und ohne Erklärung setzte er sich auf sein Fahrrad und kam erst zum Abendessen wieder nach Hause. Diese neue Unabhängigkeit versetzte sie in panische Angst, wie sollte er ohne sie gegen die Welt draußen bestehen? War nicht der Schulweg schon schrecklich genug? Aber er wollte sie nicht mehr neben sich als den Filter, der die Empörung, die Ablehnung aufsog, damit ihm die Unschuld und das Vertrauen blieben. Vielleicht erlebt er die Umwelt anders, versuchte sie sich zu trösten, aber wenn sie heimlich in seinen Zeichnungen wühlte, sah sie nur seine Angst und seine Verwirrung.

Wenn sie ihn mir wegnehmen? Kein Fortschritt hatte diese Angstvision je zum Verschwinden gebracht, Dr. Riesings leicht hingesagten Satz: Wenn Sie ihn nicht mehr bändigen können, wenn Sie ihn nicht mehr halten können ... Jetzt ließ er sich nicht mehr halten. Er setzte sich auf sein Fahrrad, übermütig, mit boshaftem Grinsen: Ich fahre fort! Langsam, vorsichtig fuhr sie durch die Straßen der Siedlung hinter ihm her, er genoß seine Freiheit, er sah sich nie um, sah nicht, wie seine Mutter ihn aus dem geparkten Auto beobachtete. Man hat sich an ihn gewöhnt, dachte sie, man wird ihn gar nicht beachten. Nie auf die Hauptstraße hinausfahren, schärfte sie ihm ein. Sie konnte ihn nicht mehr ununterbrochen beschützen, dreimal in der Woche kam sie erst am Abend von ihrer Arbeit heim.

Was war in der Schule, fragte sie.

Nichts.

Was hast du am Nachmittag gemacht?

Rad gefahren.

Aber er wich dabei ihrem Blick aus.

Natürlich hatte sie sein Interesse für Mathilde Turner bemerkt. Ich glaube, er hat sich verliebt, sagte sie zu Susanne, ich glaube, er schwärmt die Mathilde an, und sie lachten und sagten, das Kind hat keinen Geschmack. Aber so neu war diese Verehrung gar nicht, schon mit neun Jahren, als sie kaum eingezogen waren, hatte er verschämt und mit strahlenden Augen ihren Namen genannt: die Mat-

260

hilde! Was ist mit Mathilde? hatte Marta gefragt. Dann hatte er sein Gesicht in den Händen oder einem Polster verborgen, ihr Name war einfach zu schön, um ihn ohne Erschütterung zu ertragen. Und wenn sie draußen waren und Tilde auf sie zukam, um mit Marta, nie mit Jakob, zu reden, schaute er krampfhaft vor sich auf den Boden oder wandte sich verlegen von ihnen ab. Später hatte er manchmal seinen ganzen Mut gesammelt und sie angesprochen, aber nie hatte sie sich die Mühe genommen, ihm zuzuhören. Was hat er gesagt, hatte sie ärgerlich Marta gefragt und angeekelt den Mund verzogen. Und wenn Jakob allein war, war sie schnell weggelaufen, als habe sie Angst vor ihm. Jetzt war sie fünfzehn, ein wichtigtuerisches, weißblondes Geschöpf, hochnäsig und blasiert, und seit sie sich als junge Dame fühlte, war sie noch unnahbarer als früher. Nie, in all den Jahren, in denen sie nebeneinander aufgewachsen waren, hatte sie Jakobs Gruß erwidert, aber Jakob hatte nie einen Grund gebraucht, um seine Liebe an andere zu verschwenden. Er begnügte sich jedoch nicht mehr damit, sie zu grüßen, wenn er sie zufällig sah, er balancierte oft stundenlang auf seinem Fahrrad in der Nähe des Turnerschen Gartentors und wartete. Zum erstenmal in seinem Leben wartete er schweigend und geduldig, eine Stunde, zwei, einen ganzen Nachmittag, bis Tilde daherkam, auf langen staksigen Beinen, die Nase hoch in der Luft und mit einem in seiner einstudierten Vornehmheit dümmlichen Gesicht. Grüß dich, Tilde, sagte er dann, wie ein Jubel klang dieser Gruß in Martas Ohren, vor Aufregung riß er hastig Blätter von der Hecke, und vor Verlegenheit begann er manchmal zu summen, sichtbar eingespannt in die unerträgliche Ambivalenz, in ihrer Nähe stehenzubleiben oder wegzulaufen, weil er das Glück ihrer Nähe so schwer ertrug.

Aber Mathilde grüßte kein einziges Mal zurück, sie verzog nur angewidert das Gesicht, und Marta hörte durch das offene Fenster ihr helles: Hau ab! Und einmal sah sie, wie Mathildes älterer Bruder statt einer Antwort auf Jakobs Gruß den Gartenschlauch auf ihn richtete. Sie lief hinaus auf die Straße und holte das Kind herein, wie damals, als ihn die Nachbarskinder mit Wurfgeschossen verjagten, und wie damals hatte sie nicht den Mut, mit Jakob oder den fremden Kindern darüber zu reden. Sie zog ihn um, sie rieb ihn mit dem Handtuch trocken und schwieg, weil sie nicht wußte, wie sie ihm beibringen sollte, daß es Menschen gab, denen er im Weg war.

An einem föhnigen Vorfrühlingstag kam Marta erst am Abend von der Arbeit nach Hause, und Jakob wartete nicht wie sonst auf sie an der Tür, grinsend, glücklich über ihr Kommen. Jakob saß ohne Licht in seinem Zimmer, blinzelte, schloß die Augen, als sie das Licht anmachte. Sie schrie auf bei seinem Anblick. Jemand mußte ihn verprügelt haben. Ein verquollenes Auge, eine blutverkrustete Nase und Würgespuren am Hals. Was war los, Jakob, hast du gerauft? Nein, sagte er mit unglücklichem Gesicht, nicht fragen! Ich muß es wissen, schrie sie außer sich vor Angst um ihn, aber er glaubte wie immer, wenn sie sich aufregte, sie sei böse auf ihn, und begann zu weinen. Sie hörte ihn in seinem Zimmer weinen bis spät in die Nacht, aber er nahm ihren Trost nicht an, er wandte ihr den Rücken zu und stieß sie weg.

Am nächsten Tag fragte sie weiter, haben sie dich verhauen? Wer war es? Sie wußte, daß sie ihn quälte, daß er sich schämte, die Scham und die Niederlage kaum ertrug, wie mit vier Jahren, als er die Spielsachen zum Abfall geworfen hatte, wie nach der Schule, wenn sie ihre Finger auf die blauen Flecken auf seinem Rücken und seinem Bauch gelegt hatte, wer war das? Die Schuld und die Scham seiner Niederlagen, auch sie hatte ihren Anteil daran. Mein Kind ist behindert, hatte sie gerufen, mein Kind ist nicht normal, und vor den Ärzten hatte sie seine Mängel präzise aufgezählt, und er war dabei gesessen. Jetzt schämten sie sich voreinander, und sie konnte ihn nicht mehr wie früher halten und ihm beteuern, er sei lieb und schön und gescheit, er glaubte ihr nicht, und daß sie ihn liebte, bedeutete ihm nicht mehr alle Geborgenheit und Liebe der Welt. Wer war es, Jakob, fragte sie stur immer weiter, und schließlich würgte er es hervor, der Christian. Mathildes älterer Bruder.

Und wer noch, war noch wer dabei?

Ja.

Wer, wie viele?

Arni, sagte er ausweichend. Sie gab es auf.

Diesmal war es Marta, die aufgebracht vor der Haustür der Nachbarn stand, es ginge um Christian. Aber Marianne Turner rief nicht, um Gottes willen, ist ihm etwas passiert! Was ist, fragte sie und es klang fast wie eine Drohung. Von einer Rauferei wüßte sie nicht, sagte sie, aber gut, daß Marta von sich aus komme. Sie wisse wohl nicht, daß Jakob ihrer Tochter in aufdringlicher Weise nachstelle, wenn das so weitergehe, müsse sie zur Polizei. Hat er was zu ihr gesagt, hat er ihr was getan, fragte Marta entsetzt. Das fehlte gerade noch, rief Marianne und erzählte vom Swimmingpool vergangenen Sommer, da sei er wieder hinten am Gartentor gestanden und habe zu den Kindern herübergeschaut.

Hat er irgend etwas getan? wiederholte Marta ihre Frage.

Ob sie denn erst zur Vernunft kommen wolle, wenn schon etwas passiert sei, fragte die andere lauernd, meine Tochter hat Angst vor ihm, ist das so schwer zu begreifen?

Ja, sagte Marta und wandte sich ab. Können Sie Ihrer Tochter Jakob ein wenig erklären, er mag sie sehr, hatte sie vor Jahren eine andere Mutter gebeten. Das kann ich meinem Kind nicht zumuten. Diese Frau hätte Marianne Turner sein können.

Marta begann, die Nachbarn zu beobachten. Bildete sie sich das lauernde Mißtrauen in ihren Blicken nur ein? Sahen sie Jakob mit anderen Augen als früher, jetzt, wo er kein Kind mehr war? Aber sie ging ja nur mehr selten mit ihm fort, und ihn konnte sie nicht fragen, ihn wollte sie auch nicht fragen. Da liegt eine neue Alarmbereitschaft in der Luft, sagte sie zu Susanne, oder bin ich verrückt? Wenn er was anstellen sollte, beruhigte sie die Freundin, würdest du es bestimmt erfahren. Aber Martas Angst um Jakob wuchs, so als sei er gefährdeter, sichtbarer und angreifbarer als früher. Sie versuchte, Gespräche mit den Nachbarn herbeizuführen, aber die beachteten ihre linkische, berechnende Kontaktfreudigkeit nicht. Es gab niemanden in der ganzen Siedlung, mit dem sie über ihr Unbehagen sprechen konnte. Es war ja auch nichts geschehen, nur Jakob war verhauen worden, und ihr wich man aus. Sprach man über sie hinter ihrem Rücken?

Frau Fuchs blieb bei ihr stehen und beklagte sich über den Föhn und ihre Arthritis, und wie geht's Ihnen? Schlecht schauen Sie aus, stellte sie fest, ohne auf Martas Antwort zu warten, kein Wunder, glauben Sie nicht, es wäre auch für den Jakob besser, wenn Sie ihn endlich weggeben würden, es gibt doch so schöne Heime! Marta wandte sich heftig ab und rannte blindlings ins Haus und hatte vergessen, warum sie überhaupt auf die Straße gegangen war. Erst am Abend fiel es ihr wieder ein, sie hatte einkaufen gehen wollen. Hatte sie nicht geglaubt, sie und Jakob hätten bewiesen, daß er für die Wirklichkeit taugte, sich in ihr behaupten konnte wie jeder andere? Wie angepaßt mußte man sein, um mit den andern leben zu dürfen? Wenn sie allein durch die Siedlung ging, duckte sie sich ein wenig, ohne es selber zu wissen.

Jakob hatte seine Freude am Radfahren auch verloren. Er hatte Angst. Christian und seine Freunde lärmten mit ihren Mopeds durch die Siedlung, zogen drohende Schleifen vor Martas Haus, preschten durch die Frühjahrspfützen, daß ihr Auto über und über mit Schmutz bespritzt war. Sie holte jetzt öfter Jakob vom Autobus ab. Einmal, als sie schon fast beim Haus waren, kamen drei Burschen auf sie zu, die zwei Turnerbuben und einer, den sie nicht kannte. Jakob blieb stehen, zog seine Schultern hoch, als wollte er den Kopf zwischen ihnen verbergen, und kniff die Augen zu. Wie ein bedrohtes Tier, das sich totstellt, dachte Marta entsetzt. Als sie vorbei waren, begann er zu zittern, rannte zu Hause in sein Zimmer und zog am hellichten Tag die Vorhänge zu. So hilflos fühlte sich Marta, daß sie Felix anrief. Fröhlich klang seine Stimme aus dem Telefonanrufbeantworter: Bitte hinterlassen Sie eine kurze Botschaft, Ihren Namen und Ihre Nummer. Sie legte auf.

Und plötzlich, ohne Warnung und ohne sichtbaren Grund, passierte jeden Tag etwas Neues. Nägel vor ihrer Einfahrt, frische Kratzer am Auto. Nicht die Kratzspuren entsetzten sie, sondern das, was sie bedeuteten: Absicht. Der reinste Terror, sagte sie, widerrief es gleich darauf, Unachtsamkeit vielleicht nur, Zufall. Eine Woche später der Haufen Exkremente vor ihrer Haustür. Jetzt bekam sie Angst.

Sie nahm sich vor, Christian zur Rede zu stellen, schob es hinaus, bekam Herzklopfen, wenn sie ihn sah, den Achtzehnjährigen, den sie kannte, seit er zwölf Jahre alt war. Schließlich trat sie ihm in den Weg, am Nachmittag, als er von der Schule heimkam. Er war größer als sie, spöttisch sah er auf sie herab. Autorität hatte sie sich nie verschaffen

können, in keiner der vielen Klassen, in denen sie aushilfs-
weise, vorübergehend und ungern unterrichtet hatte, nur
manchmal hatte irgendein scheuer Schüler sie verehrt, hatte
zaghaft ihre Seite ergriffen gegen die andern und sich nach
der Stunde für sie entschuldigt. Nie solche wie Christian.
Seinen Blick, gemischt aus Herablassung und Ungeduld,
kannte sie schon, so hatte seine Schwester Jakob angesehen,
wenn er es gewagt hatte, sich bemerkbar zu machen, und
auch Marianne hatte ihn, diesen Herrenblick. Davon weiß
ich nichts, sagte er und zuckte die Schultern, geht mich
nichts an, mit schmalen Augen sah er sie an, und sie spürte
die unausgesprochene Drohung. Nicht um sich selber hatte
sie Angst, sondern um Jakob, und seinetwegen gab sie vor,
Christians Ausflüchte anzunehmen.

Mißtrauisch beobachtete sie vom Wohnzimmerfenster
aus jedes Gespräch, das andere über die Zäune führten,
sprachen sie jetzt über sie? Was wußten sie, daß sie nicht
wußte? Und wenn es an der Haustür läutete, schreckte sie
auf, lachte nervös und erleichtert, wenn Susanne draußen
stand, aber die Spannung verließ sie nicht. Bald kostete es
sie Überwindung, das Haus zu verlassen, als träte sie aus
einem Gehäuse ins Ungeschützte, und sie war froh, daß
auch Jakob das Fahrrad nicht mehr aus der Laube holte.

Hinter zugezogenen Vorhängen spähte sie auf die Straße,
und wenn ein Unbekannter vorbeiging und zu ihren Fenstern hinaufsah, begann ihr Herz zu rasen bei dem Gedanken, vielleicht spioniert uns der aus, vielleicht kommt der in
der Nacht wieder? In ihrer ununterbrochenen Erwartung
des Terrors wurde ihr jedes nächtliche Geräusch zur Bedrohung, sie überlegte nicht mehr, wer es denn sein könnte, der
sie bedrohe. Nachts der Schein einer Taschenlampe, der die
Hausfront abtastete, sie saß aufrecht im Bett, den Telefon-
hörer in der Hand.

Wie lange kannst du noch so leben, fragte Susanne, du bist ja vor Angst schon fast verrückt.

Ich weiß nicht, antwortete Marta verzagt, wo sollen wir denn sonst hin?

Auch tagsüber hatte sie keine Ruhe mehr, die Stunden, die sie von zu Hause weg war, die eineinhalbstündige Autofahrt zur Arbeit und wieder zurück, während Jakob schon auf sie wartete, rissen und zerrten an ihr. Sie war aggressiv, zerstreut und nervös, hatte auch für Jakob wenig Geduld. Dabei war es nur die Angst um ihn, die sie von der Arbeit nach Hause hetzte, auf der äußersten Fahrspur der Autobahn, die ihr sogar die Freude an ihrem Projekt verdarb. Die ununterbrochene Angst vor dem, was ihm zustoßen konnte in ihrer Abwesenheit. Und wenn ein paar Tage nichts passiert war, das sie alarmierte, schnell wieder die Hoffnung: Vielleicht ist es vorbei, vielleicht war die Angst übertrieben, was soll denn schon geschehen?

Dann begannen die Telefonanrufe. Immer spät in der Nacht, wenn es im Haus dunkel war. Nie erkannte sie die Stimmen, aber es waren junge Stimmen. Warnungen, Drohungen, als Ratschläge getarnt. Stellen Sie sich das Telefon nah ans Bett, damit Sie sofort die Polizei rufen können, Sie werden es nötig haben. Passen Sie gut auf Ihren Buben auf! Hallo, habe ich dich geweckt? Oder einfach die Stille am anderen Ende, lautes Atmen, Gelächter. Sie ließ immer ein Licht brennen, zuerst das Licht im Vorhaus, später das Licht in ihrem Zimmer. Aber es gelang ihr nicht, bei Licht zu schlafen. Aus unerklärlichen Gründen wich gegen vier Uhr früh ihre Angst, vielleicht war es nur die Erschöpfung.

Sie schlief nie mehr länger als drei, vier Stunden, und sie war froh, daß es Frühling war und die Tage länger wurden, immer mehr Stunden Helligkeit, weniger Stunden Angst. In der Dunkelheit wagte sie nicht mehr, in die Küche hinunter-

zugehen. Sie nahm sich immer etwas zum Essen ins Schlafzimmer mit. Aber bald waren es nicht mehr nur das Wohnzimmer und die Küche im Parterre, die sie sich nicht zu
betreten traute, bald saß sie angstgelähmt die halbe Nacht
lang im Bett und wartete auf das Morgengrauen. Sie wagte
sich nachts nicht mehr ins Bad. Nachts war ihr Haus be-
setzt, und die Besetzer rückten immer weiter vor, machten
vor den Fenstern und Türen nicht halt, spähten durch
Schlüssellöcher. Mit jedem Tag wurde ihre Angst vor dem
Schlafengehen größer, aber die Stille des Wohnzimmers, in
dem sie sich manchmal trotzig zu behaupten versuchte,
ertrug sie schon gar nicht.

Man will uns umbringen, sagte sie am Morgen nach
einem anonymen Anruf zu Susanne, irgend jemand will uns
ans Leben.

Aber zu Mittag erschien ihr alles nicht mehr so schlimm:
Die kriegen mich nicht unter, das könnte ihnen so passen.
Am Nachmittag wuchs dann wieder die Angst vor der
Nacht. Sie klammerte sich an ihre Gäste: Bleib noch ein
wenig, wenn du da bist, fürchte ich mich nicht so sehr! Aber
irgendwann war es Zeit zu gehen, und nachher war ihre
Angst noch unerträglicher. Jemand konnte es gesehen haben, daß der Besucher weggegangen und sie allein zurückgeblieben war. Aber wußte nicht ohnehin jeder, daß sie allein
lebte mit Jakob? Doch gegen die wachsende Angst kam ihre
Vernunft nicht mehr an.

Jakob war reizbar und unkonzentriert, es hielt ihn bei
keiner Beschäftigung lang, und er blieb immer in Martas
Nähe, er traute sich nicht mehr allein auf die Straße. Das ist
gefährlich, behauptete er. Sie mußte ihn zum Autobus begleiten und ihn am Nachmittag von dort holen. Er hatte
aufgehört, die Nachbarn zu grüßen. Eine Woche lang war er
damit beschäftigt gewesen, aus Steinplatten einen Fahrrad-

weg durch den Garten zu legen, aber die Platten waren zerbrochen und der Weg zu schmal. Ein paarmal versuchte Marta mit ihm zu reden, über die Nachbarskinder, über seine und ihre Angst, aber sie wußte nicht wie, sie wollte ja nicht, daß er glaubte, es sei seine Schuld, es habe irgend etwas mit ihm zu tun.

Sie lebte von Tag zu Tag und versuchte, die Nächte zu überstehen. Nur einmal lief sie zur Polizei und blamierte sich. Sie war mit Jakob einkaufen gewesen, und als sie heimkamen, stand die Haustür weit offen. Im Haus gab es keine Spuren, nichts fehlte, nur die Telefonleitung war tot. Da lief sie in panischer Angst auf die Wachstube. Sie müssen mir helfen, rief sie atemlos, man will uns umbringen heute nacht, man hat das Telefonkabel durchschnitten, heute nacht kommen sie, es ist wegen meines Sohnes, man will uns hier weghaben! Gleichmütig schrieb der Polizist alles ins Protokoll, schön der Reihe nach, beruhigen Sie sich, zuerst Name, Anschrift, Beruf, und was genau ist geschehen? Die Haustür war offen? Vielleicht habe sie vergessen, sie zuzusperren? Das Telefon sei kaputt? Ob sie schon bei der Post angerufen habe, beim Entstörungsdienst? Aber die Anrufe, rief Marta, die Nägel, die Kratzer am Auto, die Exkremente, die Taschenlampen, die Angst, die wahnsinnige Angst schon seit Wochen! Sie schwitzte, sie fuhr sich mit der Hand über das Gesicht.

Später sah sie dieses Gesicht im Spiegel, angespannt bis zum Wahnsinn und die schwarzen Spuren ihres Augenmake-ups auf Wangen und Stirn, aber auch in den schnellen Blicken, die zwischen den Gendarmen hin und her gingen, hatte sie es gesehen: Die spinnt, die dreht durch. Unbeirrt fragte der Polizist weiter, wie oft in der Woche sie anonyme Anrufe bekäme, um wieviel Uhr, ob sie die Stimmen erkenne. Aber Marta erinnerte sich plötzlich an Jakob. Mein Gott, mein Sohn ist allein zu Hause, ich muß weg, so tun Sie doch endlich was! Als sie nach Hause kam, funktionierte das Telefon wieder, und später kam eine Polizeistreife vorbei, ob alles in Ordnung sei, fragten die Polizisten und grinsten. Marta entschuldigte sich beschämt für den Auftritt, sie gerate in letzter Zeit so leicht in Panik.

Gegen Mitternacht krachten Tritte gegen die Haustür, in regelmäßigen Abständen, die Telefonleitung war tot wie am Nachmittag. Jakob kam verschreckt in ihr Zimmer, sie saßen zitternd auf ihrem Bett und warteten, daß die Haustür nachgab, aber statt dessen wurde es draußen still. Achtmal, sagte Jakob, er hatte die Tritte gezählt.

Da kannst du nicht wohnenbleiben, sagte Susanne, und Marta schaute sie an, als hätte sie etwas Undenkbares, Ungeheuerliches gesagt. Wegziehen? fragte sie. Und das Geld, das ich in die Veranda gesteckt habe?

Sie ließ nun jede Nacht das Licht in ihrem Zimmer brennen, sie hatte gelernt, auch bei Licht einzuschlafen. Aber um zwei Uhr nachts riß das Telefon sie aus dem leichten Schlaf. Danach saß sie aufrecht im Bett bis zum Morgen, schwindlig und unfähig, sich zu bewegen. Wenn du nicht besser auf deinen Buben aufpaßt, wird er zwangskastriert, hatte die Stimme gedroht, es war eine kaum dem Stimmbruch entwachsene Stimme. Sie war fast froh, als am Morgen ihr Auto auf flachen aufgeschlitzten Vorderreifen dastand, ein Grund, nicht zur Arbeit zu fahren, ein Tag weniger, an dem sie Jakob allein lassen mußte.

Als bereits der Wind in den Ästen und jedes Rascheln im Gras sie aufschreckte, als sie Jakob nicht mehr allein aus dem Haus gehen ließ und ihn am liebsten versteckt hätte, faßte sie in einer schlaflosen Nacht endlich den Entschluß wegzuziehen.

Jakob, wir müssen umziehen, sagte sie am Morgen beim Frühstück. Nein, rief Jakob, und die angespannte Angst, die sie immer noch fürchtete, trat in sein Gesicht. Alle Entscheidungen hatte sie allein getroffen, sie war es gewohnt, auf Widerstand zu stoßen und sich gegen ihn durchzusetzen, bei Jakob, bei Felix, bei Ärzten und Ämtern. Das hatte sie im Lauf der Zeit stur gemacht und manchmal unduldsam. Warum nicht, fragte sie ungeduldig. Auf einmal hatte sie es eilig, die Gegend zu verlassen, die Straße, das Wohnviertel, plötzlich war ihr jede Nacht zuviel. Willst du, daß sie uns umbringen, schrie sie ihn an. Er zog den Kopf ein und begann zu zittern.

Sie hatte ihn schonen wollen und ihn mit seiner Angst allein gelassen, er wußte, wovon sie sprach. Jetzt schwieg er und schaute trostlos zum Fenster hinaus.

Sie waren hier zu Hause. Marta hatte schon oft in diesen Wochen erwogen, was sie aufgeben würde, den täglichen ersten Blick auf die Mostbaumallee am Feldrain, die Nebelschwaden im Herbst über den Feldern, die Geborgenheit des Gartens hinter dem Haus mit den alten Bäumen, die selbstgepflanzten Ziersträucher und Rosen, und jeder Winkel im Haus so vertraut, daß sie alles im Dunkeln fand. Auch für Jakob gab es kein anderes Zuhause mehr als dieses, und sie hatte auch an das gedacht, was sie ihm woanders nicht würde ersetzen können, die Laube hinter dem Haus mit seiner Alteisensammlung, die Felder, die in sanften Hängen zum Wald aufstiegen, im Winter rodelte er von dort herunter zum Garten, der Bach in der Nähe und die Wildnis, die ihm das Ufer in einen Dschungel verwandelte. Ihm das alles wegnehmen zu müssen, versetzte sie in eine hilflose Wut, die sie nicht äußern durfte, und die Jakob spürte und nicht verstand. Er glaubte, ihr Zorn richte sich gegen ihn, und schaute mit verschlossenem Gesicht zum Fenster hinaus, durch kein Argument zu erreichen, das war ihm von früher geblieben.

Diesmal nahm sie Jakob mit auf die Wohnungssuche, sie ließ ihn nicht mehr allein im Haus. Sie ließ sich auch nicht viel Zeit zum Suchen, fast jede Wohnung wäre ihr recht gewesen, schnell ein Dach über dem Kopf in einer Gegend, in der sie niemand kannte, und in der Nacht ruhig schlafen dürfen. Eine einzige Nacht ohne Angst, sagte sie, ohne daß einem bei jedem Geräusch, bei jedem Telefonanruf, gleich das Herz still steht.

Nach fast zehn Jahren war sie entschlossen, ihre Stadt zu verlassen, zum zweiten Mal und diesmal endgültig. Weit weg, in die Großstadt wollte sie und fürchtete nur, die Kraft nicht mehr aufzubringen für einen Neuanfang. Ihre Suche war lustlos und von Woche zu Woche hektischer, sie stellte immer weniger Ansprüche. Jakobs stummer Widerstand erschwerte ihre Anstrengung. Marta brachte nicht den Mut auf, ihm zu sagen, Jakob, es ist wegen dir, die Menschen, die du mit soviel Begeisterung gegrüßt hast, wollen dich nicht. Sie ärgerte sich über seine Unschuld und tat zugleich alles, um sie ihm zu erhalten. Sie erfand falsche Gründe für den geplanten Umzug, den kürzeren Weg zu ihrem Arbeitsplatz, eine bessere Schule für ihn, keinen Schulweg im Bus mehr, die Nähe des Vaters. Aber in seinen Augen sah sie, daß er den wahren Grund kannte und ihn dennoch nicht mit der Notwendigkeit einer Übersiedlung verband.

Wohnungen waren teuer und rar, und Marta wurde von Panik ergriffen. Sie rief immer häufiger Felix an, demütigte sich vor ihm, bettelte, nur du kannst uns retten, bitte, wir sind in Lebensgefahr! Felix schien zu grinsen: Was höre ich da, in Lebensgefahr? Ein paar anonyme Anrufe Halbwüchsiger, ein bißchen Vandalismus, ein wenig Radau in der Nacht, und du redest gleich von Lebensgefahr? Die Angst in ihrer Stimme hörte er nicht, und bald verbot er sich ihre Anrufe jeden Abend, du ruinierst mein Privatleben mit deiner Hysterie! Sie rief nicht mehr an, sie erschien in seinem Büro nach jedem erfolglosen Anlauf eine Wohnung zu finden, und er begann mit ihr zu verhandeln wie mit einer Klientin. Angenommen, ich finde eine Wohnung für euch, was bekomme ich denn dafür, als Vermittlungsgebühr, sozusagen?

Alles, was du willst.

Stell dir vor, rief er gönnerhaft, was für ein Glücksfall, eine Wohnung in meinem Haus wird bald frei, sagen wir, ich überlaß dir die Wohnung und du erläßt mir die Unterhaltszahlungen. Er hielt ihr die Hand hin: Fair? Es war eine kleine Wohnung in einem Außenbezirk, eine Wohnküche, ein altmodisches Bad, ein Kabinett. Ein einziger Raum, um darin zu schlafen, zu wohnen, zu arbeiten, Gäste zu empfangen, und das Zimmer für Jakob kleiner als das im Haus. Aber sie sah keine andere Wahl, und Felix triumphierte. Es habe sich, wenn er es recht bedenke, alles zu seinen Gunsten entwickelt und ganz ohne sein Zutun: Der Sohn in derselben Stadt, jederzeit leicht zu erreichen, keine Belastung mehr, beinah ein Familienleben, und trotzdem die Freiheit eines Junggesellen. Eigentlich steige ich als Gewinner aus, rief er.

Der Möbelwagen war bestellt, es gab einen Termin, der sechs glücklichen Jahren, aber auch den Wochen des Terrors ein Ende setzte. Marta erinnerte sich an die früheren Übersiedlungen in ihrem Leben: Nach der Matura in die Universitätsstadt, in das Reihenhaus nach der Hochzeit, und dann zurück in ihre Stadt, weg von Felix, schließlich in dieses Haus, das erste Zuhause seit der Hausmeisterwohnung der Kindheit. Immer waren es Umzüge gewesen, die etwas Abgelegtes, oft schon unerträglich Gewordenes zurückließen, Neuanfänge, von großen Erwartungen beflügelt, geöffnete Türen in ein neues, vielleicht besseres Leben. Jetzt gab es keinen Ausblick, nichts öffnete sich vor ihr, worauf sie ihre Ungeduld hätte richten können, aber etwas schloß sich, stieß sie aus einem Leben hinaus, das sie noch nicht verlassen wollte. Sie haben es erreicht, sagte sie zu Susanne, sie haben es geschafft, uns zu vertreiben.

Als sie ein halbes Jahr nach dem Einzug ein neues Bett gekauft hatte, stand sie lange davor, mit einem leisen Schauder vor dem Gefühl der Endgültigkeit: In diesem Zimmer, in diesem Bett werde ich schlafen, jede Nacht bis zu meinem Tod, in diesem Bett werde ich sterben.

Und nun war es an der Zeit, alles in Schachteln und Kisten zu packen, was auf Bücherborden und in den Schränken seinen Platz eingenommen hatte für alle Zeit. Aber sie hatte die Kartons, die sie seit ihrem neunzehnten Lebensjahr von Übersiedlung zu Übersiedlung begleitet hatten, in ihrer Euphorie der Endgültigkeit weggeworfen.

Nie zuvor in den sechs Jahren hatte sie den Wechsel der Tageszeiten so intensiv erlebt, die Veränderungen draußen im Garten und auf den Feldern. Die Sonne am späten Nachmittag, wenn sie die Baumkronen verließ, die reifen Johannisbeeren noch einmal zum Aufglühen brachte und über den Rasen davonglitt. Verkrampft saß Marta in ihrem Gartenstuhl auf der Veranda, verbissen in die fruchtlose Anstrengung, die Sonne zurückzuhalten mit ihrem verzweifelten Wunsch, die Nacht möge noch nicht beginnen, die Zeit solle stillstehen. Wieder ein Tag weniger, der sie vom Abschied trennte. Eingraben möchte ich mich, Wurzeln schlagen... Hatte sie das nicht schon einmal gesagt?

Die Schränke waren bald leergeräumt, sie hatte nie viel besessen. Aber die Bilder an den Wänden, die Gegenstände, die herumstanden, alle mit Erinnerungen behaftet, unverrückbar, wie sollten sie woanders wieder heimisch werden? Sie packte nur in der Nacht, wenn Jakob schon schlief, und in den Stunden, bevor er nach Hause kam. Er ertrug ja Veränderungen soviel schwerer als andere. Sie erinnerte sich an seine Panik als Kleinkind bei der geringsten Umstellung in seiner Umgebung, ein Sessel, der nicht genau an seinem Platz stand, und wie langsam er sich an jeden Ortswechsel gewöhnt hatte. Jede Veränderung bedrohte ihn mit dem Einbruch des Chaos. Wohl sah er jetzt die Kartons, die leeren Schränke, die immer breiter werdenden Lücken in den Regalen, er wußte ja, daß sie bald wegziehen würden, er kannte die neue Wohnung, aber er ließ sich nichts anmerken, keinen Schmerz, keine Vorfreude. Er selbst machte keine Anstalten, seine Sachen zu packen, er verharrte in seinen täglichen Gewohnheiten und hängte wie jeden Abend seine Kleider in den Schrank, als ob sein Zimmer allein vom Auszug verschont bleiben würde. Und auch Marta rührte noch nichts in seinem Zimmer an, während die anderen Räume von Tag zu Tag kahler wurden.

Plötzlich wurden die Möbel wieder beweglich, sie standen nicht mehr wie in den vergangenen Jahren für alle Ewigkeit fest. Der Küchentisch. Hätte er nicht besser mit der Schmalseite an der Wand gepaßt, statt frei im Raum? Sie schob einen Sessel hinzu, setzte sich an den Tisch. Ja, so hätte es sein müssen, mit dem Blick aus dem Fenster hinauf zum Wald. Jetzt war es zu spät. In der Stadtwohnung, die sie vorher bewohnt hatten, waren im Lauf des Auszugs auf einmal die Räume nicht mehr die ihren gewesen. Sie hatten sich zurückgenommen in die Unpersönlichkeit vor ihrer Inbesitznahme, neutrale Räume einer beliebigen Altbauwohnung, in denen sie zufällig eine Zeitlang gelebt hatten. Sie hatte die Wohnung erleichtert, ja triumphierend verlassen. Doch dieses Haus schien sie immer stärker an sich zu ziehen, sie festzuhalten, je leerer es wurde, aber es wurde nicht leer, obwohl sie nun schon fast drei Wochen lang packte. Es schien, als kehrten die Gegenstände wie von selbst an die gewohnten Stellen zurück.

Drei Tage vor der Übersiedlung brachte sie Jakob zu seinem Vater. Sie wollte ihm den Anblick ersparen, wie sie sein Zimmer leerräumte, wie man sein Bett hinaustrug. Deine Sachen kommen alle in dein neues Zimmer, versprach sie ihm. Und wer kriegt dann mein Zimmer, wollte er wissen.

Andere Leute.

Und meine Autos, fragte er bang, die Sachen in der Laube? Seine Alteisensammlung hätte sie fast vergessen. Eine Kiste voll kannst du mitnehmen, das andere muß dableiben.

Einen ganzen Tag verbrachte er damit auszuwählen, immer wieder schichtete er noch ein Eisenstück in die ohnehin schon volle Kiste. Danach stieß er wütend mit dem Fuß gegen Türen und warf sich schließlich laut schluchzend aufs Bett, zerriß das Leintuch in seinem verzweifelten Kampf um Selbstbeherrschung im Schmerz des Verlusts.

Die letzte Nacht in dem leeren Haus wurde Marta unerträglich lang. Sie wachte unzählige Male aus wirren Alpträumen auf, ihr Bett stand auf einer Plattform, unter ihr eine schreiende, rachsüchtige Menge, die auf die Plattform zu klettern versuchte, ihr Bett war ein Sarg, von Grablichtern umgeben, und in der Leere des Hauses dröhnte das Ticken des Weckers wie schwere Hammerschläge. Benommen stand sie im ersten Licht auf, zog das Bett ab, stopfte das Nachthemd in ihre Reisetasche, die Toilettesachen, Handgriffe wie nach einer Nacht im Hotel.

Später kam Susanne, da hatte Marta schon begonnen, Kisten vors Haus zu schleppen. Immer wieder lief sie zurück, der Möbelwagen stand vor der Tür, zwei junge Männer luden die Möbel auf, aber es schien, als wollte das Haus sich nicht leeren: Ein Handtuch hing noch neben dem Waschbecken, die Gardinen im Bad hatte sie übersehen, den Fußabstreifer.

Marta studierte die verfaulten, schwarzgrünen Dielen, auf denen der Kühlschrank gestanden hatte: Hoffentlich muß ich das nicht bezahlen! Susanne fotografierte sie, als sie zum letztenmal aus dem Haus trat, die Reisetasche in der einen Hand, eine Küchenrolle in der anderen, den Kopf leicht zur Seite geneigt, mit einem Grinsen, das den Schmerz nicht verbergen konnte. Sie umarmten einander schweigend, sie hatten Mühe, ihre Tränen zurückzuhalten. Später, am Telefon, sagte Marta, wir haben uns wie Damen benommen.

Obwohl Marta mit niemandem in der Siedlung gesprochen hatte, wußten alle über ihren Auszug Bescheid. Die Nachbarn waren in ihren Gärten beschäftigt, die Vorhänge in Bewegung, Halbwüchsige und Kinder trieben sich in der Straße herum, als der Möbelwagen vor Martas Haus hielt. Aber niemand grüßte, niemand verabschiedete sich. Erst, als der Möbelwagen abgefahren war und nur mehr der Sperrmüll übrigblieb, kamen sie herbei, als hätten sie den ganzen Vormittag lang auf diesen Augenblick gewartet. Als Susanne später am Nachmittag noch einmal hinging, sah sie die neugierige Menge vor dem Haus: Erwachsene, Jugendliche, Kinder, sie standen herum mit eifrigen Gesichtern und stießen mit den Schuhspitzen nach den vom Rost gesäuberten Auto- und Motorradteilen aus Jakobs Sammlung, die er hatte zurücklassen müssen. Wichtigtuerisch und aufgeregt standen sie herum, wie Kinder um eine tote Schlange, wie Schaulustige an einer Unfallstelle. Hatten sie wirklich keine Ahnung, was hier geschehen war, daß aus ihrer Mitte zwei Menschen vertrieben worden waren, durch ihr Zutun, durch ihre Schuld? Aber es betraf sie ja nicht, es ging sie nichts an, sie wußten von nichts, hatten auch nichts bemerkt und schon gar nichts getan.

277

Diesen Sommer lebte Marta wie in einem Schwebezustand zwischen den zurückgelassenen Jahren und einer allmählich vorstellbar werdenden Zukunft, und vieles sah sie klarer als je zuvor. Sie hatte erkannt, daß es nicht mehr an Jakob lag, sich zu ändern, um die Ausgrenzung, in der sie sich seit langem befanden, rückgängig zu machen. Jakob hatte alles erlernt, wovon sie früher nur heimlich zu träumen gewagt hatte, er hatte alle Erwartungen übertroffen, sie konnte stolz auf ihn sein. Aber die Grenze, die sie und Jakob von den anderen trennte, war geblieben, und Marta wußte, es nützte nichts, durch immer neue Anstrengungen von ihr abzurükken, sie mußte sich einrichten, mit ihr zu leben.

Das Kind ist ein Grenzfall, deshalb ist es so schwer, ihn einzuordnen, hatte sie Lehrern und Pädagogen gegenüber oft erklärt. Aber wer hatte die Grenze gezogen?

In die Auen, wo sie den Vögeln nachspürte, nahm sie Jakob mit. Er konnte schweigen, er sah mehr und genauer als sie. Hatte sie es sich nicht immer so gewünscht: schweigend nebeneinander zu gehen und dasselbe zu erleben? An solchen Tagen war die Zukunft weit weg und belanglos, an solchen Tagen gab es die Grenze nicht. Aber am Abend im Dorf, in dem sie den Sommer verbrachten, im Wirtshaus, in dem sie allein an einem Tisch saßen, von den anderen verstohlen beobachtet, wuchs die Grenze wie eine Mauer wieder rund um sie auf. Es war nicht Jakobs Verhalten, es war etwas Unsichtbares, das sie bereits mit sich trugen, und es hing längst nicht mehr von Jakob ab, ob Marta sich ausgestoßen und belauert fühlte. Die Grenze war ihnen auf den Fersen, und Marta wußte, es würde ihr nie mehr gelingen, sie abzuschütteln, oder sie zu verlassen; und sie abzuschaffen, lag nicht in ihrer Macht.

Im Lauf der Jahre war Marta hellhörig geworden; ihre Fähigkeit zu sehen, was sich unsichtbar für andere hinter den Fassaden vollzog, hatte sich bis zur Schmerzgrenze verfeinert. Das Leben mit Jakob hatte sie gelehrt, auch bei anderen die unscheinbaren Signale zu erkennen, den Kampf im Verborgenen, mit sich, mit der Umwelt, mit der Wirklichkeit. Die unentwegte Gefahr im Ungeschützten, die Fallen, die Abgründe, die bei jedem Schritt aufklaffen konnten, die Grenze, die immer die anderen zogen, nie jene, die über ihr zu Fall kamen. Überall begegnete sie jetzt Menschen, deren Blicke nach Halt suchten, deren Hände sich ängstlich verbargen, deren Füße so zögernd und unsicher den Boden berührten, als gingen sie auf einem Seil. Sie blickte in verwirrte Augen, in gequälte Gesichter, die nie die gedankenlose Sicherheit im täglichen Überleben gemeistert hatten. Es waren viele, wenn man die Zeichen zu lesen verstand. Die Grenze, an der Marta sich so lange allein mit Jakob gewähnt hatte, war dicht bevölkert. Aber die Grenzgänger erkannten einander nicht, aus Mißtrauen, aus Angst, und weil sie der Versuch so zu sein wie die andern ganz in Anspruch nahm. Oder vielleicht war es unerträglich, sich selber zu erkennen in einem, der draußenstand? Manchen gelang es besser, den Schein zu wahren, der Furcht vor dem Anderssein einen Platz zuzuweisen und sie in Schach zu halten. Aber die Grenze war heimtückisch, oft ging sie mitten durch einen hindurch, der glaubte, ihr entronnen zu sein, und machte ihn sich selber zum Fremden.

Am Tag von Jakobs erster Diagnose hatte Luise zu Marta gesagt, vielleicht macht dich dieser Schicksalsschlag zu einem besseren Menschen. Sie erinnerte sich kaum mehr, wie sie damals gewesen war, aber sie wußte, das Leben an der Grenze hatte sie verändert. Zweifellos war sie bitter geworden, mißtrauisch und vom Leben müde, aber aus dem Schmerz und der Bitterkeit war ein hellsichtiges Verstehen für alle gewachsen, die sich wie Jakob in der Gefahrenzone befanden. Sie sah Menschen, sichtbar und auffallend durch ihr Gebrechen, wie sie mit demütigen Augen ihren zugewiesenen Platz einnahmen, wie sie lächelten und sich bedankten mit dem Eifer, das Richtige zu tun, niemanden durch ihre Existenz herauszufordern, und der Schmerz um sie traf sie so tief wie ihre Liebe für Jakob. Manchmal sah sie ihnen in die Augen und hoffte auf ein Erkennen, aber selbst das Erkennen schien zuviel Mut zu erfordern. Wenn wir, die wir an der Grenze leben, einander erkennen könnten, dachte sie, wären wir nicht so einsam und so verwundbar. Aber Marta wußte auch, daß das Bild von der Grenze nicht stimmte, diese Illusion einer Demarkationslinie, an der es sich recht und schlecht leben ließ; sie war der unbewohnbarste Ort, der Pranger, an dem man immer allein stand, ausgesetzt, von den anderen verworfen. Nur mit dem wachsenden Abstand zu ihr wuchs die Sicherheit und die Gewißheit, auf das Leben ein Anrecht zu haben.

Wovon hing es ab, auf welcher Seite man stand? War es das Aussehen, waren es die Schulen, zu denen man zugelassen worden war? Daran hätte es Marta nicht gemangelt. War es die Norm, mit der man in Einklang lebte, die Taubheit, die Blindheit, die Stumpfheit, mit denen man von sich wies, was man nicht durchschaute? In Augenblicken der Zuversicht hoffte Marta, der Standort hinge von dem Glauben ab, den zumindest Jakob noch besaß, daß der Planet bewohnbar und die Menschen vertrauenswürdig und liebenswert waren.

Christa Wolf
Sommerstück
228 Seiten. Leinen

Ein schöner Sommer, eine Handvoll Menschen, die sich in einem mecklenburgischen Dorf zusammenfinden, als suchten sie Zuflucht beieinander. Sie haben die Stadt hinter sich gelassen, den grau gewordenen Alltag. Es ist, als lernten sie miteinander endlich das wirkliche Leben kennen. Ein neuer Anfang scheint möglich, und mit ihm Freundschaft, Nähe, Glück. In ihrer den Freunden jenes Sommers gewidmeten Erzählung *Sommerstück* vergegenwärtigt sich die Autorin noch einmal jene Zeit – »heute scheinen wir keine stärkere, schmerzlichere Sehnsucht zu kennen als die, die Tage und Nächte jenes Sommers in uns lebendig zu erhalten«. Und sie versucht, jene Momente aufzuspüren, in denen sich Veränderungen ankündigten, das Ende. »Etwas würde sich verändern, heute sagen wir alle, wir hätten gewußt, daß es so nicht bleiben kann.«
Ein Buch der Erinnerungen – ein Nachdenken über Aufbrüche, gescheiterte Entwürfe, Enttäuschungen, über das Heimweh nach einer Vergangenheit, in der alles möglich schien, in der es möglich schien, die Welt zu verändern. Ein Buch über das Altern und die Begegnung mit dem Tod. Ein sehr offenes, persönliches Buch.

Christoph Hein
Der Tangospieler
ca. 230 Seiten. Gebunden

Widerwillig war Dallow bei der Premiere eines Studentenkabaretts als Pianist eingesprungen. Daß der Text des alten traurigen Tangos, den er zu spielen hatte, »mittels leichter Veränderungen am Original nur halbherzig und fade, wie er fand, den amtierenden greisen Führer des Staates verspottete«, erfährt er erst bei der Gerichtsverhandlung. Aber erst die Tatsache, daß dasselbe Lied wenig später unbeanstandet wieder aufgeführt werden konnte – »Wir sind ein Stück weitergekommen« sagt sein Richter dazu – ist imstande, vorübergehend Dallows Gleichmut zu erschüttern, mit dem er sich gewappnet hatte.

Christoph Hein erzählt die Geschichte eines jungen Historikers, der nach zwei Haftjahren im Winter '68 (während aus dem Radio Nachrichten über ihm fremde, unbegreifliche Ereignisse in Prag dringen) in ein Vakuum zurückkehrt, mit dem Pathos des Understatements und jener unvergleichlichen Spannung, die wir aus seiner Novelle *Drachenblut* kennen. Kühler und umstandsloser sind Tabus des real existierenden Sozialismus in der DDR nie zur Sprache gekommen.

Helga Königsdorf
Die geschlossenen Türen am Abend
Erzählungen. Ca. 180 Seiten. Leinen

Fast ausnahmslos sind die Protagonistinnen der Erzählungen
von Helga Königsdorf Frauen jenseits der Vierzig, die an ihrer
gefühlsarmen Umgebung leiden. Das Maß ihrer Enttäuschungen
ist voll, und das treibt sie oft mitten aus dem ganz gewöhnlichen
Alltag zu überraschenden Auf- und Ausbrüchen. Aber es deuten
sich tödliche Ausgänge an.

»In den sinnbildlichen Königsdorf-Geschichten – grell bis zart,
satirisch, ironisch, melancholisch, grotesk, märchenhaft, phan-
tastisch – kann der Leser anläßlich von Begebenheiten, die sich
scheinbar privat bei Männern und Frauen und Kindern ereig-
nen, viel über den Weltzustand überhaupt erfahren – und über
sich selbst.« *Irmtraud Morgner*

Helga Königsdorf
Mit Klischmann im Regen
Geschichten. SL 463

Helga Königsdorf
Respektloser Umgang
Erzählung. 116 Seiten. Leinen
Auch als SL 736 lieferbar

Helga Königsdorf, im Hauptberuf Mathematikerin, begann in
den 70er Jahren zu schreiben. Darüber berichtet sie selbst:
»Schreiben wollte ich bereits als Kind. Da ich damals noch keinem Leistungskomplex unterlag, gestattete ich mir nach meinem
schriftstellerischen Debüt im Familienkreis eine längere schöpfe-
rische Pause. Ich wandte mich anderen Dingen zu . . . und lei-
stete meinen Beitrag zur Reproduktion der DDR-Bevölkerung.
Als ich mein altes Vorhaben längst endgültig vergessen hatte,
brachen die vorliegenden Geschichten völlig ungerufen aus
mir heraus.«

Richard Wagner
Ausreiseantrag
136 Seiten. Gebunden

Richard Wagner, in Rumänien geboren, lebt heute in Westberlin. In seiner ersten großen Erzählung *Ausreiseantrag* berichtet er nicht nur über die letzten Wochen vor der Ausreise, über den wachsenden Druck und die Angst vor dem Verlust der Heimat, sondern auch über die Minderheiten in der Welt. »Die Geschichte dieses in Ungnade gefallenen Dichters Stirner, der die ›leeren Sätze‹, die ›großen Lügen‹ der ›Staatssprache‹ nicht länger gedruckt sehen mag und lieber auf seinen Arbeitsplatz in der Zeitungsredaktion verzichtet, als sich zum Handlanger eines verhaßten Systems zu machen, spiegelt auch den Verlauf von Wagners Lebensgeschichte. Was sein Buch so beeindruckend macht, ist die protokollhafte Nüchternheit, mit der dieser Schriftsteller vor uns ausbreitet, was ihm widerfuhr, als er so, wie er dachte, auch zu schreiben versuchte.« *Franz Josef Görtz*

Richard Wagner
Begrüßungsgeld
ca. 130 Seiten. Gebunden

Richard Wagners Bericht über die letzten Monate in der ›Heimat‹ Rumänien endete mit dem Antrag auf endgültige Ausreise; *Begrüßungsgeld* geginnt mit der Ankunft des Aussiedlers Stirner im Durchgangslager Zirndorf. Wie schnell aber wird man Deutscher im Sinne des Grundgesetzes und ausgestattet mit allen staatsbürgerlichen Rechten und Pflichten? »Er mußte sich daran gewöhnen, daß alles zur Verfügung stand. Bilder, Ideen. Alles war Design, und Design war vergänglich, und Vergänglichkeit war chic. So hatten alle Auftritte eine Spur von Beliebigkeit. Die herzförmigen Ohrgehänge der Sängerin, die Sprüche des Politikers. Es fiel ihm schwer, sich daran zu gewöhnen, da er bisher mit Eindeutigkeiten gelebt hatte.«

Was hat das Kind? fragen die Leute. Ist das Kind krank? fragen die Leute. Warum schlagen Sie das Kind nicht? fragen die Nachbarn, die das Kind schreien hören. Weil Jakob mit fünfzehn Monaten noch nicht allein gehen kann und mit zwei Jahren noch kaum spricht, und weil er oft fünf Stunden ununterbrochen schreit, als sei er in einem schrecklichen Albtraum gefangen, geht Marta mit ihm in die Klinik. Denken Sie nach! wird sie aufgefordert. Erinnern Sie sich, überlegen Sie, wo Sie die Beziehung zu Ihrem Kind zerstört haben.

Mit der Schuldzuweisung, die sich unzählige Male wiederholen wird, mit dem Versuch, den »Fall« Jakob durch eine zweifelhafte Diagnose (»Autismus«) in ein System zu zwingen, beginnt der verhängnisvolle Prozeß der Ausgrenzung, der völligen Isolierung zweier Menschen, den die österreichische Schriftstellerin Waltraud Anna Mitgutsch in ihrem dritten Roman aufzeigt.

Jakob, ein zartes Kind mit großen blauen Augen, ist nicht krank. Er ist anders. Er hat andere Begabungen und Fähigkeiten als die, die man von einem Kind seines Alters erwartet. Er reagiert nicht, oder anders als erwartet, wenn er angesprochen wird. Die Wörter, die er sagt, formen sich nicht zu Sätzen, sondern werden, wie seine Spiele, zu rhythmisch wiederholten Ritualen, die Marta wie ein Zeichen für etwas Unbekanntes erscheinen. Er führt die Hand der Mutter zu den Dingen, die er haben will. Er